Yrsa Sigurdardóttir • Schnee

Yrsa Sigurdardóttir

SCHNEE

Thriller

Aus dem Isländischen
von Tina Flecken

btb

Ein besonderer Dank für die Unterstützung an:
Sigurjón Björnsson und Guðmundur Ólafsson von der Radarstation in Stokksnes. Jóhann Hilmar Haraldsson, Kriminalpolizist in Höfn. Laufey Guðmundsdóttir von Glacier Journey. Ásgeir Erlendsson und Ásgrímur L. Ásgrímsson von der Küstenwache. Bryndís Bjarnarson von der Gemeinde Hornafjörður. Gunnar Ásgeirsson und Hjalti Þór Vignisson von der Fischereifirma Skinney-Þinganes hf.

Dieses Buch widme ich meinem Vater
Sigurður B. Þorsteinsson.

PROLOG

Die Frau auf der Treppe sah ganz anders aus, als Kolbeinn sie sich am Telefon vorgestellt hatte. Die tiefe Stimme passte nicht zu ihrer schlanken Figur und ihrer freundlichen Ausstrahlung. Er hatte eine viel verlebtere Person erwartet, mit Zigarette im Mundwinkel und einem Wodka-Flachmann in der Jackentasche. Die Frau, die vor seiner Haustür stand, trank bestimmt lieber Spinat-Smoothies als Alkohol und rauchte garantiert nicht. Als sie ihren Namen sagte, bestand jedoch kein Zweifel, dass es sich um die Frau handelte, die ihn angerufen hatte.

»Tut mir leid, dass es so lange gedauert hat. Ich hatte erst jetzt was in der Stadt zu erledigen.« Sie gab ihm einen schweren, ausgebeulten Pappkarton, wahrscheinlich voller Bücher. »Wir haben ihn, wie gesagt, auf dem Dachboden gefunden. Hinter einem Stapel alter Dämmplatten. Deshalb haben Sie ihn bestimmt übersehen, als Sie das Haus leergeräumt haben.«

Kolbeinn entschuldigte sich dafür, dass sein Bruder und er den Dachboden nicht genauer durchforstet hatten. Die Frau nahm es ihm nicht übel und entgegnete, das sei doch kein Problem. Sie hätte selbst ein Fahrrad im Fahrradkeller vergessen, als ihr Mann und sie aus ihrer alten Wohnung ins Haus seines Vaters gezogen seien. So was passiere jedem mal.

Der Karton war ganz eingestaubt, und Kolbeinn stellte ihn ab. Auf der Vorder- und Rückseite prangte der Schriftzug einer

Margarinenmarke, die nicht mehr auf dem Markt war oder die er jedenfalls noch nie im Laden gesehen hatte. Der Karton musste vor Jahrzehnten gepackt worden sein.

Plötzlich fiel der Frau noch etwas ein. »Ach ja, ich weiß nicht, ob Sie das interessiert, aber den wollte ich nicht wegschmeißen.« Sie zog eine kleine durchsichtige Plastiktüte mit einem braunen undefinierbaren Gegenstand aus ihrer Anoraktasche und hielt sie ihm hin. »Das ist ein Schuh. Wir haben ihn im Herbst gefunden, als wir für unsere Terrasse im Garten ein Loch ausgehoben haben. Der gehörte bestimmt Ihnen oder Ihrem Bruder.«

Wenn man genau hinsah, konnte man in der Plastiktüte einen Schuh ausmachen, und zwar einen braunen Schnürschuh aus Leder für Kleinkinder. Wobei nicht erkennbar war, ob es sich um seine ursprüngliche Farbe handelte, vielleicht war er mal schneeweiß gewesen. Die Schürriemen hatten sich jedenfalls verfärbt und waren jetzt braun wie die Erde, in der er gelegen hatte.

Unabhängig von der Farbe galt für den Schuh dasselbe wie für die Margarinenmarke: Kolbeinn hatte ihn noch nie gesehen. Was nicht viel besagte, denn er hätte einem Kind von höchstens drei oder vier Jahren gepasst, und Kolbeinn erinnerte sich an nichts aus dieser Zeit. Womöglich hatte der Schuh tatsächlich ihm gehört, jedenfalls bestimmt jemandem aus der Familie oder einem Kind, das bei ihnen zu Besuch gewesen war. Seine Eltern hatten das Haus gebaut, und der Schuh hatte ja wohl nicht auf dem Grundstück gelegen, als sie es übernahmen.

Kolbeinn hob den Kopf und blickte der Frau ins Gesicht. »Danke, das ist ja witzig.« Er hatte den Eindruck, dass sie enttäuscht war, weil er nichts weiter zu diesem antiken Fund zu sagen wusste. Vielleicht hatte sie eine spannende Geschichte darüber erwartet, wie der Schuh verloren gegangen war, aber die gab es nicht. Kolbeinn bemühte sich, noch etwas Freundliches hinzuzufügen. »Der wurde bestimmt lange gesucht. Damals hatten wir noch nicht so viele Klamotten und Schuhe.« Er drehte die Plastiktüte in der Hand und musterte den Kinderschuh. »Wie ist der bloß in den Boden gekommen? Als mein Bruder und ich aufwuchsen, war der Garten längst bepflanzt.«

Die Frau nickte. »Ja, schon seltsam. Andererseits auch nicht, wir haben ihn nämlich direkt neben dem Fahnenmast gefunden. Wahrscheinlich ist er in das Loch für das Fundament gefallen, und niemand hat es bemerkt.« Sie warf ihm einen leicht panischen Blick zu. »Wir haben den Fahnenmast abgebaut. Ich hoffe, das ist für Sie in Ordnung.«

Er grinste. »Ja, klar. Das Haus gehört jetzt Ihnen, und Sie können tun und lassen, was Sie wollen. Der Fahnenmast war nicht besonders beliebt, zumindest nicht bei meiner Mutter. Sie hat mir mal erzählt, dass sie nur ein einziges Mal geflaggt haben, und zwar auf halbmast. Aus welchem Anlass, weiß ich nicht, aber sie meinte, sie hätte meinen Vater hundertmal gebeten, ihn abzubauen.«

Die Frau wirkte erleichtert. »Wenn er ihn selbst aufgestellt hat, verstehe ich gut, dass er ihn nicht wieder abbauen wollte. Wir brauchten einen kleinen Kran, um das Fundament zu entfernen, ein Ölfass mit Zement.«

Das überraschte Kolbeinn nicht. Sein Vater war bekannt dafür gewesen, keine halben Sachen zu machen, sowohl auf See als auch an Land. Wenn er einen Fahnenmast aufstellte, dann würde dieser Mast alle vorstellbaren Unwetter überstehen – und auch alle unvorstellbaren.

Sie plauderten noch ein wenig über dies und das. Er fragte sie, wie es ihr in Höfn gefalle, und sie sagte, sie sei sehr zufrieden. Dann fragte sie ihn, ob er vorhabe, noch mal in den Osten zu ziehen, und er antwortete, das könne er sich nicht vorstellen. Er sei längst zum Städter geworden, er sei ja schon als Kind nach Reykjavík gezogen, nach der Scheidung seiner Eltern.

Dann gingen ihnen die Gesprächsthemen aus. Ihre Wege hatten sich nur gekreuzt, weil sein Bruder und er dem Ehepaar das Haus ihres Vaters verkauft hatten. Während der Abwicklung hatten sie die Käufer kein einziges Mal getroffen und alle Formalitäten einem Immobilienmakler in Höfn überlassen. Möglicherweise wäre der Verkauf schneller über die Bühne gegangen, wenn sie sich intensiver darum gekümmert hätten, aber sie hatten es beide nicht eilig gehabt. Ihr Vater war recht wohlhabend gewesen, und es hatte keine Dringlichkeit bestanden, das Haus und die Wertgegenstände zu veräußern. Bei der Abwicklung hatten sie lediglich dem Verkauf zugestimmt und die Verträge unterzeichnet. Ihr Vater war tot, und ihre Mutter besaß keine Anteile mehr an dem Haus. Was allerdings nicht viel geändert hätte, denn sie konnte wegen ihrer fortgeschrittenen Demenz kaum noch etwas machen. Sie hätte noch nicht einmal gewusst, wie sie den Stift halten sollte, um den Kaufvertrag zu unterzeichnen, falls sie überhaupt noch ihren Namen schreiben konnte.

Nach einer kurzen, verlegenen Pause fragte Kolbeinn, ob er ihr einen Kaffee anbieten könne, aber die Frau lehnte dankend ab und sagte, sie habe eine lange Fahrt vor sich und müsse los, solange es noch hell sei. Er bedankte sich für den Karton und den Schuh, und dann verabschiedeten sie sich.

Kolbeinn blickte der Frau hinterher und winkte ihr aus der Türöffnung noch einmal zu, als sie ins Auto stieg. Dann zog er die Haustür zu, die Plastiktüte noch immer in der Hand. Es war nett von ihr gewesen, den Schuh nicht einfach wegzuwerfen, aber im Grunde war es nur eine Frage der Zeit, wann er es selbst tun würde. Er machte sich nicht viel aus altem Krempel, und ein Kinderschuh, der jahrelang im Erdboden gelegen hatte, gehörte eindeutig in diese Kategorie.

Vielleicht konnte sein Bruder etwas damit anfangen, vielleicht war es ja sein Schuh gewesen. Sie hatten beide nicht viel aus dem Nachlass behalten, weil ihnen die Gegenstände und Möbel ihres Vaters nicht besonders wichtig waren. Nachdem sie mit ihrer Mutter nach Reykjavík gezogen waren, hatten sie nur gelegentlich Kontakt zu ihm gehabt und verbanden mit diesen Dingen kaum Erinnerungen. Das war ihnen klar geworden, als sie zusammen in den Osten gefahren waren, um das Haus leerzuräumen. Deshalb hatten sie auch entschieden, es zu verkaufen und den meisten Hausrat zu entsorgen.

Sie hatten ungefähr genauso viel behalten wie diese eine Kiste und nun diesen Kinderschuh.

Kolbeinn fischte den Schuh aus der Plastiktüte. Das eingetrocknete Leder verströmte einen modrigen Geruch nach Erde. Der Schuh war hart und die Schnürriemen steif, fast so, als wäre es der Abguss eines Schuhs. Kolbeinn drehte ihn hin und her, aber er kam ihm nicht bekannt vor. Erst als er in das Schuhinnere schaute, kam ihm eine Erinnerung an seine Kindheit.

Oberhalb der Ferse ließ sich ein Stoffschildchen erahnen, und mit genau solchen Schildchen hatte seine Mutter alle ihre Kleidungsstücke bis weit in die Teenagerzeit gekennzeichnet. Darauf standen ihre Namen, damit nichts verloren ging, wenn sie mal etwas vergaßen oder liegenließen.

Der Schuh gehörte also wahrscheinlich seinem Bruder oder ihm. Kolbeinn kratzte an dem Schildchen herum, in der Hoffnung, dass die roten aufgestickten Buchstaben zum Vorschein kämen, aber vergeblich. Dabei schabte der Schnürsenkel über den Schuh, und die ursprüngliche Farbe des Leders blitzte auf.

Kolbeinn zuckte zusammen. Wenn ihn nicht alles täuschte, war der Schuh rosa. Völlig ausgeschlossen, dass er seinem Bruder oder ihm gehört hatte. Auch wenn Kinder heutzutage nicht mehr unbedingt farblich nach Geschlecht eingekleidet wurden, war das in der Generation seiner Eltern noch anders gewesen. Besonders bei seinem Vater. Er hätte seinen Söhnen niemals rosafarbene Schuhe gekauft, zumal er wesentlich älter und noch altmodischer gewesen war als ihre Mutter.

Aber warum hatte seine Mutter die Schuhe eines fremden Mädchens markiert? Es war so gut wie ausgeschlossen, dass das jemand anders gewesen sein könnte. Seine Mutter war die Einzige, die Kleidung auf diese Weise kennzeichnete – andere Mütter schrieben, wenn überhaupt, mit Filzstift die Namen hinein. Das wusste Kolbeinn noch, weil sein Bruder und er in der Schule deswegen gehänselt wurden. Andere Mütter hatten etwas Besseres mit ihrer Zeit anzufangen, als die Namen ihrer Kinder auf winzige Stoffstreifen zu sticken.

Kolbeinns Neugier war geweckt. Er beschloss, die Erde von dem Schildchen abzuwaschen, vielleicht konnte man dann den Namen lesen.

Während er den Schuh im Spülbecken bearbeitete, wurde das Wasser immer bräunlicher. Seine Finger waren schon fast taub, als er endlich meinte, einen Teil der Schrift zu erkennen.

Der erste Buchstabe war eindeutig ein S. Dann kam entweder ein A, ein E oder ein O. Danach ein L, gefolgt von zwei undefinierbaren Buchstaben und am Ende wahrscheinlich ein R. Er brauchte nicht lange, um auf passende Frauennamen mit sechs Buchstaben zu stoßen, die mit S anfingen und mit R aufhörten. Im Namensverzeichnis im Internet standen nur zwei: Salvör und Sólvör.

Kolbeinn musterte den Schuh.

Salvör.

Der Name sagte ihm etwas. Doch trotz aller Bemühungen entglitt ihm die Erinnerung immer wieder, wenn er sie heraufbeschwor, so als wolle er Staub zu fassen bekommen.

Kolbeinn legte den Schuh auf die Abtropffläche und sah zu, wie das braune Wasser im Abfluss versickerte. Er hatte ein merkwürdiges Gefühl und versuchte alles zu verdrängen, was mit dem Namen zusammenhing. Wenn man sich nicht auf eine Erinnerung versteift, taucht sie manchmal von selbst wieder auf, wie ein Kind, das sich erst für einen interessiert, wenn man es einfach ignoriert.

In diesem Moment klingelte Kolbeinns Handy. Es war die Pflegerin aus dem Heim seiner Mutter. Sie beschwor ihn, sofort zu kommen, seine Mutter habe vermutlich einen Herzinfarkt gehabt, und es sei unklar, wie es weitergehe.

Das Leben seiner Mutter war schon lange nicht mehr annähernd so, wie man es sich als gesunder Mensch wünschte, und in den letzten Monaten war es stetig bergab gegangen. Trotzdem hatte Kolbeinn einen solchen Anruf auf keinen Fall gewollt. Er stammelte etwas, während er um Fassung rang, und sagte dann, er sei schon unterwegs.

»Informieren Sie Ihren Bruder?«

Als Kolbeinn bejahte, fügte die Pflegerin noch hinzu: »Und Ihre Schwester. Ihre Mutter möchte unbedingt, dass sie kommt. Man kann sie zwar schwer verstehen, aber seit dem Infarkt wiederholt sie das immer wieder. Bitte informieren Sie also auch Ihre Schwester.«

»Meine Schwester?«

»Ja.« Die Krankenschwester stutzte. »Salvör. Sie möchte ihre Tochter Salvör sehen.«

1. KAPITEL

Es gab keine menschlichen Spuren. Überall blendend weißer unberührter Schnee. Nichts Lebendiges war zu sehen, kein Wunder, denn an diesem öden Ort konnten mitten im tiefsten Winter nur wenige Tiere überleben. Das war überdeutlich geworden, als sie an einem Schafkadaver vorbeigekommen waren. Er steckte fast komplett im Schnee, und an dem bisschen Fell, das herausragte, hingen festgefrorene Schneeklümpchen. Die Schafe, die beim jährlichen Abtrieb im Herbst in dieser Gegend zurückblieben, hatten kaum eine Chance. Der Anblick war deprimierend, und sie blieben nicht lange stehen. Sie konnten für das arme Tier nichts mehr tun.

Mitten auf einer offenen, ungeschützten Fläche stand eine stattliche Holzhütte. Ihr verblichener Anstrich hatte schon bessere Zeiten erlebt, die Farben mussten einmal heller und leuchtender gewesen sein. Trotz ihres verwitterten Äußeren stach die Hütte ins Auge. Moosgrün und rostrot in einer vollkommen weißen Welt.

Jóhanna lauschte. Von der Hütte drang kein Laut herüber. Bis auf das Knirschen des Schnees unter Þórirs Sohlen herrschte absolute Stille. Nichts. Selbst der Wind hielt den Atem an, als hätte er bei den jüngst vergangenen Stürmen all sein Pulver verschossen. In den letzten Wochen hatten sich die Tiefs auf der Wetterkarte aneinandergereiht, eins folgte auf das andere. Irgendwann hatte Jóhanna den Fernseher ausgeschaltet, wenn der Wetterbericht kam. Dieser Mist frustrierte einen nur. Das Wetter machte einfach, was es wollte.

»Hier ist niemand.« Þórir von der Reykjavíker Rettungswacht war neben sie getreten. »Keine Spuren und keine Geräusche.« Jóhanna sagte nichts. Das war überflüssig. Sie zeigte auf den schneebepackten Hang, der sich wie eine Schale um die Ebene mit dem Holzhaus zog. »Was hältst du davon?« Etwas weiter oben ragte ein Rentiergeweih aus dem Schnee. So schien es zumindest. »Ist das ein Geweih oder sind das Äste?«

Þórir zuckte die Achseln. Die Bewegung war wegen seines voluminösen Overalls kaum erkennbar. Jóhanna war genauso angezogen, auf der Vorder- und Rückseite ihres Overalls prangte das Logo der Rettungswacht Hornafjörður. »Keine Ahnung. Ein Mensch ist es jedenfalls nicht.«

Dem hatte Jóhanna nichts hinzuzufügen. »Wir sollten einen Blick in die Hütte werfen, wenn wir schon den weiten Weg hergekommen sind. Vielleicht sind sie ja trotzdem da, auch wenn man nichts hört. Vielleicht schlafen sie.«

»Oder sind total erschöpft.«

Die dritte Möglichkeit erwähnten sie beide nicht. Stattdessen stapften sie durch den verharschten Schnee auf die Hütte zu. Wenn es angebracht war, konnten sie beide schweigen, wofür Jóhanna dankbar war. Bei solchen Suchaktionen waren ihr schon oft Leute zugeteilt worden, die ununterbrochen redeten, selbst wenn sie nur einsilbig oder gar nicht antwortete. Dann quasselte die betreffende Person nur noch mehr, um Jóhannas Einsilbigkeit auszugleichen. Wenn sie von einer solchen Suche zurück nach Hause kam, klingelten ihr buchstäblich die Ohren – und ihrem Teampartner tat vermutlich der Kiefer weh, was die Sache auch nicht besser machte.

17

Jóhanna wusste, dass ihre Kollegen von der freiwilligen Rettungswacht glaubten, sie hätte den Schwarzen Peter gezogen, als ihr Þórir als Teampartner zugeteilt wurde. Er war zusammen mit Leuten von anderen Rettungsdiensten aus verschiedenen Landesteilen angereist, um sie bei der Suche zu unterstützen. Da er aus Reykjavík stammte und eine spezielle Ausbildung im Katastrophenmanagement hatte, hielt man ihn für einen Besserwisser, der die Rettungswachten auf dem Land nicht für voll nahm. Dieses Vorurteil beruhte lediglich darauf, dass der Mann offenbar gedacht hatte, er werde in der Kommandozentrale in Höfn eingesetzt. Dort gab es aber schon genug Personal, deshalb lieh man ihm kurzerhand einen Overall und schickte ihn mit auf die Suche. Bis auf dieses Missverständnis war Jóhanna nichts an ihm aufgefallen, was die Vermutung ihrer Kollegen bestätigt hätte. Im Gegenteil, der Mann hatte ihr sogar die Führung überlassen und war ihr kommentarlos gefolgt. Dennoch wurde sie das Gefühl nicht los, dass sie unter Beobachtung stand und ihr Verhalten bewertet wurde.

Sie stiegen auf die Holzterrasse vor der Hütte, die wie alles andere mit Schnee bepackt war. Jóhanna ließ den Blick über die Vorderseite des Hauses schweifen und sah, dass die Fensterläden festgenagelt waren, was allerdings nicht viel aussagte. Wer im Winter in einer Wanderhütte Schutz suchte, würde daran nichts ändern. Wer wollte schon durchs Fenster schauen, wenn er nach einer anstrengenden Wanderung endlich in der Hütte angelangt war? Die Fensterläden boten zusätzlichen Schutz vor den Stürmen, die zu dieser Jahreszeit unentwegt tobten. Besonders in den letzten Jahren. Jóhanna konnte sich nicht erinnern, dass das Wetter in ihrer Kindheit so heftig gewesen war.

Über der Tür hing ein Holzschild mit dem Namen der Hütte: Thule. Sie starrten es an, sprachen aber nicht aus, was sie dachten. Diese Beschriftung der Amerikaner passte nicht in die isländische Wildnis. Gemeinsam räumten sie den Eingang vom Schnee frei und schippten danach noch ein bisschen im Türbereich herum. Niemand wollte aufmachen. Auch wenn nichts darauf hinwies, dass sich die Gruppe, nach der sie suchten, in der Hütte aufhielt, war ihnen beiden klar: Wenn die Leute da drin waren, dann lebten sie nicht mehr.

Als sich die Räumungsarbeiten peinlich in die Länge zogen, atmete Jóhanna tief ein. Es gab nichts mehr, was sie davon abhielt, die Tür aufzumachen. Die kalte Luft strömte in ihre Lungen, beflügelte sie aber nicht, sondern ließ sie erschauern. Sie redete sich ein, das hätte nichts mit der Stille in der Hütte zu tun.

»Hast du schon mal einen Toten gefunden?«, fragte Þórir, der auch nicht gerade erpicht darauf war, die Tür aufzumachen.

Jóhanna wollte in diesem Moment auf keinen Fall daran denken. Diese Erinnerungen verdrängte sie eigentlich immer, wenn sie sich bemerkbar machten. »Ja. Leider.«

Þórir schwieg kurz und fragte dann weiter: »Mehrere?«

Jóhanna stöhnte innerlich. Falls das ein Test sein sollte, dann war er miserabel. »Drei. Und schon viele Schwerverletzte.« Vor ihrem inneren Auge spulten sich Bilder von dem Busunglück auf der Hellisheiði ab, zu dem sie vor Jahren gerufen worden war, als sie noch in Reykjavík gewohnt hatte. Für drei Fahrgäste endete die Reise auf dem zerklüfteten Lavafeld, nachdem sie aus dem Bus geschleudert worden waren. Dann kamen die Bilder von ihrem eigenen Unfall. Wie sie am Straßenrand lag, zerschunden und kaum noch bei Bewusstsein. Es war knapp gewesen, und sie bemühte sich, ihre Gedanken in genau diese Richtung zu drängen. Vielleicht würde es den verirrten Wanderern genauso ergehen. Vielleicht würden sie gerettet, auch wenn es nicht gut aussah. Aber es gelang ihr nicht. Sie schloss die Augen und verzog schmerzhaft das Gesicht. Dann zwang sie sich zurück in die Gegenwart. »Und du?«

»Ja. Leider.« Þórir schien genauso wenig über seine Erlebnisse reden zu wollen wie sie. Möglicherweise hatte er ihr nur diese Frage gestellt, um herauszufinden, wie routiniert sie war und wie sie reagieren würde, falls sie in der Hütte Leichen fanden.

Aber er brauchte sich keine Sorgen zu machen, dass sie kollabieren würde. Jóhanna öffnete die Augen und straffte sich. »Ich vermute, dass die Hütte genauso leer ist wie im Herbst, als der Hüttenwart die Tür hinter sich zugezogen hat. Wir müssen mit nichts Ungewöhnlichem rechnen.« Dabei war sie davon gar nicht so überzeugt. Irgendetwas stimmte nicht mit diesem trostlosen Ort am Rande des Hochlands. Hier sollte es eigentlich keine Menschen geben. Und auch keine Hütte. Hier sollte die Natur ihre Ruhe haben.

Unter dem Schnee, in der Ebene rings um die Hütte, lagen karge Wiesen. Sie waren angelegt worden, aber die Versuche, die Landschaft zu gestalten, hatten nicht viel gebracht. Jeden Sommer wurde neues Gras ausgesät, weil sich die Kahlflächen sonst immer weiter ausbreiten würden. Jóhanna war selbst letzten Sommer mit ihrem Mann hier gewesen und hatte dabei geholfen.

Diese Tour war ein unbeschreibliches Erlebnis gewesen. Die Natur hatte sich von ihrer schönsten Seite gezeigt, und eine solche Farbenpracht wie in diesem einst aktiven vulkanischen Gebiet hatte Jóhanna noch nie gesehen. Hier brauchte man keine weite Entfernung, damit die Berge sich blau färbten. Dafür sorgten die geologischen Formationen, die nun unter dem Schnee lagen. Manche Hänge waren bunt wie Regenbogen. Sie hatten nicht nur die Hütte besucht, die jetzt vor ihnen stand, sondern auch ein paar andere. Es war eine Aktion zur Unterstützung der Rettungswacht gewesen, und die meisten Hüttenbesitzer hatten sich bereitwillig beteiligt und den Arbeitstrupp als Gegenleistung kreuz und quer durch das Gebiet geführt. Doch das körperliche Wohlbefinden und die mentale Ausgeglichenheit, die Jóhanna bei dieser Tour empfunden hatte, waren jetzt weit weg.

Das lag nicht nur an dem Winterkleid, das die unfassbare Schönheit der nackten Gesteinsschichten verhüllte. Es war vor allem die Suche selbst, die ihr nicht behagte. Es gab nämlich kaum Anlass für Optimismus, obwohl die Suchleitung sich bemüht hatte, vor dem Abmarsch Zuversicht zu verbreiten. Das hatte nicht gut funktioniert, zumal sie nicht viele Informationen bekommen hatten. Das Wenige, was die Rettungswacht überhaupt erfahren hatte, war höchst alarmierend.

Man suchte vier oder fünf Personen, alle Isländer, von denen es seit gut einer Woche kein Lebenszeichen mehr gab. Sie waren erst nach fünf Tagen vermisst worden, und wegen des Wetters konnte die Suche erst jetzt starten. Solange der Sturm anhielt, rekonstruierte die Polizei den Weg der Wanderer über deren Mobiltelefone. Sie waren bis zur Bergstraße Kollumúlavegur, die in das Naturschutzgebiet Lónsöræfi führte, noch im GSM-Netz gewesen. Dort waren die Verbindungen abgerissen.

Unklar war, ob eine fünfte Person dabei gewesen war. Die Handydaten stammten von vier Geräten, aber das allein war noch keine Bestätigung für die genaue Personenzahl. Die fünfte Person hatte möglicherweise kein Handy dabei oder es ausgeschaltet. Man vermutete, dass sie zu fünft waren, weil die beiden vermissten Paare nach Höfn geflogen waren und, soweit bekannt, weder einen Mietwagen genommen, noch sich ein anderes Fahrzeug geliehen hatten. Sie hatten eine Nacht in einem

Hotel im Ort verbracht, und die Mitarbeiterin, bei der sie ausgecheckt hatten, hatte angeblich gesehen, dass vor dem Hotel jemand wartete, um sie abzuholen. Ob es sich dabei um eine Frau oder einen Mann handelte, wusste sie nicht.

Was die Sache verkomplizierte, war, dass neben den Straßen oder den befahrbaren Pisten ins Hochland kein Auto gefunden wurde. Falls es sich um einen erhöhten Geländewagen handelte, würde man ihn womöglich noch finden, aber vielleicht hatte auch jemand die Gruppe raufgebracht und war dann wieder nach Hause gefahren. In diesem Fall würde sich der Fahrer wahrscheinlich melden, wenn in den Nachrichten über die Suchaktion berichtet wurde.

Es war nichts Neues, dass sich Leute im Hochland verirrten. Und es kam auch nicht selten vor, dass sich Leute trotz schlechter Wettervorhersage ins Ungewisse stürzten. Aber dass eine Gruppe Isländer im Winter einen Trip in die Wildnis machte, war sehr ungewöhnlich. Wenn sich ausnahmsweise mal Einheimische bei solchen Bedingungen verirrten, handelte es sich meistens um eine Gruppe Freunde auf einer Motorschlitten- oder Skitour. Im Herbst kamen noch die Schneehuhnjäger dazu.

Doch in diesem Fall war es anders. Die Gesuchten waren, soweit man wusste, keine Wintersportler. Sie waren auch keine großen Outdoor-Fans oder bekannten Adventurer. Die beiden Männer hatten wohl schon mal Rentiere gejagt, aber die Jagdsaison war längst vorbei, und es gab keine Herden mehr in dieser Gegend. Die Frauen hatten nie eine Jagdlizenz beantragt. Sie waren alle Städter, zwei Paare um die dreißig, und ihre Pläne lagen im Dunkeln. Vielleicht waren sie auf der Jagd nach dem perfekten Instagram-Winterfoto.

Doch selbst diese Erklärung war fragwürdig. Der Südosten Islands besaß schließlich nicht das Alleinrecht auf winterliche

Verhältnisse. Die Leute hätten nicht aus Reykjavík wegfliegen müssen, um in den Schnee zu gelangen.

Offenbar hatten sie im engsten Freundeskreis und auf der Arbeit angekündigt, dass sie eine knappe Woche fort sein würden. Auf einer Tour im Inland, außerhalb des Versorgungsbereichs und ohne Netz. Über den Zweck und das genaue Ziel der Tour sagten sie nichts. Nach Aussage einiger Freunde sprachen sie von einem Adventure-Trip. Die meisten dachten, es handele sich um eine organisierte Tour, die mit diesem Schlagwort Werbung machte.

Noch hatte man kein Reiseunternehmen ausfindig gemacht, dass mitten im Winter Adventure-Trips nach Lónsöræfi anbot. Zum Glück. Ein solcher Wahnsinn ließe sich kaum organisieren, geschweige denn verkaufen.

Der Wanderverein in Austur-Skaftafell hatte eine Anfrage für die Múlaskáli-Hütte bekommen, die von der Gruppe stammen konnte. Man hatte geantwortet, die Hütte sei in dieser Jahreszeit nicht bewirtschaftet, sie werde zwar zur Sicherheit nicht abgeschlossen, aber im Winter nicht vermietet. Der Mann, der die Anfrage entgegennahm, sagte, er hätte den Eindruck gehabt, dass der Anrufer sich nichts sagen lassen wollte und womöglich trotzdem in der Hütte übernachten würde.

Deshalb wurde ein Großteil des Suchtrupps dorthin geschickt, um rund um die Hütten Múlaskáli und Múlakot zu suchen. Letztere war eine Berghütte, in der der Ranger des Vatnajökull-Nationalparks den Sommer verbrachte.

Aber es gab noch mehr Hütten in dem riesigen Gebiet, und die übrigen Rettungsleute wurden in kleinere Gruppen aufgeteilt und jeweils zu einer geschickt. Kein weiterer Hüttenbesitzer hatte eine Vermietungsanfrage erhalten, aber es war nicht ausgeschlossen, dass die Wanderer in einer der Hütten Zuflucht gesucht hatten. Es handelte sich um eine Hütte beim Berg Eski-fell, die in Privatbesitz war, zwei Hütten vom Wanderverein Fljótsdalshérað, davon eine beim Berg Geldingafell und die andere am See Kollumúlavatn, ein Hütte vom Wanderverein Djúpavogur bei Leirás und um die Hütte, die man Jóhanna und Þórir zugeteilt hatte. Außerdem wurden noch zwei Leute zu den verlassenen Höfen Eskifell und Grund im Víðidalur geschickt, falls die Vermissten dort auftauchen sollten.

Es war das Prinzip der Schrotflinten-Methode, weil man nichts über die Pläne der Gruppe wusste. Die Verstärkung war höchst willkommen, denn auch wenn die Rettungswacht personell gut aufgestellt war, konnte sie eine so umfangreiche Suche nicht alleine stemmen.

Die Thule-Hütte, die Jóhanna und Þórir überprüfen sollten, war im Besitz des US-Militärs gewesen, als die Amerikaner noch die Radarstation in Stokksnes betrieben hatten. Als die Radarstation von der Küstenwache übernommen wurde, gab es die Hütte als Bonus dazu. Soweit Jóhanna wusste, kam das Geschenk der Küstenwache eher ungelegen, denn dort hatte man bei der täglichen Arbeit schon genug Action und war nicht scharf darauf, in den Sommerferien auch noch Wanderungen ins Hochland zu unternehmen.

Jóhanna machte einen Schritt zur Tür, aber Þórir kam ihr zuvor. Wahrscheinlich wollte er die Ehre der Hauptstadtregion verteidigen. Vielleicht fürchtete er auch, sie würde ihn für einen Feigling halten, aber das stimmte nicht. Wer in einer solchen Situation keinen Respekt hatte, war bei der Rettungswacht falsch.

Jóhanna ließ Þórir den Vortritt und sah zu, wie er die Tür aufstieß und in die Dunkelheit starrte. An seinem verwunderten Gesicht konnte sie ablesen, dass dort etwas war, womit er nicht gerechnet hatte, aber es war bestimmt keine Leiche. Er wirkte eher irritiert als geschockt.

Jóhanna schob die Tür weiter auf und erkannte, was es war. Auf dem Boden hinter der Tür lagen Kleidungsstücke, ein Anorak, eine Überziehhose, Handschuhe, Winterschuhe und weitere normale Anziehsachen. Vom Eingang trat man direkt in einen großen Vorraum, der dunkel und verlassen aussah. Jóhanna nahm ihre Taschenlampe und leuchtete den Boden hinter dem Kleiderhaufen ab. In dem Staub, der über allem lag, waren ziemlich viele Fußspuren, aber es war schwer zu sagen, von wie vielen Personen.

»Sind das ihre Fußspuren?« Þórir drehte sich zu Jóhanna. »Und ihre Klamotten? Oder liegen die schon seit dem Herbst hier?«

Jóhanna wusste es auch nicht. Falls der Anorak und die Wanderschuhe jemandem aus der Gruppe gehörten, konnte er oder sie nicht weit sein. Es würde ja niemand ohne Jacke und Schuhe in den Schnee hinauslaufen.

Die Stille wurde noch drückender. Jóhanna steckte den Kopf durch die Türöffnung und atmete durch die Nase ein. Erleichtert stellte sie fest, dass es in der Hütte nicht wie in einem Mausoleum roch. Wobei das nicht viel besagte, denn drinnen war es fast genauso kalt wie draußen.

Sie betrachteten die bunten Kleidungsstücke, und Jóhanna hatte das dumpfe Gefühl, dass sie noch nicht lange dort lagen. Sie wirkten sauber, und auf ihnen hatte sich kein Staub gesammelt. Jóhanna und Þórir blieb nichts anderes übrig, als reinzugehen und die Hütte zu durchsuchen. Schließlich waren sie den langen beschwerlichen Weg hergekommen, um nach den Vermissten zu suchen. Sie hatten sich auf der Rückbank des Geländewagens durchschütteln lassen, waren in der Nähe des

Wanderwegs rausgelassen worden und hatten sich durch den Schnee gekämpft. Waren durch Schneewehen gestapft und hatten schmale Schluchten durchquert, waren ausgerutscht und gestolpert. Umkehren kam überhaupt nicht in Frage.

»Lass uns die Hütte durchsuchen.« Jóhanna quetschte sich an Þórir vorbei, der ihr Platz machte, entweder aus Höflichkeit oder weil er nicht vorgehen wollte. Sie kniete sich neben den Kleiderhaufen und untersuchte die Sachen. »Der Größe nach müssten sie einer Frau gehören. Oder mehreren Frauen.« Sie seufzte. »Komm, wir gehen es systematisch an. Lass uns unten anfangen.«

Die Luft in der Hütte war abgestanden und muffig. Als Þórir die Eingangstür zuzog, wurde es hinter dem Schein von Jóhannas Taschenlampe stockdunkel. Das trübe Winterlicht drang nicht durch die dicken Fensterläden. Schnell öffnete er die Tür wieder, aber das Licht reichte nicht weit. Die Hütte war groß und hatte zwei Stockwerke.

Þórir holte seine Taschenlampe heraus, und die Lichtverhältnisse wurden etwas besser. Jóhanna wünschte sich, der Schein der Lampen wäre stärker und großflächiger, aber daran ließ sich nichts ändern. Sie traten in den Hauptraum und teilten sich auf.

Zwanzig Minuten später standen sie wieder auf der Terrasse, kein bisschen schlauer. Sie hatten alle möglichen Spuren von Leuten in der Hütte gefunden. In einem Zimmer lag ein umgedrehtes Sockenpaar unter dem Bett, das, anders als der Fußboden, nicht staubig war. In der Küche waren leere Lebensmittelverpackungen, und man konnte sehen, dass gekocht worden war. Den Verfallsdaten auf den Verpackungen nach zu urteilen, lagen sie noch nicht lange im Müll. Im Badezimmer stand ein Glas mit einer Zahnbürste und einer Zahnpastatube, und auf der Ablage über dem Waschbecken lag eine fast leere Packung

Feuchttücher. In einem Mülleimer neben der Toilette waren Zahnseide und zerknüllte Tücher, mit denen Wimperntusche abgewischt worden war. Neben dem Waschbecken hing ein kleines Handtuch, das sich trocken anfühlte. Dasselbe galt für ein Geschirrtuch, das über dem Handgriff am Herd hing. Trocken, aber nicht staubig. Fast überall konnte man sehen, dass Leute in der Hütte gewesen waren.

Doch trotz ausgiebiger Suche hatten sie niemanden gefunden.

Jóhanna ließ den Blick von der Terrasse über die Landschaft schweifen. Überall nichts als weißer Schnee. Und das Rentiergeweih oben am Hang. Sie beschirmte ihre Augen mit der Hand, um es besser erkennen zu können. Eindeutig ein Geweih, kein verkrüppelter Strauch. Es sah aus wie eine knochige Kralle, deren Finger sich zum Himmel reckten. Unter dem Schnee schien etwas zu liegen, also war es vermutlich nicht nur ein Geweih, sondern ein ganzes Tier. Sie ließ die Hand sinken. Dieses Rentier konnte nichts mit der Wandergruppe zu tun haben. »Wo wollten sie eigentlich hin?«

Þórir zog die dunklen Augenbrauen zusammen. »Vielleicht wollten sie eine Wanderung machen und wurden von einem Unwetter überrascht. In den letzten Tagen hat es ununterbrochen geschneit, ihre Spuren sind längst verschwunden. Die Schneemengen in der letzten Zeit haben ja alle Rekorde gebrochen.«

Das stimmte und war wahrscheinlich die Erklärung. Die Gruppe hatte eine Wanderung gemacht und sich verirrt. Das Naturschutzgebiet Lónsöræfi war riesig, und es gab zahlreiche Wanderwege, die von der Hütte ausgingen. Es würde nicht leicht sein, die Leute zu finden, wenn ihre Leichen tief im Schnee vergraben lagen. Ein weiterer Sturm war im Anzug, und danach sollte es eine längere Frostperiode geben.

Hoffentlich hatten sie in einer anderen Hütte Zuflucht gefunden. Vielleicht hatte ein anderer Suchtrupp sie schon gefunden.

Doch Jóhanna konnte sich nicht lange mit diesem Gedanken trösten. Warum ließen die Leute einen Anorak, Schuhe und Überziehklamotten zurück, wenn sie zu einer Wanderung aufbrachen?

»Wir müssen schnell wieder los, bevor es dunkel wird.« Jóhannas Augen wanderten noch einmal hinauf zu dem Geweih. Das tote Tier oben am Hang ließ ihr keine Ruhe. Die Männer in der Wandergruppe waren Jäger. Wenn sie das Tier geschossen hatten, spielte das für die weitere Suche womöglich eine Rolle. Sie hatten nicht viel Zeit, aber sie konnten nicht zurückgehen, ohne das vorher abzuchecken. Falls der Grund für die Tour Wilderei gewesen war, und sie sich die Sache nicht näher anschauen würden, würde das einen schlechten Eindruck machen. Und Jóhanna war nicht bekannt für schlampiges Arbeiten. »Aber erst müssen wir uns noch das Rentier anschauen.«

Þórir hatte keine Einwände, und sie marschierten los, so schnell, wie sie es sich in dem tiefen Schnee zutrauten. Der Firn war unterschiedlich hart und an manchen Stellen hauchdünn. Stellenweise sanken sie bei jedem Schritt bis zu den Oberschenkeln ein. Das Waten wurde immer schwieriger, je höher sie den Hang hinaufstiegen. Als sie fast bei dem Geweih angelangt waren, blieb Jóhanna abrupt stehen. »Ich bin auf etwas getreten.« Sie starrte auf ihren rechten Fuß.

»Ein Stein vielleicht?« Þórir stemmte die Hände in die Hüften und schnitt eine Grimasse.

»Nein, das war kein Stein.« Jóhanna nahm den Fuß zur Seite und starrte in das Loch im Schnee. Sie atmete scharf ein und kämpfte damit, nicht das Gleichgewicht zu verlieren und rücklings den Hang hinunterzustürzen. »Oh Gott, um Himmels willen.«

Þórir kam näher, und als er neben ihr stand, wäre er selbst fast weggeknickt. Ganz unten in dem Loch sah man einen Teil von einem Gesicht. Und daraus glotzte sie ein weit aufgerissenes, starres Auge an.

2. KAPITEL

Lónsöræfi – in der letzten Woche

Dröfn fühlte sich wieder fit. Endlich. Nach dem Aufstehen war ihr schlecht gewesen, aber die anstrengende Wanderung in der frischen Winterluft hatte ihre Übelkeit vertrieben. Allerdings zog es in ihren Waden, der Rucksack wurde immer schwerer, und ihre Oberschenkel brannten. Aber das war ein Klacks im Vergleich zu dem höllischen Kater. Das reinste Vergnügen.

Sie waren zu fünft, und Dröfn ging als Letzte. Ganz vorne ging Haukur, der die Tour leitete, und die anderen folgten ihm im Gänsemarsch. Die Strecke war anspruchsvoll, und sie waren nicht sehr geübt. Deshalb war es für alle sicherer, wenn sie in Haukurs Fußspuren liefen. Er hatte gesagt, es gebe hier fast überall nur schmale Pfade, sogar im Hochsommer. Ein falscher Schritt konnte übel enden.

Tjörvi, Dröfns Mann, ging direkt hinter Haukur und wollte ihm in nichts nachstehen. Dann folgten Bjólfur und seine Frau Agnes. Sie hatten genauso blass und angeschlagen ausgesehen wie Dröfn, als sie sich am Morgen gegen elf Uhr im Hotelfoyer getroffen hatten.

Die beiden hatten sich schon länger nicht mehr umgedreht, deshalb wusste Dröfn nicht, ob ihre Gesichter inzwischen wieder eine natürliche Röte angenommen hatten. Vermutlich schon. Jedenfalls ließen sie die Schultern nicht mehr so hängen wie beim Abmarsch. Da sie in einer relativ geraden Linie gingen, konnte Dröfn nicht sehen, wie es bei ihrem Mann war. Erfahrungsgemäß erholte er sich schneller von solchen Ausschweifungen als die anderen, vielleicht ließ er sich aber auch nur nicht so hängen. Sie waren seit acht Jahren ein Paar, und in dieser Zeit hatte er noch nie zugegeben, dass er einen Kater hatte – selbst wenn er kotzen musste und Schmerztabletten einwarf, als wären es Smarties. Er behauptete immer, es gehe ihm blendend.

Der Einzige von ihnen, der nicht zu viel getrunken hatte, war Haukur. Er hatte in einer Pension übernachtet, die günstiger war als ihr Hotel, worüber niemand ein Wort verlor. Er hatte nur ein Glas Rotwein getrunken und sich nach dem Essen verabschiedet, während sie zu viert weitermachten. Mehrere Gläser Rotwein zum Essen, ein zuckersüßer Dessertwein zum Nachtisch und ein Cognac zum Kaffee reichte ihnen nicht. Zurück im Hotel hielten sie es für eine gute Idee, in der Hotelbar weiterzutrinken. Diese Drinks hätten sie sich sparen sollen. Im Nachhinein betrachtet.

Haukur versuchte gar nicht erst, seinen Unmut zu verbergen, als sie sich am Morgen trafen. Er regte sich auf, weil die anderen nicht zur verabredeten Zeit da waren und einfach ausschliefen. Da sie es nicht gewohnt waren, zurechtgewiesen zu werden, schwiegen sie bei Haukurs Anschiss verbissen, zumal ein Kater eine schlechte Grundlage für Diskussionen und Rechtfertigungen war.

Dröfn wusste nicht, wie es den anderen erging, aber sie zählte leise vor sich hin, während Haukur sie zusammenstauchte. Es half, sich aufs Zählen zu konzentrieren, sonst wären ihre Kopfschmerzen bei Haukurs wütendem Gezeter nur noch heftiger geworden. »Was habt ihr euch dabei gedacht?«, »… lasst mich hier warten wie einen Idioten …« und »Am liebsten würde ich …« Der Druck und das Pochen in Dröfns Schädel verstärkten sich, aber wenn sie ihre Gedanken auf etwas anderes als die monotone Standpauke richtete, wurde es wieder besser.

Sie hörte gar nicht richtig zu, kriegte nur mit, sie hätten mit ihrem Schlendrian alle in Gefahr gebracht, und er denke darüber nach, die ganze Sache abzublasen und alleine zu gehen. Es bleibe nicht lange hell, und sie hätten keine Erfahrung. Dann ließ er sich darüber aus, dass er nicht verstehen könne, wie er überhaupt auf die Idee gekommen sei, sie mitzunehmen.

Die Wahrheit war, dass es gar nicht seine Idee gewesen war. Sie hatten sich ihm geradezu aufgedrängt. Die Tour erschien ihnen als perfekte Gelegenheit für eine kleine Abwechslung. Ohne dass sie es jemals thematisiert hätten, war ihr Leben ziemlich eintönig geworden. Allerdings war das Jammern auf hohem Niveau. In den sozialen Medien wirkte alles perfekt. Sie gingen ständig schick essen, kochten raffinierte Gerichte, tranken edlen Wein, reisten, besuchten tolle Events und hielten sich fit. Sie waren zwar nicht unbedingt Trendsetter, aber der breiten Masse immer voraus, wenn es etwas Hippes und Neues gab. Von außen betrachtet führten sie ein beneidenswertes Leben. Finanziell unabhängig, gut ausgebildet, schick und cool. Doch egal wie toll, schön oder spannend etwas ist – auf lange Sicht wird es immer langweilig.

Deshalb hatten sie zugeschlagen, als sich ihnen die Chance bot, eine ganz neue Erfahrung zu machen. Während eines gemeinsamen Abendessens bei einem dritten befreundeten Pärchen lernten sie Haukur kennen. Er redete nicht viel, aber wenn er mal das Wort ergriff, erzählte er aufregende Sachen. Unter anderem, dass er eine ziemlich krasse Expedition ins Naturschutzgebiet Lónsöræfi plane. Er müsse Daten von einem Messgerät ablesen, das am Rand des südöstlichen Teils des Vatnajökull-Gletschers stehe. Die Daten brauche er, um seine Doktorarbeit abzuschließen. Er erklärte, das Gerät sei schon länger nicht mehr abgelesen worden, und er könne nicht warten, bis es jemand anderes mache.

An diesem Punkt war der Abend schon weit fortgeschritten, und der Rotwein hatte die Grenzen des Machbaren ausgeweitet. Alles war möglich und nichts ausgeschlossen. Die Gastgeber zogen sich in die Küche zurück und räumten auf, womit sie höflich signalisierten, dass jetzt langsam Schluss sei. Doch selbst das hielt die anderen nicht davon ab, den Rotwein weiter kreisen zu lassen.

Niemand am Tisch interessierte sich auch nur im Geringsten für Haukurs Forschungen oder seine Doktorarbeit. Aber eine Expedition in ein Gebiet, das im Winter fast nie besucht wurde, war eine coole Sache. Das wäre bestimmt ein einmaliges Erlebnis, von dem man noch lange erzählen könnte.

Ach, du warst im Everest Base Camp? Tjörvi und ich wollten da auch schon mal hin, aber wir möchten keine unnötigen Flugreisen mehr machen. Klimawandel und so. Stattdessen waren wir in den Stafafell-Bergen in Lónsöræfi, mitten im Winter. Wirklich gigantisch. Anstrengend, aber lohnenswert. Echt lohnenswert. Es gibt nichts Faszinierenderes als Island.

Zu einer solchen Schilderung würde es natürlich nur kommen, wenn Haukur nicht dabei wäre, aber die Gefahr war gering. Er war neu in ihrem Freundeskreis und noch kein fester Gast bei gesellschaftlichen Events. Sofern ihn das überhaupt interessierte. Nach eigener Aussage war er so mit seinen Forschungen beschäftigt, dass er fast kein Privatleben hatte. Das Pärchen, das zu dem Abendessen eingeladen hatte, hatte ihn im

Fitnessstudio kennengelernt, und Trainieren war das Einzige, was er trotz allen Stresses regelmäßig machte. Er erzählte, dieses Abendessen sei die erste Einladung seit einem halben Jahr, die er angenommen hätte, und sie würde wohl vorerst auch die letzte bleiben. Man konnte ihn wirklich nicht als Partylöwen bezeichnen.

Was sich gestern Abend bestätigt hatte. Wer selbst nicht gern feierte, konnte das bei anderen oft nicht nachvollziehen, das hatte seine Standpauke gezeigt.

Irgendwann hatte es Tjörvi gereicht. Er blaffte zurück, Haukur habe jetzt genug wertvolle Zeit mit seinem sinnlosen Genörgel verschwendet. Sie sollten endlich los und sich nicht länger über Dinge aufregen, die sich nicht mehr ändern ließen. Haukur hätte sie ja auch anrufen und wecken können, anstatt beleidigt im Auto zu warten, bis sie von selbst aufwachten.

Das wirkte, und Haukur hielt die Klappe. Seine Laune besserte sich allerdings kaum, und er war immer noch eingeschnappt, obwohl sie gut zwei Stunden gefahren und zwei weitere Stunden gewandert waren. Während der beiden Verschnaufpausen, die sie gemacht hatten, hatte er nur schweigend rumgestanden und es vermieden, die anderen anzuschauen. Im Auto bei der Anfahrt auch. Sie waren von Höfn Richtung Osten gefahren, an steilen Berghängen entlang, das Meer auf der rechten Seite. Bis auf die auffällige Radarstation in Stokksnes mit ihrem riesigen kugelförmigen Gebäude gab es nicht viel zu sehen. Kurz dahinter fuhren sie durch den Almannaskarð-Tunnel nach Lónssveit und nahmen dort die Abzweigung Kollumúlavegur, die in das Naturreservat führte. Alle Versuche, während der Fahrt Smalltalk zu halten, waren vergeblich, was allerdings nicht schlimm war, denn sobald sie die Nationalstraße verließen, verstummte ohnehin jedes Gespräch.

Der Weg war nicht geräumt, und als der höhergelegte Jeep über die nahezu unbefahrbare Piste ruckelte, wurden sie kräftig durchgeschleudert. Außerdem mussten sie mehrere fast ausgetrocknete Flussbetten durchqueren, die ein Gletscherfluss im Sommer in die Kiesfläche gegraben hatte. Das Fahren war die reinste Schleuderpartie, und der Jeep steuerte entweder senkrecht runter ins Flussbett oder senkrecht wieder raus.

Die ganz Fahrt ähnelte einer Schiffstour bei rauer See. Das langsame Schaukeln und Schlingern, bei dem der Kopf hin- und hergeschleudert wurde, belastete die Halswirbel. Selbst ohne die angespannte Stimmung wäre es unter diesen Umständen schwierig gewesen, sich zu unterhalten. Sie brauchten die Hälfte ihrer Kraft, um sich festzuhalten. Und die andere Hälfte, um sich nicht zu übergeben.

Es kam einem Wunder gleich, dass das niemandem passierte.

Aber jetzt war der Kater zum Glück nur noch eine schlechte Erinnerung. Die Anstrengung, der Sauerstoff, die saubere Luft und die erfrischende Kälte hatten Dröfn geholfen, ihn zu überwinden. Es gab nichts Besseres, als sich wieder fit zu fühlen, sei es nach einer Grippe, einer Magenverstimmung, Kopfschmerzen – oder einem Kater.

Schließlich war der Jeep nach einer halsbrecherischen Fahrt hangaufwärts, bei der Dröfn die Augen zumachen musste, auf einem Hügel zum Halten gekommen. Haukur verkündete, dass es ab jetzt nur zu Fuß weitergehe. Die Piste sei zu steil, zu rutschig und zu gefährlich. Niemand protestierte oder quengelte. Ihr Leben und ihre Gesundheit waren ihnen wichtiger. Haukur stellte den Wagen neben der Piste ab, schaltete den Motor aus und sprang raus. Die anderen folgten stumm seinem Beispiel.

Es war bereits erschreckend dämmrig, aber niemand sprach es an. Das hätte die Diskussion über ihre Verantwortungslosigkeit nur wieder befeuert, denn wenn sie rechtzeitig aufgestanden wären, hätte das trübe Winterlicht noch ausgereicht.

Immerhin half es, dass der Wanderweg schneebedeckt war. Die unberührte weiße Decke, die über allem lag, verbesserte die Sicht deutlich. Der Schnee war tief, und sie sahen kaum eine dunkle Stelle unter ihren Füßen. Das galt für die gesamte Umgebung. An den steilen Felswänden gab es ein paar schneefreie Flächen, ansonsten war alles weiß.

Trotz der Dämmerung waren sie von der spektakulären Aussicht überwältigt. Sie war anders, als Dröfn erwartet hatte, aber nicht minder beeindruckend. Die Fotos, die sie sich vor der Tour im Internet angeschaut hatte, waren alle aus dem Sommer. Sie zeigten die unglaubliche Farbpalette der Erdschichten in diesem Gebiet, die jetzt größtenteils bedeckt waren. Vereinzelt ragten Felsbuckel an den Hängen aus dem Schnee, doch ansonsten kleidete sich die Natur in ein monotones funkelndes Weiß. Trotzdem war die Landschaft gewaltig. Nur schade, dass sie die Aussicht nicht gebührend genießen konnten, weil sie immer nur ganz kurz vom Weg aufschauen durften.

Jetzt gingen sie über eine Ebene, und die Gefahr, auszurutschen und zu stürzen, war geringer. Vorher waren sie durch Schneefelder gestapft, durch Schluchten geklettert und über Geröll und Felsen gestiegen, den Blick stets nach unten auf den nächsten Schritt gerichtet.

Es war eine willkommene Abwechslung, sich ein bisschen erholen und richtig umschauen zu können. Dröfn saugte die Schönheit der Landschaft in sich auf, und in diesem Moment war nichts anderes mehr wichtig.

Auch wenn sie die sommerliche Landschaft auf den Fotos im Internet schöner fand, faszinierte sie der Anblick. Die schneeweißen unbezwingbaren Berge, die Steilhänge und Felsklippen

waren majestätisch und wunderschön, aber auch furchtein-
flößend. Irgendwie paradox. Unter anderen Umständen wäre
das unbefleckte Weiß ein Symbol für Reinheit und Unschuld
gewesen, doch hier symbolisierte es etwas ganz anderes. Es
verdeutlichte, wie bedingungslos sie dem Winter und dem
Hochland ausgeliefert waren. Ohne die entsprechende Ausrüstung oder wenn etwas aus dem Ruder liefe, hätten sie keine
Chance.

Dröfn durchfuhr ein Schauer, der nicht von der Kälte ausgelöst worden war. Sie schüttelte ihn ab und eilte weiter, denn sie
war hinter der Gruppe zurückgefallen. Die anderen waren nicht
langsamer geworden, um die Aussicht zu genießen. Vielleicht
wollten sie warten, bis sie auf der Terrasse der Hütte standen,
ihrem Nachtquartier. Was vernünftig war – nicht nur wegen des
nachlassenden Lichts.

Es konnte nicht mehr weit sein. Als sie den Jeep stehen gelassen hatten, hatte Haukur gesagt, dass es bis zur Hütte ungefähr
zwei Stunden dauere. Also noch eine halbe Stunde, vielleicht etwas mehr oder weniger.

Die morgige Strecke war länger, wenn sie überhaupt mitgehen würden. Sie konnten auch in der Hütte bleiben, während
Haukur zum Gletscher ging, um die Messergebnisse abzulesen.
Aber sie waren ja nicht mitgekommen, um in einer alten, run-
tergekommenen Hütte abzuhängen.

Dröfn sah, dass Haukur stehengeblieben war. Die anderen
schlossen auf, und Dröfn bildete das Schlusslicht. Das überraschte sie, denn Haukur war nicht der Typ, der eine Pause ein-
legte, wenn es nicht mehr weit bis zum Ziel war. Vielleicht wollte
er ein paar Worte an die anderen richten, bevor sie das Nachtquartier erreichten. Sich mit ihnen aussöhnen und das letzte
Stück im Einvernehmen laufen. Sie hoffte es.

Bis sie sah, warum die anderen stehengeblieben waren. Im Schnee glitzerte etwas Rotes. Etwas Feuerrotes. Nachdem sie die ganze Zeit nur Weiß vor Augen gehabt hatte, wirkte die Farbe surreal. Fast so, als wären sie mitten in der frostigen Wildnis auf eine Bananenplantage gestoßen.

Tjörvi bückte sich und wischte mit seinem Handschuh den Schnee von dem Gegenstand. Dann griff er nach dem roten Stoff, zog ihn heraus und richtete sich wieder auf.

Es war eine Mütze. Haukur streckte die Hand nach ihr aus, und Tjörvi gab sie ihm. Haukur drehte sie forschend hin und her.

Soweit Dröfn sehen konnte, war es eine ganz normale Mütze. Nichts im Vergleich zu den schicken Wintermützen, die sie sich für die Tour gekauft hatten. Deshalb fand sie es merkwürdig, dass Haukur so interessiert an ihr war.

»Die liegt bestimmt seit dem Herbst oder dem Sommer da, oder?«, durchbrach sie die Stille.

Haukur schüttelte den Kopf. Sein Gesicht war gerötet, jedenfalls der kleine freie Bereich, den man sehen konnte. »Nein. Da lag nicht genug Schnee drauf. Dieser Winter war heftig, der Schnee ist hier mehrere Meter tief. Die Mütze kann noch nicht lange da liegen. Seltsam ...«

Bjólfur und Tjörvi schwiegen und wirkten immer noch eingeschnappt, aber Agnes ergriff das Wort. Sie arbeitete als Personalleiterin und ließ sich nicht so leicht aus der Ruhe bringen. »Ist noch eine andere Gruppe unterwegs? Ich dachte, wir wären alleine in der Hütte.«

»Wir sind garantiert alleine in der Hütte«, entgegnete Haukur, ohne Agnes anzuschauen. »Hier ist keine zweite Gruppe unterwegs, jedenfalls nicht, dass ich wüsste. Nur ich Idiot. Mit euch.« Offenbar war er immer noch sauer.

Tjörvi verdrehte die Augen, beherrschte sich aber, etwas Saftiges zu entgegnen. »Lasst uns weitergehen. Es ist zu kalt für eine Pause.« Er nickte in Richtung der Mütze. »Welcher Schwachkopf zieht bei dieser Kälte seine Mütze aus?«

Alle starrten wortlos auf die Mütze, bis Haukur sie in die Tasche stopfte und wieder Bewegung in die Gruppe kam.

Während sie weiterliefen, gingen Dröfn die Worte ihres Mannes nicht aus dem Kopf. Wer verlor mitten im Winter im Hochland eine Mütze? Wer war zu dieser Jahreszeit überhaupt in einer solchen Gegend unterwegs? Ihr waren noch keine befriedigenden Antworten eingefallen, als sie in eine enge Schlucht zwischen zwei Anhöhen stapften, die zu dem Kessel führte, wo die Hütte stand.

Die Dämmerung war noch eine Haaresbreite davon entfernt, sich in Dunkelheit zu verwandeln, aber sie hatten sich inzwischen an die schlechter werdenden Lichtverhältnisse gewöhnt. Schwere Wolken türmten sich auf und bedeckten den Himmel. Der Mond kam nicht durch. Kein Schimmer drang durch die Wolkenbänke, und man konnte nicht sehen, wo sich der Mond auf seinem Weg über die Himmelskugel befand.

Sie blieben stehen und betrachteten die Hütte und die Umgebung. Sobald der Schnee nicht mehr unter ihren Füßen knirschte, war es vollkommen still. Kein Wind, kein Vogelgezwitscher, nichts. Es war, als hätte die Welt alle Geräusche ausgeschaltet.

Auch hier versank alles im Schnee, und an den Hängen rund um die Hütte stach kein Felsbuckel heraus. Eine winterlichere Landschaft konnte man sich kaum vorstellen. Schneeweiß und eintönig. Die Luft war geruchlos, und es herrschte absolute Windstille. Das Einzige, was die Sinne wahrnahmen, war Kälte.

Alle spürten sie jetzt, da sie stehengeblieben waren. Die Kälte biss in die Wangen, drang durch Schuhsohlen und Handschuhe, umschlang die Finger und drückte zu.

In dieser Situation sah die Hütte viel besser aus, als sie war. Sie wirkte ziemlich abgenutzt, die Fenster waren zugenagelt, aber drinnen konnte man es warm machen, und das war in diesem Moment das Allerwichtigste.

Haukur drehte sich von der Hütte zu der müden, aber zufriedenen Gruppe. »Ihr habt gut durchgehalten.«

Dröfn lächelte. Das war eine Geste der Versöhnung. Tjörvi und Bjólfur klopften Haukur auf die Schulter und murmelten etwas von wegen, sie hätten ihm ja nur folgen müssen. Dröfn atmete erleichtert auf, rückte den schweren Rucksack auf ihrem Rücken zurecht und freute sich darauf, ihn loszuwerden und sich auf ein Sofa oder einen Stuhl fallen zu lassen.

Agnes war die Einzige, die die neu entfachte Kameradschaft ignorierte, was ihr gar nicht ähnlich sah. Sie stand da und starrte angestrengt auf die Hütte, so als würde sie die anderen gar nicht wahrnehmen. Dann drehte sie sich zu ihnen und sagte: »Steht die Tür offen?«

Alle blickten zur Hütte. Und tatsächlich: Die Tür stand einen Spalt breit offen. Ihre gute Stimmung bekam einen kleinen Dämpfer, sie gingen schweigend das letzte kurze Stück bis zur Hütte, stiegen auf die Terrasse, und Haukur öffnete die Tür ganz. Er rief in die Hütte, ob da jemand sei, bekam aber keine Antwort. Dröfn wunderte das nicht, denn im Schnee auf der Terrasse waren keine frischen Fußspuren.

Sie gingen in die dunkle, eiskalte, menschenleere Hütte. An einem Haken beim Eingang hing ein Anorak.

Ein roter Anorak, passend zu der Mütze.

Dröfns positive Stimmung verschwand im Handumdrehen, und ihr Magen zog sich zusammen. An Haukurs Gesicht konnte sie ablesen, dass er dasselbe dachte wie sie.

Ein Mensch, der weder einen Anorak noch eine Mütze trug, hatte an diesem Ort keine Chance. Falls er nicht in der Hütte war, brauchten sie sich über sein Schicksal nicht lange den Kopf zu zerbrechen.

Die drückende Stille und die Dunkelheit in der Hütte gaben keinen Anlass zu Optimismus.

3. KAPITEL

Hjörvars neuer Job auf der Radarstation war nichts für jedermann, das war klar. Die Station war abgelegen, und wer gern Trubel hatte, kam mit der Isolation nicht gut zurecht. Hier schwirrten die Leute nicht mit Zugangskarten um den Hals durch die Flure und schwenkten Aktenordner, es gab keine Ansammlungen vor der Kaffeemaschine und keinen Smalltalk über die stressige Arbeit. Im Gegenteil, es herrschte absolute Ruhe, denn normalerweise arbeiteten nur zwei Leute gleichzeitig auf der Station und manchmal auch nur einer. Bis auf die Küstenwache, Techniker, die Instandhaltungsarbeiten durchführten, oder Kontrolleure der NATO, die nur ganz selten vorbeischauten, begegneten sie kaum jemandem. Wenn sie ausnahmsweise mal Menschen zu Gesicht bekamen, dann am ehesten Touristen, die von den gut markierten Wanderwegen in der Umgebung abgekommen waren und durch den Zaun auf das Gelände wollten. Im Winter gab es allerdings nur wenige Touristen in der Gegend und nur selten Besuche von Vorgesetzten. Deshalb war es an ihrem Arbeitsplatz so, als wären sie ganz alleine auf der Welt, was ihnen gut passte.

Die Zeiten, als über hundert Leute im Auftrag der US-Armee auf der Station gearbeitet hatten, waren vorbei. Auch für die war es damals einsam gewesen, wenn auch auf andere Art. Die Isländer hatten sich zu dieser Zeit noch vor allem Fremden gescheut, und es gab kaum Kontakte zwischen den Einheimischen und den Auswärtigen auf der Station. Deshalb mussten die Leute, die hinter dem Zaun lebten, mit sich selbst auskommen und sich irgendwie die Zeit vertreiben. Einmal im Jahr wurden Schulkinder aus dem Hornafjörður eingeladen, aber die Sprösslinge aller politisch links eingestellten Eltern durften nicht mit. Sie befürchteten, ihre Kinder würden gehirngewaschen, mit Schirmmützen auf dem Kopf und Kaugummi kauend zurück nach Hause kommen und von der Freiheit des Individuums und einer Militärkarriere schwärmen.

Mittlerweile waren die Baracken abgerissen, und es stand nur noch ein Teil der Gebäude auf dem Gelände. Die Sporthalle war verschwunden, genau wie das Kino, das die Kinder fasziniert hatte. Lediglich die Betonfundamente zeugten noch von dem regen Treiben, das hier einst geherrscht hatte, und nur die Radarstation und ein Mitarbeiterhaus mit einer Werkstatt standen noch.

Mehr brauchte man nicht. Die Computertechnologie und die Entwicklung der Ortungssysteme waren so weit fortgeschritten, dass ein paar Leute dieselben Aufgaben ausführen konnten, für die man früher hundert benötigt hatte. Heute wurden keine Daten mehr vor Ort verarbeitet, sondern man hatte die Station in eine sogenannte Relaisstation umgewandelt. Funksignale wurden empfangen und wieder ausgesendet, verschlüsselt oder unverschlüsselt, je nach Empfänger. Auf dem Gelände standen mehrere Funkmasten, und an der besten Stelle befand sich die Radarantenne in ihrer kugelförmigen Schutzhülle. Sie sah aus wie eine überdimensionierte Golfkugel für Trolle, die Abschläge aufs Meer hinaus üben wollten. In der Kugel drehte sich die riesige Antenne endlos im Kreis und spürte Funksignale von Flugzeugen und Flugobjekten auf, die das bloße Auge und ein Sekundärradar nicht erkannten.

Der einsame Job gefiel Hjörvar, und er vermisste die Stadt nicht. Er arbeitete zu normalen Bürozeiten, aber es kam vor, dass er seinen Arbeitsplatz wegen schlechter Straßenverhältnisse, irgendwelcher Defekte oder des Wetters nicht verlassen konnte. Was ihn nicht weiter störte. In Höfn erwartete ihn nichts. Er war zugezogen und kannte niemanden im Ort. Zum Teil hatte er sich das selbst zuzuschreiben, weil er sich gar nicht bemühte, Leute kennenzulernen. Wenn er gut drauf war, verbrachte er die Abende und freien Tage vor dem Fernseher, meistens ohne richtig mitzukriegen, was lief. Wenn er schlecht drauf war, starrte er nur auf die leeren Wände oder an die Decke seiner kleinen Wohnung.

Im Hornafjörður gab es kaum Fenster, die keine schönen Ausblicke boten. Das Kabuff, das er gemietet hatte, besaß zwar drei Fenster, aber die lagen alle zu einem Hinterhof, der hauptsächlich für die Lagerung von altem Schrott benutzt wurde. Der Vermieter hatte sich gewundert, dass Hjörvar die Wohnung nach der Besichtigung tatsächlich noch haben wollte. Hjörvar fühlte sich genötigt, sich zu entschuldigen, und sagte, er brauche keinen Luxus, er sei nur wegen der Arbeit hier. Der Mann nickte skeptisch, bekam aber keine weiteren Erklärungen. Hjörvar wusste aus Erfahrung, dass alles nur noch unangenehmer wurde, wenn man versuchte, die Dinge genauer zu erläutern.

In Stokksnes hatte er reichlich schöne Aussicht. Er war immer noch nicht von ihr gelangweilt und bezweifelte, dass es jemals dazu kommen würde. Dafür war die Umgebung viel zu spektakulär. Um den Schönheitspreis wetteiferten der schwarze Strand, das tosende Meer und der stoische Berg Vestrahorn. Er reckte sich fast fünfhundert Meter in den Himmel und scherte sich nicht um das wilde Gebaren des Meeres zu seinen Füßen. Hjörvar bewunderte ihn und wünschte sich selbst eine solche Gelassenheit. Er reagierte auf Stress und Aufregung, indem er sich aus dem Staub machte. Dadurch hatte er einen Freund nach dem anderen verloren und, was noch schlimmer war, seine Familie.

Doch auf der Radarstation gab es keinen Stress und keine Aufregung. Sein Kollege Erlingur war ein entspannter Zeitgenosse, der sich nie aufregte. Er war genauso zurückhaltend wie Hjörvar und sagte kaum etwas, das sich nicht auf die Arbeit bezog. Das passte Hjörvar gut. Sinnloser Smalltalk über unbedeutende Dinge lag ihm einfach nicht.

Die Gesellschaft, die Hjörvar auf der Arbeit am meisten genoss, war nicht die seines Kollegen. Auch nicht die Kontakte zu den Leuten, mit denen er in der Zentrale der Küstenwache oder auf dem Flughafen Keflavík telefonierte. Nein. Der, den er am meisten schätzte, war der Ungesprächigste von allen.

Es war ein Kater. Er war ihnen vor zwei Monaten auf der Radarstation zugelaufen. Woher er kam, war schwer zu sagen. Entweder war er den ganzen Weg von Höfn hergestromert oder von Lónssveit durch den Tunnel gelaufen oder von einem der wenigen Bauernhöfe entwischt, die es in der Nachbarschaft gab. Möglicherweise. Er trug kein Halsband und war zerzaust, schien aber keine Wildkatze zu sein. Zumindest war er sofort zutraulich und strich Hjörvar um die Beine, wenn er seine Kontrollgänge über das eingezäunte Gelände machte. Deshalb hatte Erlingur am Anfang den Verdacht gehabt, der Kater würde ihm gehören. Zuerst hatte Hjörvar die Vermutung seines Kollegen von sich gewiesen, aber irgendwann schien er es selbst zu glauben, und Erlingur fand sich schließlich mit dem Kater ab.

Er war schwarz-weiß gefleckt und blieb lange namenlos. Als sie meinten, er bräuchte langsam einen Namen, war es zu spät. Sie hatten ihn drei Wochen lang Kisi, Katerchen, genannt, und der Name blieb einfach an ihm hängen.

Am Anfang drückte sich der Kater in einer Nische oben an der Station herum, hinter dem Zaun, der für Menschen unüberwindbar sein sollte, für eine Katze aber kein Hindernis darstellte. Hjörvar hatte Mitleid mit ihm und stellte ihm eine Schale mit Futter an die Hauswand, zuerst Reste seines eigenen Mittagessens, die das Tier aber nicht gut vertrug. Deshalb gab er ihm später Trockenfutter, das er in Höfn kaufte.

Die Nische bot zwar Schutz vor Stürmen, aber bei heftigen Unwettern türmte sich davor der Schnee auf, deshalb ließen sie den armen Kerl irgendwann rein, ohne groß darüber zu sprechen. Zwischen den Arbeitskollegen herrschte die stille Übereinkunft, dass es so das Beste wäre. Sie machten einfach die Tür auf, und Kisi schoss hinein, als wäre ihm der Teufel auf den Fersen. Seitdem ging er selten alleine raus, nur um sein Geschäft zu verrichten oder bei schönem Wetter eine Runde über das Gelände zu drehen. Ansonsten räkelte er sich den ganzen Tag auf einem Tisch in der Nähe der Computeranlage. Es handelte sich um sehr teure Geräte, aber das war Kisi egal, solange sie Wärme ausstrahlten.

Wenn Kisi zwischendurch wach wurde, setzte er sich auf, gähnte und beobachtete Hjörvar und Erlingur bei der Arbeit, die ihn genauso wenig beeindruckte wie seine Hightech-Heizung. Wenn sie alleine waren, versuchte Hjörvar, dem Kater zu erklären, dass die Arbeit wahnsinnig wichtig sei. Nicht nur für Island, sondern auch für die NATO. Doch Kisi starrte ihn nur weiter skeptisch an. Sein überheblicher Blick änderte sich nur, wenn Hjörvar ihm von sich erzählte, von seiner Kindheit und den Umständen, die ihn an diesen abgelegenen Ort verschlagen hatten.

Es war bemerkenswert, wie leicht er sich dem Tier gegenüber öffnen konnte, während es ihm schwerfiel, mit Menschen zu reden. Wahrscheinlich, weil er wusste, dass er von dem Kater keine Antwort bekam. Kisi würde ihm keine guten Ratschläge erteilen, ihn bemitleiden oder auffordern, sich zusammenzureißen. Er würde nicht großspurig darüber schwafeln, dass Hjörvar sich nur aufraffen und nicht mehr ständig in den Rückspiegel, sondern nach vorn schauen müsse. Er sei ja noch im besten Alter. Nein, Kisi starrte ihn nur an und schien aufmerksam zu lauschen. Hjörvar redete sich ein, der Kater könne seine Probleme aufsaugen, verdauen und in Nichts verwandeln. Und solange sie zusammen waren, funktionierte das auch, doch sobald Hjörvar frei hatte, ergriff ihn wieder die altvertraute Schwermut.

Er hatte schon probiert, Kisi nach der Arbeit mit nach Hause in seine Bruchbude zu nehmen, aber das war zwecklos. Dreimal hatte er den Kater mit nach Höfn genommen, und jedes Mal hatte er ununterbrochen gemaunzt, nichts gefressen und getrunken und sich eindeutig unwohl gefühlt. Also hatte Hjörvar es aufgegeben.

Am liebsten wäre er einfach auf der Arbeit geblieben. Hätte seine freien Tage sausen lassen und jede Nacht mit seinem kleinen Freund auf der Station übernachtet. Aber wenn er diesen Vorschlag machen würde, würden sie ihn sofort versetzen. Oder feuern. Die Küstenwache wollte keine labilen Eigenbrötler in ihren Reihen. Selbst der kleinste Verdacht in diese Richtung konnte dazu führen, dass sein Chef an seinem psychischen Zustand zweifelte, obwohl Hjörvar schon seit gut zehn Jahren bei der Küstenwache arbeitete und einen guten Ruf hatte.

Als die Stelle in Stokksnes frei wurde, hatte er intern sofort sein Interesse bekundet. Ein Jahr zuvor war die Stelle schon einmal frei gewesen, aber da hatte er noch keinen Gedanken an eine Bewerbung verschwendet. Doch manchmal schlug der

Wind schnell um. Das galt besonders für seinen Vorgänger, der damals eingestellt wurde, er kam nämlich noch vor Ablauf eines Jahres durch einen Unfall zu Tode.

Hjörvars Interesse an dem Job wurde positiv aufgenommen, zumal die Stelle nicht sonderlich begehrt war. Außerdem war er bereit, ohne lange Vorlaufzeit umzuziehen, und das gab den Ausschlag. Er bekam die Stelle und machte sich innerhalb von zwei Wochen auf den Weg in den Osten. Es ging alles sehr schnell, denn bei der Küstenwache hatte man es eilig. Vermutlich wollten seine Vorgesetzten sichergehen, dass er es sich nicht anders überlegte und einen Rückzieher machte. Jedenfalls bemühten sie sich bei allen Gesprächen krampfhaft, möglichst wenig über den Unfall seines Vorgängers zu reden, um Hjörvar nicht wieder von dem Job abzubringen. Das einzige Mal, als das Thema zur Sprache kam, ließ man durchblicken, der Mann habe psychische Probleme gehabt und der Unfall sei vermeidbar gewesen. Aber war das nicht bei allen Unfällen so?

Sein Vorgänger war in den Felsschacht gefallen, nach dem die Halbinsel Stokksnes benannt war. Es geschah an einem Freitag, und das Verschwinden des Mannes wurde erst entdeckt, als er nach seinem freien Wochenende nicht zur Arbeit kam. Sein Kollege war an dem Tag des Unfalls früher gegangen, konnte ihm also nicht helfen und hatte die Tragödie auch nicht gesehen.

Wenn Mitarbeiter die Station verließen, mussten sie das immer der Zentrale in Reykjavík melden. Im Dienstwagen befand sich ein Tetra-Funkgerät, mit dem sie ihre Abfahrt und später ihre Ankunft in Höfn durchgeben mussten. Das war an jenem Tag nicht geschehen, aber wegen einer Inspektion in der Zentrale hatte man vergessen, es zu überprüfen, und war davon ausgegangen, dass die Meldung des Kollegen versehentlich für beide Mitarbeiter gegolten hätte. Die Leiche wurde erst acht Tage später an Land gespült, zwei Kilometer weiter nordöstlich in Hafnartangi.

Der Felsschacht war eine Art Tunnel in den Klippen vor der Station. Er führte vom Meer zu einer Öffnung in einem flachen Felsen, durch die bei einer bestimmten Windrichtung Wasser hochspritzte. Der Mann war in dieses Loch gefallen, wobei man nicht wusste, warum er raus auf die Klippen gegangen war. Sie lagen außerhalb des eingezäunten Geländes und hatten nichts mit der Station zu tun. Wahrscheinlich waren deshalb Vermutungen aufgekommen, dass etwas nicht stimmte. Auch wenn es niemand offen aussprach, gab es Andeutungen, dass er sich das Leben genommen hatte.

Hjörvar wollte auf keinen Fall, dass sein Chef befürchtete, mit ihm könne es genauso laufen. Natürlich bestand da keine Gefahr, aber wenn er verlautbaren ließe, er wolle seine freie Zeit auf der Station verbringen, konnte das zu Missverständnissen führen. Also hielt er sich lieber bedeckt und fuhr wie sein Kollege nach Hause, wenn er frei hatte.

Doch an manchen Tagen, wenn zum Beispiel ein Unwetter im Anzug war, musste jemand vor Ort sein, um notfalls etwas reparieren zu können, und dann konnte er sich freiwillig melden, ohne Verdacht zu erregen. Man hielt ihn sogar für besonders verantwortungsvoll und vorbildlich. Sein Kollege Erlingur war auch froh darüber, und alle waren zufrieden, besonders Hjörvar selbst. Erfreulicherweise war sein erster Winter auf der Station extrem heftig. Ein Sturmtief jagte das andere, weshalb er schon mehr Zeit in Stokksnes verbracht hatte, als er sich hätte träumen lassen.

Jetzt sah Hjörvar zu, wie Kisi seinen Fressnapf ausschleckte. Seit der Kater offiziell einen Namen hatte, gab Hjörvar ihm meistens Krabben oder gekochten Schellfisch anstelle des Trockenfutters. Es machte ihm nichts aus, extra für den Kater zu kochen.

Kisi hob den Kopf, leckte sich übers Maul und schien nichts gegen einen Nachschlag zu haben. »Na komm, du willst doch nicht noch runder werden, oder?« Hjörvar stieß Kisi freundschaftlich mit dem Fußballen an. Er musste rausgehen, eine Runde über das Gelände drehen und abchecken, ob alles gut gesichert war, bevor das nächste Unwetter hereinbrach.

Es hatte angefangen zu schneien, noch ganz sanft, mit kleinen Schneeflöckchen, die senkrecht vom Himmel fielen. Sobald mehr Wind aufzog, würden sie aus allen Richtungen kommen. Er musste seinen Kontrollgang machen, bevor sich das Wetter verschlechterte, und Kisi musste vor dem Abend auch noch mal raus. Der Kater hatte ein Katzenklo, sowohl im Büro als auch im Mitarbeiterhaus, verrichtete sein Geschäft aber am liebsten draußen.

Hjörvar zog seinen Anorak und seine Stiefel an, während Kisi um seine Beine strich. Er kannte sich mit Katzen nicht aus und interpretierte das als Dank für das Futter. Wobei Kisi sich genauso verhielt, wenn er Hunger hatte, deshalb lag er damit vielleicht auch falsch, und es bedeutete etwas ganz anderes.

In diesem Moment klingelte das Türtelefon, und Hjörvar ging zur Gegensprechanlage. Jemand musste vor dem Zaun stehen. Er konnte sich nicht entsinnen, das Gerät schon mal gehört zu haben, und nahm verwundert den Hörer ab. Das war bestimmt irgendein durchgeknallter Outdoor-Freak oder jemand, der sich mit dem Auto festgefahren hatte. Am anderen Ende antwortete niemand. Hjörvar sagte noch ein paar Mal »hallo«, aber in der Leitung blieb es still. Dann knackte es kurz, und er hörte eine undeutliche Stimme, die etwas Unverständliches nuschelte. Er rief noch einmal »hallo« und forderte die Person auf, ins Mikrofon zu sprechen. Wieder Stille.

Hjörvar legte auf und beschloss nachzuschauen, was los war. Er musste sowieso raus, und vielleicht war jemand vor dem Tor in Schwierigkeiten. Er öffnete die Tür und trat hinaus in die Kälte, mit Kisi dicht auf den Fersen.

Das Erste, was ihm auffiel, war die Ruhe. Der Wind, der hier fast immer mal vom Meer, mal vom Land her wehte, war verschwunden. Es herrschte absolute Flaute. Selbst der Ozean schien zu schlafen. Doch der Himmel war verhangen, und der Schneefall wurde stärker. Die Sicht war schlecht, aber noch gut genug, um das Tor sehen zu können.

Da stand niemand. Hjörvar ließ den Blick über das Gelände schweifen. Vielleicht hatte die Person ihn nicht gehört und war wieder weggegangen. Keine Menschenseele war zu sehen, außerdem war der Schnee vor der Türsprechanlage nicht zertrampelt. Obwohl es jetzt stark schneite, war es ausgeschlossen, dass Fußspuren innerhalb so kurzer Zeit zugeschneit wären.

Hjörvar zog die Augenbrauen zusammen. Was war da los? Ein Defekt oder eine Stromstörung in der Telefonanlage? Das war die einzig vernünftige Erklärung. Wahrscheinlich hatte er sich die Stimme nur eingebildet oder zu viel in das Knacken hineininterpretiert. So musste es sein. Was denn sonst?

Kisi schien zu spüren, dass etwas nicht so war, wie es sein sollte. Der Kater verhielt sich anders als sonst. Wenn sie rausgingen, sprang er normalerweise los, blieb ab und zu stehen und tat so, als würde er Hjörvar nicht bemerken, folgte ihm aber trotzdem. Jetzt wich Kisi ihm nicht von der Seite, und Hjörvar musste aufpassen, nicht auf ihn zu treten. »Na komm, Dummerchen, auf zum Kontrollgang!«

Sie schauten sich in die Augen. Kisis gelbe Katzenaugen wichen Hjörvars Blick aus, dann miaute der Kater und fauchte, als hätte er im Schneegestöber etwas gewittert. Sein Fell richtete sich auf, er machte einen Buckel, und sein Schwanz zuckte.

»Was ist denn, Kisi?« Hjörvar starrte in den fallenden Schnee, aber die Flocken waren jetzt zu dicht, um etwas erkennen zu können. Er musterte den Kater und sagte: »Riechst du einen Fuchs?«

Aber er bekam keine Antwort.

Hjörvar ging weiter, und Kisi klebte an seinen Fersen und verhielt sich immer noch merkwürdig. Sie gingen über das Gelände, zu jedem einzelnen Mast und umrundeten am Ende die große Radarkuppel. Alles schien in Ordnung zu sein, und Hjörvar sah nichts, was vom Wind fortgerissen werden konnte. Keine losen Platten oder Risse in der Verkleidung, keine Vereisungen.

Und kein Fuchs.

Und keine menschlichen Spuren.

Hjörvar würde Kisi wieder in die Station bringen, dann konnte der Kater es sich dort in der Nacht gemütlich machen. Bevor er nach Hause fuhr, würde er noch eine weitere Runde drehen und Kisi währenddessen drinnen lassen. Offensichtlich fühlte sich das Tier draußen nicht wohl, außerdem war seine Angst ansteckend. Immer wieder ertappte sich Hjörvar dabei, wie er sich umschaute, und er vermied es, dem Strand den Rücken zuzudrehen. Eigentlich hielt er sich für ziemlich abgeklärt, aber er musste immer wieder an den Mann denken, dessen Stelle er übernommen hatte. Er stellte sich seine dunkle Silhouette auf den flachen Felsen vor, wie er in den schwarzen Abgrund des Felsschachts starrte.

»Komm, Kisi. Das reicht fürs Erste.«

Der Kater antwortete mit einem lauten Maunzen, das so klang, als wäre er erleichtert. Doch auch auf dem kurzen Weg zurück zur Station beruhigte er sich nicht, sondern wurde noch unsicherer und hielt sich dicht neben Hjörvars Beinen. Möglicherweise lag das an dem starken Wind, der nun eingesetzt hatte. Die Flaute vorhin war nur die Ruhe vor dem Sturm gewesen.

An der Tür zur Station hörte Hjörvar von drinnen ein bekanntes Geräusch. Das Türtelefon klingelte. Abrupt drehte er sich um und starrte durch das Schneegestöber zum Tor. Da stand niemand.

Hjörvar stürzte ins Haus und riss den Hörer vom Gerät. Dasselbe Knacken wie vorhin, dieselbe nuschelnde Stimme. Wenn ihn nicht alles täuschte, war es eine Kinderstimme. Hjörvar legte auf.

Sofort klingelte es erneut. Hjörvar stand wie erstarrt da und fixierte die Türsprechanlage, ging aber nicht ran. Er wollte nicht schon wieder diese merkwürdigen Geräusche hören, die von einer Stromstörung herrühren mussten oder weil sich irgendwelche Drähte verwickelt hatten. Eine andere Erklärung gab es nicht. Ein Kind konnte es nicht sein. Kinder hatten an diesem entlegenen Ort mitten im Winter nichts zu suchen.

Das Klingeln hörte kurz auf, dann schrillte der Ton wieder durch die Station. Kisi fauchte, schmiegte sich an Hjörvars Bein und machte einen Buckel.

4. KAPITEL

Mit der Ruhe und Stille rund um die Hütte war es vorbei. Überall lärmte es und wimmelte von Menschen, die nach den Verschollenen suchten und die Leiche ausgruben, über die Jóhanna und Þórir gestolpert waren.

Sie hatten sich auf der Ebene und an den umliegenden Hängen verteilt, wobei die Rettungswachtleute am auffälligsten waren. Sie trugen bunte Overalls und durchforsteten das Gebiet systematisch mit Sondierstangen, die sie in regelmäßigen Abständen in den Schnee stachen. Bislang war die Suche erfolglos geblieben, und man hatte nur diese eine Person aus der Gruppe gefunden.

Zusätzlich zur Rettungswacht waren zwei Polizisten von der Polizeiwache in Höfn vor Ort, zusammen mit einem Kollegen aus Selfoss und ein paar Leuten von der Spurensicherung aus Reykjavík. Sie hatten sich zuerst den Bereich rund um die Leiche angeschaut und sich dann der Hütte zugewandt. Außerdem waren noch ein Gerichtsmediziner und ein weiterer Mann vom staatlichen Identifizierungsteam dabei, dessen Aufgabe Jóhanna nicht ganz klar war. Er machte eigentlich nichts anderes, als im Weg rumzustehen.

Damit sie nicht auch noch störten, hatten Jóhanna und Þórir sich etwas abseits hingestellt, neben die Hütte, wo sie vor dem bitterkalten Wind geschützt waren und den Einsatz mitverfolgen konnten. Zuerst hatten sie die Fragen der Polizei, des Leiters der Rettungswacht und der Leute vom Identifizierungsteam beantworten müssen. Es waren immer dieselben, nur mit leicht abgewandeltem Wortlaut. Auch ihre Antworten waren fast immer wortwörtlich dieselben. Sie beschrieben haargenau alles, was sie von dem Zeitpunkt, als sie den Talkessel betreten hatten, in dem die Hütte stand, bis zu ihrer Rückkehr nach Höfn gemacht hatten. Die meisten Fragen drehten sich um den Leichenfund, warum sie zu dem Rentierkadaver hinaufgegangen seien und wie sie gemerkt hätten, dass unter dem Schnee eine Leiche lag. Jóhanna wurde immer wieder gefragt, warum sie der Toten den Schal aufs Gesicht gelegt hatte. Sie bereute es schon, weil alle das irgendwie seltsam fanden. Eine Zeitlang war sie wirklich verunsichert und hatte das Gefühl, man würde Þórir und sie verdächtigen, etwas verbrochen zu haben. Die Frau getötet, ihre Leiche im Schnee vergraben und den Fund nur vorgetäuscht zu haben. Aber das war natürlich Quatsch. Sie standen nicht unter Verdacht. In den Gesichtern und Stimmen der Fragenden spiegelte sich lediglich der Ernst der Lage.

Die Tatsache, dass einer der Polizisten Jóhannas Mann Geiri war, machte die Sache auch nicht besser. Er war der einzige Kripo-Beamte in Höfn, die anderen auf der Wache waren normale Streifenpolizisten. Deshalb konnte er sich, trotz Jóhannas Verwicklung in den Leichenfund, nicht einfach von dem Fall zurückziehen, wobei er das sicher trotzdem gemacht hätte, wenn Þórir und sie unter Verdacht stünden. Dennoch war Geiri zur Seite getreten, als sie zu den Geschehnissen befragt wurde. Während man sie in die Mangel nahm, musste sie sich zusammenreißen, Geiri keine hilfesuchenden Blicke zuzuwerfen. Nicht weil sie sich ein Signal von ihm erhoffte, wie sie sich bei der Befragung verhalten sollte, sondern weil sie sich in schwierigen Situationen immer an ihn wandte, genau wie umgekehrt. Ein Lächeln von ihm genügte, und selbst die schwierigsten Tage wurden erträglich.

Als die Fragerei endlich überstanden war, nickte Geiri ihr zu und folgte dann den anderen in eine Art Basislager, das man auf die Schnelle eingerichtet hatte. Es befand sich neben dem Hubschrauber, mit dem ein Teil der Leute und das Equipment hergebracht worden waren, und sah aus wie ein Partyzelt. In dem Zelt stand ein Tisch, an dem die weitere Strategie besprochen und die Suche organisiert wurde, außerdem diente es als provisorisches Lager für alles, was man bei der Suche fand.

Als sich niemand mehr für Jóhanna und Þórir interessierte, hatten sie sich bemüht, ein Gespräch in Gang zu halten, es aber schnell aufgegeben. Es war schwierig, ein neutrales Thema zu finden. Das Wetter und die weiteren Wetteraussichten hatten sie schnell abgehakt und danach mehr oder weniger geschwiegen.

Þórir fragte noch, ob sie sich gestern verletzt hätte, und Jóhanna erkundigte sich irritiert, was er meine. Er zeigte auf ihren Fuß und sagte, er habe gesehen, dass sie humpele. Das stimmte, sie humpelte immer leicht, wenn sie sich überanstrengt hatte, machte sich aber schon lange keine Gedanken mehr darüber. Weil es ihr unangenehm war, sagte sie Þórir nur, das sei eine Folge von einem früheren Unfall, nichts Ernsthaftes. Aber er löcherte sie weiter, bis sie ihm schließlich doch erzählte, was damals passiert war. Möglichst knapp und ziemlich schroff – so, dass es gerade noch vertretbar war, ohne unverschämt zu sein. Þórir kapierte es und hielt den Mund.

Seitdem schweigen sie.

Jóhannas Blick wanderte immer wieder den Hang hinauf, wo man die Leiche aus dem Schnee ausgrub. Eigentlich wollte sie es gar nicht sehen, musste aber trotzdem automatisch hingucken.

Gestern hatten Þórir und sie im ersten Moment wie erstarrt dagestanden und das gefrorene Auge angeglotzt, ohne ein Wort rauszubringen. Die Situation war so irreal gewesen, dass sich nicht mit Worten beschreiben ließ, wie sie sich gefühlt hatten. Dann hatte Jóhanna sich einen Ruck gegeben und die Stille durchbrochen. Immerhin gehörte sie zur hiesigen Rettungswacht und musste reagieren. Sie konnte nicht einfach wie ein Ölgötze dastehen und einem Ortsfremden die Sache überlassen. Þórir war zwar etwas älter als sie und zweifellos erfahrener und besser ausgebildet, aber es kam nicht in Frage, dass er nach Reykjavík zurückfuhr und allen erzählte, die Rettungswacht Hornafjörður bestehe aus einem Haufen Schisser.

Also hatte Jóhanna vorgeschlagen, vorsichtig rückwärtszugehen, am besten in ihren eigenen Fußspuren, um keine Beweise zu zerstören. Der Gedanke, noch jemanden retten zu können, kam ihr nicht. Sie hatte schon öfter an Unfallorten Leichen gesehen und konnte einschätzen, ob es sich noch lohnte, sie auf etwaige Lebenszeichen zu untersuchen. Wobei ihre Erfahrung in diesem Fall unerheblich war, denn das wäre jedem klar gewesen.

Doch nachdem sie zurückgewichen war und sich wieder gefasst hatte, änderte Jóhanna ihre Meinung. Was sollte sie sagen, wenn man sie später fragte, ob sie sich davon überzeugt hätte, dass der Mensch tot war? Wäre sie sich dann immer noch so sicher? Nein. Wahrscheinlich nicht. Sie stellte sich die skeptischen Gesichter der Fragenden vor und beschloss, jeden Zweifel auszuräumen, auch wenn sie nicht gerade erpicht darauf war.

Þórir bot an, es zu übernehmen, aber Jóhanna lehnte dankend ab.

Es war anstrengend, noch einmal den Hang hinauf zu dem Schneeloch zu stapfen, sich runterzubeugen und das Gesicht vom Schnee zu befreien. Aber sie schaffte es. Sie versuchte, an etwas anderes zu denken, wischte den Schnee vom Hals, zog ihren Handschuh aus und überprüfte den Puls. Kein Lebenszeichen.

Die Kälte der gefrorenen Haut unter ihren Fingerspitzen würde sie nie vergessen. Als sie abends im Bett lag, waren ihre Finger immer noch kalt. Selbst als sie ins Warme kam, fröstelte sie noch, aber das war alles nur psychisch. Ihre Finger waren unter der Bettdecke noch genauso eiskalt wie während ihres zügigen Rückmarschs von der Hütte. Unter der heißen Dusche noch genauso kalt, wie als Þórir und sie still und traurig an der Schotterpiste gestanden und darauf gewartet hatten, dass sie abgeholt wurden. Auf der Rückbank im geheizten Auto auf der Fahrt nach Höfn noch genauso kalt, wie als sie sich aufgerichtet, ihren Schal abgewickelt und vorsichtig auf das steifgefrorene Gesicht gelegt hatte.

Þórir hatte gefragt, warum sie das mache, und sie hatte ehrlich geantwortet. Sie wollte verhindern, dass Tiere an die Leiche kamen. Auch wenn man im Winter im Hochland kaum welche sah, waren sie dort vereinzelt anzutreffen. Und alle, die es im Herbst nicht geschafft hatten, das Gebiet zu verlassen, waren hungrig. Ausgehungert.

Jóhanna war froh, dass er sie nicht weiter nach den Tieren fragte oder warum sie das Gesicht nicht einfach wieder mit Schnee zugeschaufelt hätte. Sie wollte ihm nicht anvertrauen, dass sie das nicht über sich gebracht hätte. Dabei war ihr vollkommen bewusst, wie absurd das war. Eine Leiche war nichts anderes als eine leere Hülle. Der Mensch selbst war längst fort. Eine Leiche hatte keine Gefühle, betrauerte nicht ihr Schicksal und scherte sich nicht darum, ob sie unter eiskaltem Schnee oder unter einem weichen Schal lag. Trotzdem schaffte Jóhanna es nicht, das gefrorene Gesicht mit Schnee zu bedecken.

Jetzt schloss sie die Augen und versuchte, den gestrigen Tag zu vergessen. Sich etwas vorzustellen, das mit dem Leben zu tun hatte – Blumen, Tiere, Sommer, Kinder –, aber es gelang ihr nicht. Selbst wenn sie an die altkluge Nachbarstochter dachte, die sie fast immer zum Lächeln brachte. Deshalb bemühte sie sich noch einmal um ein Gespräch. »Wir sollten uns vielleicht woanders hinstellen. Ich bin mir nicht sicher, ob es klug ist, zu sehen, wie sie die Leiche hochheben.«

Þórir starrte weiter zu den Leuten, die oben am Hang herumwuselten. »Meiner Erfahrung nach ist es leichter, es zu sehen, als sich im Nachhinein vorzustellen, wie es hätte aussehen können. Meistens ist die Realität nicht so schlimm wie die eigene Fantasie. Jedenfalls bei mir.«

Jóhanna verstand, worauf er hinauswollte. Womit nicht gesagt war, dass sie derselben Meinung war. Aber was sollte sie machen? Sie konnte den Mann ja nicht hinter die Hütte zerren.

Es war ein Fehler gewesen, sie noch einmal hier raufzubringen, wenn sie nicht mitsuchen durften. Jóhanna wusste, dass die Leitung der Rettungswacht das genauso sah. Das Suchgebiet war riesengroß, und es gab genug zu tun. Aber die Polizei hatte entschieden, dass sie zwar mitkommen, sich aber im Hintergrund halten sollten. Geiris Chef aus Selfoss wollte sie beide vor Ort haben, damit sie demonstrieren konnten, was sie gemacht hatten, nachdem sie auf die Leiche gestoßen waren. Das taten sie, nachdem alle eingetroffen waren, aber Jóhanna verstand nicht, was dieses Theater bringen sollte.

Þórir glotzte immer noch zum Hang. »Und du bist dir sicher, dass es eine Frau ist?«

Jóhanna nickte. »Ja, ganz sicher.«

59

Seinem Gesichtsausdruck nach zu schließen, hatte er sich eine andere Antwort erhofft. Für Jóhanna machte das keinen Unterschied. Die Sache war furchtbar, egal, wer die Person war.

Oben am Hang kam Bewegung in die Leute. Jemand winkte den Männern vom Identifizierungsteam, sie sollten raufkommen. Die beiden hatten neben den aufgereihten Motorschlitten gestanden und sich besprochen. Jetzt eilten sie den Hang hinauf, und auch die beiden Drohnen, die in der Luft kreisten, wurden zu der Stelle gelenkt. Es bestand kein Zweifel. Jetzt war es so weit.

Jóhanna atmete tief ein. Auf einmal wurde ihr eiskalt, und sie schlang die Arme um ihren Oberkörper. Sie warf Þórir einen kurzen Blick zu und schlug noch einmal vor, sich ein Stück zu entfernen, aber er schüttelte zähneknirschend den Kopf. Auch wenn sie es nicht zugeben wollte, war sie erleichtert. Seine Aussage, die Realität sei weniger schlimm als die Fantasie, ging ihr nicht mehr aus dem Kopf. Wahrscheinlich hatte er doch recht. Während sie die Aktion beobachtete, fielen ihr allerdings verschiedene Dinge ein, die sie im Lauf der Zeit gesehen hatte und auf die sie gut verzichten konnte. Ihre Fantasie hätte nichts derart Schreckliches produzieren können wie die Nachrichtenbilder von Kriegsopfern, Terroranschlägen und Hungersnöten.

Ein Hungeropfer hatten sie jetzt vor sich. Der Rentierkadaver war ausgegraben worden. Nachdem man gesehen hatte, wie abgemagert das Tier war, ging man davon aus, dass es verhungert war, und als sich herausgestellt hatte, dass es weder erschossen noch erstochen worden war, ließ man es liegen. Neben der Frauenleiche war ein aufgeklapptes Taschenmesser gefunden worden, von dem man zunächst annahm, es habe mit dem toten Tier zu tun, aber so war es nicht.

Oben am Hang beugten sich die Leute gleichzeitig runter. Jóhanna setzte ihre Schneebrille ab und kniff die Augen zusammen. Þórir machte dasselbe, und sie verfolgten gebannt, wie die Leiche aus dem Schnee gehoben wurde.

Wegen der zahlreichen Leute rings um das Schneeloch konnten sie nicht viel erkennen, was die Sache im Grunde nur schlimmer machte. Sie sahen etwas aufblitzen, das wie eine Statue anmutete. Jóhanna konnte erkennen, dass die Arme nicht runterhingen und die Beine nicht angewinkelt waren. Sie wusste, was Leichenstarre war, aber sie wusste auch, dass diese nur kurz andauerte. Angesichts der Tiefe des Schnees musste die Frau wenigstens ein paar Tage dort gelegen haben. Es gab also einen anderen Grund, und Jóhanna kannte ihn. Die Leiche war gefroren.

Etwas anderes war jedoch überraschender. Wenn Jóhanna nicht alles täuschte, war die Frau nackt. Oder so gut wie nackt. In der letzten Zeit hatte es ungewöhnlich hohe Minusgrade gegeben, deshalb war es unvorstellbar, dass die Frau auch nur einen einzigen Handschuh ausgezogen hatte. Geschweige denn ihre gesamten Klamotten, bis auf die Unterwäsche. Die Kleidungsstücke im Flur in der Hütte mussten ihr gehören.

»Ist sie nackt?« Þórir hatte es ebenfalls gesehen und wirkte genauso entsetzt wie Jóhanna.

»Scheint so.« Jóhanna verzog reflexartig das Gesicht und kniff die Augen zusammen. Man legte die Leiche auf eine Trage, und die Leute am Hang wichen zur Seite. Jetzt hatten sie freie Sicht, und tatsächlich, die Tote trug nur Unterwäsche. Nun war auch deutlich zu sehen, dass die Leiche gefroren war, ein Arm befand sich in einer seltsamen Position, und die Beine waren in den Knien nur ganz leicht eingeknickt. Die Farbe der nackten Haut ähnelte erschreckend dem Weiß des Schnees, und Jóhanna senkte den Blick. Man konnte sich leicht vorstellen, dass dort eine Alabasterstatue transportiert würde. Wenn das Motiv ein anderes gewesen wäre. Kein Bildhauer bei klarem Verstand würde einen solchen Horror abbilden.

»Da haben wir die Erklärung für die Kleidungsstücke. Hast du nicht gesehen, dass sie fast nackt war, als du sie untersucht hast?« Þórir hatte auch weggeschaut, und Jóhanna meinte, einen leichten Vorwurf in seiner Stimme zu hören, so als hätte sie ihm etwas verheimlicht. Was natürlich absurd war.

»Nein. Ich hab so wenig Schnee wie möglich zur Seite geschoben und nur versucht, die Schlagader zu finden. Ich wollte es nicht unnötig in die Länge ziehen.«

Von einem der Suchtrupps drangen Rufe zu ihnen. Jóhanna fuhr herum und blickte in die Richtung. Der Rufer hatte seine Sondierstange abgelegt und wischte in dem Schnee vor seinen Füßen herum. Dann hob er den Kopf und rief wieder: »Blut! Hier ist eine Blutlache unterm Schnee!«

5. KAPITEL

Lónsöræfi – in der letzten Woche

Sie hatten es geschafft, die Hütte zu heizen. Es war zwar längst nicht so warm wie zu Hause in Reykjavík, aber sie schlotterten nicht mehr am ganzen Körper. Am Anfang schien es drinnen sogar noch kälter zu sein, so als würde die eingesperrte Kälte wie ein in die Enge getriebenes Tier fester zubeißen als draußen in Freiheit.

Sobald es wärmer wurde, fand Dröfn die ganze Situation nicht mehr so schlimm. Nach und nach ebbte ihr mulmiges Gefühl ab, bis es gänzlich verschwunden war und eine wohlige Müdigkeit zurückblieb. Das lag auch daran, dass sich die vier Bummler und der pflichtbewusste Haukur wieder vertragen hatten.

Tjörvi und Bjólfur hatten ihm dabei geholfen, den Herd an eine halbleere Gasflasche anzuschließen und die Heizung in Gang zu bringen. Dann hatten die drei Männer sich mit der Solaranlage beschäftigt, aber der Strom funktionierte nicht. Sie gaben es bald auf und meinten, es liege wohl am Schnee. Wenn die Solarzellen auf dem Dach nicht frei waren, wurde natürlich auch kein Strom produziert. Da es nicht in Frage kam, aufs Dach zu klettern, um sie freizuschaufeln, konnten sie die paar Glühbirnen, die es in der Hütte gab, nicht einschalten. Nachdem die technischen Aufgaben erledigt waren, boten die Männer an zu kochen, und weder Dröfn noch Agnes hatten etwas dagegen. Tjörvi und Bjólfur waren beide gute Köche, aber sie würden ihr Talent hier nicht unter Beweis stellen können. Die Sachen, die sie dabeihatten, eigneten sich nicht zum Flambieren, Kleinhacken oder im eigenen Saft Schmoren und ließen sich auch nicht auf einem Gemüsebett servieren.

Dennoch hörte es sich so an, als genössen die Männer das Herumwerkeln in der Küche. Dröfn und Agnes konnten ihre müden Knochen ausruhen, und die Männer schienen froh zu sein, dass sie sie los waren.

Während die Männer Gasflaschen hin- und herrückten und die Vorräte begutachteten, suchten die Frauen Kerzen. Sie fanden eine Vorratskammer, in der es nur ein paar Rollen Klopapier und eine Flasche Putzmittel gab, hatten aber Glück, als sie die alten Küchenschränke aufmachten, von denen schon die Farbe abblätterte. Darin lagen zwei halb heruntergebrannte Kerzen, die sie in leere Weinflaschen steckten. Die Flaschen waren eingestaubt und mussten schon seit Monaten auf der Küchenbank stehen. Vielleicht waren sie von den letzten Sommergästen. Die Flaschen erinnerten Dröfn jedoch nicht im Geringsten an Grillfeste auf der Terrasse bei Sonne und blauem Himmel, sondern an ihren eigenen Zustand an diesem Morgen. Sie verdrängte den Gedanken.

Dröfn und Agnes nahmen die primitiven Kerzenständer mit in den Raum, der als Wohn- und Esszimmer fungierte. Es gab einen Esstisch mit Stühlen und zwei Sofas, die in den letzten Monaten Staub angesammelt hatten. Bevor sie sich hinsetzten, klopften sie die Kissen aus, und selbst bei dem trüben Kerzenschein konnte man eine Staubwolke sehen.

»Mist, dass man das Fenster nicht einen Spalt aufmachen kann.« Agnes ließ sich aufs Sofa fallen, nachdem sich der Staub wieder gelegt hatte. Sie war der penibelste Mensch, den Dröfn kannte, aber nach dem Marsch war selbst sie offenbar zu müde, um sich über den Dreck zu beklagen. Dröfn tat es ihr nach und machte es sich auf dem anderen Sofa bequem. Sofort juckte es sie in der Nase, aber sie ignorierte es. Niemand hatte gesagt, dass das ein Luxustrip würde.

Dröfn schaute zu einem der Fenster und starrte auf die Fensterläden, die durch die schmutzige Scheibe schimmerten. Die Männer waren jetzt leise, deshalb konnte man das Haus ächzen und knarren hören. Der Wind hatte zugenommen, ein Unwetter war im Anzug. »Ich glaube, wir werden noch froh sein, dass sie zugenagelt sind.« Sie drehte sich wieder zu ihrer Freundin. »Was glaubst du, wer die Mütze verloren hat? Dieselbe Person, der auch der Anorak im Flur gehört?«

Die tanzenden Flammen der Kerzen warfen bizarre Schatten an die Wände. Dröfn fand, dass Agnes ganz anders aussah als sonst. Sie war blass, blickte finster drein und hatte Ringe unter den Augen. Wahrscheinlich sah sie selbst auch nicht besser aus.

Agnes antwortete verdutzt, so als hätte sie sich gar keine Gedanken über die Kleidungsstücke gemacht: »Keine Ahnung. Wahrscheinlich nicht. Der Anorak hängt bestimmt noch vom Sommer hier. In solchen Hütten vergessen die Leute immer alles Mögliche. Und die Mütze wurde einfach hier hochgeweht.«

Agnes war pragmatischer als Dröfn und neigte nicht zum Dramatisieren. Wenn Dröfn besorgt war, wirkte Agnes oft beruhigend auf sie, aber diesmal funktionierte es nicht. Dröfn schwieg verbissen.

Der Anorak war nicht eingestaubt. Und eine Mütze flog nicht kilometerweit aufs Hochland, ohne dass man es ihr angesehen hätte. Aber was wusste sie schon? Vielleicht wurden Mützen ja vom Wind über die Schneedecke geweht, vom einen Ende des Landes zum anderen, ohne kaputtzugehen. Und vielleicht hatte der Wind auch durch den offenen Türspalt den Staub vom Anorak geblasen.

Aber wer hatte die Tür aufgemacht? Undenkbar, dass sie den ganzen Winter offen gestanden hatte, dann würde sie nicht mehr in den Angeln hängen. Unzählige Stürme waren über das Land gefegt und hätten die Holztür nicht verschont. Sie hätte irgendwo gelegen, vielleicht mitten am Hang. Tjörvi, Agnes und Bjólfur hatten nur mit den Schultern gezuckt und nicht weiter darüber nachgedacht, aber Dröfn war ganz still geworden. Sie hatte Haukur angesehen, dass auch er nachdenklich war.

»Scheint mir eine Damenjacke zu sein.« Schon als sie den Satz sagte, wusste Dröfn, dass sie es besser gelassen hätte. Agnes scherte sich nicht um die Besitzerin des Anoraks, und das würde sich auch nicht ändern, wenn Dröfn weiter auf der Sache herumritt.

»Na und? Im Sommer kommen doch genauso viele Frauen wie Männer hier rauf, oder etwa nicht?« Agnes verdrehte die Augen, schloss sie dann und verschränkte die Arme, so als wollte sie ein Nickerchen machen.

Dröfn setzte sich auf dem staubigen, unbequemen Sofa zurecht und antwortete nicht auf Agnes' rhetorische Frage. Es spielte keine Rolle, welchen Geschlechts die Person war, die den Anorak zurückgelassen hatte. Einer Frau würde es draußen in der Kälte ohne Jacke genauso schlecht ergehen wie einem Mann.

»Krass, ich kann mich echt nicht mehr erinnern, wie ich von der Bar ins Zimmer gekommen bin. Oder an die Bar selbst. Hast du das Gesicht der Frau gesehen, als wir ausgecheckt haben? Wir müssen uns unmöglich aufgeführt haben.« Agnes seufzte schwer. »Scheiße.«

»Ich weiß auch so gut wie gar nichts mehr«, pflichtete Dröfn ihr bei. »Aber Tjörvi hätte es mir bestimmt gesagt, wenn wir uns total danebenbenommen hätten. Der erinnert sich immer an alles.« Sie hatte keine Lust, über den gestrigen Abend oder den Gesichtsausdruck der Frau am Empfang zu sprechen. Sie wollte über den Anorak, die Mütze und die offenen Hüttentür reden.

»Ich trinke nie wieder Alkohol«, stöhnte Agnes, immer noch mit geschlossenen Augen. Für sie war das Gespräch über die Kleidungsstücke beendet. »Jedenfalls keinen billigen Wein.« Sie versuchte, die Beine auszustrecken, aber weil das Sofa zu kurz war, ließ sie sie über den Rand hängen. »Ab jetzt nur noch Qualitätswein.«

Der Hangover war eher auf die Menge des Weins als auf dessen Qualität zurückzuführen, aber darauf wies Dröfn sie lieber nicht hin. »Wenn du was gegessen hast, geht's dir bestimmt besser.«

Agnes murmelte vor sich hin und war kurz davor, einzunicken. Als ihre Atemzüge tief und gleichmäßig waren, versuchte Dröfn, es ihr gleichzutun. Aber es gelang ihr nicht. Trotz der Erschöpfung von dem anstrengenden Tag konnte sie sich nicht entspannen.

Sie stand wieder vom Sofa auf. Aus der Küche drangen die Stimmen der Männer in den Aufenthaltsraum. Angenehme Geräusche, die nicht in die düstere, stickige Umgebung passten.

Dröfn nahm eine Kerze vom Couchtisch und ging in den Flur. Das war eine gute Gelegenheit, den Anorak noch mal unter die Lupe zu nehmen. Agnes wäre genervt, wenn sie Dröfn dabei erwischte, und Tjörvi auch. Warum sollte man sich Ärger einhandeln, wenn man es vermeiden konnte?

Tjörvi und sie zogen als Paar fast immer am gleichen Strang, deshalb hatten sie ein Problem, wenn es ausnahmsweise mal nicht so war. Dröfn ahnte, dass der Anorak so ein Thema war, und Tjörvi reagierte schnell genervt, wenn Diskussionen nicht zu einem konkreten Ergebnis führten. Er war Bereichsleiter bei einer großen Pharmafirma und beschäftigte sich den ganzen Tag mit Zahlen, Fakten und Produktionsleistungen. In seinem Job gab es keinen Platz für Mehrdeutiges oder Unklares, und mit der Zeit hatte sich das auf seine gesamte Lebenseinstellung übertragen. Man musste immer zu einem Ergebnis kommen, sonst lohnte es sich nicht, zu diskutieren. Und sie würden natürlich nicht rauskriegen, wer die Hüttentür aufgemacht hatte und wem der Anorak gehörte. Oder die Mütze.

Dröfn achtete darauf, nicht mit der brennenden Kerze irgendwo anzustoßen, als sie die Tür zu dem kleinen Vorraum öffnete. Eine fiese feuchte Kälte schlug ihr entgegen, und die Flamme flackerte heftig. Die Außentür war undicht, und der Wind blies durch die Ritzen. Schnell zog sie die Tür hinter sich zu, damit die kostbare Wärme nicht aus der Hütte strömte.

Im Flur gab es kein Regal und keine Kommode, wo sie die Flasche mit der Kerze abstellen konnte. Sie stellte sie testweise auf den Boden, aber die kleine Flamme war zu schwach, um den Raum ausreichend zu erleuchten. Deshalb musste sie die Flasche mit der linken Hand festhalten und mit der rechten den Anorak untersuchen.

Sie nahm ihn vom Haken und musterte ihn. Eindeutig ein Damenanorak. Dröfn konnte das Label innen in der Jacke lesen, kannte die Marke aber nicht. Vom Material und der Verarbeitung her handelte es sich um ein eher teures Stück. Nachdem sie den Anorak wieder an den Haken gehängt hatte, tastete sie mit der Hand in die Taschen.

Sie fand ein Feuerzeug, hundert Kronen, ein in Papier eingewickeltes Bonbon und eine Kreditkartenquittung für Benzin. Die Quittung war zwei Monate alt. Dröfn stöhnte leise. Das war's dann mit der Theorie, dass die Jacke seit dem Sommer in der Hütte hing.

Dröfn wurde in dem flackernden Licht schwindelig. Sie ließ den Arm sinken, verharrte reglos und starrte auf die tanzenden Schatten der Flamme an der Wand. Sie war sich nicht sicher, ob sie überhaupt noch atmete. Aber ihr Herz schlug definitiv noch, es hämmerte so heftig in ihrer Brust, als wollte es sich einen Weg hinausbahnen.

Diese Panikattacke kam nur durch ihre wilde Fantasie. Es gab keinen realen Auslöser. Sie hatte den Anorak angestarrt und war urplötzlich erstarrt, fest davon überzeugt, dass die Frau vor der Tür stand. Draußen war nichts Verdächtiges zu hören, und Dröfn hatte auch nichts aus dem Augenwinkel gesehen. Dennoch war sie sich ganz sicher, dass draußen jemand stand. Direkt vor der Tür.

Trotz des Schocks konnte sie noch klar denken, denn die letzten Reste des Katers waren jetzt wie weggeblasen. Das einzig Vernünftige in dieser Situation war, die Tür zu öffnen. Rauszugucken und sich davon zu überzeugen, dass da niemand stand. Natürlich stand da niemand. Obwohl Dröfn genau wusste, dass ihre Fantasie ihr einen Streich spielte, brachte sie es nicht über sich, die Tür aufzumachen. Sie traute sich noch nicht mal, den Kopf zu drehen.

Vielleicht erlebte sie im wachen Zustand einen Albtraum, der sie erstarren ließ. Sie hatte auf der Arbeit von so was gehört, eine Kollegin hatte exakt eine solche Lähmung beschrieben, wie Dröfn sie gerade erlebte. Sie konnte sich nicht bewegen.

Sie versuchte, im Geiste bis zehn zu zählen, kam aber nur bis fünf. Das Bild von einer erfrorenen Frau, die draußen im Schnee stand und die Hüttentür anstarrte, zwängte sich an den Zahlen vorbei. Dröfn konzentrierte sich auf ihre Atmung. Das klappte besser, und sie schaffte es, den Kopf zur Flurtür zu drehen, die zurück in die Wärme führte. Und zu den anderen.

Dröfn schluckte, holte ein paar Mal tief Luft und verdrängte alle Gedanken aus ihrem Kopf. Mechanisch verließ sie den Vorraum. Dann zog sie hastig die Tür hinter sich zu, lehnte sich mit dem Rücken dagegen und versuchte, ihre Schnappatmung in den Griff zu bekommen.

Was war da gerade passiert? Manchmal ging die Fantasie mit ihr durch, aber das kannten doch alle. Sie hatte sich zum Beispiel schon öfter eingeredet, dass ein Einbrecher im Haus wäre, obwohl alles abgeschlossen und die Fenster zu waren. Aber jetzt war das Gefühl viel schlimmer und intensiver gewesen. Normalerweise wusste sie, wann ihre Vernunft aussetzte, doch diesmal kamen ihr Zweifel. Konnte es sein, dass sie tatsächlich die Nähe einer anderen Person gespürt hatte?

Dröfn zuckte zusammen. Was war nur los mit ihr? Drehte sie durch? Zu ihrem schnellen Herzschlag, ihrer Gänsehaut und ihrem hektischen Atmen gesellte sich panische Angst. Konnte man von jetzt auf gleich verrückt werden? War es das?

Bei dem Gedanken wurde sie plötzlich wütend auf sich selbst. Natürlich nicht! Sie war ganz normal, so ein Unsinn! Die Wut drängte die Panik ein wenig zurück, genug, dass sich Dröfn von der Tür lösen und mit zittrigen Beinen zurück in den Aufenthaltsraum gehen konnte.

Dort war alles ganz friedlich. Aus der Küche drangen immer noch die Stimmen der Männer, und Agnes schlummerte noch auf dem Sofa. Niemand schien bemerkt zu haben, dass sie kurz fort gewesen war. Zum Glück. Dröfn wollte mit niemandem über dieses seltsame Erlebnis sprechen. Sie sank auf das freie Sofa, streckte sich aus und starrte an die holzgetäfelte Decke.

6. KAPITEL

Um kurz vor ein Uhr nachts kam Geiri endlich nach Hause. Nach dem Ende der Suche war er mit den anderen Polizisten, dem Leiter der Rettungswacht und den Leuten vom Identifizierungsteam zu der kleinen Polizeiwache in Höfn gefahren. Jóhanna nahm an, dass sie sich dort zusammengesetzt und den Stand der Dinge besprochen hatten. Þórir und sie waren mit der Rettungswacht in den Ort zurückgekehrt, und sie war nach Hause und Þórir in seine Pension gegangen.

Die Kollegen von der Rettungswacht hatten Þórir und den anderen Ortsfremden beim Abschied bewusst nicht ins Gesicht geschaut, weil sie sich nicht gezwungen fühlen wollten, sie zu sich nach Hause zum Essen einzuladen. Alle, außer Þórir, schienen das zu spüren und gingen einfach. Nur er stand noch bei den Einheimischen herum und kapierte es einfach nicht. Die anderen warfen Jóhanna Blicke zu, so als fänden sie es selbstverständlich, dass sie sich bereit erklärte, weil sie Þórirs Teampartnerin war. Doch auch sie fühlte sich körperlich und geistig zu erschöpft, um die Rolle der Gastgeberin zu mimen. Der Mann musste in einem Restaurant zu Abend essen. Falls er länger in Höfn bleiben sollte, würde sie ihn vielleicht mal einladen, und sei es auch nur, um vor ihren Kollegen nicht als ungastlich dazustehen.

Diesmal hatte sie sich jedoch genauso verhalten wie die anderen, nur ein paar Abschiedsworte gemurmelt, dabei an Þórir vorbeigeschaut und sich auf den Weg in ihr leeres Haus gemacht. Vielleicht hatte sich ja doch noch einer erbarmt, dachte sie.

Es war nicht das erste Mal, dass Jóhanna alleine zu Hause auf Geiri wartete. Das Einsatzgebiet der Polizeiwache von Höfn war groß. Es reichte im Westen bis nach Vík und umfasste somit die Hälfte des Gletschers Vatnajökull, dessen andere Hälfte zum Polizeibereich von Nordisland gehörte. Es war also kein Wunder, dass ihr Mann manchmal erst spätnachts nach Hause kam. Noch später als jetzt. Bisher war Jóhanna aber nie in seine Fälle involviert gewesen, deshalb war das Warten nicht so schlimm gewesen. Trotzdem fühlte sie sich dabei immer einsam, weil sie zugezogen war und ihr Freundeskreis in Höfn eher zu Geiris Leben gehörte als zu ihrem. Von ihren alten Freunden in Reykjavík entfernte sie sich immer mehr und verfolgte auch nicht mehr regelmäßig ihre Aktivitäten auf Social Media.

Wenn sie ihre Freundinnen hin und wieder doch noch mal anrief, wurde immer deutlicher, dass sie nicht mehr viel gemeinsam hatten. Der Klatsch und Tratsch über Affären und witzige Erlebnisse war nicht mehr so unterhaltsam, wenn man selbst nicht dabei gewesen war. Jóhanna lachte zwar und echauffierte sich an den richtigen Stellen, aber ihr Lachen war hohl und ihre Aufregung gespielt.

Sie würde schon noch Freunde und Bekannte im Hornafjörður finden. Die Rettungswacht war ein Versuch, auf eigenen Beinen zu stehen und nicht als Wohltätigkeitsprojekt der Frauen von Geiris Freunden zu enden. Wobei das kein spontaner Einfall gewesen war, Jóhanna war schon in Reykjavík bei der Rettungswacht gewesen und hatte es sehr gemocht. Da sie genug Erfahrung hatte, wurde sie sofort aufgenommen und musste sich nicht erst beweisen. Der Kontakt zu den anderen Ehrenamtlichen beschränkte sich bisher jedoch auf die Einsätze. Alle hatten ihre Freunde und ihre Leben außerhalb der Rettungswacht und brauchten keine neue Bekannte aus der Stadt, um ihr Leben zu vervollkommnen. Jóhanna hoffte, dass sich das mit der Zeit ändern würde und sie sich einem netten Freundeskreis anschließen konnte. Und wenn nicht, dann sollte es eben so sein.

Seit sie gegen acht Uhr nach Hause gekommen war, hatte sie ein paar Toastbrote gegessen, geduscht, ferngesehen, im Internet gesurft und ein paar Kapitel in dem Buch gelesen, das auf ihrem Nachttisch lag. In der letzten Zeit hatte sie es kaum aus der Hand legen können, aber jetzt verlor sie immer wieder den Faden. Sie stand mehrmals auf, ging zum Wohnzimmerfenster und blickte über den Ort. Die Polizeiwache war von ihrem Haus aus zu sehen, und Jóhanna versuchte zu erkennen, ob dort noch Licht brannte. Wenn es ausging, war Geiri mit der Arbeit fertig. Höfn war ein kleiner Ort, deshalb war es ziemlich sinnlos, ständig aus dem Fenster zu starren. Von der Wache bis zu ihrem Haus waren es nur wenige Minuten. Sobald sie sehen würde, dass das Licht ausging, würde er kurz darauf schon vor der Tür stehen.

Als Geiri endlich nach Hause kam, stand Jóhanna ausnahmsweise nicht am Fenster, sondern lag auf dem Sofa und versuchte ein letztes Mal, sich in das Buch zu vertiefen. Als sie hörte, wie die Tür aufging, legte sie es zur Seite und eilte in den Flur.

Geiri lächelte sie müde an. Anstatt ihn direkt nach Neuigkeiten zu löchern, gab sie ihm nur einen Kuss und wartete, bis er fertig gegessen hatte. Oder fast fertig. Ein paar Happen waren noch übrig von dem Mischmasch, das er sich aus dem Kühlschrank genommen hatte, aber Jóhanna konnte sich nicht länger beherrschen und fragte ihn nach der Toten.

Geiri schluckte einen Bissen runter. »Das Identifizierungsteam muss ihre Identität noch abschließend bestätigen. Aber es ist ziemlich sicher eine der beiden Frauen. Die Kleidungstücke, die wir in der Hütte gefunden haben, gehören höchstwahrscheinlich ihr. Warum sie sich ausgezogen hat und halbnackt raus in den Schnee gelaufen ist, werden wir vielleicht nie erfahren.«

Jóhanna schwieg und ließ Geiri zu Ende essen, während sie darüber nachdachte. Er stand auf und räumte den Tisch ab. »Außerdem wurden in der Jacke zwei Handys gefunden, was ziemlich merkwürdig ist. Und nur ein Handschuh. Das passt allerdings zu den Erfrierungen an ihrer Hand. Wir wissen nicht, wo der andere abgeblieben ist, aber die Handys schicken wir zur Überprüfung in die Stadt. Ich bezweifle, dass sie beide ihr gehörten. Wer braucht schon zwei Handys?«

»Und was ist mit dem Blut? Gibt es dafür eine Erklärung?« Die Suchtrupps hatten in der Nähe der Blutlache keine weitere Leiche gefunden.

Geiri schüttelte den Kopf. »Nein. Das wird auch in der Stadt untersucht. Es stammt eher nicht von einem Tier. Da lagen keine Federn oder Fellreste wie bei einem Beutetier, außerdem war es ziemlich viel Blut. Der Schnee könnte das Bild allerdings auch verfälschen. Die Blutlache hat sich ausgebreitet und sieht dadurch größer aus.«

Jóhanna war an der Frauenleiche keine offene Wunde aufgefallen, aber sie hatte auch nicht so genau hingeguckt. »War die Frau verletzt? Könnte das Blut von ihr sein?«

»Sie hatte noch nicht mal eine Schramme. Und das Rentier war auch unverletzt. Es muss eine andere Erklärung geben. Ich könnte mir am ehesten vorstellen, dass es in der Gruppe eine Auseinandersetzung gab, die mit einem Blutbad endete. Mög-

74

licherweise nachts. Das würde erklären, warum die Frau halbnackt war und ein Taschenmesser bei sich hatte. Vielleicht floh
sie aus der Hütte, schaffte es nicht mehr, sich vorher anzuziehen, und nahm das Messer zur Verteidigung mit.« Geiri atmete
hörbar aus. »Wobei das auch nicht passt. Sie wäre doch bestimmt eher mit ihren Klamotten auf dem Arm rausgerannt,
anstatt sie in den Vorraum zu werfen. Selbst wenn sie unter
Schock stand, muss ihr klar gewesen sein, dass das übel enden
würde. Und von wem stammt das Blut? Hat sie zugestochen? Ist
sie durchgedreht und hat einen aus der Gruppe mit dem Messer
angegriffen?«

»Wenn jemand niedergestochen wurde, dann lebt er vielleicht noch.« Jóhanna wusste genau, dass das sehr optimistisch
war. Eine verletzte Person hatte noch weniger Chancen, in der
Wildnis zu überleben. Trotzdem hoffte sie es zutiefst.

Geiri wirkte skeptisch. »Dann ist da noch die Sache mit dem
Auto. Wo ist es? Der Hubschrauber hat vergeblich danach gesucht. Möglicherweise ist einer aus der Gruppe zurückgefahren.
Aber dann verstehe ich nicht, warum er oder sie sich nicht gemeldet hat. Es sei denn, diese Person hat das ganze Chaos verursacht.«

»Das Auto wird schon noch gefunden. Und der Fahrer auch.«
Jóhanna massierte ihren schmerzenden Rücken. »Es kann ja kein
Kleinwagen gewesen sein. Nicht, wenn er bei diesen Straßenver-
hältnissen mit vier oder fünf Leuten da hochgefahren ist.«

»Ja, und mit der ganzen Ausrüstung, die sie dabeihatten, als
sie im Hotel auscheckten.« Geiri spülte seinen Teller ab. »Die
haben wir auch noch nicht gefunden.«

»Vielleicht wollten sie gar nicht übernachten. Nur eine Tagestour machen, und die Sachen liegen noch im Auto.« Jóhanna
dachte an die Zahnbürste und die Zahnpasta im Badezimmer in

der Hütte. Auf eine Tagestour nahm man keine Zahnbürste mit.
»Wann werden sie die Frau identifiziert haben?«

»Sie kümmern sich sofort morgen früh darum. Die Leiche wurde mit dem Hubschrauber in die Stadt gebracht. Aber so was dauert länger, als man denkt. Ich vermute, dass wir morgen Mittag ihren Namen wissen.«

Irgendwo in Island saßen die Angehörigen und klammerten sich an die Hoffnung, dass die Frau lebend gefunden wurde.

»Wenn sie zu fünft waren, warum hat sich dann niemand von den anderen gemeldet und sie als vermisst gemeldet? Oder gibt es Vermisstenmeldungen?«

»Es gibt immer Vermisstenmeldungen. Nur nicht in den letzten Tagen«, antwortete Geiri seufzend. »Natürlich kann es auch sein, dass die anderen nicht wissen, dass sie verschwunden ist, und es deshalb nicht gemeldet haben. Vielleicht waren sie auch nur zu viert.«

»Ich kenne niemanden, der einfach so untertaucht, ohne dass es jemand merkt. Wenigstens ein Arbeitskollege.« Jóhanna sagte nicht, dass sie dabei an sich selbst dachte. Wenn Geiri nicht da war, würde man sie zuerst auf der Arbeit vermissen. Sie arbeitete in der Qualitätskontrolle bei der größten Fischereifirma im Ort und war eine wichtige Mitarbeiterin in der Produktionskette. Wenn sie nicht zur Arbeit käme, würde das sofort bemerkt. Um an der Suche teilzunehmen, musste sie sich freinehmen, was nur widerstrebend bewilligt wurde. Nachdem ihre Kollegin gekündigt hatte, war Jóhanna die erfahrenste Mitarbeiterin in der Qualitätskontrolle. Angesichts ihrer relativ kurzen Berufslaufbahn ein echter Pluspunkt.

Geiri gähnte. »Die vier, die definitiv vermisst werden, konnten sich ja auch eine Woche Urlaub nehmen, ohne dass davon die Welt untergeht. Warum also nicht auch die fünfte Person?

Falls es sie überhaupt gibt … Außerdem haben nicht alle einen normalen Nine-to-five-Job. Oder überhaupt einen Job. Wer kaum Kontakte hat, wird auch nicht so schnell vermisst. Aber irgendwie glaube ich das in diesem Fall nicht. Wenn die fünfte Person ein Einzelgänger war, warum hätte sie sich dann mit den zwei Paaren zusammentun sollen? Das Logischste wäre, dass sie nur zu viert waren.«

Jóhanna stimmte ihm zu. »Wisst ihr, was die Leute da oben wollten?«

»Das wird untersucht. Wir wissen noch nichts über den Zweck der Tour. Darum kümmern sich die Kollegen in Reykjavík.« Geiri gähnte mehrmals ausgiebig. »Ich muss ins Bett. Wir fangen morgen wieder früh an. Du vermutlich auch. Es wurde ein neues Suchgebiet festgelegt.«

Das war's dann wohl mit dem Wochenende. Eigentlich wollten sie essen gehen und ein paar Dinge erledigen, unter anderem das Gästebad streichen und Geiris Bruder in Lónssveit besuchen, der ständig fragte, wann sie mal vorbeikämen. Sie beneidete Geiri nicht darum, dass er ihm wieder einmal absagen musste.

»Glaubst du, dass ich weiter mitsuchen darf?« Niemand hatte Þórir und ihr klar gesagt, dass sie nicht unter Verdacht stünden. Wahrscheinlich war es nicht eindeutig, und sie hatten auch nicht konkret danach gefragt.

»Ja. Die Befragung war reine Formsache. Ihr habt nichts falsch gemacht, als ihr die Leiche entdeckt habt. Das war bestimmt keine schöne Erfahrung«, sagte Geiri mitfühlend. »Hat sonst niemand mit euch geredet?«

Jóhanna schüttelte den Kopf. »Nein, nur die Kollegen von der Rettungswacht.«

»Das tut mir leid.« Geiri nahm ihre Hand. »Ich hätte natürlich mit dir sprechen sollen. Aber ich …«

»Du brauchst dich nicht zu entschuldigen«, fiel sie ihm ins Wort. Das war ehrlich gemeint. Sie verstand die Situation. Geiri machte nur seinen Job, und es war schwierig, wenn private Dinge mit reinspielten, besonders in Anwesenheit seines Chefs und eines Kollegen aus Selfoss, den er kaum kannte.

Jóhanna merkte, dass ihre Worte nicht den gewünschten Effekt hatten. Sie wollte nicht, dass Geiri sich Vorwürfe machte, und kam schnell auf etwas anderes, das sie sowieso mit ihm besprechen wollte. »Þórir meinte, wenn man unterkühlt ist, kann man das Gefühl haben, man würde vor Hitze ersticken. Deshalb zieht man sich aus. Er ist Experte für so was und weiß, wovon er spricht. Es klingt erstaunlich, aber könnte das erklären, warum sie halbnackt war?«

Geiri schüttelte den Kopf. »Nein, das halte ich für fragwürdig.« Er schaute ihr in die Augen. »Klar gibt es so was, aber warum liegen die Klamotten dann in der Hütte? Drinnen kann sie kaum unterkühlt gewesen sein, selbst wenn die Hütte ungeheizt war. Man kann sich immer dick einpacken und zusammenkauern. Eine Unterkühlung entsteht meistens durch Wind und Nässe, und das passiert einem in einer Hütte nicht. Wobei damit nicht gesagt ist, dass man im Hochland nicht auch drinnen erfrieren könnte.«

Jóhanna nickte. Þórirs Erklärung hatte sie auch nicht überzeugt. Es war schwer vorstellbar, dass man sich auszog, wenn man kurz vorm Erfrieren war. Jóhanna war es schon oft so kalt gewesen, dass sie gedacht hatte, sie müsse erfrieren. Aber sie hatte noch nie das Bedürfnis verspürt, sich die Kleider vom Leib zu reißen. Aber sie war ja auch noch nie in einer so hoffnungslosen Lage gewesen wie die tote Frau.

Falls man die Lage als hoffnungslos bezeichnen konnte, denn die Hütte war schließlich in Reichweite gewesen.

Geiri blickte sie an und schien etwas Ähnliches zu denken. »Und du bist dir ganz sicher, dass die Hütte nicht abgeschlossen war?« Er schaute ihr nicht direkt in die Augen, denn das war ein heikles Thema. Sie hatten sich in der letzten Zeit öfter über Kleinigkeiten gestritten, beispielsweise über verlorene oder verlegte Gegenstände. Jóhanna gab immer Geiri die Schuld und umgekehrt. Da sie sich nie einigen konnten, sprachen sie dann einfach nicht mehr darüber.

»Ja.« Jóhanna lächelte, um ihm zu zeigen, dass sie ihm die Frage nicht übelnahm. »Wie meistens bei diesen Hütten. Wenn sie abgeschlossen gewesen wäre, wären wir nicht reingekommen.«

»Klar, natürlich.« Geiri griff wieder nach ihrer Hand und drückte sie. »Ich verstehe nur nicht, warum die Frau nicht in die Hütte gegangen ist. Versetz dich mal in ihre Lage. Was sollte denn da drinnen sein, das einen dazu bringt, lieber zu erfrieren? Es sei denn, man flieht vor jemandem, der einen umbringen will. Dazu passt wieder, dass sie ein Messer dabeihatte.«

Jóhanna stimmte ihm zu. Wahrscheinlich würde sie eher einen Kampf mit einem Mörder überleben als die Kälte. Aber sie konnten das Rätsel jetzt ohnehin nicht lösen. Sie waren erschöpft. »Hoffentlich klärt sich das alles bald.«

Bevor Jóhanna nach oben ins Schlafzimmer ging, trat sie noch einmal ans Wohnzimmerfenster. Geiri ging morgens immer runter in die Küche und kochte Kaffee, wenn er noch nicht angezogen war. Sie wollte nicht, dass er im Schlafanzug auf dem Präsentierteller stünde, wenn sein Chef aus Selfoss und die Kollegen aus Reykjavík schon über den Fußweg hinter ihrem Garten zur Polizeiwache liefen.

Die Gardinenstange war billig und nicht sehr stabil, deshalb musste man die Vorhänge vorsichtig zuziehen. Eigentlich planten sie, den Garten zu bepflanzen, damit das Haus vom Fußweg nicht mehr einsehbar war. Die Vorhänge waren nur eine Übergangslösung. Jóhanna zog sie langsam zu. Geiri schaltete das Licht aus, und als es im Wohnzimmer dunkel war, konnte sie draußen mehr erkennen.

Im Garten stand etwas großes Schwarzes. Etwas, das sich bewegte. Sie erschrak und ließ die Gardine los.

Dann atmete sie erleichtert auf. Es war Morri, der Hund der Nachbarn. Ein großer schwarzer Labrador. Er war gut erzogen, kannte sie schon und wedelte mit dem Schwanz, wenn er sie sah. Aber jetzt stand er reglos im Garten und starrte vor sich hin.

»Was ist los?« Geiri stellte sich neben sie. »Ist jemand im Garten?« Jóhanna merkte, wie er sich anspannte. Das lag an seinem Job. Er war allzeit bereit, wie ein Pfadfinder. Nur dass er mit wesentlich ernsteren Dingen konfrontiert war.

»Es ist nur Morri. Keine Ahnung, was er in unserem Garten macht.« Jóhanna konnte sich nicht entsinnen, dass der Hund schon mal zu ihnen rübergekommen war. Er war vollauf damit beschäftigt, seinen eigenen Garten gegen Vögel zu verteidigen und vereinzelte Katzen zu vertreiben. Außerdem waren die Grundstücke durch einen hohen Lattenzaun voneinander getrennt, sodass der Hund einen Umweg machen musste, um in ihren Garten zu gelangen. Es sei denn, der Zaun war zusammengekracht, was Jóhanna nicht gewundert hätte. Er war ziemlich baufällig und stand ganz oben auf der Reparaturliste. Sie spähte zur Grundstücksgrenze und sah, dass der Zaun noch stand. »Er hat bestimmt irgendein Tier verfolgt. Sieht aus, als würde er in die Hecke starren.«

Geiri trat näher ans Fenster und versuchte zu erkennen, worauf der Hund stierte. Falls sich etwas in der Hecke versteckte, hätte man es eigentlich sehen müssen, denn es handelte sich erst um den Hauch einer Hecke. Dazu noch ohne Blätter.

Geiri entspannte sich wieder. »Da ist nichts. Ich sehe nichts. Vielleicht eine Maus oder ein kleines Tier.« Er öffnete das Fenster und wollte Morri nach Hause schicken, doch als das Fenster aufging, hörten sie ein leises Geräusch.

»Knurrt er?« Jóhanna hatte den Hund noch nie knurren hören. Selbst wenn er bellte, war es immer ein fröhliches Kläffen.

»Scheint so. Vielleicht ist es eine Ratte.« Geiri rief den Hund durchs Fenster, aber er drehte sich nicht um. Geiri rief ihn noch einmal und pfiff. Morri reagierte nicht. Er stand nur starrend da und knurrte.

Als kalte Luft durchs Fenster hineinströmte, schlang Jóhanna die Arme um den Oberkörper. »Soll ich nebenan anrufen? Vielleicht ist er ausgesperrt.«

Geiri hatte noch nicht geantwortet, da jaulte Morri auf, wich zur Seite, raste um die Hausecke und verschwand von ihrem Grundstück.

Sie blieben noch einen Moment stehen und blickten in den leeren Garten. Nichts schoss aus der Hecke, nachdem Morri weg war. Seltsamerweise fand Jóhanna das unheimlicher, als wenn eine Ratte über den Schnee gehuscht wäre.

7. KAPITEL

Es war einer dieser Wintertage, die es ernst meinten. Draußen war es düster, bewölkt, stürmisch und kalt. Jeden Moment konnte es anfangen zu schneien. Auf der Fahrt nach Stokksnes sah man, wie sich vom Hochland ein Wolkenvorhang den Pass Almannaskarð hinunterstürzte. Es war ein faszinierender Anblick, der irgendetwas über das bevorstehende Wetter aussagte, aber Hjörvar wusste nicht mehr, ob es etwas Gutes oder Schlechtes war. Sein Kollege Erlingur saß am Steuer und hätte es ihm sagen können. Er hatte ihm dieses Phänomen schon einmal erklärt, als sie es zum ersten Mal gesehen hatten. Doch Hjörvar verpasste den Moment, ihn sofort zu fragen, und ließ es dann ganz bleiben. Das war so ähnlich, wie wenn man einen Fremden nicht sofort nach seinem Namen fragte. Am Anfang der Unterhaltung war das noch möglich, aber später nicht mehr.

Sie bogen zur Station ab, öffneten das erste Tor und fuhren über die Schotterpiste zu dem Zaun, der das Gelände umgab. Bis auf Erlingurs übliches Genörgel über den alten, zerbeulten Kombi, der halb verdeckt hinter dem Café parkte, sagten sie nichts. Der Wagen stand schon eine ganze Weile dort und nervte Erlingur gehörig, so als wäre er nur dort abgestellt worden, um ihn zu ärgern.

Sie parkten auf dem Schotterplatz vor dem Zaun und stiegen aus. Erlingur wollte reingehen und Kaffee aufsetzen, während

Hjörvar eine Runde um die Station drehen und kontrollieren würde, ob der Sturm in der Nacht Gebäudeschäden verursacht hatte. Als Erlingur aufschloss, sprang Kisi heraus, und nachdem er auf eigene Faust ein bisschen die Gegend erkundet hatte, lief er zu Hjörvar und begleitete ihn auf seinem Kontrollgang.

Sobald sie wieder drinnen waren, miaute Kisi herzerweichend und strich um Hjörvars Beine, um ihn wie üblich daran zu erinnern, ihm Futter zu geben. Das musste er unbedingt tun, bevor er sich einen Kaffee nahm, sonst würde das Miauen immer kläglicher werden. Es war stets Hjörvars erstes Werk, wenn er die kleine Kaffeeküche betrat, und erst wenn Kisi fraß, konnte er sich setzen.

Hjörvar trank den ersten Schluck von seinem Kaffee und stellte die Tasse vor sich auf den Tisch. »Da stimmt was nicht mit der Gegensprechanlage. Mit dem Türtelefon am Tor«, sagte er bemüht beiläufig, damit Erlingur nicht merkte, wie unheimlich ihm die Sache gewesen war. Das fiel ihm relativ leicht, denn so früh am Morgen war das mulmige Gefühl nicht mehr so präsent wie gestern Abend. »Wir müssen das mal abklären. Könnte an der Stromverbindung liegen.«

Erlingurs Gesichtsausdruck nach zu schließen, war es ihm nicht gelungen, die Sache runterzuspielen. »Ich weiß schon, dass sie kaputt ist«, sagte er.

»Echt?« Hjörvar hob die Augenbrauen. »Ist dir das auch schon mal passiert?«

»Nein.« Erlingur trank einen Schluck Kaffee und starrte in seine Tasse. »Jedenfalls kann ich mich nicht dran erinnern. Aber ich bekam gestern einen Anruf. Aus der Stadt. Die haben mir von deinem Abenteuer erzählt.«

»Abenteuer?«, fragte Hjörvar, verwundert über die Formulierung. Er hatte nur wegen der Türsprechanlage Bescheid gegeben und angeboten, auf der Station zu übernachten, falls wirklich jemand vor dem Zaun herumstromerte. Sein Angebot wurde abgelehnt. Kurz und knapp. Er hatte das Gefühl gehabt, dass man ihn nicht ernst nahm, aber das war offensichtlich nicht der Fall, sonst hätten sie ja nicht Erlingur informiert. »Warum haben die dich denn angerufen?«

Erlingur zuckte die Achseln. »Das hat seine Gründe.« Er ließ seine Tasse kreisen und betrachtete die Kräuselung auf der Kaffeeoberfläche. »Du solltest besser niemanden anrufen, wenn das noch mal passiert. Außer mich vielleicht. Vergiss das Ganze lieber.«

»Warum?«

»Lange Geschichte.«

»Schieß los!«

Erlingur sah aus, als wollte er kneifen, aber dann fing er doch an zu reden, ohne Hjörvar ins Gesicht zu schauen. »Dein Vorgänger hat auch mehrmals deswegen angerufen. Er behauptete, es würde klingeln, obwohl niemand am Tor stand. Und er hätte eine Stimme am Türtelefon gehört. Eine Mädchen- oder Frauenstimme.« Erlingur hob den Kopf und blickte Hjörvar eindringlich an. »Aber die hast du nicht gehört, oder?«

»Nein.« Manche Dinge behielt man besser für sich. Hjörvar hatte die Stimme gestern Abend am Telefon nicht erwähnt und war jetzt froh darüber. Er hatte nur von einem Knacken gesprochen, und im Nachhinein betrachtet war es genau das gewesen: ein Knacken. Er hatte keine Worte herausgehört, nur etwas, das wie eine Stimme klang. Ein mysteriöses Knacken – aber eben nur ein Knacken.

Erlingur nickte und schaute aus dem Fenster. Es lag zum Meer, und man konnte sehen, wie sich die Wellen auf den Felsen unterhalb der Station brachen. »Gut. Es wäre nämlich ziemlich schräg, wenn zwei Mitarbeiter hintereinander Halluzinationen hätten.«

»Keine Sorge. Ich dachte nur, es wäre eine Störung.« Hastig fügte Hjörvar hinzu: »Eine Störung in der Türsprechanlage.«

»Es kann keine Störung sein. Die Türsprechanlage ist nicht angeschlossen. Sie wurde nicht mehr benutzt, seit das Militär weg ist.«

Hjörvar war fassungslos. Als er merkte, dass sein Mund offen stand, machte er ihn schnell wieder zu. »Ach? Und warum hat mir das niemand gesagt?«

Erlingur vermied jeglichen Augenkontakt und starrte auf seine gefalteten Hände. »Ich hielt das nicht für nötig. Du wusstest ja, dass die Kupferkabelleitung abgestellt und die Kabel demontiert wurden. Das hab ich dir gesagt, als ich dir die Station gezeigt habe. Die Türsprechanlage war an dasselbe System angeschlossen.«

»Daran hab ich nicht mehr gedacht.« Hjörvar war das alles sehr unangenehm. Kein Wunder, dass der Mann gestern Abend am Telefon irritiert geklungen hatte. Und dass er Erlingur informiert hatte. Was war hier eigentlich los? »Aber irgendwas hat geklingelt. Vielleicht war es eine Nachricht auf meinem Handy. Von irgendeiner App, die ich nie benutze.« Hjörvar glaubte selbst nicht, was er da sagte. Sein Handy hatte garantiert nicht geklingelt.

»Hm, kann sein«, entgegnete Erlingur skeptisch. Sie tranken ihre Tassen aus und begannen dann wortlos mit der Arbeit. Ihre Aufgabe bestand hauptsächlich darin, den Betrieb zu überwachen, vor allem die technischen Geräte. Außerdem mussten sie bei Bedarf Schnee schippen. Sie hatten einen festen Plan mit Aufgaben, die täglich, wöchentlich oder monatlich durchgeführt werden mussten, wie etwa die Kontrolle der Feuerlöschanlage und der Notstromaggregate. Über das Türtelefon redeten sie nicht mehr, sondern wechselten nur ein paar Worte über die Dinge, mit denen sie gerade beschäftigt waren. Als es Mittag wurde, gingen sie wieder in die Kaffeeküche, wo Kisi auf der Fensterbank schlief. Als sie reinkamen, erhob sich der Kater und streckte seine Beine bis zu den Krallen. Dann sprang er auf den Boden und verlangte nach mehr Futter.

Nachdem diese oberste Priorität erledigt war, setzten sich die Männer mit ihrem Mittagsimbiss an den Tisch. Wie üblich war Erlingurs Proviant wesentlich appetitlicher als Hjörvars. Erlingurs Frau war Köchin in einer Kantine, und Hjörvar lebte allein. Obwohl das schon seit Jahren so war, hatte er sich nie bemüht, richtig kochen zu lernen. Für eine Person war das einfach zu umständlich.

Hjörvar schluckte den letzten Bissen seines trockenen Sandwichs runter, während Erlingur ein Kotelett mit Kartoffelsalat verspeiste. Während sein Kollege zu Ende aß, wanderten Hjörvars Augen suchend durch den Raum, aber es gab nicht viel, das er anstarren konnte. Schließlich blieb sein Blick an dem Bildschirm hängen, der auf einem Regal stand und die sich endlos drehende Radarantenne zeigte. Jedes Mal, wenn der Sender der Antenne an dem Aufnahmegerät vorbeikam, wurde die Übertragung gestört und Wellenlinien zogen sich über den Bildschirm. Kein besonders spannender Anblick, aber irgendwie hypnotisierend. Solange Hjörvar zusah, wie sich die schwarze Antenne drehte, musste er nicht an die Türsprechanlage denken.

Irgendwann unterbrach das Radio sein hypnotisches Starren. Es gab einen Überblick über die Mittagsnachrichten, und dann las die Nachrichtensprecherin die erste Meldung vor. Es ging um eine Wandergruppe, die sich in Lónsöræfi verirrt hatte. Offenbar war eine Person schon gefunden worden, aber über ihren Zustand wurde nichts gesagt. Das verhieß nichts Gutes. Wenn sie unverletzt wäre, hätte man das bestimmt dazugesagt.

Vielleicht würden sie mehr darüber erfahren, wenn nachher der Hubschrauber zum Auftanken kam. Die Radarstation übernahm diesen Service für die Küstenwache, aber zum Glück musste der Hubschrauber in dieser Gegend nur selten zwischenlanden, dann allerdings meistens bei Katastropheneinsätzen. Er war gestern schon da gewesen, doch da hatten sie nichts erfahren, weil die Piloten in Eile gewesen waren. Jetzt wussten sie, warum.

Erlingur lauschte gebannt und schüttelte den Kopf. »Was für eine Scheiße.«

Hjörvar pflichtete ihm bei. Während er überlegte, was er noch dazu sagen könnte, meinte Erlingur plötzlich: »Ich hab über die Sache mit der Türsprechanlage nachgedacht. Wusstest du, dass dein Vorgänger sich darüber beschwert hat?«

Hjörvar schüttelte den Kopf. »Nein. Nie gehört.«

»Hm.« Erlingur legte sein Besteck weg. Er war fertig, und sein Teller war fast sauber gewischt. »Vielleicht hat man sie ja doch nicht abgeklemmt. Wurde vielleicht vergessen. Damals hätte ich das nicht geglaubt.«

»Warum nicht?«

»Weil dieses mysteriöse Klingeln sich immer nur bemerkbar gemacht hat, wenn er alleine war. Kein einziges Mal, wenn ich hier war. Zuerst dachte ich, Ívan hätte was an den Ohren. Aber als er anfing, sich seltsam zu benehmen, konnte ich mir das nur so erklären, dass er irgendwelche Halluzinationen hatte.«

»Die Anlage wurde also nie überprüft?« Hjörvar verspürte eine gewisse Erleichterung. Er war sich vollkommen sicher, dass es geklingelt hatte. Seine Ohren waren in Ordnung, und er hatte garantiert keine Halluzinationen. Oder? War genau das nicht die Natur von Halluzinationen? Dass man sie als real empfand? »Natürlich. Das Türtelefon war tot. Ich hab's selbst gecheckt. Bin rausgegangen und hab geklingelt. Nichts zu hören, weder draußen noch drinnen«, sagte Erlingur und fügte dann hinzu: »Aber ich hab nicht nachgeschaut, ob alle Drähte rausgezogen waren. Also, vielleicht sind die noch da. Nicht dass du meinst, ich halte dich für verrückt.«

Hjörvar wusste nicht, ob er sich dafür bedanken oder beleidigt sein sollte. Aber er wollte keine schlechte Stimmung zwischen ihnen heraufbeschwören. Erlingur meinte es gut. »Danke. Bin ich auch nicht.«

Erlingur nickte. »Ist mir schon klar. Bleib locker.« Er stand auf. »Ich zeig dir mal was.«

Erlingur ging zu seinem Schreibtisch in ihrem gemeinsamen Büro hinter der Kaffeestube und setzte sich an den Computer. Hjörvar stellte sich hinter ihn und sah zu, wie er auf dem Laufwerk einen bestimmten Ordner suchte: *Ívan – Aufnahmen*.

Alle Dateien in dem Ordner waren Aufnahmen der Sicherheitskameras auf der Station, die sämtliche Außen- und Innenbereiche überwachten. »Das sind Aufnahmen von Ívan, als er alleine hier war, unter anderem von dem Tag, als er in den Felsschacht fiel. Er hat eindeutig Halluzinationen. Er läuft mehrmals aus dem Bild, von einer Kamera zur nächsten, aber das ist ein Zusammenschnitt, den hat man gemacht, um sein Verhalten besser analysieren zu können. Zuerst sollte nur der Tag des Unfalls überprüft werden, aber weil er sich so merkwürdig verhielt, wurde es auf einen längeren Zeitraum ausgeweitet. Deshalb sind es so viele Dateien. Allerdings sind das nur die Aufnahmen, die sein ungewöhnliches Verhalten dokumentieren. Dazwischen gibt es auch Tage, an denen er ganz normal war. Und er war immer normal, wenn ich dabei war. Schon allein das ist skurril.«

Erlingur klickte die erste Aufnahme an. Sie stammte von einer Kamera direkt vor der Tür in der Station. Ein Mann, den Hjörvar noch nie gesehen hatte, ging an den beiden Radarcontainern in der Mitte des Raums vorbei zur Gegensprechanlage und nahm den Hörer ab. Die Aufnahme war ohne Ton, aber man konnte sehen, wie sich sein Mund bewegte. Vermutlich sagte er das, was alle in einer solchen Situation sagen würden: »Hallo?«

Nach mehrmaligem Wiederholen legte der Mann den Hörer wieder auf, ging zur Tür und öffnete sie. Danach kam ein Schnitt zu der Überwachungskamera vor der Haustür, und man sah, wie Ívan zu dem Tor blickte, wo sich die Klingel befand. Er schaute sich suchend um und ging dann wieder rein. Direkt im Anschluss folgte ein ähnlicher Filmausschnitt. Ívan lief zur Gegensprechanlage, sagte etwas, legte den Hörer auf, schaute sich draußen um und ging dann wieder rein. Hjörvar kam das sehr bekannt vor. Die Aufnahme hätte von gestern sein können, nur nicht mit Ívan, sondern mit ihm selbst.

»Das ist noch nicht so ungewöhnlich, und vielleicht ist die Türsprechanlage ja doch noch angeschlossen.« Erlingur klickte eine andere Datei an. »Es gibt ungefähr zehn solche Aufnahmen. Er geht zum Türtelefon, läuft raus und kommt wieder rein. Sein Verhalten wird mit jedem Mal skurriler, über einen Zeitraum von ungefähr einem Monat. Am Ende sieht es so aus, als würde er sich länger mit jemandem unterhalten, obwohl die Außenkameras zeigen, dass niemand am Tor steht.«

Hjörvar fragte sich, ob gerade jemand in der Stadt einen solchen Film von seinem gestrigen Verhalten zusammenstellte. Er wurde rot und schwor sich, in Zukunft alle Geräusche von der Türsprechanlage zu ignorieren.

Erlingur startete den Filmausschnitt und erklärte, das sei Ívan, als er das letzte Mal ans Türtelefon gegangen sei. Hjörvar sah sofort, dass der Mann viel gestresster war als in der Aufnahme davor. Er brüllte in den Hörer und drehte sich immer wieder hektisch um, als rechne er damit, dass jemand hinter ihm stünde. Dann knallte er den Hörer so heftig auf, dass es an ein Wunder grenzte, dass er dabei nicht kaputtging. Wahrscheinlich war der Hörer, wie alles andere in diesem Gebäude, so konstruiert, dass er einen Atomangriff aushalten würde.

»Ist das an dem Tag, als er starb?«

Erlingur nickte nur. Er fixierte den Bildschirm und suchte die Datei mit der letzten Aufnahme von Ívan. Dann schaute er Hjörvar an und fragte, ob er sich sicher sei, dass er das sehen wolle. Er müsse nicht.

Hjörvar sagte, er sei sich sicher. Was blieb ihm auch anderes übrig? Er hatte angebissen und kam nicht mehr vom Angelhaken los. Wenn er sich den Film jetzt nicht anschaute, würde er sich garantiert später noch mal vor den Computer setzen. Diese Dateien waren wie die Büchse der Pandora. Am Ende würde seine Neugier siegen.

Auf dem Bildschirm sah man Ívan durch die Kaffeeküche in das Büro gehen, in dem sie gerade saßen.

Plötzlich blieb er stehen und drehte sich zum Fenster. Er wirkte erschrocken, trat ans Fenster und klopfte gegen die Scheibe, völlig gestresst, wie in der vorherigen Aufnahme. Er drehte sich um, rief etwas und stellte sich dann mit dem Rücken an die Wand schräg gegenüber vom Fenster. So konnte er rausschauen, aber auch die Kaffeeküche im Blick behalten. Er verharrte minutenlang, klopfte immer wieder gegen die Fensterscheibe und rief etwas, löste sich dann von der Wand und verließ den Raum.

Darauf folgte ein Zusammenschnitt, in dem Ívan durch die Station zum Ausgang hastete, durchs Tor hinaus auf die andere Seite des Zauns und weiter in Richtung Meer rannte. Er kletterte den Hang hinunter zu den flachen Felsen, und dann konnte man nur noch seinen Oberkörper sehen. Obwohl seine Beine von der Uferböschung verdeckt wurden, war deutlich zu erkennen, wie er sich vorsichtig über die glitschigen flachen Steine tastete. Hjörvar fand es unrealistisch, dass sich ein Lebensmüder so verhalten würde. Wäre es einem dann nicht egal, ob man ausrutschte und ins tosende Meer stürzte? Genau das wäre ja die Absicht.

Stattdessen hatte Hjörvar den Eindruck, dass der Mann jemanden gesehen hatte, der Hilfe brauchte.

»Siehst du? Jetzt ... er bleibt stehen und ...«

Ein riesiger, schäumender Wasserschwall schoss von den Felsen direkt vor Ívan wie eine Lavafontäne in die Luft. Hjörvar hatte das Wasser aus dem Felsschacht schon oft hochspritzen sehen, aber was nun geschah, wollte er nie wieder sehen. Ívan wurde von dem Wasser mitgerissen und in den steinernen Tunnel gezogen.

Die Männer sagten kein Wort. Hjörvar wusste nicht, was Erlingur durch den Kopf ging, aber seine eigenen Gedanken waren sehr klar. Wie war der Mann gestorben? War er in dem Schacht stecken geblieben oder bei lebendigem Leib fortgerissen worden, hinaus aufs Meer. Was war schlimmer?

Er wusste es nicht. Aber am Ende machte es keinen Unterschied. Tod durch Ertrinken.

8. KAPITEL

Lónsöræfi – in der letzten Woche

Der Sturm erreichte seinen Höhepunkt, während sie bei einem einfachen Abendessen saßen. Das Holzhaus knarrte und quietschte und schien unter den Strapazen zu ächzen. Dröfn musste sich immer wieder daran erinnern, dass die Hütte schon Schlimmeres überstanden hatte und bestimmt nicht einfach weggeweht würde.

Die geschlossenen Fensterläden versperrten die Sicht, was die Situation noch unheimlicher machte, als wenn man den Schnee und den Wind gegen die Hütte hätte peitschen sehen. Die flackernden Kerzen, deren Flammen jedes Mal zuckten, wenn das Haus knarrte, verstärkten das gruselige Gefühl. Dunkle Schatten tanzten über die Wände, sodass es aussah, als wäre der Raum in ständiger Bewegung. Die Schatten verzerrten ihre Gesichter, die Augenhöhlen gruben sich tief in ihre Schädel.

Obwohl das alles ziemlich deprimierend war, war die Gruppe gut drauf. Bis auf Dröfn. Die anderen bemerkten ihre miese Stimmung gar nicht und waren damit beschäftigt, Nudeln mit Tomatensoße und Brot in sich hineinzuschaufeln, ein Essen, das sie normalerweise als Kindergartenfraß abgelehnt hätten. Selbst Dröfn, die meistens den Appetit verlor, wenn ihr eine Laus über die Leber gelaufen war, verschlang ihre Portion in Rekordzeit, was wahrscheinlich der Grund dafür war, dass ihr niemand Beachtung schenkte.

Nur Haukur guckte hin und wieder zu ihr rüber und ließ seinen Blick länger auf ihr ruhen. In diesen Momenten schaute sie schnell weg und war froh über das trübe Licht, das ihre geröteten Wangen verbarg. Er war anscheinend der Einzige, der merkte, dass sie bedrückt war, obwohl er sie von allen am wenigsten kannte. Tjörvi lauschte fasziniert den Geschichten, die Agnes und Bjólfur zum Besten gaben, und achtete nicht auf seine Frau. Die Geschichten gingen Dröfn zum einen Ohr rein und zum anderen wieder raus, selbst wenn sie versuchte, sich darauf zu konzentrieren. Ihre Gedanken schweiften immer wieder ab zu ihrer Panikattacke im Vorraum.

Nach einer Weile gelang es ihr, sich zu entspannen. Sie nahm den Klang der Unterhaltung so wahr, wie ein Tier vermutlich menschliche Stimmen wahrnahm. Eine undefinierbare Grütze aus Geräuschen, die ihr nichts sagten, von denen nur einzelne Wörter zu ihr durchdrangen. Indem sie ihre Aufmerksamkeit auf die Holztäfelung der Hütte richtete, die fast alle ebenen Flächen bedeckte, versetzte sie sich in einen geradezu entrückten Zustand. In dem schwachen Licht wirkte das Holz dunkler, als es war. Das billige, von Astlöchern durchsetzte Kiefernholz des Esstischs tarnte sich im Dunkeln als Palisander.

Die Kiefernmöbel waren alle in demselben Stil, den man nur noch in Berghütten und alten Sommerhäusern fand. Eine klobige Anrichte mit einer bunten Vase, die nicht zu der restlichen Einrichtung passte. In der Vase steckte ein kümmerlicher vertrockneter Blumenstrauß, der hauptsächlich aus Löwenzahn bestand. Jemand musste im Spätsommer in der Umgebung der Hütte Blumen gepflückt haben. An der Wand stand ein Regal mit einer überschaubaren Auswahl an Büchern, die Gäste im

Lauf der Jahre zurückgelassen hatten. Die restlichen Gegenstände in dem Regal waren wohl auf ähnliche Art und Weise dort gelandet. Neben dem wackelnden Esstisch und den kippelnden Stühlen gab es nur noch die beiden unbequemen Sofas mit dem Couchtisch dazwischen.

An den Wänden hingen verblichene Fotos von jungen Männern in Uniform, immer zu mehreren auf einem Bild, mit geraden Rücken in Positur gestellt. Bjólfur war mit einer brennenden Kerze ganz nah an die Fotos rangegangen, hatte sie gemustert und Haukur danach gefragt. Haukur hatte ihm erklärt, dass die US-Armee die Hütte gebaut hätte, was auch den Namen Thule erklärte.

Dröfn nahm an, dass das auch der Grund für die spartanische Einrichtung war. Unter normalen Umständen hätte sie sich überlegt, wie man die Hütte verschönern könnte – dafür hatte sie ein gutes Auge. Sie versuchte sich vorzustellen, wie es aussähe, wenn man alles weiß streichen und diese beklemmende Holzatmosphäre ausmerzen würde. Doch weiter kam sie nicht, so sehr sie sich auch bemühte. Die Gedanken, die sie verdrängen wollte, holten sie immer wieder ein.

Sie brütete vor sich hin und bekam gar nicht mit, dass Agnes sie ansprach. Erst als ihr Name zweimal wiederholt wurde, lichtete sich der Nebel, und sie schüttelte sich leicht und schaute verlegen zu ihrer Freundin. »Sorry. Was hast du gesagt?«

Agnes blickte Dröfn eindringlich an. Ihre weißen Zähne blitzten auf, als sie mit gerunzelter Stirn fragte: »Stimmt irgendwas nicht?«

Dröfn lächelte dumpf. »Nein, nein. Ich war nur in Gedanken.« Das überzeugte alle am Tisch, bis auf Agnes. Seit sie sich in der ersten Klasse kennengelernt hatten, waren sie beste Freundinnen. Sie hatten einander durch alle Entwicklungsstufen begleitet, durch alle Abschnitte ihrer Kindheit und Jugend, Prüfungsvorbereitungen, Sport, Jungsprobleme und Modewellen. Hatten sich gegenseitig unterstützt, wenn es schwierig war, und sich gemeinsam gefreut, wenn es gut lief. Hatten sich bei der anderen ausgeheult, miteinander gelacht, geflüstert und Geheimnisse geteilt. Sie kannten sich in- und auswendig. Dröfn konnte Agnes nicht täuschen, genauso wenig wie umgekehrt.

Doch Agnes schien die Sorge um ihre Freundin einfach abzuschütteln. Sie lächelte und wiederholte ihre Frage, die Dröfn nicht mitgekriegt hatte. »Hast du keinen Schiss, mitten im Winter im Zelt zu schlafen?« Agnes blickte in die Runde und sagte: »Auch wenn die Hütte grenzwertig ist, wir werden sie morgen Abend bestimmt vermissen!«

Dröfn zwang sich, ein neutrales Gesicht aufzusetzen und mit normaler Stimme zu antworten: »Nicht direkt Schiss. Aber ich freue mich auch nicht besonders drauf.«

»Seid doch nicht so zimperlich.« Bjólfur legte sein Besteck auf den leeren Teller. »Ich kann's kaum erwarten. Das wird total irre.«

Tjörvi stimmte ihm zu, wobei seine Stimme alles andere als überzeugend klang. Er war zwar gerne draußen in der Natur, aber auch eine Frostbeule. Besonders nachts. Einer der wenigen Streitpunkte in ihrer Ehe war, ob sie bei offenem oder geschlossenem Fenster schlafen sollten. Aber das erwähnte Dröfn lieber nicht. Stattdessen zwang sie sich zu einem dumpfen Lächeln, als sich ihre Blicke trafen. Wenn Tjörvi und Bjólfur die Outdoor-Helden spielen wollten, war sie die Letzte, die ihnen das kaputtmachen würde. Trotzdem musste ihnen klar sein, dass sie noch lange kein Bear Grylls waren, nur weil sie zweimal auf Rentierjagd gewesen waren. Bei diesen Jagdtrips hatten sie nämlich im Hotel genächtigt und waren im Jeep durch das Jagdgebiet gekurvt. Nichts im Vergleich zu dieser wahnwitzigen Hochlandtour.

»*Irre* ist vielleicht nicht unbedingt das richtige Wort«, warf Haukur humorlos ein. »Es wird kalt und kräftezehrend. Wie ich euch von Anfang an gesagt habe.«

»Kalt und kräftezehrend.« Bjólfur grinste über das ganze Gesicht. »Sag ich doch: irre!«

Agnes stieß ihn kameradschaftlich an. »Pass bloß auf! Man soll den Mund nicht zu voll nehmen.«

Damit traf sie den Nagel auf den Kopf. Dröfn mochte Bjólfur wahnsinnig gern, aber er neigte zur Selbstüberschätzung und brachte sich und andere in Situationen, die niemand wollte. Im Nachhinein betrachtet war diese Tour ein gutes Beispiel dafür. Er war es gewesen, der bei dem Abendessen vorgeschlagen hatte, dass sie mitgehen sollten. Er war es gewesen, der Haukurs laschen Protest im Keim erstickt hatte. Und er hatte die Sache in den darauffolgenden Tagen mit Anrufen und Messages an Haukur forciert.

Soweit Dröfn es mitbekommen hatte, wollte Haukur sich unbedingt aus der Sache rausziehen. Er würde fahren, aber nicht mit ihnen. Sie hätten bei einer solchen Expedition nichts zu suchen. Er könne Ärger kriegen, wenn rauskäme, dass er Leute ohne Erfahrung auf eine Hochlandtour mitgeschleppt hätte, bei der es um seine Forschungen ging. Er könne Stipendiengelder verlieren und sogar beim Ethik-Komitee angezeigt werden, wenn dabei etwas passierte. Aber Bjólfur ließ nicht locker und schwor hoch und heilig, dass sie niemandem ein Wort von der Tour erzählen würden.

Dummerweise konnte er sehr überzeugend sein. Bjólfur war ausgebildeter Schauspieler, hatte aber nie in dem Beruf gearbeitet. Stattdessen hatte er eine Werbeagentur gegründet und seine angeborenen und erlernten Fähigkeiten dafür genutzt, Slogans, Logos und Werbung an Firmen zu verticken. Die Agentur lief wie geschmiert. Der arme Haukur hatte keine Chance gehabt.

Wenn Bjólfur im Anschluss an das Abendessen nicht so hartnäckig geblieben wäre, wäre diese Schnapsidee im Sande verlaufen. So wie die meisten Ideen, die an feucht-fröhlichen Abenden aufkommen und aus Vernunftgründen nie umgesetzt werden.

Aber es war zwecklos, sich jetzt darüber zu ärgern. Es ließ sich nun mal nicht mehr ändern. Bald würden sie schlafen gehen, in ihren Schlafsäcken auf den alten staubigen Matratzen liegen, in den stickigen, düsteren Zimmern. Sie würden mit Kopfschmerzen aufwachen und schnell losgehen, sofern das Wetter es zuließe. Die morgige Aufgabe bestand darin, zu dem Messgerät zu gelangen, um das sich die gesamte Tour drehte. Da Haukur eine Weile mit dem Gerät beschäftigt sein würde, war es nicht möglich, am selben Tag wieder zurück zur Hütte oder zu einer anderen Hütte zu gehen. Deshalb mussten sie zelten und eine Nacht am Rand des Gletschers verbringen. Bjólfur hatte das schon früh erfahren, es den anderen aber verschwiegen, um ihnen die Idee von der Tour schmackhaft zu machen. Erst später hatte er ihnen verkündet, sie müssten sich Zelte kaufen. Und da war es zu spät gewesen, um alles wieder abzublasen.

Dröfn hatte die dumpfe Ahnung, dass Agnes, Tjörvi und sie deshalb in der Bar so viel getrunken hatten, weil sie eigentlich alle nicht hier sein wollten. Im Gegensatz zu Bjólfur war ihnen im Grunde klar, dass Haukur aus einem anderen Holz geschnitzt war als sie. Das ließ sich schon an den Bärten der drei Männer erkennen. Sie trugen alle Vollbärte, aber Tjörvis und Bjólfurs Bärte waren perfekt gepflegt, jedes Härchen lag an der richtigen Stelle. Haukur schien sich hingegen nur einen Bart wachsen lassen zu haben, um sich nicht rasieren zu müssen. Die beiden Freunde machten mehr Theater um die Pflege ihrer Bärte, als wenn sie sich einfach jeden Morgen rasiert hätten. Haukur passte in diese rustikale Hütte. Tjörvi und Bjólfur nicht. Und die Frauen erst recht nicht.

Dennoch ahnte Dröfn, dass sie die Hütte nach einer Nacht im Zelt besser zu schätzen wüssten. Obwohl ... Sie musste schon stark frieren und sehr genervt vom Primus-Kocher sein, um lieber in diesem miefigen, knarrenden Kasten ohne Fenster eingesperrt zu sein.

Wobei es möglicherweise von Vorteil war, nicht aus dem Fenster schauen zu können.

Natürlich war es undenkbar, aufzustehen, in den Vorraum zu gehen und hinauszuspähen, denn Dröfn wurde die abstruse Vorstellung nicht los, dass die Besitzerin des Anoraks vor der Tür stand. Einfach dastand und die Tür anstarrte, vor Kälte ganz blau im Gesicht und unfähig, anzuklopfen. Dröfn verlor langsam ihren Realitätssinn, und wenn sie ihrer Fantasie freien Lauf ließ, war die Frau tot, erfroren, steif, mit starrem Blick in den gebrochenen Augen. Aus irgendeinem Grund schienen ihr die Augen der Frau pechschwarz zu sein, als wären die Pupillen im Frost geplatzt und in das Weiß hineingelaufen.

Die Kerzen waren fast runtergebrannt, und die Runde löste sich nach einer kurzen Absprache über die Organisation des nächsten Tags automatisch auf. Agnes und Dröfn nahmen sich noch zwei weitere Kerzen aus dem Küchenschrank, damit sie spülen und aufräumen konnten, während die Männer raufgingen, um die Zimmer aufzuteilen und den schlimmsten Staub von den Matratzen zu klopfen.

Haukur hatte das Wasser erst kurz vor dem Spülen angestellt und würde es danach direkt wieder abdrehen, damit die Leitungen nicht einfroren. Das Wasser war so kalt, dass man nur ganz kurz die Hände unter den Strahl halten konnte, deshalb wechselten die Frauen sich ab. Da es weder Spülmittel noch eine Spülbürste gab, ließen sich die Essensreste mit dem kalten Wasser nicht richtig von den Tellern lösen. In der Abstellkammer standen nur Putzmittel und Kloreiniger. Die alten gelben Gummihandschuhe, die sie unter der Spüle fanden, schützten zwar kaum vor der Kälte, waren aber immerhin besser als die bloßen Hände.

Dröfn zog die engen feuchten Gummihandschuhe aus und reichte sie Agnes. Sie rieb sich die Finger und pustete in die Handflächen.

Agnes verzog das Gesicht, als sie ihre Hände in die Spülhandschuhe zwängte und unter den Wasserstrahl hielt. Sie hatten beim Abwaschen bisher nicht viel geredet, nur ein paar Worte über den morgigen Tag gewechselt.

»Was ist eigentlich los, Dröfn? Erzähl mir nicht, es wäre alles okay. Ich seh dir doch an, dass du was hast«, sagte Agnes schließlich.

Dröfn wich dem Blick ihrer Freundin aus und starrte auf den Teller, den sie eifrig abtrocknete. »Ich habe nur ein bisschen Angst vor der Tour morgen, dass ich hinfalle und mir das Bein breche oder so.«

Agnes wirkte erleichtert. »Ach, Liebes, das passiert doch nicht. Und wenn es passiert, dann finden wir eine Lösung. Mach dir keinen unnötigen Stress.«

Obwohl Dröfn sich bisher eigentlich gar keine Sorgen darüber gemacht hatte und ihr die Ausrede nur spontan eingefallen war, war sie plötzlich alarmiert. »Wie denn? Was würdet ihr dann machen?«, fragte sie, während sie weiter an dem Teller herumwischte, obwohl er längst trocken war.

Agnes zog die Hände aus dem kalten Wasserstrahl und drehte sich zu ihr. »Na ja, keine Ahnung ... das Bein fixieren, einen Schlitten bauen und dich in bewohnte Gegenden ziehen«, antwortete sie lächelnd, und ihr Gesicht strahlte. Das stand ihr gut. Selbst in dem flackernden Kerzenlicht und mit Schatten um die Augen versprühte sie einen unumstößlichen Optimismus. Sie versuchte, sich mit dem gelbumhüllten Zeigefinger eine widerspenstige Haarsträhne aus dem Gesicht zu schieben, schnitt eine Grimasse und pustete sie weg. »Das ist doch kein Problem.«

Dröfn war zwar anderer Meinung, sprach aber nicht weiter über ihre Besorgnis wegen der Tour, wegen der Frau vor der Tür, wegen des Wetters und der stickigen Luft. Stattdessen lächelte sie Agnes zu, die das als Zeichen ansah, dass alles wieder gut war. Doch mitnichten. Mit einem Lächeln wurde noch lange nicht alles gut. Nicht jetzt.

Nach dem Abwasch gingen die Frauen nach oben. Obwohl sie normalerweise nie früh ins Bett gingen und alle Nachteulen waren, kam keine Partystimmung auf. Sie waren müde von der Wanderung, hatten Muskelkater in den Waden und Oberschenkeln, weil sie stellenweise durch tiefen Schnee waten mussten. Die Strecke zu dem Messgerät würde laut Haukur nicht leichter sein.

Er hatte ihnen verboten, Kerzen mit raufzunehmen, wegen der Brandgefahr. Deshalb kamen jetzt die Taschenlampen zum Einsatz, die sie unbedingt hatten mitnehmen müssen. Beim Packen hatte Dröfn noch überlegt, ob sie die Taschenlampen nicht einfach zu Hause lassen sollten, um das Gewicht zu reduzieren. Ihre Rucksäcke waren mit den wirklich wichtigen Dingen schon schwer genug: Verpflegung, Schlafsäcke, Isomatten, Kleidung, Kocher und andere Ausrüstungsgegenstände. In Tjörvis Rucksack befand sich außerdem das Zelt und ein Flachmann mit

Cognac, den er noch reingeschoben hatte, kurz bevor sie die Wohnung verließen. Dröfn war froh, dass er ihn jetzt nach dem Essen nicht rausgeholt hatte. Haukur wäre bestimmt sauer gewesen.

Zum Glück hatte Tjörvi sich geweigert, die Taschenlampen dazulassen. Wie üblich hielt er sich an alle Anweisungen. Und wie üblich machte sich das bezahlt. Sonst hätte Dröfn sich im Stockdunkeln durch das kleine Zimmer tasten müssen, während sie sich auszogen und in ihre Schlafsäcke schlüpften.

Aber sie mussten Batterien sparen, deshalb schaltete Tjörvi das Licht sofort aus, nachdem sie ihre Schlafsäcke zugezogen hatten. Im Zimmer gab es zwei Einzelbetten, aber sie legten sich zusammen in eins. Sie wollten beide nicht alleine schlafen. Dröfn schmiegte sich an ihren Mann, das Gesicht in seiner Nackengrube, um nicht so viel Staub einzuatmen. Tjörvi schlief sofort ein, obwohl sie ihn am liebsten angestoßen und gezwungen hätte, so lange wach zu bleiben, bis sie selbst ins Reich der Träume geschwebt war.

Sie presste die Augen zusammen und versuchte, Raum und Zeit zu vergessen und sich der Macht des Schlafs zu überlassen. Doch wie immer, wenn sie ihn am dringendsten brauchte, ließ der Schlaf auf sich warten. Nur wenn sie unbedingt wach bleiben wollte, wurde sie schläfrig.

Plötzlich fuhr Dröfn erschrocken hoch. Sie hatte keine Ahnung, wie spät es war und wie lange sie geschlafen hatte. Im Zimmer war es nachts genauso dunkel wie tagsüber. Das Dach knackte und knarrte, und sie redete sich ein, sie wäre von einem ungewöhnlich lauten Ächzen des Gebälks wach geworden. Das war die Erklärung. Das musste die Erklärung sein.

Tjörvi schnarchte und kriegte nichts mit, während Dröfn das Herz bis zum Hals schlug. Sie öffnete die Augen nicht und kuschelte sich noch fester an ihren Mann, die Nase an seinen Hals gedrückt. Nichts würde sie dazu bringen, aufzustehen und sich umzuschauen.

Trotz der Dunkelheit war Dröfn fest davon überzeugt, dass sie genug sehen würde. Genug, um eine Frau mit schwarzen Augen auszumachen, die blau vor Kälte neben dem Bett stand und Tjörvi und sie anstarrte.

9. KAPITEL

Zwei Zelte waren mit Hilfe einer Drohne gefunden worden. Den Bildern nach zu urteilen, handelte es sich bei dem einen um ein recht neues knallgelbes Leichtzelt, während das andere kleiner, älter und ziemlich abgenutzt aussah, wenn man sich die moosgrüne Farbe genauer anschaute. Menschen waren keine zu sehen, aber es ließ sich noch nicht ausschließen, dass die Vermissten in den Zelten lagen. Allerdings ging im Suchtrupp niemand mehr davon aus, die Leute lebendig zu finden, zumal die Zelte eingestürzt und halb unter Schnee begraben waren.

Nachdem die Polizei über Tetra-Funk durchgegeben hatte, dass die Wanderer möglicherweise gefunden waren, hatte Jóhanna sich mit der Rettungswacht auf den Weg zu der Stelle gemacht. Es war ungewiss, welche Gruppe zuerst am Fundort eintreffen würde. Die Rettungswacht war zu Fuß unterwegs, während die Polizei und alle Verantwortlichen für die Untersuchung des Falls mit Motorschlitten fuhren und zudem über einen Hubschrauber der Küstenwache verfügten.

Jetzt hörten sie das Schlagen der Rotorblätter, und Jóhanna blickte zum Himmel. Das blauweiße Monstrum war noch ziemlich weit entfernt, kam aber schnell näher und würde gleich über ihnen fliegen. Sie beneidete die Insassen, die in dem warmen Hubschrauber saßen und nicht durch Schneewehen stapfen und achtgeben mussten, nicht zu verunglücken. Niemand aus ihrem Trupp wollte sich etwas brechen, auf Hilfe angewiesen sein und die Suche behindern. Obwohl man nicht mehr davon ausging, dass die Wanderer überlebt hatten, wurde die Suche fortgesetzt. Eine Drohne von der Polizei in Vík, die über eine Wärmebildkamera verfügte und über die man mit Personen kommunizieren konnte, zog man jedoch gar nicht mehr hinzu.

Einen Funken Hoffnung hatte Jóhanna aber noch, man konnte nie wissen. Vielleicht lagen die Vermissten in einem der Zelte eng aneinandergekuschelt und hatten es geschafft, sich warm zu halten, waren aber zu entkräftet, um das Zelt wieder aufzurichten.

Jóhanna lief ungefähr in der Mitte der Reihe und passte sich an das Tempo ihres Vordermanns an. Hinter ihr ging Þórir. Sie marschierten die meiste Zeit schweigend, nur unterbrochen von dem Drohnenführer, der ihnen die Nachricht über die Zelte überbracht hatte. Er war auf einem Motorschlitten vorausgefahren, hatte immer wieder angehalten und das vor ihnen liegende Gebiet nach menschlichen Spuren abgesucht. Und schließlich welche gefunden.

Zusammen mit dem Leiter des Suchtrupps hatte er die beste und ungefährlichste Strecke zu den Zelten ausgemacht und war dann mit dem Motorschlitten losgerast. Der Weg war weder lang noch schwierig. Jóhanna und den anderen wurde klar, was für ein Glück sie hatten, denn das Suchgebiet war riesengroß, und es grenzte an ein Wunder, dass sie überhaupt etwas gefunden hatten.

Nach der Nachricht hatten sie das Lauftempo erhöht, und Jóhanna musste sich anstrengen, um mitzuhalten. Ihre Beine taten noch weh von dem gestrigen Marsch, und sie hatte den Winter über nicht viel trainiert. Sie hatte zwar ab und zu die Fitnessgeräte in der Polizeiwache genutzt, aber für die Ausdauer brachte das nicht viel. Dazu noch ihre kaputten Beine. Eigentlich durfte sie sich nicht überanstrengen, aber sie wollte sich einfach nicht damit abfinden, ihr Leben wegen der Unfallfolgen einzuschränken. Jedes Mal, wenn sie es übertrieben hatte, hoffte sie, dass es mit der Zeit besser würde. Und jedes Mal musste sie sich eingestehen, dass dem nicht so war. Meistens wurde es sogar schlechter.

Zu allem Überfluss hatte sie schlecht geschlafen. Sie hatte sich im Bett herumgewälzt und immer wieder ihr Kissen zurechtgeklopft, aber nicht die Ruhe gefunden, die sie brauchte, um wieder zu Kräften zu kommen. Die ganze Nacht hatte sie über Morri nachgedacht und was den Hund wohl in ihren Garten gelockt hatte. Wie töricht von ihr.

Jóhanna lag nachts oft wach und zerbrach sich den Kopf über Dinge, die nach Tagesanbruch überhaupt keine Rolle mehr spielten. Das passierte meistens, wenn Geiri Nachtschicht hatte. Sobald er neben ihr lag, reichten sein warmer Körper und seine gleichmäßigen tiefen Atemzüge, um diese Grübeleien zu verdrängen. Nur diesmal nicht.

Der Schnürsenkel an Jóhannas Wanderschuh hatte sich gelöst, und sie trat aus der Reihe, um ihn zuzubinden. Die anderen warteten nicht und stapften an ihr vorbei, während sie sich, mit einem Handschuh im Mund, über ihren Schuh beugte. Selbst Þórir folgte der Gruppe und wartete nicht auf sie. Wahrscheinlich war er es leid, mit ihr in eine Schublade gesteckt zu werden und hielt sich in einem einfachen Fußsuchtrupp für überqualifiziert. Doch falls er geglaubt hatte, dass jemand weiter oben in der Hackordnung sich seiner annehmen würde, wurde er enttäuscht. Die Einstellung der Leute zu ihm hatte sich nicht geändert. Er stand immer noch unter Verdacht, ein Besserwisser aus der Stadt zu sein.

Doch Jóhanna war anderer Meinung, vielleicht weil sie selbst aus Reykjavík kam. Þórir war ein netter, bodenständiger Kerl, der auf niemanden runterschaute, aber sie hatte eine andere Vermutung. Sie war sich ziemlich sicher, dass er sie mied, weil sie humpelte. Nachdem sie ihm von dem Unfall erzählt hatte, ging er ihr aus dem Weg. Vermutlich wollte er keine Teampartnerin, die nicht schnell genug vorwärtskam, was völliger Blödsinn war. Jóhanna kam genauso schnell voran wie andere, wenn es drauf ankam. Sie biss einfach die Zähne zusammen.

Als Jóhanna sich wieder aufrichtete, war sie die Letzte, was nicht schlimm war, denn dann hatte die Gruppe schon einen Pfad durch den Schnee getrampelt. Andererseits war es unangenehm, keinen mehr hinter sich zu haben. Falls sie noch weiter zurückfiel, würde es niemand merken.

Jóhanna beeilte sich, zu der Gruppe aufzuschließen, und blieb für den Rest der Strecke hinten. Als sie kurz vorm Ziel waren, fuhren mehrere Motorschlitten an ihnen vorbei, und Jóhanna meinte, auf einem von ihnen Geiri zu erkennen. Sie war sich nicht ganz sicher, denn alle trugen Helme und waren so dick eingepackt, dass sie aussahen wie Astronauten. Man konnte kaum zwischen Männern und Frauen unterscheiden, geschweige denn einzelne Personen erkennen. Niemand bremste ab und winkte ihr zu, aber das würde Geiri ohnehin nicht tun. Solange die Suche andauerte, würde er sich ihr gegenüber genauso distanziert verhalten wie gestern. Jóhanna verstand das, und sie konnten ja heute Abend und ihr ganzes restliches Leben normal miteinander umgehen.

Jóhanna erspähte den Hubschrauber und die Motorschlitten als Letzte, als das Ziel endlich in Sicht kam. Das gab ihr einen Energieschub, und ihre Müdigkeit war wie weggeblasen. Bei vielen Leuten war es genau andersherum – sie gaben auf, sobald das Ziel zu sehen war. Diese Eigenschaft hatte Jóhanna weit gebracht, als sie noch Leichtathletin gewesen war und als Hoffnungsträgerin im Langstreckenlauf gegolten hatte. Sie hielt den Rekord in der isländischen Jugendklasse und den Skandinavien-Rekord, beide bis heute ungebrochen. Die Erinnerung an ihre Erfolge verschaffte ihr jedoch keine Genugtuung, im Gegenteil. Sie erinnerten sie daran, was hätte sein können und was sie verloren hatte, was die Frau, die sie angefahren hatte, ihr genommen hatte. Solche Gedanken waren natürlich nicht aufbauend oder sinnvoll. Etwas hinterherzutrauern, das man nicht ändern konnte, war so ähnlich, als würde man sich morgens Steine in die Taschen stopfen. Jóhanna konnte das nur überwinden, indem sie der Fahrerin verzieh, obwohl die Frau versucht hatte, einem Kfz-Mechaniker die Schuld in die Schuhe zu schieben, anstatt selbst die Verantwortung zu übernehmen.

Ihre Mutter hatte sie gedrängt, ihre Pokale und Trophäen bei dem Umzug in den Osten mitzunehmen, aber diese Gegenstände waren das Letzte, was sie vor Augen haben wollte. Der alte Krempel war nur eine Garantie für Depressionen.

Jóhanna versuchte, die Schmerzen in ihrem Bein wegzuatmen, und ging weiter. Sie überholte ein paar Leute, darunter auch Þórir, und war an dritter Stelle, als sie am Fundort ankamen. Sie hätte auch Erste sein können, wollte den Kollegen an der Spitze oder den dahinter aber nicht ärgern. Den anderen war die Reihenfolge völlig egal, Hauptsache sie konnten endlich nach Luft schnappen. Das war kein Wettkampf um Pokale, Ehre, Punkte, Preise, Medaillen oder Blumensträuße.

Die Rettungsleute blieben einen Moment stehen, betrachteten das Gebiet und ließen die Landschaft auf sich wirken. Der schmutzige zerfurchte Gletscher erstreckte sich nach Norden, so weit das Auge reichte. Sein Randbereich sah ganz anders aus als die blendend weiße, riesige Fläche, die man vom Flugzeug aus sah. Es wirkte fast so, als wäre der Gletscher umgedreht worden und seine schmutzige Unterseite ans Licht gekommen. Die Zelte befanden sich relativ weit vom Gletscherrand entfernt, wahrscheinlich weil es leichter war, dort zu zelten, wo der Boden weniger mit Geröll durchsetzt war.

Neben dem gigantischen Gletscher war der blauweiße Hubschrauber am auffälligsten. Die Motorschlitten waren fast komplett weiß und fügten sich besser in die Landschaft ein. Die Polizisten standen mit den Leuten, die schon eingetroffen waren, in zwei Gruppen zusammen und achteten kaum auf den Fußtrupp. Ein paar winkten ihnen zu, drehten sich dann aber sofort wieder um und besprachen sich weiter. Manchmal blickten alle aus einer Gruppe zu den beiden Zelten, die mit etwas Abstand zueinander in der Nähe einer hohen Schneewehe standen, unter der sich ein Hügel verbergen musste. Der Zeltplatz war nach Jóhannas Einschätzung vernünftig ausgewählt worden. Es wirkte nicht so, als hätte man die Zelte mitten im Schneesturm hastig aufgebaut. Sie hätte sie zwar etwas näher nebeneinandergestellt, aber das war Geschmackssache.

Jóhanna hatte einmal den zerstörten Zeltplatz eines Wanderers gesehen, der im Schneesturm die Orientierung verloren hatte. Sein Zelt war fast weggeflogen, weil er nur ein Drittel der Heringe benutzt und diese zudem nicht richtig in den Boden gerammt hatte. Der Standort war völlig absurd, das Zelt befand sich auf einer offenen Fläche ohne jeglichen Windschutz. Der Rucksack des Wanderers lag offen neben dem Zelt, fast der gesamte Inhalt war vom Wind weggefegt worden. Jóhanna hatte das Zelt nicht selbst entdeckt, war aber in einem der Suchtrupps gewesen. Der Mann wurde nie gefunden. Hoffentlich geschah das jetzt nicht wieder.

Als ein Windstoß losen Schnee aufwirbelte, sah Jóhanna, wie die Plane des einen Zelts flatterte. Sie schien zerrissen zu sein, vermutlich vom Wind. Warum sollte jemand das bisschen Schutz zerschneiden, das man an diesem Ort haben konnte? Oder ein wildes Tier hatte bei der Nahrungssuche an der Zeltplane gescharrt.

Sie musste an Geiris Aussage denken, dass womöglich einer oder mehrere aus der Wandergruppe durchgedreht waren. Wenn man keine gute Bodenhaftung besaß, konnte einen ein Ort wie dieser schnell überfordern. Für einen Städter gab es hier nicht viel Vertrautes. Keine Geschäfte, keinen Asphalt, keine Beschilderung und keinen Zufluchtsort. Nur Schnee, Kälte und beißender Wind. Hier wurden einem jegliche Sicherheit und jeglicher Komfort genommen, alles, was normalerweise selbstverständlich war. Ein psychisch instabiler Mensch musste in einer solchen Gegend früher oder später durchdrehen. Vielleicht hatte doch jemand das Zelt zerschnitten und die Frau aus der Hütte in den sicheren Tod gejagt. Womöglich, um den wenigen Schutz zu zerstören, den die anderen noch hatten.

Der Leiter der Rettungswacht ging rüber zu den versammelten Leuten und sprach mit Geiris Chef aus Selfoss und einem Mann vom Identifizierungsteam. Sie gestikulierten wild und zeigten in verschiedene Richtungen. Was wie ein fröhliches Kinderspiel aussah, war die Organisation der weiteren Suche.

Als der Expeditionsleiter zu ihnen zurückkam, erfuhren sie, dass die Zelte verlassen waren, allerdings hatte man die Sachen der Wanderer gefunden. In dem einen Zelt lagen drei Rucksäcke, vier Schlafsäcke, ein Handy und, mysteriöserweise, Anoraks und warme Kleidung von zwei Personen. Man war sich sehr sicher, dass es keine Überlebenden gab. Das andere Zelt war leer, bis auf ein paar Essensreste. Jetzt sollte die Gegend nach den Leuten durchforstet werden, die irgendwo unter dem Schnee begraben liegen mussten. Es wurden drei Gruppen eingeteilt, eine sollte von den Zelten aus nach Osten gehen, die zweite nach Westen und die dritte nach Norden zum Gletscherrand. Da sie aus südlicher Richtung gekommen waren und ihnen unterwegs nichts aufgefallen war, wurde dieser Bereich zunächst ausgespart. Der Drohnenführer würde die Drohne systematisch über das Suchgebiet fliegen, um es verkleinern zu können, falls er auf etwas stieß.

Jóhanna wurde der Gruppe zugeteilt, die nach Norden gehen sollte, genau wie Þórir. Ihr war es egal, welcher Gruppe sie angehörte, aber sie hatte den Eindruck, dass Þórir enttäuscht war. Eine weitere Bestätigung, dass er sich von ihr distanzieren wollte. Die Suchgebiete waren alle ähnlich schwer zu begehen, und Jóhanna hatte keine Präferenzen, mit welchen Kollegen sie lieber zusammenarbeitete.

Aber sie waren noch nicht lange gelaufen, als sie sich wünschte, sie wäre in einem anderen Suchtrupp gelandet.

10. KAPITEL

Hjörvar hatte wieder mal alleine Dienst auf der Radarstation. Erlingur und er hatten sich den Tag aufgeteilt, damit immer jemand vor Ort war, falls der Hubschrauber zum Tanken landete. Viele Arbeiten konnten sie über Fernbedienung und Laptops von zu Hause aus steuern, aber diesen Service nicht. Da keiner wusste, wann mit dem Hubschrauber zu rechnen war, musste bis zum Abend, eventuell auch über Nacht, jemand im Dienst sein. Hjörvar hatte angeboten, den Spätdienst zu übernehmen, und Erlingur hatte widerwillig zugestimmt. Auch wenn er es nicht direkt gesagt hatte, vermutete Hjörvar, dass sein Kollege ihn für psychisch labil hielt. Aber die Verlockung, nach Hause zu kommen und den Abend mit seiner Frau anstatt mit einem Kater zu verbringen, war größer gewesen als Erlingurs Skepsis.

Die Sorge seines Kollegen war unbegründet. Noch war nichts Ungewöhnliches passiert. Die Türsprechanlage blieb still, trotzdem wurde Hjörvar jedes Mal mulmig, wenn er an ihr vorbeiging. Ansonsten fühlte er sich nicht anders als sonst. Allerdings vermied er es, daran zu denken, dass er sich ganz alleine auf einer entlegenen Landspitze befand. Hier kam abends im Dunkeln keine Menschenseele vorbei. Er scheute sich sogar davor, aus dem Fenster der Kaffeeküche zu den Klippen und dem Felsschacht zu schauen.

Hjörvar musste sich eingestehen, dass ihm jetzt, im Stockdunkeln, unwohler war als vorhin im trüben Winterlicht. Wenn sein Blick ausnahmsweise doch mal zum Fenster wanderte, konnte er die flachen Felsen nicht mehr erkennen. Draußen war alles schwarz. Dabei war es manchmal besser, etwas Schlimmes zu sehen als gar nichts. Im Dunkeln konnte wer weiß wer unterwegs sein. Oder wer weiß was. Vom Fenster aus reichte die Sicht nur einen knappen Meter weit.

Wahrscheinlich war er innerlich nur so unruhig, weil er nichts zu tun hatte. Nachdem er die Pflichtaufgaben erledigt hatte, blieb ihm nichts anderes übrig, als auf den Hubschrauber zu warten. Er setzte sich an den Schreibtisch und wollte im Internet surfen, doch als seine Hand auf der Maus lag, glitt sie wie ferngesteuert zu den Ordnern mit den Aufnahmen von seinem Vorgänger Ívan. Hjörvar schämte sich für seine Neugier, aber er wollte mehr sehen. Und das ging nur, wenn er alleine auf der Station war. Erlingur durfte das auf keinen Fall mitbekommen.

Jetzt hatte er Ruhe und reichlich Zeit, trotzdem schaffte er nur ein Drittel der Aufnahmen. Sie waren so beunruhigend, dass es ihm zu viel wurde. Es gab nämlich nicht nur Szenen, in denen Ívan zur Türsprechanlage und zum Tor lief. Zahlreiche Ausschnitte zeigten, wie er während der Erledigung einer Aufgabe zusammenzuckte und aufblickte, so als hätte jemand seinen Namen gerufen. Er schaute sich ständig um und schien damit zu rechnen, dass jemand hinter ihm stünde. Doch die Aufnahmen der Sicherheitskameras zeigten klar und deutlich, dass da niemand war. Manchmal rannte er aus dem Gebäude und wieder rein, tigerte hin und her, riss Türen auf und schaute in Räume. Er spähte hinter Schränke mit Kontrollgeräten, stieg in die Radarkuppel, öffnete Abstellkammern, ging nach draußen und warf einen Blick in sein Auto – im Grunde verhielt er sich so, als wäre er beim Versteckenspielen derjenige, der die anderen sucht. Das Problem war nur, dass sich niemand versteckte. Er war alleine auf der Station. Es gab nur wenige Filmausschnitte von Zeiten, in denen Erlingur auch vor Ort war.

Es war sehr unangenehm, jemanden zu beobachten, der offenkundig paranoid war. Die Aufnahmen waren von unterschiedlicher Qualität, aber auf einigen konnte Hjörvar das Entsetzen in den Augen des schlanken Mannes erkennen. Er ahnte, dass er auf den Aufnahmen von sich selbst, als das Türtelefon mehrmals geklingelt hatte, einen ähnlichen Gesichtsausdruck gehabt hatte. Bei dieser Vorstellung stand er vom Computer auf.

Reglos verharrte er einen Moment neben dem Schreibtisch und überlegte, was er machen sollte. Ausnahmsweise sehnte er sich danach, mit jemandem zu sprechen, und zog sein Handy aus der Hosentasche. Aber wen sollte er anrufen? Die wenigen ihm nahestehenden Menschen würden sich wundern, dass er sich meldete, und sofort vermuten, dass etwas nicht stimmte. Er hatte durch seine Lethargie einige Brücken hinter sich abgebrochen.

Er traute sich zum Beispiel nicht, Njörður und Ágústa anzurufen, seine Kinder. Das würde sowohl sie als auch ihn nur noch mehr frustrieren. Sie hatten diverse Probleme miteinander, und Ágústa hielt mit ihrer Meinung nicht hinterm Berg, dass er an allem schuld sei, dass er seine Kinder und ihre Mutter enttäuscht hätte. Und das stimmte. Er hatte als Ehemann und Vater versagt. Aber es brachte niemanden weiter, ständig darauf herumzureiten. Die Vergangenheit war kein halbfertiges Lego-Schloss, das man auseinandernehmen und neu zusammenbauen konnte. Egal was er sagte, er konnte das Geschehene nicht mehr ändern. Zumal es wirklich nicht nur an seiner Gleichgültigkeit gelegen hatte. So einfach war das nun mal nicht.

Der Ball lag jetzt auch bei seinen Kindern. Er hatte sie letztens eingeladen, ihn im Osten zu besuchen und sogar schon eine Sightseeing-Tour organisiert. Ágústa hatte zwei Tage vorher abgesagt, weil sie es sich angeblich nicht zutraute und die Reise bestimmt im Streit enden würde. Njörður kam einfach nicht und schickte ihm später eine Message mit einer erfundenen Entschuldigung. Fürs Erste würde Hjörvar die beiden nicht mehr einladen. Obwohl ... Die Geschichte war jetzt vier Monate her, und seine Wut war verraucht. Wenn seine Tochter bloß nicht so nachtragend wäre.

Seine beiden Kinder waren also sauer auf ihn, und die paar Menschen, die er als Freunde bezeichnen konnte, vermutlich auch. Er hatte ihre Messages und Anrufe zu seinem fünfundfünfzigsten Geburtstag ignoriert. Als er fünfzig geworden war, hatte er angekündigt, seinen Fünfundfünfzigsten zu feiern, und sich dadurch fünf Jahre Galgenfrist erkauft. Doch als der Tag der Abrechnung gekommen war, hatte er immer noch keine Lust auf Trubel. Er wollte seinen Geburtstag nicht feiern und das weder erklären noch rechtfertigen müssen. Deshalb hatte er einfach nicht zurückgerufen und seinen Geburtstag verstreichen lassen. Aber auch später hatte er sich nicht bei seinen Freunden gemeldet und würde garantiert nicht auf Begeisterung stoßen, wenn er es jetzt tat. Falls sie überhaupt rangingen. Hjörvar wusste, dass er ihnen leidtat, aber es gab Grenzen für das, was man ihm aus Mitgefühl durchgehen ließ.

Seinen Bruder konnte er auch nicht anrufen, obwohl ihre Telefonate meistens kurz und normal waren. Sie telefonierten beide nicht gern, im Gegensatz zu einigen seiner Bekannten, die ewig quatschten und nie zum Ende kamen, oder zu seiner Tochter, die ihn mit Vorwürfen überschüttete. Sein Sohn quasselte auch immer endlos, während sein Bruder sofort zum Thema kam, sein Anliegen vorbrachte und sich wieder verabschiedete. Sofern Hjörvar dem nichts hinzuzufügen hatte, was nur selten der Fall war. Sein Bruder stand ihm am nächsten, deshalb hatte er ihn auf der Arbeit als engsten Angehörigen angegeben. Wenn ihm dort etwas zustieße, würde sein Bruder es vor seinen Kindern erfahren.

Doch gerade weil sie sich so gut kannten, konnte er seinem Bruder nur schwer etwas verheimlichen. Er würde sofort hören, dass etwas nicht stimmte, und Hjörvar wollte weder mit ihm noch mit sonst jemandem über sein Befinden reden.

Erlingur stand auch auf der kurzen Liste seiner Kontakte, aber seinen Kollegen anzurufen, wäre peinlich und lächerlich.

Natürlich hätte Hjörvar rüber ins Mitarbeiterhaus gehen und sich einen Film anschauen können, um sein Bedürfnis nach menschlichen Stimmen zu befriedigen. Aber das kam auch nicht in Frage, denn er wollte lieber in der Station sein, wenn sich der Hubschrauber ankündigte. Nach der Erfahrung mit der defekten Türsprechanlage vertraute er nicht darauf, dass das Funkgerät im Mitarbeiterhaus funktionierte. Und er wollte auf keinen Fall die einzige Aufgabe vermasseln, wegen der er hier war.

Hjörvar hatte keine Ahnung, wie die Suche im Hochland gelaufen war. Erlingur hatte mit dem Hubschrauberpiloten gesprochen, bevor Hjörvar zur Arbeit gekommen war, aber auch nicht viel erfahren. Dass es so lange dauerte, bis der Hubschrauber eintraf, konnte zweierlei bedeuten: Entweder die Suche dauerte noch an, oder man hatte die Vermissten gefunden und machte ihr Leichen transportbereit.

Hjörvar konnte sich nicht vorstellen, dass es Überlebende gab. Er war zwar selbst nie in Lónsöræfi gewesen, aber Erlingur hatte kategorisch gesagt, wenn man die Wanderer nicht in einer der Hütten fände, wären sie erfroren.

Das Internet schwieg sich über die Suche aus, womit Hjörvar gerechnet hatte. Die einzige Meldung war vom Mittag, und darin hieß es, die Suche werde fortgesetzt, über den Zustand der gestern geborgenen Person sei nichts bekannt. Ausnahmsweise wusste Hjörvar mehr als die Medien. Erlingur hatte von dem Hubschrauberpiloten gehört, dass es sich um eine Frau handelte und dass sie tot war.

Als Kisi plötzlich auf die Fensterbank sprang, hätte Hjörvar an dem kleinen Küchentisch fast seinen Kaffee verschüttet. Er hatte die Tasse gerade zum Mund geführt, als der Kater aufgetaucht war. Kisi ließ das völlig kalt. Er hockte sich einfach hin, starrte hinaus in die Dunkelheit und maunzte.

»Hör auf mit dem Gejammer«, sagte Hjörvar. Seine Stimme klang belegt, nachdem er so lange nichts gesagt hatte. Kisi miaute schon den ganzen Nachmittag, seit sie allein waren. Ausnahmsweise wollte er kein Futter, sondern war einfach rastlos. Er mauzte an der Haustür, blieb aber auf der Schwelle stehen, wenn Hjörvar ihm die Tür aufhielt. Er mauzte an einer der beiden Wendeltreppen, die in die Radarkuppel führten, machte aber keine Anstalten, raufzugehen. Dann strich er maunzend um Hjörvars Beine, ohne ihm klarmachen zu können, was er wollte. Und jetzt mauzte er die Dunkelheit an.

Vielleicht war der Arme ja krank. Oder er spürte, dass ein Unwetter aufzog. Laut Erlingur war der Kater schon unruhig, seit der Hubschrauber am Morgen auf seinem Flug ins Naturreservat auf der Station gelandet war.

Hjörvar schlürfte den dünnen Filterkaffee und löste den Blick von dem Kater. Das menschliche Auge wird von Bildschirmen magisch angezogen, und Hjörvar bildete da keine Ausnahme.

Er glotzte auf den Bildschirm, wo sich die riesige Antenne in ihrer kugelförmigen Schutzhülle im Kreis drehte. Das war alles andere als spannend, aber er starrte trotzdem hin.

Die Antenne drehte sich so, wie sie sollte. Die Aufnahme hatte keinen Ton, aber das dazugehörige Geräusch drang aus der Kuppel über die Treppe nach unten, durch den Flur und die offene Tür in die Kaffeeküche.

Stirnrunzelnd verfolgte Hjörvar die übliche Übertragungsstörung des Antennensenders auf dem Bildschirm. Wenn ihn nicht alles täuschte, stimmten die Wellenlinien aber diesmal nicht mit dem Rundlauf des Senders überein. Er kniff die Augen zusammen und nahm den Bildschirm ins Visier. Dann stand er auf und trat näher an ihn heran. Nein, kein Zweifel. Die Störung kam erst, wenn der Sender schon am Aufnahmegerät vorbei war.

Dafür musste es eine Erklärung geben. Vielleicht stimmte etwas mit dem Aufnahmegerät nicht. Oder mit dem Verbindungskabel. Vielleicht gab es einen Wackelkontakt, der auch das Klingeln der Türsprechanlage ausgelöst hatte.

Hjörvar war erleichtert. Es lag nicht an ihm. Es war ein technisches Problem. Eine marode Elektrik. Es würde schwierig sein, das Problem zu analysieren, aber am Ende würde man den Defekt finden. Dann mussten die elektrischen Leitungen in der Station erneuert und das Steuerungssystem neu justiert werden. Zum Glück war das nicht seine Aufgabe. Er war Kfz-Mechaniker und kein Elektriker. Für umfangreichere Reparaturen und Wartungsarbeiten wurden Fachleute beauftragt. Und wenn die da wären, käme mehr Leben in die Bude. Normalerweise hätte Hjörvar das nicht gut gefunden, aber jetzt stellte er fest, dass er sich darauf freute.

Kisi miaute schon wieder, und als Hjörvar sich umdrehte, sah er, dass der Kater den Bildschirm fixierte. Seine gelben Augen klebten an der Aufnahme von der kreisenden Antenne. Hjörvar konnte sich nicht entsinnen, dass das Tier sich jemals auch nur im Geringsten für den Bildschirm interessiert hatte. Der Kater fauchte, sprang von der Fensterbank und fegte aus dem Raum, als wäre der Teufel hinter ihm her.

Hjörvar bekam wieder dieses beklemmende Gefühl, das die asynchrone Übertragung in ihm erzeugt hatte. Er wollte eigentlich nicht mehr auf den Bildschirm gucken, tat es aber trotzdem. Genau in dem Moment, als die Störung auftrat, meinte er, einen dunklen Schatten vorbeihuschen zu sehen, und wich einen Schritt zurück. Wegen der Wellenlinien konnte er schlecht erkennen, was es war. Er trat wieder näher heran, sah aber nichts Ungewöhnliches. Die Antenne drehte sich weiter wie immer, und er sah nichts, was nicht dorthin gehörte. Dann kam wieder die Störung, und derselbe Schatten tauchte auf.

Hjörvar stand wie erstarrt da, und das Herz schlug ihm bis zum Hals. Die Form des Schattens war zwar verschwommen, ähnelte aber der eines Menschen. Konnte es sein, dass sich jemand in der Radarkuppel versteckte? Hatte Kisi an der Treppe gemauzt, weil er ihn gewittert hatte?

Die Station war zu Beginn des Kalten Krieges gebaut worden und sollte einiges aushalten können, sofern sie nicht unmittelbar von oben bombardiert wurde. Die Betonwände waren die solidesten, die Hjörvar je gesehen hatte, und die Zwischentüren bestanden aus dickem Stahl. In der Mitte der Station gab es einen Bereich, in dem man im Falle eines Atomangriffs vor Strahlen geschützt war. Er hatte gepanzerte Stahltüren mit luftdichter Abriegelung. Dadurch waren das Radar und das Notstromaggregat geschützt, und das Personal konnte sich dort einschließen und die Station am Laufen halten. Hjörvar ging davon aus, dass die isländischen Mitarbeiter, die nach dem Abzug des

Militärs auf der Station gearbeitet hatten, nicht damit rechneten, dass das jemals passieren würde.

Die wichtigsten Bereiche waren also am besten geschützt, während die für den Landesschutz unwichtigeren Räume wie die Kaffeeküche und das Büro traditionell eingerichtet waren. Sie hatten Fenster und normale Innentüren. Falls jemand in die Station eingedrungen war, musste er durch eines dieser Fenster geklettert sein. Es war unmöglich, die massive Außentür aufzubrechen, und sie hatte auch nicht offen gestanden. Hjörvar hatte sie nach seinem Kontrollgang abgeschlossen. Er hatte sie zwar noch dreimal geöffnet, als Kisi angeblich rauswollte, war aber jedes Mal in der Türöffnung stehen geblieben, während der Kater sich auf der Schwelle herumgedrückt hatte.

Und am Vormittag? Als Erlingur alleine auf der Station war? Hatte er die Tür offen gelassen, als er rausgegangen war. Warum hätte er das tun sollen? Sie schlossen immer die Tür ab. Das war eine klare Anweisung. Wobei Hjörvar sich durchaus vorstellen konnte, dass Erlingur die Tür für den Kater einen Spalt offen gelassen hatte, wenn Kisi sich da schon genauso merkwürdig verhalten hatte wie jetzt.

Er musste raufgehen und die Lage checken, das ließ sich nicht vermeiden. Etwas Schlimmeres, als die Station mit einem Unbefugten darin zurückzulassen, konnte er kaum tun. Die Frage war nur, ob er es jetzt machen oder lieber warten sollte, bis die Hubschrauberleute sich gemeldet hatten. Wahrscheinlich erledigte er es am besten sofort. Es würde ganz schnell gehen. Da oben gab es nicht viele Verstecke.

In der Kuppel war niemand. Hjörvar marschierte schnell einmal um die Antenne herum, weil er befürchtete, das Funkgerät oben nicht zu hören. Außerdem war ihm unheimlich – ein Gefühl, das er bisher nicht gekannt hatte. Gestresst hatten ihn in

der Kuppel bis jetzt nur die Sicherheitsaspekte und die Unfall-
gefahr. Aber dieses Unbehagen war anders. Es war das unerklärliche, aber erdrückende Gefühl, nicht allein zu sein. Beobachtet
zu werden. Völlig absurd, denn er war allein in der Kuppel.

Auf der Stahltreppe nach unten nahm er zwei Stufen auf einmal. Kisis erbärmliches Miauen schallte durch die Station.
Hjörvar rief den Kater, aber er ließ sich nicht blicken. Leider,
denn Hjörvar brauchte jetzt dringend Gesellschaft. Er hielt
inne, wollte noch einmal rufen, hörte dann aber das Funkgerät
und eilte ins Büro.

Zum Glück musste Hjörvar sich nicht bemühen, sein Keu-
chen zu unterdrücken, denn der Pilot würde es beim Lärm der
Rotorblätter nicht hören. Er verstand hingegen jedes Wort des
Piloten, der nur sagte, der Hubschrauber sei in zehn Minuten
da, werde tanken und dann weiter in die Stadt fliegen. Die Suche werde am nächsten Morgen nicht fortgesetzt, der Einsatz sei
voraussichtlich beendet. Dann fügte er noch hinzu, an Bord be-
fänden sich drei Leichen. Die Leichen von einer jungen Frau
und zwei Männern im selben Alter.

Man habe alle vier Wanderer gefunden.

Hjörvar entgegnete, er stehe bereit. Er zog seinen Anorak an
und schaltete das Flutlicht neben der Zapfsäule ein. Dann ging
er hinaus in die Kälte und Dunkelheit und stapfte zu dem er-
leuchteten Landeplatz. Obwohl die Station abgeschlossen war
und unmöglich Geräusche nach außen dringen konnten, meinte
er, die Radarantenne zu hören. Wie sie sich Runde um Runde in
der Kuppel drehte.

11. KAPITEL

Lónsöræfi – in der letzten Woche

Als Dröfn aufwachte, war es noch genauso düster, wie als sie ins Bett gegangen war. Kein Wunder, denn es wurde erst gegen Mittag hell, und die Uhr auf ihrem Handy zeigte kurz vor sieben. Falls draußen der Mond schien, drang wegen der klobigen Fensterläden kein Lichtstrahl ins Haus.

Auch wenn es in der Hütte noch immer stockdunkel war, hatte sich wenigstens eine Sache gebessert. Der Sturm war vorbei. Die Dachbalken knarrten nicht mehr, und der heulende Wind war verstummt.

Dröfn legte das Handy weg und tastete auf dem Nachttisch nach der Taschenlampe. Der Alugriff war eiskalt. Eine Gänsehaut kroch ihre Arme hinauf, und sie konnte sich nicht überwinden, aufzustehen und in die Klamotten zu schlüpfen.

Neben ihr schnarchte Tjörvi. Er hatte den Kopf in den Schlafsack gesteckt, deshalb klang sein Schnarchen gedämpft und weit weg. Wahrscheinlich würde sie ihm seine Kleidungsstücke anreichen müssen, damit er sie im Schlafsack anziehen konnte. Die Kälte würde ihn sonst umbringen. Zum ersten Mal fragte sie sich, warum ihr Mann eigentlich so kälteempfindlich war. Sie hatte noch nie darüber nachgedacht und es einfach als gegeben hingenommen. Jetzt wurde ihr auf einmal klar, dass das überhaupt nicht zu ihm passte. Er war zwar besonnen, aber auch hart im Nehmen. Er jammerte nie, war selbstlos und zäh. Diese Kälteempfindlichkeit war ganz untypisch für ihn.

Wäre ihre Oma noch am Leben, hätte sie gesagt, die Erklärung müsse in Tjörvis früherem Leben begründet liegen. Sie hatte immer fest geglaubt, dort alle Antworten zu finden. Dann hätte sie wahrscheinlich ergänzt, Tjörvi sei in seinem letzten Erdendasein erfroren. Das hätte ein schlimmes Trauma ausgelöst und ihn bis in sein nächstes Leben verfolgt.

Die Erinnerung an das Gerede ihrer Oma brachte Dröfn nicht zum Lächeln. Normalerweise amüsierte es sie, aber nicht in dieser Situation. Ohne Strom, Heizung, Internet und Handyempfang waren die Grundfesten ihres Weltbilds erschüttert, an das sie sich sonst klammerte. Und dann fiel ihr auch noch ein, was ihre Oma immer über Outdoor-Fans gesagt hatte. Jedes Mal, wenn Meldungen über verirrte Schneehuhnjäger, Motorschlittenfahrer oder Wanderer in den Nachrichten kamen, murmelte sie: *Die spinnen doch, die Leute. Warum bleiben die nicht einfach mit ihrem Hintern zu Hause?*

Wahre Worte.

Dröfn verdrängte die negativen Gedanken und schaltete die Taschenlampe ein. Das Licht half, sie zählte bis zehn und schälte sich aus ihrem Schlafsack. Der eiskalte Boden brannte unter den Fußsohlen, und während sie sich rasch anzog, spürte sie ihren Muskelkater. Zuerst schlüpfte sie in die Socken, dann in das Wollunterhemd und die lange Unterhose. Die Sachen waren genauso kalt wie alles andere im Raum, wurden aber am Körper schnell warm, und Dröfn hatte endlich nicht mehr das Gefühl, erfrieren zu müssen. Doch das währte nicht lange, deshalb biss sie die Zähne zusammen und schnappte sich schnell ihre restlichen Klamotten.

Von unten drangen Geräusche herauf, irgendwer musste schon wach sein und das Frühstück vorbereiten. Wahrscheinlich Agnes. Vielleicht auch Haukur. Dröfn wollte schnell unten sein, um zu helfen, falls es Haukur war. Es wäre sehr ungünstig, wenn er zwei Tage hintereinander vor allen anderen auf den Beinen wäre. Hastig suchte sie Tjörvis Klamotten zusammen und stopfte sie in seinen Schlafsack. Er rührte sich und murmelte etwas Abwehrendes, als er die Kälte der Kleidungsstücke spürte. Dröfn sagte ihm, er solle sich anziehen, sobald die Sachen angewärmt seien. Außerdem könne er ihr dankbar sein, im Zimmer sei es nämlich saukalt.

Sie ließ die Taschenlampe bei Tjörvi und nahm ihr Handy mit, das sich auch eiskalt anfühlte. Trotzdem wurde Dröfn warm ums Herz, als sie es in der Handfläche spürte. Es erinnerte sie an alles, was sie zurückgelassen hatten. Die edle Kaffeemaschine und die Fußbodenheizung, die morgens nach dem Aufstehen ihre Fußsohlen verwöhnte.

Dröfn beleuchtete den Weg vom Zimmer zur Treppe mit dem Handy. Wegen des schlechten Lichts und ihres Muskelkaters trat sie immer mit beiden Füßen auf eine Stufe. Zu allem Überfluss waren die Stufen rutschig, und sie wollte sich nicht zusätzlich zu ihren schmerzenden Waden auch noch den Hintern prellen.

Durch die geschlossene Küchentür drang eine leise Frauenstimme. Also war Agnes schon aufgestanden. Sie redete entweder mit sich selbst, oder Bjólfur war auch schon auf den Beinen, oder Haukur. Oder beide. Hoffentlich nicht, denn es wäre natürlich gut, wenn Haukur als Letzter runterkam, am besten, wenn das Frühstück schon auf dem Tisch stand. Dann wären sie quitt.

Dröfn tastete sich durch den Aufenthaltsraum zur Küche, am Esstisch vorbei, an dem sie gestern Abend gegessen hatten. Fast hätte sie mit der Hüfte einen Stuhl gerammt, der ein Stück vom Tisch entfernt stand. Vielleicht hatten sie ihn gestern Abend nicht zurückgeschoben, sie konnte sich nicht erinnern, wie sie den Raum hinterlassen hatten.

Das Licht ihres Handys war nicht besonders hell, und Dröfn war froh, als sie die Türklinke zur Küche ertastet hatte, ohne sich an der Ecke der Anrichte gestoßen zu haben oder auf eine Maus getreten zu sein. Wobei sie keine Ahnung hatte, ob es in der Hütte Mäuse gab. Wahrscheinlich schon, denn das Haus hatte garantiert jede Menge Ritzen und Löcher, durch die Mäuse hineingelangten. Sie würden den Winter draußen niemals überleben. Falls es hier überhaupt Mäuse gab.

Als Dröfn vor der Küchentür stand, konnte sie endlich etwas verstehen. Es klang so, als würde Agnes immer wieder *mach auf* sagen. »Mach auf, mach auf, mach auf. Bitte, mach auf.« Ihre Stimme klang ziemlich verzweifelt, aber was wollte sie denn unbedingt aufmachen?

Die Dose mit dem Kaffeepulver? Hoffentlich nicht. Hoffentlich war der Kaffee schon fertig. Dröfn brauchte dringend einen.

Sie öffnete die Tür in der Hoffnung, von Kaffeeduft begrüßt zu werden. Aber nein, in der Küche war es genauso dunkel wie im Aufenthaltsraum. Keine brennenden Kerzen, kein Kaffee und kein Topf mit warmer Hafergrütze. Dröfn ließ das Handylicht durch den Raum schweifen. Da war niemand, und alles sah genauso aus, wie Agnes und sie es am Abend hinterlassen hatten.

Auch die Stimme war verstummt. Genau in dem Moment, als Dröfn die Türklinke runtergedrückt hatte.

Sie stand regungslos in der Türöffnung, leckte sich über die trockenen Lippen und schluckte. Sie musste sich verhört haben.

Gestern Abend hatte sie sich fest vorgenommen, nicht durchzudrehen. Auf keinen Fall. Es musste eine andere Erklärung geben. Wahrscheinlich war sie noch nicht richtig wach. Oder sie hatte ein Rauschen im Ohr, das sich anhörte wie eine menschliche Stimme. So musste es sein.

Dröfn erstarrte, als hinter ihr eine Bodendiele knarrte. Sie war unfähig, sich umzudrehen, und traute sich nicht, zu atmen.

»Hast du gut geschlafen?«

Dröfn war so erleichtert, Haukurs Stimme zu hören, dass sie fast in Tränen ausgebrochen wäre.

Sie räusperte sich leise, bevor sie sich umdrehte und antwortete: »Ja. Wie ein Stein.« Zum Glück war ihr erschrockenes Gesicht in dem schwachen Licht nicht gut zu erkennen. »Und du?«

Haukur nickte. »Ja, ja. Ich konnte nur erst nicht einschlafen, weil das Wetter so verrückt gespielt hat.« Er schwieg und fragte dann forschend: »Ist alles in Ordnung mit dir?«

Offensichtlich reichte das schwache Licht doch aus, und es hätte wohl stockdunkel sein müssen, damit man ihr den Schrecken nicht ansah. Dröfn öffnete den Mund und wollte antworten, dass alles prima sei, stockte aber. Vor ihr stand ein Wissenschaftler. Ein Mensch, der sich mit Fakten beschäftigte und nach logischen Erklärungen suchte. Wer wäre besser geeignet, um ihre angespannten Nerven zu beruhigen?

Dröfn sprudelte los. »Also, ich dachte, ich hätte in der Küche eine Frau gehört. Ich hab mich total erschreckt. Völliger Quatsch natürlich. Wahrscheinlich bin ich diese Stille einfach nicht gewöhnt. Erfinde Geräusche, um sie auszufüllen oder so.« Sie verstummte und gab Haukur die Gelegenheit, etwas Kluges anzumerken. Etwas, das sie dazu bringen würde, über sich selbst zu lächeln.

»Eine Frau, sagst du?« Haukur runzelte die Stirn. »Warum dachtest du, es wäre eine Frau? Warum nicht ein Mann?«

Die Frage war schon in Ordnung, aber Dröfn hatte sich eigentlich eine andere Entgegnung erhofft. Etwas von wegen, die Wasserleitungen würden manchmal Geräusche machen, die man für Stimmen in der Küche hielt. Sie stellte gar keine hohen Anforderungen an die Glaubwürdigkeit einer solchen Aussage. Er sollte einfach etwas sagen, und sie würde es ihm abkaufen. »Es klang wie eine Stimme. Eine Frauenstimme.«

Die nächste Frage überraschte Dröfn noch mehr. »Was hat sie gesagt?«

»*Mach auf.* Es hörte sich so an, als würde sie immer wieder *mach auf* sagen.« Dröfn stellte verwundert fest, dass sie gar nicht naiv oder albern klang.

Haukur schaute sie an, und sein Gesichtsausdruck verstärkte dieses Gefühl. Das schwache Licht konnte auch täuschen, aber sie meinte, keinen Spott in seinem Gesicht zu sehen. Doch anstatt ihr eine vernünftige Erklärung zu liefern, sagte er etwas, das sie noch mehr verunsicherte.

»Ich schlafe in dieser Hütte nie gut. Ich weiß auch nicht, warum. Vielleicht wegen dieser Geschichte.«

»Welche Geschichte?« Dröfn wurde sich plötzlich bewusst, dass sie der Küche den Rücken zugedreht hatte.

»Dieser Ort hat keinen guten Ruf. Ich habe verschiedene Geschichten gehört, die meisten sind bestimmt Unfug. Aber eine ist definitiv wahr, falls mein Opa mich nicht angelogen hat.« Er lächelte Dröfn zu. »Hier draußen ist eine Frau umgekommen. Sie ist direkt vor der Tür erfroren.«

Dröfn war schlagartig wieder genauso kalt wie beim Aufstehen. »War sie zur gleichen Zeit hier wie wir? Mitten im Winter?«

Haukur nickte. »Ja. Allerdings aus einem anderen Grund. Sie wurde gegen ihren Willen hergebracht. Von ihrem Mann, der hat sie ausgesperrt, und sie war viel zu dünn angezogen. Sie ist auf der Terrasse erfroren.«

»Was?« Dröfn wünschte sich, sie würde Haukur besser kennen. Dann hätte sie ihm angemerkt, ob er die Geschichte faszinierend oder tragisch fand. »Warum hat er sie hergebracht?«

»Er dachte, sie würde ihn mit einem Soldaten von der Radarstation betrügen.«

Dröfn begriff den Zusammenhang nicht. »Was hat ein Seitensprung mit der Hütte zu tun?«

»Das ist nicht ganz klar, vermutlich glaubte er, die beiden hätten sich hier getroffen. Es wurde nicht gern gesehen, wenn Leute aus dem Hornafjörður Kontakt zu Soldaten hatten. Aber den weiten Weg hierherzukommen, um fremdzugehen, ist natürlich absurd. Die Hütte ist viel zu entlegen. Der Ehemann war psychisch labil. Er ist total durchgedreht, hat sogar mit angehört, wie seine Frau draußen vor der Tür um Gnade flehte. Und keinen Finger gerührt. Bis sie tot war. Mit der rettenden Hütte vor Augen.«

»Was wurde aus dem Mann?«

Haukur verzog das Gesicht, sodass es in dem schummrigen Licht aussah wie eine Fratze. »Er wurde nie gefunden. Man vermutet, dass er auch erfroren ist. Entweder auf dem Rückweg, oder er hat sich umgebracht. Ist immer weiter in die Wildnis gelaufen mit dem Ziel, zu sterben.«

Dröfn lief ein Schauer über den Rücken, und sie schlang die Arme um den Oberkörper. »Woher weiß man das? Hat er einen Brief hinterlassen?«

Haukur nickte. »Ja, den fand man in seinem Auto. Es muss ungefähr an der Stelle gestanden haben, wo wir auch parken.«

Er schaute sie eindringlich an. »Mein Großvater fand ihre Leiche. Er war Bauer in Lónssveit und stieß auf ihre Leiche, als er nach verlorenen Schafen suchte. Das ist keine Geschichte für Kinder, aber man hat sie mir erzählt, als ich klein war. Und auch später noch oft. Es gab noch mehr Geschichten, nicht ganz so grausame, aber trotzdem nicht ohne. Wahrscheinlich fühle ich mich deshalb in dieser Hütte nie wohl.« Er schwieg einen Moment und ergänzte dann: »Aber lass dich davon nicht beeinflussen. Auch nicht von dem Anorak. Den hat bestimmt jemand beim Schafabtrieb im Herbst hier vergessen. Die Hütte wird dann meistens genutzt.«

Dröfn wusste es besser und beschloss, es ihm zu sagen. Gestern Abend hatte sie den Mund gehalten, um die Stimmung nicht kaputtzumachen, aber warum sollte sie das Haukur jetzt ersparen? Er war ohnehin ein schwermütiger Typ. »Ich hab eine Benzinquittung in der Jackentasche gefunden. Die ist erst zwei Monate alt.«

»Ach, das heißt doch nichts«, versuchte Haukur, ihre Sorge zu zerstreuen. »Hier oben werden immer Schafe vergessen. Wenn das Wetter es zulässt, kommen die Bauern noch mal hoch und treiben die restlichen Schafe ein. Der Anorak hat bestimmt da gehangen, und jemand hat ihn sich geborgt, während seine eigene Jacke trocknete. Die Quittung ist aus Versehen in der Tasche gelandet. Glaub mir, du musst dir darüber keine Gedanken machen. Wenn sich hier in letzter Zeit jemand verirrt hätte und erfroren wäre, hätte ich davon gehört.«

Dröfn war ein wenig beruhigt und wechselte rasch das Thema. Sie wollte keine weiteren Gruselgeschichten über diese Gegend hören. Am liebsten würde sie möglichst schnell zusammenpacken und aufbrechen. »Sollen wir Frühstück machen und dann bald los?«, fragte sie, weil sie auf keinen Fall alleine in der Küche sein wollte. Als Haukur bejahte, lächelte sie matt und ließ ihm den Vortritt.

Die Schlafmützen trudelten nacheinander im Erdgeschoss ein, während Dröfn und Haukur in der Küche beschäftigt waren. Haukur runzelte die Stirn, als Dröfn ihr Handy auf ein Regal über der Küchenbank legte, um das Licht der Kerzen, die er angezündet hatte, zu verstärken. Aber sie sagten beide nichts. Dröfn war es egal, wenn der Akku leer wurde. Sie konnte ja sowieso niemanden anrufen oder ins Internet gehen. Außer als Taschenlampe konnte sie das Handy nur zum Fotografieren benutzen, ansonsten war es bei dieser Tour nutzlos. Tjörvi würde garantiert jede Menge Fotos machen, die sie sich kopieren konnte, wenn sie wieder in der Stadt waren.

Falls sie dann überhaupt noch Fotos von der Tour haben wollte. Momentan kam ihr das eher unwahrscheinlich vor.

Nachdem sie gefrühstückt hatten, schmierten sie Brote als Proviant, räumten die Hütte auf und überprüften das Gepäck. Dröfn trat vor lauter Aufregung von einem Bein aufs andere. Endlich ging es raus, in die natürliche Dunkelheit und an die frische Luft. Dann würde sie endlich keine Frau mehr hören, die um Gnade flehte. Sie verließ die Hütte als Erste, und falls sich jemand darüber wunderte, wie schnell sie durch den kleinen Flur an der roten Jacke vorbeistürmte, ließ er es unkommentiert.

Draußen erwartete sie dieselbe Winterlandschaft wie am Tag zuvor. Durch den Sturm hatte sich der Schnee noch höher aufgetürmt, und ihre Spuren waren verschwunden, sodass es aussah, als wären sie hergeflogen. Dröfn fiel ein, dass sie ihre Sachen in dem kleinen Badezimmer vergessen hatte, aber sie wollte sie nicht holen. Sie würde es überleben, sich ausnahmsweise mal nicht die Zähne zu putzen. Alles war besser, als zurück in die düstere Hütte zu müssen.

Haukur marschierte los und war wieder an erster Stelle. Dröfn ging, wie gestern, ganz hinten. Je weiter sie sich von der Hütte entfernten, desto besser fühlte sie sich. Trotz des tiefen Schnees spürte sie sogar den Muskelkater in den Beinen nicht mehr.

Aber es dauerte nicht lange, bis ihr wieder unwohl wurde. Es war kein körperliches Unwohlsein, denn ihre Muskeln wurden schnell warm, und ihr tat nichts mehr weh. Auch ihr Rücken streikte noch nicht wegen des schweren Rucksacks, denn sie waren noch nicht lange gelaufen.

Das Unbehagen war in ihrem Kopf. Wie sehr sie sich auch auf die großartige Landschaft oder die knappen Gespräche der anderen konzentrierte, sie wurde das absurde Gefühl nicht los, dass ihnen jemand folgte. Und zwar nicht irgendwer, sondern diese imaginäre Frau. Eine Frau, die vielleicht gar nichts mit dem Anorak zu tun hatte, aber mit der Hütte. Dröfn ertappte sich dabei, dass sie immer wieder Blicke über die Schulter warf, aber sie sah jedes Mal dasselbe.

Steile Berghänge, schwarze Felsgürtel, Schnee und ihre eigenen Spuren.

Der Weg schlängelte sich durch unterschiedliche Landschaftsformen, sodass Dröfn nicht so weit zurückschauen konnte wie in ebenem Gelände. Keine Frau zu sehen, so weit das Auge reichte. Niemand folgte ihnen.

Doch immer wenn sie sich umdrehte, meinte sie, einen Schatten zu erkennen. Sie sah ihn nur, wenn sie ihren Kopf bewegte, und er verschwand wieder, sobald sie nach vorne blickte.

Irgendwann hatte Dröfn das Gefühl, aus dem Augenwinkel eine Bewegung wahrzunehmen. Sie spähte in die Richtung und atmete auf. Das war es also. Auf einem Hügel stand ein einsames Rentier. Es beobachtete die Eindringlinge neugierig, bereit,

Reißaus zu nehmen, falls sie ihre Richtung ändern und auf es zukommen würden. Das Tier war abgemagert und sah angeschlagen aus, hier gab es ja auch nicht viel Nahrung. Dröfn rief die anderen, und alle blieben stehen und schauten zu dem Tier.

Tjörvi und Bjólfur begannen sofort, mit Halbwissen von ihren zwei Jagdtrips um sich zu werfen. Sie waren sich einig, dass es sich nicht lohnen würde, das Tier abzuschießen. Dröfn fand ihre abfälligen Kommentare nicht witzig und war froh, als Haukur sie mit kompetenteren Aussagen zum Schweigen brachte. Er erklärte ihnen, es handele sich wahrscheinlich um eine Kuh, da ausgewachsene Bullen zu dieser Jahreszeit schon ihr Geweih abgeworfen hätten. Es komme vor, dass Rentierkühe sich im Herbst von der Herde absonderten, wenn die anderen Tiere ins Flachland zögen. Meistens seien sie verletzt und zu geschwächt, um den anderen zu folgen. Falls sie den harten Winter überlebten, stießen sie im Frühling wieder zu der Herde, wenn diese ins Hochland zurückzog.

Dröfn war erleichtert, aber das Lächeln verging ihr wieder, als er hinzufügte, sie würden jedoch oft erschöpft zusammenbrechen und aufgeben. So ergehe es auch den meisten Schafen, die man beim Schafabtrieb im Herbst nicht fand und im Hochland zurückließ.

Die Rentierkuh wandte den Blick von der Gruppe ab und drehte ihren großen gehörnten Kopf langsam zur Seite. Dann stakste sie weiter, eindeutig zu schwach, um zu rennen. Sie verschwand hinter dem Hügel, und die Umgebung war wieder öde und verlassen. Dröfn hoffte, dass sich irgendwo wie durch ein Wunder eine schneefreie, grasbewachsene Fläche auftun würde. Sie wollte sich nicht auch noch um das arme Tier sorgen müssen.

Die anderen wirkten weniger besorgt. Als Dröfn sich wieder zu ihnen drehte, waren sie schon weitergegangen. Auch wenn sie jetzt wusste, was sich hinter ihr bewegt hatte, wollte sie nicht hinter der Gruppe zurückfallen und am liebsten auch nicht als Letzte gehen.

Sie beschleunigte ihre Schritte, bis sie Agnes eingeholt hatte, und fragte ihre Freundin, ob sie sie überholen dürfe. Genauso machte sie es bei Tjörvi. In der Mitte der Gruppe fühlte sie sich wesentlich besser. Als Tjörvi fragte, warum sie die Reihenfolge tauschen wolle, antwortete sie, sie habe Angst hinzufallen und fühle sich sicherer, wenn er hinter ihr sei. Damit gab er sich zufrieden und fragte nicht weiter.

Vielleicht würde sie sich in ein paar Tagen trauen, ihm von ihrem unheimlichen Gefühl zu erzählen. Auch wenn es schwer vorstellbar war, würde sie womöglich darüber lachen, wenn sie wieder im Hotel in Höfn waren und mit einem Drink an der Bar saßen. Bis dahin musste sie durchhalten. Sie hoffte, dass die Zeit schnell vergehen würde. Sehr schnell.

12. KAPITEL

Es schneite ununterbrochen. Die Schneeflocken schwebten langsam zu Boden, als wären sie schwerelos. Eine dicke weiße Schneedecke lag über allem, und der Ort wirkte ohne scharfe Linien und Ecken wie gepolstert. In Höfn war es ganz still, die Häuser waren erleuchtet, und draußen war so spätabends niemand mehr unterwegs.

Der Schnee löste bei Jóhanna keine gemütliche Stimmung aus. Er erinnerte sie an die trostlose kalte Wildnis und die Leichenfunde des heutigen Tages. Dieser Horror hatte so gar nichts Beschauliches.

Gegen das Frösteln, das sie bis ins Flachland und nach Hause begleitete, half ein heißes Bad. Das Wasser lockerte ihre müden, schmerzenden Muskeln, und nachdem sie sich eine Suppe aufgewärmt hatte, war ihr auch nicht mehr übel. Sie wusch ihre Klamotten und hätte fast den Trockner zerstört, als sie ihren nassen Winteroverall hineinquetschte. Der Overall war nicht wirklich schmutzig, aber sie hatte das Gefühl, alles waschen zu müssen, was sie angehabt hatte. Um die Erinnerungen an die Ereignisse des Tages aus den Kleidern zu spülen. Fast hätte sie auch noch ihre Wanderschuhe in die Waschmaschine gesteckt, konnte sich aber gerade noch beherrschen.

Doch all das half nicht gegen die geistige Erschöpfung.

Zu wissen, dass sie nicht die Einzige war, der die Gescheh-

133

nisse nahegingen, war nur ein schwacher Trost. Auf dem Rückweg waren die Rettungswachtleute bedrückt gewesen. Alle ließen stumm die Köpfe hängen, und niemand versuchte, so zu tun, als würde ihn das nicht berühren. Den meisten war zwar von Anfang an klar gewesen, dass es keine Überlebenden gab, aber jetzt hatten sie die Bestätigung. Sie hatten alle Wanderer gefunden, alle tot. Eine Leiche lag am Rand des Gletschers und zwei in der Nähe der Zelte. Zusätzlich zu der Toten, die sie in der Nähe der Hütte aus dem Schnee gegraben hatten.

Jóhannas und Þórirs Suchtrupp war auf die erste Leiche gestoßen. Der Tote war nicht komplett vom Schnee begraben, denn er lag in ungeschütztem Gelände und war deshalb nicht stark zugeschneit.

Ein Teil seines Rückens und sein Hinterkopf ragten aus dem Schnee. Er lag auf dem Bauch und war fast nackt, genau wie die erste Frauenleiche. Er schien sich ausgezogen zu haben, kurz bevor er aufgegeben hatte. Nicht weit von ihm lagen seine Schuhe und ein Handy. Etwas weiter entfernt fand man seinen Anorak tief im Schnee. Die leichteren Kleidungsstücke waren weggeweht worden und wurden nicht gefunden.

Als man die gefrorene Leiche freigelegt hatte, sah es so aus, als wäre der Mann bis zu seinem letzten Atemzug gekrochen. Wohin er wollte, war unklar, aber man konnte es sich vorstellen. Vermutlich an einen Ort, wo er glaubte, Wärme und Schutz zu finden. Das Merkwürdige war nur, dass ihn das von den Zelten weggeführt hatte.

Oder er war nicht auf etwas zugekrochen, sondern vor etwas geflohen. Der panische Ausdruck der Totenfratze verstärkte diese Annahme.

Natürlich war der Mann keines friedlichen Todes gestorben. Seine Finger, seine Füße und sein Gesicht gaben Anlass zu der Vermutung, dass er sich länger draußen aufgehalten hatte, bevor er starb. Er hatte deutliche Erfrierungen, und alle Rettungswachtleute, die seine geschädigte Haut sahen, zogen ihre Anoraks besser zu. Jóhanna eingeschlossen. Bei einer der beiden Leichen, die danach gefunden wurden – eine Frau und ein Mann –, war es genauso. Die Leiche des Mannes wies schlimme Erfrierungen auf, aber die Leiche der Frau nicht. Sie war ebenfalls verletzt, hatte vermutlich ein gebrochenes Handgelenk, denn es war stark geschwollen, voller Prellungen und merkwürdig verrenkt.

Beide Leichen waren ebenfalls fast nackt. Die Frau hatte ein langärmeliges Wollunterhemd, eine Unterhose und Socken an, und der Mann trug nur eine lange Unterhose und hatte nackte Füße. Neben der Frau lag ein Handschuh, der angeblich zu dem passte, den man auf dem Kleiderhaufen in der Hütte gefunden hatte. Dem Mann schien jemand einen Schal über den Kopf gelegt zu haben. Zwischen den beiden lag ein Smartphone, direkt neben der schlimm aussehenden Hand des Mannes. Die restliche Kleidung und die Schuhe der beiden fand man in einem der Zelte, nur wenige Meter entfernt von der Stelle, an der sie erfroren waren.

Auch diese beiden schienen sich seltsamerweise von den Zelten wegbewegt zu haben. Die Zelteingänge waren geschlossen, die Reißverschlüsse sorgfältig zugezogen. Es sah nicht so aus, als hätten sie die Zelte überstürzt verlassen. Unter den Rettungswachtleuten kursierte das Gerücht, das neuere Zelt sei von innen aufgeschlitzt. Darin fand man vier Schlafsäcke, drei Rucksäcke, diverse Vorräte, Kleidung und einen Kocher. Alle, mit denen Jóhanna sprach, während sie die Bergungsarbeiten verfolgten, waren sich einig, dass die Wanderer wahrscheinlich überlebt hätten, wenn sie im Zelt geblieben wären.

Das ältere Zelt war fast leer. Die Anzahl der Schlafsäcke ließ darauf schließen, dass die Gruppe nur aus den vier vermissten Personen bestanden hatte, deshalb wurde die Suche vorerst eingestellt. Falls eine weitere Person dabei gewesen war, musste diese das Gebiet verlassen haben. Zumindest fand man kein Fahrzeug. Sollte etwas anderes ans Licht kommen, würde man die Suche wieder aufnehmen.

Ebenfalls merkwürdig war, dass keine der drei Leichen eine Verletzung aufwies, die das Blut erklären konnte, das man in der Nähe der Hütte gefunden hatte.

Jetzt setzte Jóhanna auf dem Weg zur Polizeiwache die Kapuze ihres Anoraks auf, damit ihr nicht ständig Schneeflocken ins Gesicht wirbelten. Sie war noch nicht weit gegangen, und schon brannte ihre Stirn von der Kälte. Wie lächerlich angesichts dessen, was die Wanderer ertragen mussten.

Noch lächerlicher war, dass sie sich nicht traute, alleine zu Hause zu sein. Sie sehnte sich nach Geiris Gesellschaft, er brauchte gar nichts zu sagen oder sich mit ihr zu unterhalten. Er sollte nur bei ihr sein.

Als Jóhanna gesehen hatte, dass in der kleinen Polizeiwache das Licht anging, hatte sie ihren Anorak übergeworfen und war losgestapft. Normalerweise hätte sie vorher angerufen, aber sie befürchtete, dass Geiri sie bitten würde, noch etwas zu warten. Sie wollte nicht warten. Außerdem wusste sie aus Erfahrung, dass es auf der Wache immer noch tausend Kleinigkeiten zu erledigen gab.

Da sie durchs Wohnzimmerfenster gesehen hatte, dass sein Auto das einzige vor der Wache war, ging sie davon aus, dass er alleine war. Das Ermittlungsteam war wohl schon im Hotel, einige waren auch mit dem Hubschrauber in die Stadt geflogen. Wer genau noch in Höfn war, wusste sie nicht, aber der Hubschrauber war definitiv fort. Jóhanna hatte ihn übers Haus fliegen hören, als sie in der Badewanne lag.

Sie klingelte und wartete, bis Geiri zur Tür kam. Er sah müde aus, und falls er sich wunderte, dass sie zur Wache gekommen war, ließ er es sich nicht anmerken.

Die Polizeistation war sehr schlicht und befand sich im Haus der ehemaligen Stadtbücherei. Davon war allerdings nichts mehr zu erkennen, es gab kein einziges Buch, keine Zeitschrift, kein Bücherregal und keine Leseecke für Kinder.

Ein Tresen mit einer Glaswand trennte den Empfangsbereich vom Rest der Wache ab. Davor standen nur zwei Stühle, denn in diesem Bezirk gab es kaum Verbrechen, und es kamen nur selten Leute mit offiziellen Anliegen auf die Wache. Jóhanna bezweifelte, dass die Stühle oft besetzt waren.

Weiter hinten waren mehrere Räume, Büros, ein Besprechungsraum, Abstellkammern, Toiletten, ein Verhörzimmer, das an eine kleine Stube erinnerte, eine Kaffeeküche und die Zellen. Es gab zwei normale Zellen sowie eine weitere für Untersuchungshäftlinge. Normalerweise wurden Untersuchungshäftlinge ins Gefängnis Hólmsheiði überführt, sobald ein Urteil vorlag, aber manchmal verzögerte sich das durch Unwetter oder andere unvorhersehbare Umstände. Soweit Jóhanna wusste, war diese Zelle noch nie benutzt worden, seit Geiri hier arbeitete.

»Willst du einen Kaffee? Ich bin gleich fertig. Muss nur noch zwei Mails schreiben.«

Jóhanna lehnte dankend ab. Sie wollte nicht alleine in der Kaffeeküche sitzen, geschweige denn nachher wach liegen. Schon klar, was ihr dann im Dunkeln durch den Kopf spuken würde. »Ich setze mich einfach zu dir, wenn ich darf. Ich störe dich auch nicht, versprochen.«

Geiri nickte. Er verstand auch ohne Worte, wie sie sich fühlte, wofür sie ihm dankbar war. Es gab keinen verständnisvolleren Mann als Geiri. Diese Eigenschaft machte ihn auch zu einem guten Polizisten, zumindest für die Opfer. Während Geiri auf die Tastatur einhämmerte, saß Jóhanna auf einem Stuhl gegenüber von seinem Schreibtisch. Sie genoss seine Anwesenheit, obwohl sie nichts sagten. In Momenten wie diesen war es für sie das Schlimmste, mit ihren Gedanken allein zu sein. Selbst ihr gemütliches Haus hatte nicht den beruhigenden Einfluss auf sie gehabt wie sonst, wenn sie müde von der Arbeit heimkam. In Geiris Nähe fühlte sie sich selbst in dem unpersönlichen Büro wohl. Sie hatte nicht das Bedürfnis, zum Handy zu greifen, wie so oft, wenn sie warten musste.

Das Tippen brach ab, und Geiri lehnte sich auf seinem Stuhl zurück. Er blickte sie an und lächelte betrübt. »Tragische Geschichte.«

Sie nickte, blies die Wangen auf und seufzte.

»Sag mal, lernt ihr bei der Rettungswacht, wie sich jemand kurz vorm Erfrierungstod verhält? Ich versuche, das Szenario zu verstehen … an beiden Fundorten … aber ich kann mir einfach nicht vorstellen, was passiert ist. Sind sie verrückt geworden?«

Genau darüber hatten sich die Rettungswachtleute vor Ort auch unterhalten. Alle Spekulationen führten stets zu derselben Frage: Warum hatten die Wanderer die Zelte verlassen?

»Man kann natürlich die Orientierung verlieren. Bei Schneesturm, wenn alles weiß ist und die Konturen verschwimmen, verliert man das Gefühl für seine Umgebung und für sich selbst. Selbst wenn man es eigentlich besser weiß, stürzt man sich kopflos ins Ungewisse, anstatt ruhig abzuwarten. Unterkühlung kann auch zu Verwirrung führen. Zu falschen Reaktionen.« Jóhanna lächelte ihren Mann an. »Aber das weißt du ja alles.«

»Ich würde es ja verstehen, wenn sie auf der Wanderung von einem Unwetter überrascht worden wären. Aber anscheinend war nur einer von ihnen unterwegs. Die anderen befanden sich alle in Reichweite eines Zufluchtsorts. Und alle vier waren halbnackt. Ich bin mir ziemlich sicher, dass die beiden, die wir in der Nähe der Zelte gefunden haben, aus dem Schlaf hochgeschreckt und rausgestürzt sind. Sie haben vor lauter Hektik das Zelt aufgeschlitzt, anstatt die Tür aufzumachen. Jedenfalls waren sie nicht draußen unterwegs. Sie waren im Zelt. Da bin ich mir ganz sicher. Und die Frau, die als Erste gefunden wurde, muss in der Hütte gewesen sein. Sie hatte das Messer dabei, mit dem das Zelt von innen aufgeschlitzt wurde. Zumindest wurde in den Zelten oder in der Nähe der Leichen kein anderes Messer gefunden. Fragt sich, ob sie das Rentier sah, dachte, es wäre einer aus der Gruppe, und rausrannte, um ihm zu helfen. Jedenfalls merkwürdig, wie nah ihre Leiche bei dem Rentierkadaver lag.« Geiri schüttelte nachdenklich den Kopf. »Sie stürmt halbnackt aus der Hütte, die beiden anderen aus dem Zelt, mit einem Schal und einem Handschuh. Alle rennen in den sicheren Tod. Was bringt einen dazu?«

»Rausch? Angst? Ein Gasleck? Hilferufe? Vielleicht lief da noch jemand rum. Womöglich verletzt. Das würde das Blut erklären.«

»Aber wo ist er oder sie dann? Nein. Das kann ich mir einfach nicht vorstellen.«

»Ein verletztes Tier vielleicht? Das zwischen diesen beiden Stellen umherirrte?«

Geiri konnte sich ein Grinsen nicht verkneifen. »Ein verletztes Tier? Und die Leute waren so tierlieb, dass sie nackt rausstürzten, um ihm zu helfen?«

Jóhanna musste zugeben, dass das nicht überzeugend klang. »Nein. Das kann nicht sein.«

Er schlug mit den Handflächen auf die Armlehnen seines Stuhls und stand auf. »Vielleicht kommt bei der Obduktion was raus. Ich könnte mir am ehesten vorstellen, dass sie unter Drogen standen. Das würde einiges erklären. Außerdem wissen wir noch nicht mal, ob sie alle am gleichen Tag gestorben sind. Und ob sie tatsächlich an Unterkühlung starben. Vielleicht war es auch eine Vergiftung oder etwas ganz anderes. Ihr Gepäck wurde zur Untersuchung nach Reykjavík gebracht. Leider dauert das jetzt, da müssen wir uns wohl gedulden. Aber ich tippe auf Vergiftung oder Drogen.«

Sie schwiegen, und Jóhanna vermutete, dass Geiri auch die gefrorenen Gesichter der Wanderer vor sich sah. Hatte man ein schmerzverzerrtes Gesicht, wenn man an einer Vergiftung starb? Höchstwahrscheinlich.

Als sie die Wache verließen, schneite es sogar noch mehr als vorher. Jóhanna setzte wieder die Kapuze auf, während Geiri die Tür abschloss. Als sie sahen, wie viel Schnee sich auf dem Auto angesammelt hatte, beschlossen sie, zu Fuß gehen. Sie waren beide zu müde, um es freizuräumen.

Jóhanna lehnte sich an Geiris Schulter, während sie das kurze Stück nach Hause schlenderten, fast so, als wären sie ganz allein auf der Welt. Die einzigen Spuren, die sich noch im Schnee abzeichneten, waren Jóhannas eigene vom Hinweg zur Wache. Der Rest des Bürgersteigs war mit einem weißen Teppich bedeckt, genau wie die Straßen, durch die noch niemand gefahren war.

Alles war blitzweiß. Doch trotz der glitzernden Oberfläche sah darunter noch alles genauso aus wie vorher. Kaugummireste auf dem Gehweg, Kieselsteinchen auf dem Asphalt, welke

Blätter und Abfall, den der Wind hergeweht hatte. Auch wenn Höfn ein hübscher und gepflegter Ort war, blieb das nicht aus. Sobald die Temperaturen über null stiegen, würde das alles wieder zum Vorschein kommen. Als würde man eine weiße Tischdecke von einer zerkratzten Tischplatte ziehen.

Als es nur noch wenige Schritte bis zu ihrem Haus waren, blieb Geiri stehen. »Hast du die Haustür offen gelassen?«

Jóhanna versteifte sich und starrte auf die offene Tür. »Äh … nein. Ich hab sie zugemacht. Auf jeden Fall.« Als sie den Satz anfing, war sie sich noch ganz sicher, aber als sie ihn beendete, kamen ihr Zweifel. Konnte es sein, dass sie rausgegangen war, ohne die Tür ins Schloss zu ziehen?

Automatisch blickte sie auf den Gehweg und registrierte, dass nur ihre eigenen Schritte vom Haus wegführten. Sie waren schon halb zugeschneit, ausgeschlossen, dass da sonst noch jemand langgegangen war.

Geiri zuckte die Achseln. Er war zu erschöpft, um sich darüber den Kopf zu zerbrechen. Es gab Wichtigeres.

Aber Jóhanna ging die Sache nicht aus dem Kopf. Sie versuchte krampfhaft, sich an den Moment zu erinnern, als sie das Haus verlassen hatte. Ihre Vernunft sagte ihr, dass sie vergessen hatte, die Tür zuzuziehen. Alles deutete darauf hin. Doch als sie im Bett lagen und Jóhanna schon fast eingeschlafen war, sah sie es auf einmal ganz deutlich vor sich. Sie hatte die Tür zugezogen. Und abgeschlossen.

Urplötzlich war sie hellwach und konnte nicht mehr einschlafen. Die Narbe auf ihrem Rücken tat weh, und die Narben an ihren Beinen juckten. Sie sahen aus wie Risse in Ton oder Beton, und Jóhanna vermied es, sie anzuschauen. Sie trug nie Shorts, egal wie warm es war. Wenn Geiri eine Urlaubsreise ins Ausland vorschlug, wählte sie immer Ziele in nördlichen

Gefilden. Sie waren schon öfter in Finnland und Norwegen gewesen als jedes andere Paar, das sie kannten. Obwohl Geiri den Grund für ihre Kältevorliebe ahnen musste, verlor er kein Wort darüber. Dafür war Jóhanna ihm unendlich dankbar. Sie wollte nicht darüber reden, wie sie sich fühlte, wenn die Leute sie verstohlen anglotzten und sich fragten, was ihr zugestoßen war. Darüber hatte sie oft genug mit ihren Eltern geredet, als sie noch zu Hause gewohnt hatte. Deren gebetsmühlenartige Versicherung, die Meinung anderer spiele keine Rolle, half ihr nicht weiter.

Jóhanna drehte sich auf den Rücken. Diese Schlafposition hatte sie schon ausprobiert, genau wie die Bauchlage und die Seitenlage. Mehrmals. Sich anders hinzulegen funktionierte immer nur ein paar Minuten, dann verspürte sie wieder den Drang, sich umzudrehen. Geiri war sofort eingeschlafen. Deshalb blieb ihr nichts anderes übrig, als in die Dunkelheit zu starren und darauf zu warten, endlich einzuschlafen. Und auf die vertrauten Geräusche des Hauses zu lauschen.

Geräusche, die sie bisher immer behaglich und beruhigend gefunden hatte.

13. KAPITEL

Lónsöræfi – in der letzten Woche

»Sind die Männer nicht schon ziemlich lange weg?« Dröfn hatte sich die Frage schon seit einer halben Stunde verkniffen, aber jetzt konnte sie sich nicht mehr beherrschen. »Nö.« Agnes schüttelte in ihrer voluminösen Kapuze den Kopf. »Glaub ich nicht. Bei der Kälte vergeht die Zeit langsamer. Sie wird zähfließend wie Harz.«

Sie saßen in Dröfns und Tjörvis Zelt, immer noch in ihren Anoraks und Winterhosen und in ihre Schlafsäcke eingemummelt, weil sie dachten, sie müssten sonst erfrieren. Aber das war nur Einbildung, denn sie hatten aufgehört zu zittern und stießen keine Atemwölkchen mehr aus. Es lag eher an der Vorstellung, wie wenig sie von der Kälte da draußen trennte. Die dünne Zeltplane konnte doch nicht viel Schutz bieten.

Das Licht im Zelt war gelblich, so wie der Zeltstoff, und ließ die Freundinnen krank aussehen. Agnes und Bjólfurs Zelt war auch gelb, sie hatten es im gleichen Laden gekauft, speziell für diese Tour. Haukurs Zelt war moosgrün und erinnerte Dröfn an ein Militärzelt. Sie war zwar nicht drin gewesen, meinte aber, ein grüner Glanz würde ihnen besser stehen.

Nachdem sie fast bis an den Rand des Gletschers gekommen waren, hatte Haukur angeordnet, die Zelte aufzubauen. Agnes war noch topfit gewesen und hatte einen Wettkampf vorgeschlagen, wer sein Zelt schneller aufbauen konnte. Sie teilte drei Mannschaften ein und brüllte: »Auf die Plätze, fertig, los!« Dröfn und Tjörvi, Agnes und Bjólfur, und Haukur. Diese Idee war typisch für Agnes mit ihrem Job als Personalleiterin. Sie erzählte andauernd von lustigen Spielchen, die sie in ihrer Firma zur Teambildung veranstaltete. Die Kämpfernaturen Tjörvi und Bjólfur waren sofort Feuer und Flamme, aber Haukur und Dröfn waren weniger begeistert. Trotzdem strengte Dröfn sich genauso an wie ihr Mann, wobei das nichts mit Siegeswillen zu tun hatte. Sie sehnte sich nur nach einem Unterschlupf.

Agnes und Bjólfur waren die Schnellsten und jubelten laut, was Tjörvi ärgerte. Haukur war der Ausgang des Wettbewerbs egal, er hatte sein Zelt in aller Ruhe aufgebaut und gar nicht richtig mitgemacht.

Als die Zelte standen und die Schlafsäcke ausgerollt waren, hätten keine zehn Pferde Dröfn dazu gebracht, ihren Unterschlupf zu verlassen und mit Haukur zu dem Messgerät zu wandern. Sie konnte Tjörvi an den Augen ablesen, dass sich sein Interesse ebenfalls in Grenzen hielt, aber weil Bjólfur unbedingt mitwollte, tat er so, als fände er es auch spannend. Die drei Männer gingen bald wieder los, während Agnes und Dröfn im Zelt in ihre Schlafsäcke krochen.

Sie saßen da und lauschten, wie sich die knirschenden Schritte der Wanderschuhe im Schnee entfernten, bis sie nur noch ihre eigenen Atemzüge hörten. In diesem Augenblick überkam Dröfn ein Gefühl wie in einer Achterbahn, die am höchsten Punkt angelangt ist und gleich in die Tiefe stürzt. *Was mache ich hier eigentlich, verdammt noch mal?* In der Achterbahn hätte sie die Augen zugekniffen und losgekreischt. Aber im Zelt kam das natürlich nicht in Frage.

Stattdessen lächelte sie Agnes matt an und hoffte, in ihrem Gesicht dieselben Bedenken über die Tour zu erkennen, mit denen sie sich selbst herumschlug. Doch Agnes wirkte ganz happy und fing sofort an zu quatschen, als säßen sie zu Hause auf dem Sofa und die Männer wären nur kurz rausgegangen, um Essen beim Chinesen zu holen.

Doch das Gespräch ebbte bald ab. Als ihre Körper aufgewärmt waren, gähnten die Frauen abwechselnd und schliefen kurz darauf ein. Das lange Nickerchen zeigte nur, dass sie erschöpfter waren, als sie gedacht hatten. Aber der Schlaf war nicht erholsam, und nach dem Aufwachen spürte Dröfn das Ziehen und den Muskelkater in den Beinen noch stärker.

Sie dachte nicht lange über die Schmerzen nach, sondern machte sich Sorgen um Tjörvi. Trotzdem gelang es ihr, sich weiter mit Agnes zu unterhalten. Sie machten einfach da weiter, wo sie vor dem Einschlafen aufgehört hatten. Dabei zerbrach Dröfn sich den Kopf darüber, wo Tjörvi war, wie weit die Männer gekommen waren und ob ihnen etwas zugestoßen war. Sie beneidete Agnes um ihre Sorglosigkeit, wollte ihre Freundin aber nicht mit ihren Zweifeln anstecken. Wobei das unwahrscheinlich war, denn Agnes war ziemlich angstfrei. Sie ging immer davon aus, dass alles gut gehen würde. Was ja auch meistens der Fall war.

Dröfn ließ sich dazu verleiten, den Akku ihres Handys zu verschwenden und ab und zu heimlich auf die Uhr zu gucken, was in dem engen Zelt gar nicht so leicht war. Mit jedem Blick auf das Display wurde sie nervöser. Und jetzt, nachdem seit dem Abmarsch der Männer vier Stunden vergangen waren, brach es einfach aus ihr heraus.

Agnes nahm das natürlich nicht ernst. »Die kommen schon. Mach dir keine Gedanken. Das bringt ja auch nichts.«

Dröfn knabberte an der Innenseite ihrer Wange und starrte auf die geschlossene Zelttür. »Aber sie wollten doch nicht lange bleiben.«

»Ach, vergiss es. Das hat Bjólfur gesagt. Glaubst du etwa, der weiß, wie lange es dauert, dieses Messgerät zu finden und abzulesen? Wenn er von fünf Minuten spricht, kann das alles zwischen einer Viertelstunde und einer Stunde bedeuten. Zeitempfinden ist nicht seine Stärke. Vielleicht gab es ja auch ein technisches Problem. Haukur meinte doch, das könnte passieren.« Agnes lächelte ihr aufmunternd zu. »Außerdem braucht er mit unseren Männern im Schlepptau garantiert länger, als er dachte. Er wirkte ja nicht gerade begeistert über die Begleitung. Ich kann mir gut vorstellen, dass sie ihn mit blöden Fragen über dieses dämliche Gerät löchern. Wenn einem ständig jemand über die Schulter schaut, kann man ja nicht vernünftig arbeiten.«

Agnes hatte recht, und Dröfn war ein wenig beruhigter. »Was misst Haukur da eigentlich?«

»Keine Ahnung. Den Rückzug des Gletschers wahrscheinlich.«

Dröfn überlegte. »Kann man das nicht aus der Luft machen? Mit Vergleichsfotos?«

»Bestimmt. Aber nicht die Dicke des Eises. Oder die Temperatur. Vielleicht misst er auch was anderes. Echt peinlich, dass wir ihn nicht danach gefragt haben.« Agnes griff nach der Wasserflasche, die zwischen ihnen stand. Sie trank einen großen Schluck und schüttelte sich, weil das Wasser so kalt war. »Aber, ehrlich gesagt, interessiert mich das überhaupt nicht.«

Das ging nicht nur ihr so. Das Einzige, was Dröfn über Haukurs Forschungen wissen wollte, war, wann er seine Daten gecheckt hatte und sie zurück in die Zivilisation konnten. Die Vorstellung, dass sie ein geheiztes Haus, vernünftiges Essen und

Sicherheit zurückgelassen hatten, um mit dicken Klamotten in einem Schlafsack in der Wildnis zu hocken, war zum Heulen.

Von draußen hörten sie ein Knirschen, das sich anhörte wie Schritte im Schnee. »Na, also!« Agnes grinste Dröfn an. »Da sind sie.« Dann schnitt sie eine Grimasse. »Ups. Hätten wir ihnen nicht was Warmes zu trinken machen sollen?«

Anstatt zu antworten, rutschte Dröfn auf Knien zur Zelttür, um den Reißverschluss aufzumachen. Sie sehnte sich danach, Tjörvi kommen zu sehen, mit gerötetem Gesicht, müde, aber unversehrt. Hinter ihr warnte Agnes: »Pass auf! Sie wollen uns bestimmt erschrecken. Warum sollten sie sich sonst anschleichen?«

Das stimmte. Außerdem war es seltsam, dass die Männer kein einziges Wort sagten. Sie konnten doch nicht so erschöpft sein, dass es ihnen die Sprache verschlagen hatte. »Tjörvi!« Dröfn griff nach dem Reißverschluss und wollte ihn aufziehen, aber von draußen drang kein Laut zu den Frauen ins Zelt. Nur das Knirschen im Schnee. Dröfn ließ den Reißverschluss wieder los und wich von der Zelttür zurück.

»Was ist?«, fragte Agnes verwundert. »Willst du nicht aufmachen?«

»Das sind sie nicht.« Dröfns Stimme war völlig emotionslos. Wie ein Roboter. Sie konnte zwar nicht erklären, warum, aber sie war sich todsicher, dass da draußen nicht ihre Männer standen. Dass die Geräusche von jemand anders stammten. Seit sie im Zelt war, hatte sie alle Gedanken an die erfrorene Frau erfolgreich verdrängt, aber jetzt strömten sie mit doppelter Wucht auf sie ein. »Glaub mir. Das sind sie nicht.«

Agnes wischte ihre Bedenken beiseite. »Schwachsinn.« Sie kroch zum Zeltausgang, zog den Reißverschluss auf und steckte den Kopf durch die Öffnung. »Bjólfur! Tjörvi! Haukur!«

Als niemand antwortete, rutschte sie wieder zurück und zog den Reißverschluss zu. »Seltsam.« Sie drehte sich zu Dröfn, darum bemüht, tiefenentspannt zu wirken. »Bestimmt irgendein Tier. Hier muss es ja auch Tiere geben. Rentiere zum Beispiel.«

Dröfn nickte und zwang sich, Agnes' Erklärung zu akzeptieren. Sie dachte an die Rentierkuh. Sie war bestimmt einsam und langweilte sich in dieser öden Gegend. Vielleicht fand sie die Zelte in der sich endlos erstreckenden Schneelandschaft spannend.

Trotzdem war Dröfn nicht gänzlich überzeugt, und Agnes wirkte auch unsicher. Sie verharrten still und lauschten auf das Knirschen, das sich vom Zelt entfernte und wieder näherte.

»Was machen wir, wenn sie nicht wiederkommen? Findest du den Rückweg?« Dröfn war im Zelt ganz nach hinten gerutscht, obwohl ihr klar war, dass die Zeltplane kaum Schutz bot, unabhängig davon, wo man sich befand.

»Die kommen schon. Kein Grund durchzudrehen, wenn da draußen ein Tier rumläuft.«

»Findest du den Rückweg?«, insistierte Dröfn.

»Ja, klar.«

Agnes' Stimme fehlte jegliche Überzeugungskraft. Es gab nicht viele Menschen, die so orientierungslos waren wie sie. Dröfn hatte schon öfter eingreifen müssen, wenn sie aus dem Einkaufszentrum zum Parkplatz gehen wollten und ihre Freundin in die falsche Richtung lief. In ausländischen Städten irrte sie immer im Kreis. Wenn Agnes glaubte, sie müssten nach rechts, mussten sie garantiert nach links. Sie würde bestimmt nicht zurück zum Auto finden. Und Dröfn auch nicht. Sie konnte sich unmöglich an den Weg erinnern. Schnee, Schnee und noch mal Schnee war das Einzige, was sie vom Hinweg vor Augen hatte.

Wie absurd das alles war! Eigentlich wäre sie jetzt auf der Arbeit, würde ungefähr um diese Zeit ihre Sachen zusammenpacken und Feierabend machen. Sie hatte einen Abschluss in Educational Sciences und arbeitete bei einem kleinen Start-up-Unternehmen, das Software für Online-Unterricht entwickelte. Dort hatten die meisten Krisen digitale Ursachen, und es kam nie vor, dass jemand in echter Gefahr schwebte. Schlimmstenfalls wurde es mal kritisch mit der Auszahlung der Löhne am Monatsende. Aber irgendwie klappte es dann doch immer. Dröfn hätte liebend gern einen Monatslohn geopfert, wenn sie dafür wieder an ihrem Schreibtisch sitzen könnte.

Wie bescheuert waren sie eigentlich, sich total kopflos in dieses Abenteuer zu stürzen?

Dröfn hörte auf zu grübeln, als ihr klar wurde, dass sie sich mit den Gegebenheiten abfinden musste. Sie konnte nicht hexen oder sich zurück nach Hause beamen. Sie war hier. Nachdem sie diese unumgängliche Tatsache akzeptiert hatte, fühlte sie sich irgendwie befreit und eigentlich ganz gut. Ein bisschen so wie damals, als sie während des Studiums ab und zu mal einen Joint geraucht hatte.

Sie lauschte nicht mehr auf das Knirschen im Schnee, sondern drehte sich zu Agnes, die in ihrem orangefarbenen, voluminösen Anorak neben ihr kauerte. Selbst die Kapuze hatte Übergröße und sah aus wie ein Helm.

»Du siehst aus wie Tim im Astronautenanzug. *Tim und Struppi, Schritte auf dem Mond*«, sagte Dröfn in die Stille hinein.

»Was?« Agnes blickte an sich hinunter auf die bauschige Jacke. »Ja, stimmt«, entgegnete sie schmunzelnd. »Ziemlich cool.«

»Voll cool.«

Die Frauen grinsten sich an. Doch ihr Grinsen erstarb, als das Knirschen urplötzlich aufhörte und sie ein Geräusch wahrnahmen, das nicht von einem wilden Tier stammen konnte.

»Das ist nur der Wind«, sagte Agnes tonlos. Ihre Stimme zitterte, ihre Augen wurden kugelrund, und der gelbe Glanz auf ihrer Haut wirkte noch intensiver.

Sie glaubte das genauso wenig wie Dröfn.

Die Frauen saßen wie erstarrt im Zelt und lauschten auf das leise Gemurmel. Dröfn traute sich nicht, Agnes zu fragen, ob sie die Worte verstehen konnte. Sie wollte nicht die Bestätigung für das, was sie selbst hörte: *Mach auf, mach auf, mach auf …*

14. KAPITEL

Hjörvar hatte aus Versehen einen Anruf seines Bruders Kolbeinn entgegengenommen. Eigentlich wollte er erst checken, wer dran war, hatte aber auf die falsche Taste gedrückt, und dann war es zu spät, das Telefonat abzubrechen. Am Anfang schien es eines dieser leichten Gespräche zu werden, die sich schnell abhandeln ließen. Kolbeinn hatte einen Grund für seinen Anruf. Er erkundigte sich nach der Suche nach den verschollenen Wanderern und fragte, ob Hjörvar mehr wisse als das, was in den Nachrichten gekommen sei. Kolbeinn verfolgte die Suchaktion mit Spannung, so wie die gesamte Bevölkerung.

Bevor Hjörvar die Station verlassen hatte, war noch eine Mail von seinem Chef gekommen, gerichtet an Erlingur und ihn. Darin bat er sie, nicht mit der Presse zu reden. Die Reporter hätten Wind davon bekommen, dass der Fall mysteriös sei, und wären auf der Jagd nach Informationen. Momentan würden zwar nur offizielle Mitteilungen veröffentlicht, aber die Presse würde sich bestimmt nicht mehr lange zurückhalten. Wenn die Medienschlacht losging, dürfe das auf keinen Fall auf die Küstenwache zurückzuführen sein.

Hjörvar hatte nur ein Wort zurückgemailt: Verstanden.

Wegen der Mail hatte er Kolbeinn geantwortet, er wisse auch nur das, was in den Nachrichten gekommen sei. Sein Bruder war zwar nicht der Typ, der sich verplapperte und Klatsch verbreitete, aber Hjörvar blieb lieber vorsichtig, zumal man ihn auch schon verdächtigte, psychisch labil zu sein. Vielleicht nicht direkt verdächtigte, aber er wollte es unbedingt vermeiden, weitere Fehler zu machen.

Im Nachhinein betrachtet wäre es klüger gewesen, seinem Bruder doch ein paar Dinge zu erzählen. Er hätte ihm zum Beispiel sagen können, dass die Wanderer alle tot waren. Kolbeinn hätte das nicht rumerzählt, außerdem würde es ohnehin bald bekannt gegeben. Dann hätten sie sich anschließend noch über das Schicksal der Leute unterhalten können, über die Blauäugigkeit der Städter und so weiter. Sobald sich das Thema erschöpft hätte, wäre das Gespräch schnell zu Ende gewesen. Kolbeinn hätte ihn noch gefragt, ob er sich in Höfn wohlfühle, und Hjörvar hätte ihn im Gegenzug gefragt, ob sein neues Wellblechdach die Stürme gut überstanden hätte. Danach hätte einer von ihnen gesagt: *Gibt's sonst noch was Neues?* Der andere hätte verneint, und sie hätten sich verabschiedet.

Aber weil Hjörvar am Anfang so einsilbig geantwortet hatte, fühlte sein Bruder sich bemüßigt, noch ein anderes Thema anzuschneiden. Schließlich konnte man das Gespräch nach einer kurzen Frage und einer noch kürzeren Antwort nicht direkt wieder beenden. Das Thema, das Kolbeinn ansprach, war genau das, was Hjörvar tunlichst vermeiden wollte. Er hatte nämlich nichts von dem erledigt, was er versprochen hatte, und war keinesfalls erpicht darauf, seinem kleinen Bruder zu erklären, warum er die Sache hatte schleifen lassen. Letztendlich kam er nicht darum herum und musste zugeben, dass er in den fünf Monaten, die er in Höfn wohnte, nichts gemacht hatte.

Bevor sie sich verabschiedeten, rang Kolbeinn ihm das Versprechen ab, die Sache endlich in Angriff zu nehmen. Nächste

Woche würde er sich wieder melden, dann musste Hjörvar etwas herausgefunden haben. Am Ende richtete Kolbeinn ihm noch von seiner Tochter aus, er solle sie mal anrufen. Ein unwillkommenes Telefonat reichte Hjörvar schon für einen Abend, deshalb musste Ágústa sich gedulden, obwohl er seinem Bruder versicherte, er werde sich mit ihr in Verbindung setzen. Er fühlte sich schlapp, war gerade nach Hause in seine Bruchbude gekommen und immer noch durcheinander von der sonderbaren Spätschicht.

Doch jetzt war ein neuer Morgen. Hjörvar war ausgeschlafen und nach einer belebenden Dusche ziemlich guter Laune. Die Duschkabine war Schrott, genau wie die restliche Einrichtung der Wohnung. Sie wackelte und fiel fast auseinander, deshalb war Hjörvar immer froh, wenn er aus der Dusche stieg und die Kabine gehalten hatte.

Gestern Abend war er zu müde und zu fertig gewesen, um seine Tochter anzurufen, aber jetzt war er gut gelaunt. Ein Gespräch mit Ágústa würde ihm den Tag wieder vermiesen. Er würde sie lieber anrufen, wenn er in einer neutraleren Stimmung war.

Ausnahmsweise hatte er tagsüber während der normalen Bürozeiten ein paar Stunden frei und konnte die Zeit nutzen, um endlich das zu erledigen, was er seinem Bruder versprochen hatte. Unangenehmes sollte man besser nicht aufschieben. Er musste nur bei einer oder zwei Behörden vorsprechen, dann wäre die Sache erledigt. In ein paar Tagen würde er seinen Bruder anrufen und ihm mitteilen, was er herausgefunden hatte. Dann wäre das Thema durch.

Hjörvar verstand selbst nicht ganz, warum ihn diese Sache geradezu lähmte. Seit sein Bruder ihm von dem Schuh erzählt hatte, hatte er ein ungutes Gefühl, das er nicht einordnen konnte. Schon allein der Name – Salvör – beschwor etwas aus der Vergangenheit herauf, das einen üblen Nachgeschmack hinterließ. Hjörvar erinnerte sich nicht an sie, da war nur dieses Unwohlsein und eine unerklärliche Angst. Kolbeinn hatte ihm gestanden, dass es ihm genauso ging.

Sein Bruder hatte die Bestätigung bekommen, dass Salvör tatsächlich existiert hatte. Sie war als Tochter ihrer Eltern im Einwohnerverzeichnis registriert und demnach ihre Schwester, auch wenn sie nichts von ihr wussten. Sie war jünger als die Brüder, ein Jahr nach Kolbeinn und zweieinhalb Jahre nach Hjörvar geboren. Kolbeinn hatte ebenfalls erfahren, dass sie kurz vor ihrem dritten Geburtstag bei einem Unfall gestorben war. Da war Kolbeinn gerade erst vier und Hjörvar wurde bald sechs.

Kolbeinn hatte dann ihren Onkel mütterlicherseits angerufen, den einzigen noch lebenden Verwandten, der ihnen etwas über die Vergangenheit ihrer Eltern sagen konnte, aber das hatte nicht viel gebracht. Der Onkel meinte, das sei alles so lange her, seine Schwester habe zu dem Zeitpunkt schon in Höfn gewohnt, und er habe damals genug mit seiner eigenen Familie zu tun gehabt. Immerhin konnte er bestätigen, dass Salvör in aller Stille in Ostisland beerdigt worden war. Über den Unfall wusste er fast nichts, erinnerte sich aber dunkel, dass sie ertrunken war. Dann machte er noch ein paar vage Andeutungen, mit der Kleinen habe etwas nicht gestimmt, sie sei nicht ganz richtig im Kopf gewesen. Später ruderte er zurück und sagte, es könne auch etwas anderes gewesen sein.

Die Brüder waren sich einig, dass ihr Onkel sich offenbar auf demselben Weg befand wie ihre Mutter, nämlich in die Demenz, das lag in der Familie.

Sie waren enttäuscht, weil er ihnen keine klaren Antworten geben konnte. Weitere Verwandte gab es nicht, und sie selbst hatten keine Erinnerung an ihre Schwester. Sie waren ja noch sehr klein gewesen, als sie starb. Wobei Hjörvar immerhin fünfeinhalb gewesen war. Eigentlich hätte er sich an irgendetwas erinnern müssen. Aber so war es nicht. Vielleicht hatte er ja denselben Gendefekt wie seine Mutter. Er wusste fast nichts mehr aus der Zeit vor seinem Schulbeginn. Die Erinnerung an seine frühe Kindheit war verschwommen und bruchstückhaft: Mutter beim Weihnachtsbaumschmücken, Vater bei einem Strandspaziergang, eine Fahrt nach Reykjavík wegen einer Blinddarmentzündung und die Schmerzen an der Narbe nach der Operation. Kolbeinn mit einer Schnittwunde am Knie, weil er auf einen Stein gefallen war, der Duft von Mutters Badeöl. Zigarettengeruch im Auto. Ansonsten fühlte es sich so an, als wäre er mit sieben oder acht Jahren auf die Welt gekommen.

In den lückenhaften Erinnerungen tauchte nie ein kleines Mädchen auf. War sie blond? Dunkelhaarig? Schlank oder mollig? Hjörvar wusste es nicht.

Er hatte im Internet über das Erinnerungsvermögen von Kindern recherchiert und war ziemlich erleichtert gewesen. Seine Erfahrung stimmte mit den Aussagen von Fachleuten überein. Die meisten Menschen erinnern sich nur an kurze Ausschnitte aus ihren ersten sechs Lebensjahren. Die Erinnerungen an diese Zeit verblassen und verschwinden, besonders wenn sie nicht wachgehalten werden. Es lag also an ihren Eltern. Kolbeinn und er konnten sich nicht erinnern, dass ihre Eltern Salvör jemals erwähnt hatten, weder in ihrer Kindheit noch später.

In dem Karton, den sein Bruder zusammen mit dem Schuh bekommen hatte, befanden sich ein paar Fotoalben aus der Zeit, als diese mysteriöse Schwester noch gelebt hatte. Merkwürdigerweise war darin kein einziges Foto von ihr. Allerdings gab es ein paar leere Stellen, an denen offenbar Fotos rausgenommen worden waren. In den Alben waren Bilder von Hjörvar und Kolbeinn als Babys und kleine Jungen. Bilder von ihren Eltern und anderen Erwachsenen, die sie nicht einordnen konnten. Sie waren bei verschiedenen Gelegenheiten geknipst worden, drinnen und draußen, im Winter und im Sommer, die meisten im Hornafjörður, ein paar beim Zelten irgendwo in Island und einige an einem Schlittenhang, der ebenfalls schwer zu lokalisieren war. Es gab zwei Fotos von ihrer Mutter im Krankenhaus mit dem neugeborenen Kolbeinn auf dem Arm. Die einzige Gemeinsamkeit dieser Momente aus der Vergangenheit war, dass ihre Schwester nicht dabei war.

Merkwürdig.

Die Brüder konnten sich das nur dadurch erklären, dass Salvörs plötzlicher Tod ihre Eltern so erschüttert hatte, dass sie nicht an sie erinnert werden wollten. Sie waren beide nicht sehr emotional gewesen, deshalb war das nur eine Mutmaßung. Kolbeinns Frau hatte die Vermutung aufgestellt, dass sie die Fotos für die Beerdigung oder für Nachrufe herausgenommen hatten. Später hätten sie dann vergessen, sie wieder einzusortieren, zumal sie nach dieser Tragödie genug andere Sorgen hatten.

Hjörvar fand die Erklärung einleuchtend, auch wenn sie keine Nachrufe oder Todesanzeigen gefunden hatten. Kolbeinn meinte jedoch, es müsse einen anderen Grund geben. Er fragte sich, ob Salvör möglicherweise entstellt gewesen sei und ihre Eltern kein Foto von ihr im Familienalbum haben wollten. Diese Theorie war absurd. Dann hätten sie Salvör doch gar nicht fotografiert. Eine weitere abwegige Theorie war, dass ihre Mutter das Kind mit einem anderen Mann gezeugt und ihr Vater es nicht ertragen hätte, daran erinnert zu werden. Kolbeinn spann die Geschichte noch weiter, der Liebhaber sei ein Schwarzer oder Asiate gewesen, sodass sich die Vaterschaft nicht leugnen ließ.

Hjörvar fand die Vorstellung abstrus, dass ihre Schwester einen anderen Vater gehabt haben sollte. Ihre Mutter war zurückhaltend, ein eher kühler Typ, und hatte bestimmt keinen Liebhaber gehabt. Sie hatte sich auch nach der Scheidung keinen neuen Mann gesucht und keine weiteren Beziehungen gehabt. Jedenfalls nicht, soweit er wusste.

Wahrscheinlich würden sie es nie herausfinden. Hjörvar konnte damit leben, aber Kolbeinn nicht. Er wollte mehr wissen. Was war passiert? Warum hatte nie jemand mit ihnen über ihre Schwester gesprochen? Am Anfang hatte er Hjörvar noch damit angesteckt. Deshalb hatte er sich sogar auf die Stelle in Stokksnes beworben, damit er vor Ort Erkundigungen einholen konnte. Einige Zeitgenossen ihrer Eltern mussten ja noch in Höfn wohnen, und es war ausgeschlossen, dass sie alle solche Gedächtnislücken hatten wie ihr Onkel. Hjörvar wollte bei der Polizeiwache vorbeischauen und Einsicht in die Akte über den Unfall ihrer Schwester beantragen.

Doch bis jetzt hatte er noch nichts unternommen. Kolbeinn hatte die wenigen Informationen eingeholt, die sie besaßen. Hjörvar hatte nur zwei kleine Kartons mit Sachen seines Vaters durchgesehen. Beim Leerräumen des Hauses hatte er willkürlich ein paar Dinge mitgenommen, nur um nicht mit leeren Händen rauszugehen – nichts Brauchbares, bis auf eine schwarze Filmdose, die zusammen mit Manschettenknöpfen und einer Uhr seines Vaters in einer Schatulle lag. Dann hatte er es natürlich vor sich hergeschoben, den Film entwickeln zu lassen, und die Filmdose beim Umzug mit nach Höfn genommen. Das Problem war nur, dass es in Höfn keinen Entwicklungsservice gab, den aber auch niemand vermisste. Am Ende hatte er die

Dose zu seinem Bruder nach Reykjavík geschickt, damit er den Film dort entwickeln lassen konnte. Das hatte er bisher noch nicht gemacht. Wahrscheinlich wartete er, bis Hjörvar sein Versprechen eingelöst hatte, in Höfn Erkundigungen einzuholen. Jetzt war es endlich so weit.

Während der Einarbeitungszeit war er nach den stressigen Arbeitstagen einfach zu müde gewesen. Später war er immer lethargischer geworden, wie üblich, wenn er etwas vor sich herschob. Je länger er eine Sache hinauszögerte, desto unüberwindbarer erschien sie ihm. Das war auch einer der Gründe, warum seine Frau ihn verlassen hatte. Ihrer Ansicht nach drückte er sich unter anderem davor, ihr zu sagen, dass sie sich vielleicht trennen sollten. Stattdessen wartete er darauf, dass sie die Reißleine zog. Was sie dann auch gemacht hatte.

Der Gedanke an das Gespräch, bei dem sie ihm gesagt hatte, dass sie ihn verlassen werde, erfüllte ihn mit einer unerwarteten Energie. Er würde jetzt zur Polizeiwache gehen und auf dem Weg nach älteren Leuten Ausschau halten, die seine Eltern gekannt haben könnten. Hjörvar litt immer noch unter den Vorwürfen seiner Ex-Frau. Es war an ihm, zu beweisen, dass sie unrecht hatte. Niemand anders konnte das tun.

Vielleicht würden ihn die neuen Informationen auch auf andere Gedanken bringen. Die mysteriösen Vorfälle auf der Radarstation konnten durchaus damit zusammenhängen, dass er seit Monaten dieses Geheimnis mit sich herumschleppte. Womöglich hörte und sah er Dinge, die es gar nicht gab, weil er ständig ein schlechtes Gewissen hatte. Er sollte sich, zusätzlich zu seinen anderen Sorgen und Ängsten, nicht auch noch mit Schuldgefühlen herumplagen.

Hjörvar zog sich an und verließ das Haus. Draußen atmete er tief ein und ging los. Jetzt würde alles besser werden. Die Arbeit und auch das Schlafen. Von nun an würde er nicht mehr nervös durch die Radarstation tigern.

Und nachts nicht mehr hochschrecken mit dem Namen seiner verstorbenen Schwester im Ohr.

15. KAPITEL

Jóhanna hatte starke Schmerzen in den Beinen und im Rücken, und die Tabletten, die sie am Morgen genommen hatte, wirkten kaum. Immerhin betäubten sie die Schmerzen so weit, dass sie nicht bei jedem Schritt aufheulen musste. Stärkere Tabletten, die dem Körper vorgaukelten, er wäre intakt, machten schläfrig, deshalb wollte Jóhanna sie nicht nehmen. Zumal diese Zauberlösung zu einem festen Bestandteil des Lebens werden konnte, und das kam nicht in Frage. Da biss sie lieber die Zähne zusammen und tröstete sich damit, dass die Schmerzen irgendwann von alleine vorbeigehen würden. Je mehr sie sich schonte, desto schneller.

Aber jetzt konnte sie nicht einfach relaxen. So war es leider meistens. Das Leben nahm sich nicht frei, nur weil ihr etwas wehtat. Es drosselte noch nicht mal das Tempo. Natürlich hätte sie sich krankmelden können, dafür hätte man Verständnis gehabt, aber sie wollte sich nicht vor der Arbeit drücken und ihrem Chef erklären müssen, worunter sie litt. Und natürlich auch nicht lügen und behaupten, sie hätte Fieber oder Grippe. Sie hatte eine neue Kollegin in der Qualitätskontrolle, die noch nicht gut eingearbeitet war. Deren Vorgängerin, eine Polin, hatte einen Kapitän aus den Ostfjorden kennengelernt und war zu ihm gezogen. Mit ihr war es auf der Arbeit immer viel ruhiger und entspannter gewesen, weil sie mit ihren Landsleuten in der Produktionshalle nicht in gebrochenem Englisch kommunizieren musste. Außerdem hatte sie einen Zweitjob an einer Hotelbar in Höfn gehabt und Jóhanna und Geiri immer Rabatt gewährt, wenn sie ab und zu dort vorbeischauten.

Trotz des Hochbetriebs und der Schmerzen war Jóhanna froh, dass sie zur Arbeit gegangen war. Es war eine gute Ablenkung, sich mit etwas anderem zu beschäftigen als mit der Katastrophe im Hochland. Die Qualitätskontrolle bei der größten Fischfabrik im Ort hatte zum Glück überhaupt nichts Dramatisches. Der Arbeitstag bestand aus Formularen, Stichproben, Tests, Evaluationen und Berichten rund um die Produktion. Die Aufgaben waren klar abgegrenzt und ließen keinen Spielraum für Spekulationen oder Zweifel. Alles lief nach genau festgelegten Prozessen. Unerklärliche Ereignisse gab es nicht, und allein das war eine willkommene Abwechslung nach dem Horror am Wochenende.

Jóhanna konnte die Gedanken an die Leichenfunde fast vollständig verdrängen. Ein paar Mal schossen ihr Bilder von den Toten durch den Kopf, aber das lag bestimmt an dem vielen Weiß um sie herum. Weiße Arbeitsoveralls, weiße Schürzen, weiße Fliesen, weiße Gummistiefel, weißes Styropor, weiße Wände und weiße Fischfilets. Überall Weiß, das war ihr bisher noch nie so ins Auge gestochen. Jetzt erinnerte es sie an Schnee, Frost und gefrorene Leichen.

Auch die Gespräche im Kollegenkreis erinnerten sie daran, denn in den Kaffeepausen gab es kaum ein anderes Thema. Alle wussten, dass sie bei der Rettungswacht war, und warfen ihr verstohlene Blicke zu. Zum Glück gab es noch mehr Kollegen, die das ehrenamtlich machten, deshalb war sie nicht die Einzige, die neugierige Fragen beantwortete – oder eben nicht beantwortete.

Am zurückhaltendsten waren die ausländischen Kollegen. Für sie war das nur eines dieser schrecklichen Unglücke im isländischen Winter. Diese Jahreszeit hatte schon immer Todesopfer gefordert und würde es auch weiterhin tun. Diese Einstellung beruhte nicht auf Kaltherzigkeit, sondern auf Realitätssinn und einer gewissen Distanz. Die Leute waren in der isländischen Gesellschaft weniger stark verwurzelt und rechneten nicht damit, die Verstorbenen zu kennen. Ihre Namen hatte man noch nicht veröffentlicht, deshalb waren alle neugierig. Jóhanna und die anderen Rettungswachtleute rückten nicht mit den Namen heraus, wie sehr man sie auch löcherte. Das war nicht ihre Aufgabe. Island war so klein, dass sonst womöglich eine Kollegin während der Kaffeepause vom Tod eines nahen Verwandten erfahren hätte.

Kurz vor der Mittagspause war Jóhanna klar, dass sie in der Kantine keine Ruhe haben würde. Sie tauschte den weißen Kittel und die Gummistiefel gegen ihren Anorak und ihre Winterschuhe, ging raus, blieb eine Weile am Kai stehen und atmete die frische Luft ein. Die Schmerzen ließen etwas nach, was aber vermutlich eher an den Schuhen als am Sauerstoff lag. Ihr Orthopäde würde ihr die weißen Gummistiefel garantiert verbieten.

Die Wasseroberfläche lag glatt vor ihr, und ihr Blick wanderte zu den Inseln vor der Küste. Angeblich waren es zweiundsiebzig, aber sie hatte es nie geschafft, alle zu zählen. Sie schaute zu der Insel, von der Geiri erzählt hatte, dass dort früher Seehunde gejagt wurden. Bei den Seehundkolonien wurden Haken ausgelegt, an denen die Tiere hängenblieben, wenn man sie verjagte. Jóhanna wünschte sich, Geiri hätte ihr das nicht erzählt, und schaute weg. Sie konnte keine gruseligen Szenarios mehr ertragen.

Bei ihrem spontanen Entschluss, nicht in die Kantine zu gehen, hatte sie nicht überlegt, was sie essen wollte. Sollte sie nach Hause gehen, in ein Restaurant oder bei Geiri auf der Wache vorbeischauen? Der Ort war so klein, dass alles fußläufig erreichbar war. Natürlich wäre es am klügsten, nach Hause zu gehen. Das war billiger, als im Restaurant zu essen, und sie würde Geiri nicht bei der Arbeit stören.

Aber sie wollte nicht in das leere Haus, obwohl es jetzt hell war – heller würde es zu dieser Jahreszeit in Island nicht werden. Was hielt sie davon ab? Sie hatte sich in dem Haus doch immer wohlgefühlt. Zu Hause konnte sie runterkommen und ihren Akku aufladen.

Sie war mit demselben ungguten Gefühl aufgewacht, mit dem sie eingeschlafen war. Erst als sie das Haus verlassen hatte, um zur Arbeit zu gehen, ging es ihr etwas besser. Vielleicht lag das an der kleinen Nachbarstochter, die zur gleichen Zeit mit ihrer Mutter aus dem Haus kam. Die Kleine winkte Jóhanna zu, und sie winkte zurück. Die Mutter grüßte lächelnd, und dann gingen sie zu dritt ein Stück, bis sich ihre Wege trennten. Die Kleine plapperte unentwegt und erklärte Jóhanna, sie gehe zum ersten Mal in den Kindergarten und wolle unbedingt Freunde finden. Viele Freunde. Sie hätte nämlich noch keine. Nur Morri, und das sei ja etwas anderes.

Die Familie war erst vor kurzem nach Höfn gezogen, und Jóhanna versicherte der Kleinen, das werde bestimmt kein Problem sein. Alle würden sich mit ihr anfreunden wollen, das sei ja wohl klar. Die Mutter zwinkerte Jóhanna freundlich zu, und dann verabschiedeten sie sich. Jóhanna sah den beiden schmunzelnd hinterher, wie sie Hand in Hand die Straße hinuntergingen. Der kleine bunte Rucksack mit dem Pferdemotiv wippte auf dem Rücken des Mädchens. Es musste fantastisch sein, keine Sorgen und nur ein Ziel zu haben: viele Freunde zu finden.

Als die beiden aus ihrem Blickfeld verschwunden waren, wurde Jóhanna wieder trübselig, was sie gar nicht von sich kannte – nicht mehr, seit sie sich vor Jahren damit abgefunden hatte, dass sie nie mehr eine erfolgreiche Sportlerin sein würde. Die Leichenfunde hatten sie wirklich aus dem Gleichgewicht gebracht, was ja nur natürlich war.

Bei der Rettungswacht hatte man ihnen psychologische Betreuung angeboten, aber niemand hatte angenommen. Jóhanna bereute das jetzt und die anderen vermutlich auch. Es brachte nichts, sich den Kopf darüber zu zerbrechen, sie musste einfach durchhalten. Mit der Zeit würde die Erinnerung verblassen, alles würde wieder gut.

Als Jóhanna loslief, ging sie nicht in Richtung der Restaurants, sondern ganz automatisch zur Polizeiwache. Sie sehnte sich nach Geiris Nähe, so wie gestern Abend. Es war ihr völlig egal, was es auf der Wache zu essen gab, ein trockener Keks würde ihr reichen. Geiri würde sein Mittagessen, das jeden Tag geliefert wurde, nicht mit ihr teilen müssen.

Mit jedem Schritt, der sie zu ihrem Mann brachte, hinkte sie weniger, und als sie auf der Wache ankam, ging sie fast normal. Im Wartebereich traf sie auf einen jungen Streifenpolizisten, der neu war und den sie nicht kannte.

»Er ist bei einem Meeting, aber man darf ihn stören. Klare Anweisung. Er freut sich über jede Unterbrechung«, sagte der junge Mann grinsend.

Bevor Jóhanna etwas einwenden konnte, war er schon zum Konferenzraum gestiefelt und klopfte an. Er kündigte Jóhanna an, trat zurück, und Geiri erschien in der Türöffnung. Auf die Leinwand hinter ihm war eine große Karte des Suchgebiets projiziert. Die Standorte der Hütte und der Zelte und die Fundorte der Leichen waren eingezeichnet, mit Linien dazwischen, die mögliche Routen markierten.

Geiri wirkte erfreut, sie zu sehen, und Jóhanna war erleichtert. Eigentlich albern, denn ihre Beziehung gab keinen Anlass dazu, seine Gefühle für sie anzuzweifeln. Das lag nur an ihrem mangelnden Selbstbewusstsein, mit dem sie seit der Reha kämpfte. Sie machte sich ständig Sorgen, dass sie eine Belastung für ihn sein könnte.

»Ein Glück, dass du nicht zehn Minuten später gekommen bist. Wir wollten gerade eine Pause machen und was essen gehen. Kommst du mit?«

Damit hatte Jóhanna nicht gerechnet. Sie hatte gehofft, alleine mit ihm im Büro sitzen zu können, während er aß. »Wer geht denn mit?«

»Ein Kripo-Beamter aus Selfoss, eine Kollegin von der SpuSi in Reykjavík, einer von der Küstenwache und zwei Rettungswachtleute, die zur Unterstützung geschickt wurden. Einen von ihnen kennst du … Þórir.«

»Warum sind die denn noch hier?« Hastig fügte Jóhanna hinzu: »Ich dachte, die Suche wäre beendet.«

»Sie haben es uns angeboten, und gute Leute können wir jetzt echt gebrauchen. Wir müssen viele Fotos und Indizien zusammenpuzzeln, um den Ablauf der Ereignisse zu rekonstruieren. Da sind wir froh über jede Unterstützung. Der eine ist Katastrophen-Experte und der andere auch sehr erfahren.«

Þórir hatte es also geschafft, in den innersten Kreis vorzudringen. Jóhanna nickte nur, während sie versuchte, eine Entschuldigung zu finden, um nicht mit essen gehen zu müssen. Irgendeinen Vorwand. Sie wusste, dass sie nach Fisch roch. Sie selbst roch es schon gar nicht mehr, und Geiri auch nicht, aber diese Leute waren bestimmt noch nie in einer Fischfabrik gewesen. Doch es war zu spät. Geiri klatschte in die Hände und rief die Leute zusammen.

Alle waren froh, aus dem stickigen Raum zu kommen. Geiri stellte sie einander vor, und Jóhanna nickte ihnen lächelnd zu. Die meisten glaubten bestimmt, sie hätten sich noch nie getroffen, während Jóhanna alle wiedererkannte. Kein Wunder, die Leute hatten spezielle Aufgaben gehabt, während sie Teil einer Gruppe gewesen war. Im Hochland war sie nur eine von vielen Einheimischen in orangen Winteroveralls gewesen, deren Gesichter man kaum sah. Nur wer nach dem ersten Leichenfund direkt mit Þórir und ihr gesprochen hatte, würde sich an sie erinnern. Und die waren zurück in die Stadt gefahren.

Die Leute traten hinaus in den schönen Wintertag, und einige holten tief Luft, so wie Jóhanna vorhin am Kai. Sie hielt sich etwas abseits, weil sie befürchtete, dass ihnen der Fischgeruch in die Nase steigen könnte. Es gab auch ein paar Anzugtypen von der Sorte, die sich hinter dem Schreibtisch am wohlsten fühlte und sich möglichst nicht die Schuhe schmutzig machen wollte.

Als sie losschlenderten, achtete Jóhanna darauf, dass sie nicht in Windrichtung vor jemandem lief. Sie gingen fast denselben Weg, den Jóhanna gekommen war, doch anstatt Richtung Fischfabrik, bogen sie zu einem Restaurant ab, das eine umfangreiche Speisekarte hatte.

Die einzige Frau, die von der Spurensicherung in Reykjavík, wirkte sehr bemüht, sich nicht neben Jóhanna zu setzen. Zuerst dachte sie, es läge am Geruch, aber dann wurde ihr klar, dass die Frau sich nicht mit ihr unterhalten wollte. Vielleicht befürchtete sie, die Männer würden sie dann ausschließen, und

sie würde in einem gezwungenen Smalltalk mit Jóhanna fest-
stecken, während die Herren die interessanten Dinge besprachen.

Stattdessen setzte sich Þórir neben sie. Er beugte sich zu ihr
und sagte vertraulich: »Du hinkst ja. Das ist mir gestern schon
aufgefallen. Ist das eine Folge des Unfalls, von dem du mir erzählt hast?«

Jóhanna räusperte sich. »Nein. Ich hab mich nur vertreten.«
Þórir lächelte verlegen. »Oh, entschuldige. Ich wollte nur sagen, ich kenne da einen sehr fähigen Orthopäden, ein Freund
von mir, falls du mal einen brauchst.«

»Danke, nicht nötig.« Jóhanna versuchte, höflich zu bleiben,
obwohl ihr die Aufdringlichkeit des Mannes nicht gefiel. Er
meinte es gut, war aber trotzdem etwas übergriffig. Sie presste
ein Lächeln hervor und reichte ihm die Speisekarte. »Ich kann
den Hummer empfehlen.« Dann wandte sie sich an den anderen Rettungswachtmann, der ihr gegenübersaß. »Und wie läuft's
bei euch? Hat sich schon was geklärt?«

»Nicht viel, ehrlich gesagt. Wir haben keine Ahnung, was
die Wanderer vorhatten. Hoffentlich sind die Ermittlungen in
Reykjavík da ergiebiger. Sie müssen ja vorher mit jemandem
über den Zweck der Tour gesprochen haben.«

Nachdem Þórir einen kurzen Blick auf die Speisekarte
geworfen hatte, legte er sie beiseite. Wahrscheinlich würde er
Jóhannas Empfehlung folgen. »Außerdem weiß man noch
nicht, was bei der Obduktion rauskommt. Vielleicht waren
Drogen im Spiel. Oder sie waren betrunken. Winterliche Verhältnisse und Rausch sind eine tödliche Mischung«, ergänzte
er.

Danach fing er an, von einer Suche während seiner Ausbildung in Großbritannien zu erzählen. Vier Jugendliche hatten

sich in den schottischen Highlands verirrt. Sie hatten ihr Auto irgendwo abgestellt und waren planlos in die Wildnis gelaufen, total zugedröhnt. Drei von ihnen fand man tot, der vierte blieb verschollen.

Der Ausgang war zwar ähnlich, aber da endeten auch schon die Gemeinsamkeiten. Die Wanderer, die sie gesucht hatten, waren keine typischen Drogenkonsumenten gewesen. Jóhanna hatte sich die Social Media Accounts der beiden Paare angeschaut, sie schienen ihr Leben im Griff zu haben, auch wenn sie ziemlich viele Fotos von Weingläsern posteten. Allerdings wurden die besonders in Szene gesetzt, also versuchten sie wohl nicht, übermäßigen Alkoholkonsum zu verstecken. Womöglich tranken sie aber trotzdem zu viel.

Natürlich konnte es sein, dass sie hin und wieder mal einen Joint rauchten, aber das Bild, das sie im Internet von sich vermittelten, war weit von einem Drogensumpf entfernt. Sie nahmen Anteil am gesellschaftlichen Diskurs, blieben aber stets höflich und sachlich. Sie äußerten sich umsichtig zu Themen wie Klimaerwärmung, Tierschutz, Energiewende, Mobilität, neue Verfassung und Flüchtlinge. Keine hitzigen Diskussionen, nur Posts, die zeigten, dass ihnen das nicht egal war.

Als Þórir endlich den Mund hielt, fragte Jóhanna: »Wurden Flaschen oder Hinweise auf Drogenkonsum in ihrem Gepäck gefunden?«

Geiri, der die Frage zufällig gehört hatte, antwortete: »In einem der Zelte war ein Flachmann mit Cognac und in der Hütte ein paar leere Weinflaschen. Aber die waren verstaubt und wurden als Kerzenständer benutzt. Wahrscheinlich gehörten sie ihnen nicht. Keine Hinweise auf Drogenkonsum.«

Ein Cognac-Flachmann für vier Personen. Das reichte wahrlich nicht, damit die ganze Gruppe die Bodenhaftung verlor.

Deshalb blieb die Frage, auf die sie vielleicht nie eine Antwort fänden: Was hatten die Leute sich eigentlich dabei gedacht?

In diesem Moment erschien ein Kellner am Ende des Tischs, um die Bestellung aufzunehmen, und alle schauten in ihre Speisekarten. Þórir bestellte einen Hamburger, keinen Hummer.

16. KAPITEL

Lónsöræfi – in der letzten Woche

Dröfn musste heulen, als Tjörvi, Bjólfur und Haukur endlich zurückkamen. Sie schluchzte nicht laut, ihr liefen einfach nur Tränen über die Wangen, ohne dass sie etwas dagegen tun konnte. Das Weinen war eine Mischung aus Erleichterung und Entsetzen. Sie war erleichtert, weil Tjörvi heil zurück war, und entsetzt über das, was Agnes und sie erlebt hatten.

Kurz bevor sie die Stimmen der Männer gehört hatten, war das Knirschen und Rascheln vor den Zelten verstummt. Dröfn wusste nicht, wie lange sie starr dagesessen und auf die Geräusche gelauscht hatten, die sich immer wieder näherten und entfernten. Es kam ihr vor wie eine Ewigkeit, aber in Wirklichkeit war es bestimmt gar nicht so lange gewesen. Vielleicht konnte man ja auf diese Weise die Zeit verlangsamen und ewig leben. In einem Zustand absoluter Panik.

Falls dem so war, wollte Dröfn kein langes Leben führen und würde sich mit ihrem Schicksal abfinden, wenn es so weit war.

»Was? Kein Kaffee? Gar nichts?« Bjólfur steckte seinen Kopf neben Tjörvis durch die Zelttür. Die Männer hatten knallrote Gesichter, schlotterten und waren erschöpft. Bjólfur hielt sofort den Mund, als er die Gesichter der Frauen sah. »Was ist los?«

Stockend erzählte Agnes, was passiert war, während Dröfn nur dahockte und heulte. Agnes konnte den Horror, den sie erlebt hatten, nicht richtig in Worte fassen. Sie wirkten bestimmt beide wie hysterische Teenager oder kleine Kinder, die ihren Eltern von einem Ungeheuer unterm Bett erzählen. Tjörvi und Bjólfur tauschten einen Blick und verschwanden wieder. Kurz darauf steckten sie erneut die Köpfe ins Zelt, immer noch mit ratlosen Mienen.

»Draußen sind keine Spuren«, sagte Bjólfur, dann zog sich plötzlich ein breites Grinsen über sein Gesicht. »Oder wollt ihr uns auf den Arm nehmen?«

Tjörvi blieb ernst und schaute Dröfn in die Augen. Er kannte sie gut genug, um zu wissen, dass sie nicht auf Kommando heulen konnte. »Es war ein Tier. Wir sind an einem toten Schaf vorbeigekommen. Es war ein Schaf oder ein Fuchs. Oder das Rentier.«

Dröfn schüttelte nur stumm den Kopf. Es war kein Schaf, kein Rentier und kein Fuchs gewesen. Und auch kein anderes wildes Tier. Doch nach Agnes' Bericht war ihr klar, dass die Männer ihnen nie glauben würden. Wenn Agnes sie nicht überzeugen konnte, würde sie es auch nicht schaffen.

»Ist was passiert?«, hörten sie Haukur draußen fragen.

»Ja«, antwortete Agnes knapp.

Tjörvi klappte den Mund auf und wollte etwas sagen, besann sich dann aber. Er verschwand aus der Zeltöffnung und redete draußen mit Haukur. Durch den dünnen Zeltstoff konnten die Frauen jedes Wort hören. Obwohl Tjörvi sich bemühte, ihre Sorgen ernst zu nehmen, war sein Fazit klar. Sie waren durchgedreht. In der überwältigenden Einöde und der Kälte hatten sie die Geräusche der Natur falsch interpretiert. Haukur entgegnete nur, das komme öfter vor, wobei nicht klar war, ob er damit

Agnes und Dröfn oder Menschen im Allgemeinen meinte. Vermutlich Letzteres, schließlich kannte er sie kaum.

Nachdem sie das kurze Gespräch mit angehört hatte, fühlte Dröfn sich etwas besser und hörte auf zu weinen. Vielleicht hatte Tjörvi recht. Sie waren durchgedreht. So wie viele andere in einer solchen Situation, wenn man Haukur Glauben schenkte. Das kam bestimmt öfter vor. Am besten redete sie sich das selbst ein. Alles, was sie erlebt hatte, im Zelt und in der Hütte, hing mit der einsamen Umgebung und den Umständen zusammen. Ein ziemlich harter Brocken, aber wenn sie den schluckte, ging es ihr besser. Zumindest für eine Weile.

Dröfn schaute zu Agnes, schob die Hand aus dem Schlafsack und berührte sie sanft. Agnes löste den Blick von Bjólfur und drehte sich zu ihr. »Ich akzeptiere diese Erklärung, Agnes. Wenn das stimmt, ist alles gut.«

Agnes holte tief Luft und nickte dann. »Ja, so muss es wohl sein.« Sie nickte wieder und wiederholte: »So muss es sein.«

»Natürlich ist das die Erklärung.« Bjólfur war anzumerken, wie erleichtert er war, dass das Drama vorbei war. Er konnte mit solchen Situationen nicht gut umgehen und wurde schnell sauer, wenn jemand nervlich angespannt war. »Oder meint ihr nicht?«

Die Frauen krochen aus den Schlafsäcken und aus dem Zelt zu den Männern. Sie vermieden es, sich in die Augen zu schauen, weil sie dann feststellen würden, dass sie beide nicht daran glaubten, dass sie sich das alles nur eingebildet hatten. Darüber konnten sie später reden, wenn sie wieder in der Zivilisation waren. Weit weg von diesem Ort.

Draußen war es inzwischen stockdunkel. Als das Tageslicht schwächer geworden war, hatte Dröfn im Zelt ihre Taschenlampe herausgekramt und eingeschaltet. Die Batterien waren ihr in diesem Moment egal gewesen. Wann hätte es einen besseren Zeitpunkt geben sollen, um sie zu verschwenden? Der Lichtstrahl war zwar schwach, aber immer noch besser, als im Dunkeln zu sitzen und auf die Geräusche zu lauschen.

Jetzt nahm Dröfn die Taschenlampe mit, als sie hinter Agnes aus dem Zelt kroch. Der Alugriff in der Hand gab ihr ein sicheres Gefühl. Das elektrische Licht war eine Verbindung zur Zivilisation und zu der Sicherheit, die sie zurückgelassen hatten. Eine vage, undeutliche Verbindung, aber immerhin. Dröfn machte sich klar, dass sie bald zurück in der Stadt wären, mit dem pausenlosen Verkehr und realen Menschen als Geräuschkulisse.

Als sie unter freiem Himmel stand, leuchtete sie als Erstes den Schnee um das Zelt herum ab. Tjörvi hatte nicht ganz die Wahrheit gesagt, als er behauptet hatte, es seien keine Spuren zu sehen. Rund um die Zelte war der Schnee zertrampelt, aber es war schwer zu sagen, ob das nur ihre eigenen Spuren vom Aufbau des Camps waren. Falls man bei den drei armseligen Zelten überhaupt von einem Camp sprechen konnte.

Als Dröfn die nähere Umgebung ableuchtete, sah sie ihre eigenen Spuren, die zum Camp führten, und die Spuren der Männer in Richtung Messgerät. Das war alles. Wo waren die Geräusche genau gewesen? Hinter den Zelten? Sie ging um das Zelt herum, ließ den Lichtstrahl über die Schneedecke gleiten, entdeckte aber keine Spuren. Der Schnee hinter den Zelten war noch genauso unberührt wie vorher.

Dröfn wandte sich wieder den anderen zu und fragte: »Wann gehen wir zurück?«

Tjörvi und Bjólfur blickten fragend zu Haukur, aber seine Antwort war nicht die, die Dröfn gerne gehört hätte. Sie wäre am liebsten sofort aufgebrochen. Vielleicht nicht unbedingt im Dunkeln, aber spätestens sobald es hell würde.

»Wir haben das Messgerät nicht gefunden.« Haukur ließ den Kopf hängen, während er sprach. Er trug eine Stirnlampe, die den Schnee vor seinen Füßen beleuchtete, sodass er bläulich schimmerte. »Ich suche morgen noch mal. Ich verstehe das einfach nicht.«

Alle schwiegen, bis Agnes ihre Sprache wiederfand. Da Haukur sie nicht gut kannte, ging er bei ihrem betont ruhigen Tonfall wahrscheinlich davon aus, dass sie das alles nicht so schlimm fände. Aber die drei anderen kannten sie besser. Agnes war noch nie so wütend gewesen. »Das Gerät ist verschwunden? Wie kann so ein Messgerät denn einfach verschwinden? An diesem gottverlassenen Ort? Da kommt doch nicht mal eben einer vorbei und klaut es. Oder wie? Hast du vor der Tour nicht abgecheckt, wo es steht?«

Am Ende begriff selbst Haukur, dass Agnes stinksauer war, und versuchte, sich zu verteidigen. »Natürlich weiß ich, wo es stehen müsste. Aber da war es nicht. Vielleicht hat es jemand umgestellt, ohne mich zu informieren. Ich bin nicht der Einzige, der mit den Daten arbeitet. Wenn dem so ist, kann es nicht weit sein. Ich gehe morgen früh zeitig los, finde es, speichere die Daten, und anschließend machen wir uns sofort auf den Rückweg. Morgen. Versprochen.«

Morgen. Dröfn konnte nicht stundenlang im Zelt sitzen und warten. Ausgeschlossen. Entweder sie würden jetzt gehen oder gleich morgen früh. »Und wenn *wir* jetzt aufbrechen? Und *du* morgen?«

Haukur zuckte nur die Achseln, aber Tjörvi protestierte. »Wir gehen nicht jetzt. Das wäre Wahnsinn. Lasst uns was essen, schlafen und morgen früh weiter überlegen. Wir sind alle müde, durstig und hungrig.«

Tjörvi hatte »wir« gesagt, obwohl Dröfn wusste, dass er »ihr«

meinte. Und »ihr« waren Agnes und sie. Taktisch geschickt, sie alle unter einen Hut zu stecken, dann würde sein Vorschlag wahrscheinlich gut ankommen. Es war nicht das erste Mal, dass er diesen Trick anwendete. Vermutlich eine Technik, die er bei einem seiner vielen Führungskräfteseminare aufgeschnappt hatte.

Bjólfur stimmte ihm zu: »Das ist das einzig Vernünftige. Wir essen was. Hauen uns aufs Ohr. Überlegen morgen weiter. Vergesst nicht, dass wir den ganzen Tag gelaufen sind, erst hierher und dann zu diesem Messgerät, das nicht da war. Also, ich bin platt.« Er blickte zu Tjörvi, von dem er sofort Unterstützung bekam.

»Ich auch. Ich bin zu müde, um jetzt aufzubrechen. Und zu hungrig, um weiter darüber zu diskutieren.«

Damit war alles gesagt. Tjörvi und Bjólfur konnte man ansehen, dass sie nicht übertrieben hatten. Sie waren erschöpft und bibberten. Selbst Haukur bibberte, zwar nicht so stark, aber immerhin genug, dass seine Stirnlampe einen flackernden Lichtstrahl auf den Schnee warf. Er wirkte ziemlich enttäuscht und tat Dröfn leid. Er war den weiten Weg hergekommen, mit ihnen im Schlepptau, und jetzt fand er das beschissene Messgerät nicht.

Vielleicht tat er ihr auch wegen seiner Kleidung leid. Im Vergleich zu ihnen sah er aus wie ein Sozialhilfeempfänger. Sie trugen alle bunte, nagelneue Outdoor-Klamotten, angeblich das Neueste und Beste. Ihre Wanderschuhe waren laut Verkäufer wasserdicht, gefüttert, atmungsaktiv und hatten einen guten Knöchelschutz. Sämtliche Klamotten und Schuhe hatten an irgendeiner Stelle ein »pro« im Markennamen. Aber das reichte offenbar nicht, um sie zu Outdoor-Profis zu machen.

Haukur hingegen trug ausgelatschte Wanderschuhe aus Leder, einen Anorak und eine Hose, die zweifellos warm, aber alles andere als stylish waren. Dazu noch einen Islandpullover unter dem Anorak. Unglaublich, dass ihm nicht genauso kalt war wie ihnen. Wenn Dröfn sich einen Geologen mit einer Passion für Gletscher vorstellen sollte, sähe er genauso aus wie der Mann, der vor ihr stand. Wahrscheinlich kleideten sich diese Experten nicht nur zufällig so. Oder weil sie zu wenig Geld hatten. Die Ausrüstung erfüllte ihren Zweck – mehr als die bunten Klamotten der anderen.

Es wurde entschieden, dass Agnes und Dröfn das Essen zubereiten sollten, während die Männer sich in ihren Schlafsäcken aufwärmten. Sie warfen den Kocher an, so nah wie möglich bei den Zelten, ohne Gefahr zu laufen, alles in Brand zu setzen. Die Essenszubereitung war nicht kompliziert. Sie standen nur vor dem Kocher, starrten in den Alutopf und warteten, bis das Wasser köchelte. Die Sandwiches hatten sie schon aus den Rucksäcken geholt und die Tütensuppen in Plastikschüsseln gekippt, um sie mit Wasser zu vermischen.

Eine grauenhafte Mahlzeit, passend zu der grauenhaften Situation.

Die Zelte waren so klein, dass sie nicht alle gemeinsam essen konnten. Zu viert wäre es gegangen, und es war verlockend, Haukur auszuschließen, aber keiner sprach es aus. Es endete damit, dass Agnes und Bjólfur in ihrem Zelt aßen, Haukur alleine in seinem und Dröfn und Tjörvi zusammen in ihrem. Nach einem »guten Appetit!« von Agnes, aßen sie schweigend. Das Einzige, was Dröfn hörte, war Tjörvis leises Schmatzen und Schlucken.

Nach der Mahlzeit trafen sie sich wieder vor den Zelten, um sich noch ein bisschen zu unterhalten. Doch anders als am

Abend zuvor, als die Geschichten wie am Fließband hervorge-
sprudelt waren, lief die Unterhaltung schleppend. Keiner wollte
über den morgigen Tag sprechen. Dieses Thema war schon mal
tabu, genau wie die Geräusche, die Dröfn und Agnes bei den
Zelten gehört hatten. Alles andere war so unwichtig, dass das
Gespräch immer wieder ins Stocken geriet. Deshalb krochen sie
schon bald wieder in die Zelte und kuschelten sich in ihre
Schlafsäcke.

Da die Zelte nebeneinanderstanden, drangen Gesprächs-
fetzen aus Agnes' und Bjólfurs Zelt zu Dröfn und Tjörvi, während es verständlicherweise bei Haukur ganz leise war. Agnes
redete verdrossen auf Bjólfur ein. Wenn Dröfn es darauf angelegt hätte, hätte sie jedes Wort verstanden, aber sie versuchte,
es auszublenden. Wobei das Thema nicht zu überhören war:
Agnes sprach über das, was heute passiert war. Und was morgen
garantiert wieder passieren würde.

Dröfn musste es auch ansprechen. Sie musste etwas klarstel-
len, bevor sie einschliefen, sonst wäre sie morgen früh womöglich weniger überzeugt als jetzt. Sie lagen dicht beieinander in
ihren Schlafsäcken, Dröfn hatte Tjörvi den Rücken zugedreht,
und sein Mund berührte ihre Nackengrube. Sie spürte seinen
warmen Atem an ihrem Hals und fühlte sich fast geborgen.
Aber nur fast. »Wir müssen noch was klären, Tjörvi. Du gehst
morgen nicht mit, dieses Messgerät suchen.«

»Hm. Mal sehen.«

Mal sehen hatte meistens die entgegengesetzte Bedeutung
von dem, worauf man hinauswollte. »Nicht *mal sehen*, Tjörvi.
Du gehst nicht. Das war keine Frage.«

Das Murmeln in ihrem Nacken war weder ein Ja noch ein
Nein. Und auch kein *mal sehen*. Tjörvi war eingeschlummert
und hatte im Schlaf vor sich hin gemurmelt.

Dröfn presste die Augen zusammen. Sie war froh, Agnes und Bjólfur zu hören. Der Klang ihrer Stimmen war angenehm, vertraut und erinnerte sie daran, dass sie noch da waren.

Doch das angenehme Gefühl währte nicht lange. Die Stimmen wurden leiser und leiser, bis sie ganz erstarben. Dröfn hörte nichts mehr. Selbst Tjörvi, der meistens schnarchte, schien nicht mehr zu atmen.

Nichts würde die Geräusche von draußen dämpfen oder überdecken, falls das Knirschen wieder einsetzte. Dröfn hielt sich die Ohren zu. Wenn sie einschlafen wollte, musste sie sicherstellen, dass sie nichts hörte.

Es funktionierte. Dröfn sank in einen tiefen Schlaf.

Sie hörte nicht, wie das Knirschen neben den Zelten wieder einsetzte.

17. KAPITEL

Hjörvar war alleine draußen in Stokksnes, obwohl kein Hubschrauber erwartet wurde. Eigentlich hätten sie am Nachmittag
zu zweit sein sollen, aber die Zentrale hatte Erlingur angeboten,
sich nachmittags freizunehmen, und Hjörvar vormittags. Das
hatte ihn nicht weiter irritiert, dafür war er immer noch zu gut
gelaunt. Ein halber Arbeitstag war ein Kinderspiel. Die täglichen Pflichtaufgaben waren noch nicht alle erledigt, denn sie
waren eigentlich für zwei Leute ausgelegt. Als Hjörvar kam,
händigte Erlingur ihm eine Liste über die restlichen Aufgaben
aus. Er hatte die unangenehmeren Sachen schon gemacht und
überließ Hjörvar die leichteren Aufgaben.

Da sie beide nicht besonders gesprächig waren, verloren sie
kein Wort darüber. Hjörvar nickte nur, nachdem er die Liste
überflogen hatte.

»Ruf einfach an, wenn was passiert«, sagte Erlingur, der vor
dem Ausgang stand. »Egal was.«

»Es wird nichts passieren.«

»Genau.« Erlingur griff nach der Türklinke und zögerte. Er
schien noch etwas sagen zu wollen, rückte aber nicht damit heraus, sondern verabschiedete sich.

Hjörvar schaute seinem Kollegen nach, wie er zum Auto ging,
und schloss dann die Tür. Das vertraute Rauschen der Geräte in
der Station war jetzt deutlicher zu hören, weil er alleine war. Al-

leine mit dem Kater natürlich. Der saß mit halb geschlossenen Augen auf der Treppe zur Radarkuppel und wirkte so, als wäre er mit dem kurzen Gespräch der Männer nicht einverstanden. Ohne es begründen zu können, hatte Hjörvar den Eindruck, dass Kisi seine Aussage, es werde nichts passieren, fragwürdig fand. Wahrscheinlich weil er jetzt, da er alleine war, selbst daran zweifelte.

Auf dem Weg zur Arbeit war er guter Dinge und zufrieden mit sich gewesen. Auf der Polizeiwache hatte man ihm versprochen, sich um die Sache mit seiner Schwester zu kümmern. Er hatte keine konkreten Auskünfte und keine Akteneinsicht erhalten, nur die Zusage, man werde sich den Fall anschauen. Wann genau, erfuhr er nicht. Das sei schwer zu sagen, die gesamte Mannschaft sei momentan mit dem Drama rund um die Wandergruppe in Lónsöræfi beschäftigt. Hjörvar solle unbesorgt sein, man werde sein Anliegen nicht vergessen und sich bei ihm melden.

Ob und wann das geschehen würde, war ihm ziemlich egal. Hauptsache, er hatte es endlich erledigt und konnte es Kolbeinn sagen. Er war nicht so erpicht darauf wie sein Bruder, die Wahrheit zu erfahren. Wahrscheinlich war der Unfall ihrer Schwester so schrecklich gewesen, dass ihre Eltern ihn verdrängt hatten, so wie es damals üblich gewesen war. Manchmal war es besser, die Dinge, die man nicht ändern konnte, ruhen zu lassen. Das wusste er aus eigener Erfahrung.

Vielleicht war er seinen Eltern ja doch ähnlicher, als er gedacht hatte. Kühl, zurückhaltend und schweigsam wie seine Mutter. Diese drei Eigenschaften konnte er guten Gewissens bestätigen, im Gegensatz zu den Charakterzügen seines Vaters: hart, streng und cholerisch. Nichts davon traf auf ihn zu. Gott sei Dank. Der Kontakt zu seinen Kindern war zwar miserabel, aber solche Eigenschaften konnte Ágústa ihm wirklich nicht vorwerfen, und Njörður konnte sie auch nicht als Entschuldigung für sein verkorkstes Leben anführen.

Hjörvar rief nach Kisi in der Hoffnung, dass er ihn durch die Station begleiten würde. Die Arbeit ging leichter von der Hand, wenn der Kater in der Nähe war. Dann konnte Hjörvar alle ungewöhnlichen Geräusche hinter seinem Rücken auf den Kater schieben. Aber Kisi wollte nicht. Er wich Hjörvars Blick aus und machte keine Anstalten, sich von der Stahltreppe wegzubewegen.

Hjörvar zuckte die Achseln und versuchte, sich nicht davon aus der Ruhe bringen zu lassen. Bevor er losging, checkte er, ob er sein Handy in der Hosentasche hatte. Auf seinem Spaziergang zur Polizeiwache war er keinen älteren Mitbürgern begegnet und hatte deshalb spontan im Altenheim vorbeigeschaut. Wenn er schon mal so motiviert war, musste er das nutzen, denn meistens ging seine gesamte Energie dafür drauf, den Tag zu überstehen. Zum Altenheim waren es zum Glück nur zehn Minuten, sonst hätte er sich das bestimmt gespart. Je näher er dem Gebäude kam, desto träger wurde er.

Auf einmal dämmerte ihm der Grund dafür. Der Weg von der Polizeiwache zum Altenheim führte über einen Pfad, von dem aus man sein Elternhaus sehen konnte. Er nahm dieselben negativen Strömungen wahr wie beim Leerräumen des Hauses zusammen mit seinem Bruder. Nicht nur ihm war es so ergangen. Als sie am ersten Abend im Hotel beim Abendessen saßen, hatte Kolbeinn etwas Ähnliches erwähnt.

Hjörvar schaffte es, den Kopf wieder frei zu kriegen, sich die Laune nicht verderben zu lassen und weiterzugehen.

Im Altenheim traf er auf eine Pflegerin, die sich mit geduldiger Miene sein Anliegen anhörte. Als er fertig war und sich ärgerte, weil er nicht besser vorbereitet war, entgegnete sie, es sei gerade ungünstig. Sie hätten zwar nicht übermäßig viel zu tun, aber es gebe jetzt Kaffee und danach wolle man das schöne Wetter nutzen und rausgehen. Er könne später noch mal wiederkommen, am besten mit den Namen der Leute, mit denen er reden wolle. Sie könne sich aber auch selbst mal unter den Bewohnern umhören, ob sich jemand an seine Eltern erinnere. Jedenfalls dürfe er nicht alleine durchs Haus laufen und Leute ansprechen. Hjörvar zog es ohnehin vor, das der Altenpflegerin zu überlassen, und sie versprach, ihn anzurufen.

Das war eine gute Lösung, denn jetzt hatte er mehr Zeit, sich zu überlegen, welche Fragen er den Leuten stellen wollte. Ihm war vollkommen klar, dass er kein unterhaltsamer Plauderer war. Wenn das Gespräch auf etwas anderes als sein Anliegen käme, hätte er ein Problem. Das kannte er schon von den Besuchen bei seiner Mutter im Pflegeheim. Am Ende war es so gewesen, als hätte er sich mit einer Fremden unterhalten, was ihn ziemlich frustrierte.

Am besten konzentrierte er sich jetzt erstmal auf die Arbeit und zerbrach sich nicht weiter den Kopf darüber.

Punkt für Punkt arbeitete er die Liste ab, eine Aufgabe nach der anderen, ohne besondere Zwischenfälle. Das Türtelefon blieb stumm, und die kreisende Antenne auf dem Bildschirm verhielt sich so, wie sie sollte. Die übliche Übertragungsstörung zeigte sich genau in dem Moment, wenn der Antennensender an dem Aufnahmegerät vorbeikam. Falls es letztens einen Wackelkontakt gegeben hatte, dann hatte er sich in Luft aufgelöst. Oder er war Einbildung gewesen. Eine Halluzination, herrührend von Schuldgefühlen. Hjörvar wusste nicht, ob es so etwas gab, aber er hatte eindeutig ein schlechtes Gewissen gehabt, bevor er den Aufforderungen seines Bruders endlich nachgekommen war.

Doch egal ob diese Theorie stimmte, jetzt war er auf jeden Fall kuriert. Als er in der Kaffeeküche am Fenster vorbeiging und bemerkte, wie dunkel es draußen geworden war, verspürte er kein Unbehagen. Er vermied es nicht, zu den Klippen und dem Felsschacht zu schauen, und sah dort auch nicht die Silhouette des toten Mannes, dessen Job er übernommen hatte.

Endlich ging es wieder aufwärts.

In diesem Moment klingelte das Handy in Hjörvars Hosentasche mit einer unbekannten Nummer. Das konnte die Polizei sein, das Altenheim oder seine Tochter, die hoffte, dass er ranging, wenn sie ihn von einer anderen Nummer anrief.

Es war die Altenpflegerin. Sie sagte, sie habe einen älteren Herrn ausfindig gemacht, der unbedingt mit ihm sprechen wolle, und wenn es ihm passe, werde sie das Telefon gleich weiterreichen. Mit einer so schnellen Rückmeldung hatte Hjörvar nicht gerechnet. Er dachte, in einem Altenheim laufe alles etwas gemächlicher ab, aber weil er unbedingt mit dem Mann reden wollte, setzte er sich an den Tisch in der Kaffeeküche, mit den Fragen im Kopf, die er sich zurechtgelegt hatte.

Der Mann stellte sich als Sigvaldi vor und erzählte, seine verstorbene Frau heiße Björk. Beide Namen sagten Hjörvar nichts, aber er behielt es für sich und stellte sich ebenfalls vor.

»Bist du der ältere oder der jüngere?« Sigvaldi klang so ähnlich wie die älteren Männer, mit denen Hjörvar während der Besuche bei seiner Mutter manchmal ein paar Worte gewechselt hatte. Ihre Stimmen wurden im Lauf der Jahre sanfter.

»Ich bin der ältere.«

»Ja, ja, mein Freund.« Sigvaldi räusperte sich, bevor er weitersprach. »Du schuldest mir ein Wohnzimmerfenster. Und dein Bruder meiner Frau einen Rosenstrauch. Aber sie ist ja tot, da ist die Forderung wohl verjährt.« Er merkte, dass Hjörvar nicht wusste, was er entgegnen sollte, und fügte hinzu: »Das war nur Spaß. Ihr Brüder wart echte Rabauken. Als noch kein Zaun zwischen den Häusern stand, hat dein kleiner Bruder mal einen Fußball in den Rosenstrauch geschossen, den Björk hegte und pflegte. Als er den Ball zurückholte, hat er den Strauch endgültig zertrampelt. Dein Ehrgeiz lag eher im Baseballspielen, du hast mal einen Ball in unser Wohnzimmer geschlagen. Aber keine Sorge, daran waren nur die verfluchten Amis schuld. Und dein Vater hat die Schäden ja ersetzt, ich ziehe dich nur auf.« Er machte eine Pause. »Und läuft bei euch beiden alles gut?«

»Doch, doch, alles in Ordnung.« Hjörvar überlegte, ob er erwähnen sollte, dass er nach Höfn gezogen war, ließ es aber bleiben. Das spielte keine Rolle und würde das Gespräch nur darauf lenken, dass er auf der Radarstation arbeitete, deren Geschichte und so weiter. Da Sigvaldi kein großer Freund der amerikanischen Soldaten zu sein schien, mied er dieses Thema lieber.

»Leider musste ich vom Tod eurer Mutter hören. Ich habe die Todesanzeige gesehen. Mein herzliches Beileid.« Bevor Hjörvar sich bedanken konnte, sprach er schon weiter: »Wobei ich sagen muss, ich hab nicht damit gerechnet, was von dir oder deinem Bruder zu hören. Deshalb war ich sofort neugierig. Willst du was darüber wissen, wie es war, als deine Eltern noch hier wohnten? Mit den Jahren interessiert man sich ja mehr für die Vergangenheit und die Familiengeschichte, das hast du bestimmt auch gemerkt. Manchmal leider zu spät. Wenn niemand mehr da ist, den man fragen kann.«

»Ja, genau.« Hjörvar erzählte ihm nicht, dass seine Mutter schon einige Jahre vor ihrem Tod nicht mehr ansprechbar gewesen war. Sie hätte es nicht gewollt, dass er mit allen möglichen Leuten über ihre Krankheit sprach. Sie hatte sich lange bemüht, ihre Demenz zu verbergen und ihre Würde zu behalten. Das war dann immer schwieriger geworden, bis jeder sehen konnte, wohin die Reise ging. »Deshalb wollte ich auch mit dir reden. Leider konnte ich meine Mutter vor ihrem Tod nicht mehr fragen. Und meinen Vater damals auch nicht.«

»Dann hoffen wir mal, dass ich deine Erinnerungen ein bisschen entstauben kann. Aber du hast Glück, ich kann mich an längst vergangene Ereignisse besser erinnern als an das, was gestern passiert ist.« Sigvaldi lachte leise. »Ach, ich sag das nur so.«

»Ich möchte dich nach meiner Schwester fragen, Salvör. Meine Eltern haben nicht viel über sie gesprochen.« Hjörvar wollte nicht zugeben, dass sie seine Schwester nie erwähnt hatten.

Der Mann am anderen Ende der Leitung schwieg eine Weile. So lange, dass Hjörvar auf sein Handy schaute, um zu checken, ob die Verbindung abgebrochen war. »Salvör … ja … ist lange her, dass ich den Namen gehört habe.«

»Aber du erinnerst dich an sie?«

»Ja, das tue ich. Leider vergisst man die guten Erinnerungen eher als die schlechten. Tragische Sache mit deiner Schwester.« Er schwieg wieder kurz. »Sie hatte es nicht leicht. Und dann dieser schreckliche Tod. Es war grauenhaft. Deine Eltern waren danach nie mehr dieselben. Ich verlor den Kontakt zu deiner Mutter, als sie sich trennten und deine Mutter mit euch Jungs wegzog, aber ich weiß, dass dein Vater sich nie davon erholte. Ich hoffe, bei ihr war es anders.«

Hjörvar wusste nicht, was er sagen sollte. In seiner Erinnerung war seine Mutter immer gleich gewesen. Traurig und distanziert. Er erinnerte sich nicht an die Jahre vor dem Unfall, vielleicht war sie davor lebensfroh und glücklich gewesen. »Du sagst, Salvör hatte es nicht leicht. Darf ich fragen, in welcher Hinsicht?«

»Du weißt doch, dass sie nicht ganz normal war?« Sigvaldi schien zu denken, Hjörvar wolle ihn auf den Arm nehmen oder ihn in eine Falle locken.

»Mein Bruder und ich wissen leider nur sehr wenig über sie.« Hjörvar musste die Wahrheit sagen, sonst würde er vielleicht nie erfahren, was mit seiner Schwester los war. Er war so ungeschickt im Umgang mit anderen Menschen und konnte keine schlaue Taktik anwenden. »Kannst du mir sagen, was sie hatte?«

»Oh, da musst du andere fragen. Meines Wissens gab es nie eine Diagnose. Sie hatte es immer schwer. War widerborstig, schrie und weinte viel. Sie sprach nicht, war irgendwie zurückgeblieben. Sie konnte einem leidtun. Und deine Mutter auch. Sie war oft mit euch Kindern alleine, dein Vater fuhr ja zur See, das war schlimm. Man hörte das arme Mädchen immer schreien, wenn eure Mutter sie zum Spielen in den Garten schickte. Ein ohrenbetäubendes Gebrüll. Aber wie gesagt, ich weiß nicht, was sie hatte. Irgendwas stimmte nicht mit ihr. Meine Frau und ich haben vier Kinder, die waren auch nicht alle einfach, aber deine Schwester war anders. Sie muss sehr gelitten haben.«

Sigvaldis Beschreibung rührte an etwas aus der Vergangenheit – ein lautes, schrilles Schreien, das einem durch Mark und Bein ging. Mehr aber auch nicht. Hjörvar hatte keine Bilder vor Augen. Kein Bild von einem hilflosen kleinen Mädchen. Kein Bild von seiner entnervten Mutter.

»Vielleicht erfahre ich ja im Gesundheitszentrum was. Salvör wurde dort bestimmt untersucht«, sagte Hjörvar, obwohl er wegen der Datenschutzgesetze keine große Hoffnung hatte, Salvörs Krankenakte ausgehändigt zu bekommen. Außerdem fragte er sich, ob er überhaupt mehr wissen wollte. Wozu? Er konnte nichts mehr für seine Schwester tun. »Ich frag da mal nach.«

»Ja, mach das, Junge. Aber rechne nicht damit, dass du viel erfährst. Deine Eltern hofften immer, dass sich das mit zunehmendem Alter legen würde. Soweit ich weiß, ließen sie deine Schwester nie in Reykjavík gründlich untersuchen. Sie wollten es nicht wahrhaben. Besonders deine Mutter. Sie hatte sich so sehr ein Mädchen gewünscht. Hatte ja schon zwei Jungs. Sie strahlte vor Glück, als sie mit der Kleinen aus dem Krankenhaus nach Hause kam. Aber das änderte sich schnell, später hatte sie immer Ringe unter den Augen und wirkte erschöpft. Wenn die Kleine nicht gestorben wäre, hätten sie sich früher oder später Hilfe suchen müssen. Das war offensichtlich.«

Hjörvar hatte sich verschiedene Strategien überlegt, wie er einen Fremden nach Salvörs Tod fragen konnte, ohne dass dieser merkte, dass sein Bruder und er nichts darüber wussten. Jetzt wurde ihm klar, dass er mit Ehrlichkeit am besten fuhr. »Meine Eltern haben uns nie erzählt, wie sie starb. Kannst du uns da weiterhelfen? Ich weiß nur, dass es ein Unfall war. Ich störe dich dann auch nicht weiter.«

»Ach was, du störst mich doch nicht.« Sigvaldi räusperte sich und hustete. »Entschuldigung. Ich kränkele schon seit längerem. Also … ja … ein Unfall, sagst du. Ich verstehe, warum sie nicht darüber gesprochen haben. Über so was reden Eltern nicht gern mit ihren Kindern.«

Hjörvar erwähnte nicht, dass ihre Eltern ihnen jahrelang davon hätten erzählen können, als Kolbeinn und er längst erwachsen waren. Aber wahrscheinlich war es schwierig, den richtigen Zeitpunkt zu finden, und bevor sie wussten, wie ihnen geschah, hatten sie den Moment verpasst. Im Lauf der Zeit war es wahrscheinlich immer schwieriger geworden, darüber zu sprechen. Dann hätten sein Bruder und er wissen wollen, warum sie ihnen das nicht schon früher erzählt hatten.

»Deine Schwester ist ertrunken. Dein Vater hatte Landurlaub und nahm sie mit zum Strand, damit deine Mutter sich mal ausruhen konnte. Salvör lief ihm weg, und es kam, wie es kommen musste. Schreckliche Geschichte.«

Das klang ziemlich sonderbar. Hjörvars Vater war immer in Topform gewesen, bis zuletzt. Er hätte mit Leichtigkeit ein kleines Kind einholen können. Wenn sie losgerannt wäre, hätte er sie sofort wieder geschnappt. Niemand ertrinkt in ein paar Sekunden, und das Wasser war an den meisten Stellen so flach, dass man sogar bis zu den Inseln laufen und die Brutplätze der Eiderenten kontrollieren konnte. Es war schwer vorstellbar, wie ein Kind in Begleitung eines Erwachsenen am Strand ertrinken konnte. Es sei denn, sie war dort, wo das Wasser tiefer war, vom Kai gesprungen und unter den Steg geraten. Vielleicht nach Einbruch der Dunkelheit, wenn das Meer schwarz war. »Wo war das denn?«

»Das war draußen in Stokksnes. Bei der Radarstation. Auf den flachen Felsen unterhalb der Station. Sie ist in den Felsschacht gefallen.«

Hjörvar drehte sich langsam zum Fenster und starrte hinaus in die Dunkelheit. Zu den Felsen. Und dem Schacht.

Er saß nur hundert Meter von dem Loch entfernt, das seine Schwester verschluckt hatte.

Irgendwo in der Station begann Kisi zu miauen.

18. KAPITEL

Jóhanna war genervt, weil sie die ganze Zeit verkrampft lächelte, schon während des gesamten Abendessens, aus reiner Höflichkeit. Dabei war sie immer noch erschöpft vom Wochenende und hätte sich nach der Arbeit am liebsten aufs Sofa gelegt, vor den Fernseher, anstatt Gäste zu bewirten, die sie gar nicht kannte.

Trotzdem hatte sie es gemacht. Für Geiri. Er bat sie nicht oft um etwas, dennoch hatte sie zu lange gezögert. Anstatt direkt »kein Problem« zu sagen, hatte sie geschwiegen und versucht, sich eine glaubwürdige Entschuldigung einfallen zu lassen. Daraufhin hatte Geiri ihr die Sache am Telefon erklärt, die Kollegen seien es leid, in Restaurants zu essen, und er habe sie schon eingeladen. Sie war nicht sauer, bedauerte es aber, nicht sofort ja gesagt zu haben.

Nachdem sie erfahren hatte, wann die Gäste kommen würden, war sie schnell einkaufen gegangen, damit sie etwas Vernünftiges auftischen konnte. Die Tiefkühltruhe war zwar voll mit Fisch und Hummer, aber sie wollte keinen Fisch kochen. Beim Mittagessen hatte keiner Fisch oder Meeresfrüchte bestellt, die Männer hatten Fleisch oder Hamburger gewählt und die Frau einen Salat mit Hühnchen. Typische Rollenverteilung.

Jóhanna hatte Fleisch und Salat für doppelt so viele Gäste wie erwartet aus dem Supermarkt mitgebracht. Geiri und sie würden im Lauf der Woche die Reste essen. Sie hatte keine Zeit für akribische Planungen, musste schleunigst die Ärmel hochkrempeln, kochen, den Tisch decken, duschen und sich umziehen. Als die Gäste eintrafen, war sie erst seit zehn Minuten fertig, tat aber so, als hätte sie das alles aus dem Ärmel geschüttelt. Warum eigentlich?

Die Leute trugen noch dieselben Klamotten, denen man ansah, dass sie lange im Meeting gesessen hatten. Alles war zerknittert und schief. Diesmal war Jóhanna schicker als die anderen, im Gegensatz zu mittags, als sie sich neben ihnen wie die Tellerwäscherin des Restaurants vorgekommen war. Das machte sie sicherer, sie beteiligte sich an den Gesprächen, fühlte sich mehr als Teil der Gruppe. Trotzdem amüsierte sie sich nicht besonders, auch wenn sie sich, anders als beim Mittagessen, nicht nur mit den beiden Rettungswachtleuten unterhielt. Schicke Klamotten halfen nicht gegen Müdigkeit.

Inzwischen waren sie nur noch zu viert. Neben Geiri und Jóhanna waren noch der Kripo-Mann aus Selfoss und Þórir von der Rettungswacht da. Die anderen waren nach dem Essen ins Hotel gegangen. Zu Jóhannas Enttäuschung schlossen sich die beiden nicht an, sondern nahmen sogar noch einen Kaffee, der sie garantiert wieder wach machen würde. Auch Geiris Angebot, dazu einen Cognac zu trinken, schlugen sie nicht aus. Jóhannas Lächelmuskulatur wurde auf eine harte Probe gestellt.

»Wisst ihr schon, wann ihr zurück nach Hause fahren könnt?« Jóhanna trank einen Schluck Kaffee. Sie war so müde, dass das Koffein ihr bestimmt nichts ausmachen würde, wenn sie endlich ins Bett fiel.

Der Kripo-Mann antwortete, vermutlich morgen oder übermorgen. Das hänge unter anderem davon ab, wann die Ergebnisse der Obduktion vorlägen.

Þórir stimmte ihm zu. Morgen oder übermorgen. Er werde so lange bleiben, wie man ihn brauche.

Jóhanna fiel auf, dass Þórir gar nicht erzählt hatte, wo er eigentlich arbeitete. Sie wusste alles über seine Ausbildung, aber nicht, was er – außer als Ehrenamtlicher bei der Rettungswacht – damit machte. Er hatte bestimmt eine wichtige Position. Die Rettungswachtleute stießen in der Regel auf Verständnis bei ihren Arbeitgebern, wenn sie zu Einsätzen gerufen wurden, aber die Suchaktion war beendet, und die meisten Vorgesetzten würden die Stirn runzeln, wenn man behauptete, man müsse länger bleiben und bei den Ermittlungen helfen. »Wo arbeitest du eigentlich, Þórir?« Als Jóhanna die Frage gestellt hatte, bereute sie sie schon. Was, wenn er arbeitslos war?

Zum Glück schien das nicht der Fall zu sein. »Ich bin Berater im Sicherheitssektor. In Island gibt es dafür keinen großen Markt, meine Projekte sind meistens im Ausland. Hauptsächlich in Norwegen, in der Ölförderung. Bohrinseln.« Þórir nippte an seinem Cognac. »Momentan hänge ich zwischen zwei Projekten. Deshalb habe ich keine Eile. Ich fliege erst nächste Woche wieder los.«

Das war wohl die Erklärung dafür, dass er so neugierig auf Jóhannas Unfall war. Wenn er im Sicherheitsbereich arbeitete, interessierte er sich schon von Berufs wegen für Unfälle. Jóhanna wünschte sich, sie hätte ihn schon früher gefragt, dann wäre er ihr von Anfang an sympathischer gewesen.

Geiri stellte Þórir ein paar Fragen über Bohrinseln, und während ihr Gast sich lang und breit über Ölplattformen ausließ, kämpfte Jóhanna mit dem Gähnen. Das Thema wirkte auf sie wie eine Schlaftablette. Dabei waren Þórirs Schilderungen hochdramatisch, er schien schon allerlei Aufregendes erlebt zu haben.

Jóhanna ging in die Küche, um noch einen Kaffee aufzusetzen und gähnte ausgiebig. Im selben Moment spürte sie eine eiskalte Berührung. Frostklamme Finger schlüpften unter ihren Pullover und tasteten sich ihren Rücken hinauf. Instinktiv stieß sie einen Schrei aus. Sie konnte es nicht ausstehen, wenn Geiri so was machte, wollte sich gerade umdrehen und ihn anfauchen, als sie seine Stimme im Wohnzimmer hörte: »Ist alles in Ordnung, Schatz?«

Adrenalin schoss durch ihren Körper, sie drehte sich ganz langsam um, damit rechnend, dass Þórir oder der Kripo-Mann hinter ihr stünde. Sie musste einem Gast ihres Mannes eine Ohrfeige verpassen, was ihr keineswegs behagte. Trotzdem würde sie es tun, weil das total übergriffig war, vor allem in Zeiten von MeToo.

Hinter ihr stand niemand.

Jóhannas Herz schlug schneller, sie stand wie angewurzelt da, und ihr Blick wanderte durch die leere Küche. Geiri rief wieder: »Jóhanna? Alles in Ordnung?«

Sie holte tief Luft. »Ja! Alles okay! Ich hab mich nur gestoßen.« Sie hörte, wie der Kaffee in die Kanne floss, und versuchte, ihre Fassung wiederzuerlangen. Es musste eine realistische Erklärung für diese Wahrnehmung geben. Sie war müde. Sie hatte sich übernommen. Die geschädigten Nervenenden an ihrem Rücken hatten eine falsche Botschaft an ihr Gehirn übermittelt. Das wäre ja nicht das erste Mal.

Jóhanna konzentrierte sich aufs Atmen, ihr Herzschlag beruhigte sich wieder, und die Hitze, die ihr in die Arme und Beine gefahren war, ließ nach. Sie musste sich das eingebildet haben. Sie dachte an die falschen Nervenimpulse, die sie öfter plagten. Ein Jucken an Stellen, an denen sie seit dem Unfall eigentlich nichts mehr spüren sollte. Ein Empfinden von plötzlicher Hitze oder Kälte im Bereich der Narben. Aber sie hatte noch nie das Gefühl gehabt, dass Finger über ihre Haut tasteten. Kleine Finger.

Jóhanna fröstelte, und sie schlang sich die Arme um den Oberkörper. Eigentlich war es warm in der Küche, aber ihr war jetzt fast so kalt, wie als sie zugeschaut hatte, wie die Leichen aus dem Schnee ausgegraben worden waren. Als hätte ihr jemand kalte Luft in den Nacken gepustet.

Als der Kaffee hinter ihr tröpfelte, ging Jóhanna zurück zu den Gästen. Vorhin war sie noch froh gewesen, sich zurückziehen zu können, aber jetzt wollte sie unbedingt wieder ins Wohnzimmer. Sie hörte sich lieber noch ein paar theatralische Geschichten über Ölplattformen an, als in der Küche zu stehen und sich einzubilden, sie wäre nicht allein.

Die Kaffeekanne wurde herumgereicht, gefolgt von der Cognacflasche. Jóhanna lehnte dankend ab, auch wenn ein kleiner Schluck ihre gereizten Nerven vielleicht beruhigt hätte. Sie mochte keinen starken Alkohol und befürchtete, dass er ihre Fantasie nur noch mehr anfeuern würde.

Irgendwie schaffte sie es, den Anekdoten zu lauschen, mit denen Þórir und der Kripo-Mann sich gegenseitig zu übertrumpfen versuchten, und dabei so zu tun, als wäre nichts geschehen. Jóhanna wettete auf Þórir als Sieger. In der Nordsee passierte definitiv mehr Sensationelles als in Selfoss.

Geiri zwinkerte ihr zu, ohne dass die anderen es merkten. Sie zwinkerte zurück und verdrehte die Augen. Sollte sie ihm von dem Vorfall in der Küche erzählen? Lieber nicht, ihr Mann hatte viel zu tun und sollte sich nicht auch noch Sorgen um sie machen.

Als Geiri gerade ein Gähnen simulierte, klingelte es an der Tür. Es war schon kurz vor elf, und unter der Woche war nicht viel los im Ort. Selbst am Wochenende bekamen sie nicht oft Besuch.

Jóhanna unterdrückte ein Seufzen, weil sie befürchtete, die anderen Gäste wären zurückgekommen und das Abendessen würde in eine Party übergehen. Geiri ging zur Tür und kam mit einem Mann von der Rettungswacht zurück ins Wohnzimmer, den Jóhanna gut kannte. Er hieß Andrés und war einer der erfahreneren Kollegen. Er wirkte sehr ernst. Bestimmt war er nicht zufällig an ihrem Haus vorbeigekommen, hatte Licht gesehen und beschlossen, auf einen Kaffee oder Cognac hereinzuschauen.

»Bitte entschuldigt die Störung. Ich wusste nicht, dass ihr Gäste habt.« Andrés blieb zögernd in der Türöffnung stehen und sagte zu Geiri: »Ich hab dich telefonisch nicht erreicht, und als ich sah, dass bei euch noch Licht brannte, dachte ich …«

»Kein Problem. Du störst nicht. Ich hatte nur vergessen, nach dem Meeting mein Handy wieder einzuschalten.« Geiri bot dem Mann einen Platz an, den er zu Jóhannas Erleichterung ablehnte. Er wollte wohl nicht lange bleiben, hoffentlich würden die beiden Männer sich auch verabschieden, wenn er wieder ging.

»Ich muss dir was zeigen.« Andrés klappte den Laptop auf, den er sich unter den Arm geklemmt hatte. »Es ist wirklich dringend, sonst wäre ich nicht vorbeigekommen.«

Der Kripo-Mann aus Selfoss hob den Kopf. »Hat es was mit der Suche zu tun?«

Andrés nickte, ging zum Esstisch, schob einen schmutzigen Teller zur Seite und stellte den Laptop ab. Sofort bekam Jóhanna ein schlechtes Gewissen, weil sie den Tisch noch nicht abgedeckt hatte. Sie musste endlich etwas gegen ihren Perfektionismus unternehmen. Schließlich war es nicht ihre Aufgabe auf diesem Planeten, dafür zu sorgen, dass immer alles tipptopp war.

Niemand außer ihr schien das schmutzige Geschirr auf dem Tisch auch nur im Geringsten zu beachten. Alle blickten neugierig auf den Laptop. Die Gäste erhoben sich vom Sofa und stellten sich neben Geiri und Andrés. Jóhanna tat es ihnen nach.

»Ich hab mir noch mal die Drohnenaufnahmen angeschaut. Vor Ort, auf dem kleinen Bildschirm und bei durchwachsenen Lichtverhältnissen, erkennt man nicht immer alles. Ich hatte nicht damit gerechnet, noch was zu entdecken, und bin erst heute Abend dazu gekommen.« Andrés öffnete eine Datei in einem Ordner mit zahlreichen Filmdateien und startete die Aufnahme ziemlich weit hinten. Er richtete sich auf und verschränkte die Arme. »Jetzt kommt's gleich. Bei Minute sechzehn. Davor sieht man nur Schnee, das brauchen wir uns nicht anzuschauen.«

Alle drängten sich um den kleinen Bildschirm. Jóhanna vergaß die kalten Finger auf ihrem Rücken und betrachtete fasziniert die endlose Schneedecke, die die Drohne auf ihrem Flug über die Einöde aufgenommen hatte.

»Jetzt kommt's.« Andrés beugte sich vor, bereit, den Film anzuhalten. Die anderen kniffen die Augen zusammen. Andrés stoppte die Aufnahme. »Da ist es.« Er zeigte auf die untere rechte Bildschirmecke. »Da!«

Die anderen reckten die Hälse, sodass ihre Köpfe fast zusammenstießen. Geiri sagte als Erster, was alle dachten: »Was soll das sein? Sieht aus wie ein spitzer Fels. Ein Liparit vielleicht. Davon gibt's da oben viele.«

»Das ist kein Fels. Man sieht es, wenn man näher ranzoomt.« Er vergrößerte das Standbild so weit, wie die Auflösung es erlaubte. »Mir ist das rein zufällig aufgefallen. Allerdings auf einem sehr großen Bildschirm.«

Andrés verstummte, und alle starrten auf ein grobkörniges Bild von etwas, das aussah wie eine Hand, die aus dem Schnee ragte.

»Da liegt noch eine Leiche.« Andrés atmete hörbar aus. »Sie waren zu fünft.«

Geiri straffte sich. Die entspannte Sorglosigkeit des Abends war wie weggeblasen. Jetzt wirkte er wieder so wie bei Jóhannas Besuch auf der Polizeiwache. Kerzengerader Rücken, angespannte Kiefermuskeln, zusammengekniffene Augen. »Wo ist das? In der Nähe der Zelte?«

»Nein.« Andrés rief eine Karte des Gebiets auf und zeigte auf eine Stelle. »Ungefähr hier. In der Nähe der Hütte. Aber nicht so nah wie der Fundort der ersten Leiche. Etwa einen halben Kilometer Luftlinie entfernt, zu Fuß natürlich weiter.« Er schloss die Karte wieder. »Wir müssen da noch mal hin.«

Die Stimmung änderte sich schlagartig. Þórir und der Kripo-Mann beendeten ihren Anekdotenwettstreit, schauten auf die Uhr und machten endlich Anstalten, aufzubrechen. Man beschloss, sich früh am nächsten Morgen wieder zu treffen. Der Mann aus Selfoss sollte den zuständigen Polizeidirektor informieren und Geiri mit der Küstenwache sprechen. Andrés versprach, die Rettungswacht in Alarmbereitschaft zu versetzen. Das musste noch am selben Abend geschehen, damit alle Beteiligten Zeit hatten, die nächsten Schritte zu organisieren. Wenn sie Glück hatten, konnte die Suche gegen Mittag beginnen.

Nachdem die Männer gegangen waren, rief Geiri den Bereitschaftsdienst der Küstenwache an und trat ein Stück zur Seite, als am anderen Ende der Leitung abgenommen wurde. Das machte er immer, so als wäre es ihm unangenehm, in Anwesenheit anderer Leute zu telefonieren, selbst wenn es sich um seine Frau handelte. Jóhanna störte das nicht, denn es waren oftmals

Polizeiangelegenheiten, die sie nichts angingen. Wobei Geiri das aus Gewohnheit auch bei Telefongesprächen mit seinem Bruder, einem Handwerker oder dem Pizzaboten machte.

Jóhanna stapelte die Teller auf dem Esstisch aufeinander und ließ sie dort stehen. Den Rest würde sie morgen machen. Sie wollte jetzt nicht in die Küche. Wenn sie morgen aufwachte, war das beklemmende Gefühl bestimmt verflogen.

Sobald Geiri seine Telefonate erledigt hatte, gingen sie ins Bett. Geiri ärgerte sich über sich selbst und murrte, es sei ein Fehler gewesen, Wein und Cognac anzubieten. Weder er noch die anderen könnten es sich erlauben, morgen nicht topfit zu sein. Jóhanna lenkte ein, es hätte ja niemand ahnen können, dass eine weitere Suche anberaumt würde. Kurz darauf atmete er tief und regelmäßig und war eingeschlafen.

Jóhanna hatte zwar keinen Alkohol getrunken, aber trotzdem einen Fehler gemacht. Der Kaffee hatte ihre Müdigkeit vertrieben. Sie wälzte sich im Bett hin und her, fand aber wie üblich nicht die richtige Schlafposition. Dann musste sie aufs Klo. Sie stand auf und tappte zu der kleinen Toilette neben dem Schlafzimmer.

Als sie auf dem Klo saß, hörte sie Geiri etwas Undeutliches murmeln. Sie konnte kein Wort verstehen, falls es überhaupt etwas Verständliches war. Wenn er im Schlaf redete, war es meist irgendein unzusammenhängendes Genuschel.

Sie ging zurück ins Schlafzimmer und hörte es jetzt deutlicher. Stirnrunzelnd sah sie, wie Geiri mit der Hand hinter sich schlug. Er war nicht mehr im Tiefschlaf, denn seine Worte waren klar und deutlich: »Lass das! Deine Hände sind eiskalt. Hör auf!«

Im Bett neben ihm lag niemand.

19. KAPITEL

Lónsöræfi – in der letzten Woche

Als die Wanderer in ihren Zelten aufwachten, herrschte Dunkelheit, Kälte und absolute Windstille. Vereinzelte Geräusche wurden nicht mehr vom brausenden Wind übertönt, aus den anderen Zelten drangen Stimmen und Geraschel zu Dröfn und Tjörvi. Sie hörten, wie Agnes und Bjólfur sich gegenseitig ermunterten, sich aus den Schlafsäcken zu pellen und aufzustehen. Dröfn und Tjörvi kämpften mit demselben Problem. Sie stießen Atemwölkchen aus, und Dröfn war sich nicht sicher, ob sie ihre Nasenspitze noch spürte. Die Verlockung, den Kopf in den Schlafsack zu stecken und liegen zu bleiben, war groß. Einfach bis zum Frühling Winterschlaf zu halten. Doch bei dem, was Haukur über die Witterung gesagt hatte, müssten sie dann bis zum Sommer warten. Bis dahin konnte es in dieser Gegend kalt und winterlich bleiben.

Darauf zu warten, dass die Sonne aufging, war auch keine Option. Ihre Strahlen würden höchstens eine Tiefkühltruhe in ein Kühlschrankeisfach verwandeln. Dröfn biss die Zähne zusammen und begann, sich anzuziehen. Im Zelt war es so eng, dass Tjörvi es auf jeden Fall mitbekam, aber er stellte sich schlafend.

»Wir müssen aufstehen.« Dröfn stieß ihren Mann an. Er nuschelte etwas, das sie nicht verstand, weil sein Kopf im Schlafsack steckte. Ein großer Fehler, denn wenn man am Kopf fror, kam man leichter auf die Beine, dann war der Schock nicht so groß.

Ein Geruch nach Sandwiches lag in der Luft. Tjörvi hatte nach dem Abendessen den Verpackungsmüll eingesammelt und in ihr Zelt gelegt, aber vergessen, die Tüte zuzubinden. Vor Beginn der Tour hatte er noch davon geschwärmt, wie großartig es sei, im Zelt aufzuwachen, mit dem Duft der reinen Natur in der Nase. Nicht dem eines Krabbensandwichs.

Dröfn stieß ihn wieder an. »Bjólfur ist bestimmt vor dir draußen. Und Haukur auch. Soll ich ihnen sagen, dass du dich nicht traust, aufzustehen?«

Das wirkte. Tjörvi setzte sich auf. Der Kitt ihrer Männerfreundschaft bestand aus Konkurrenz. Bjólfur und Tjörvi konnten um die unglaublichsten Dinge wetteifern. Neben dem Üblichen, wer ein Computerspiel gewinnen, schneller Fahrrad fahren oder mehr heben konnte, ging es auch um absurde Sachen. Wer wortwörtlich einen Dialog aus einem Film zitieren konnte, wer ein besseres Handy besaß … Einmal war es sogar darum gegangen, wer mit einem zusammengekniffenen Auge besser sehen konnte. Dröfn wusste nicht, wie das ausgegangen war.

Das Bemerkenswerte war, dass es trotz des ständigen Wetteiferns nie zu Streitereien zwischen den beiden kam. Der Verlierer war immer fest davon überzeugt, dass er beim nächsten Mal den Sieg davontragen würde. Sie stürzten sich stets mit derselben Leidenschaft in den Kampf, als wäre es ihr letzter. Wie man an diesem Trip sehen konnte. Keiner wollte dem anderen nachstehen. Wenn Haukur eine zehnstündige Wanderung bei Schneesturm vorgeschlagen hätte, wären sie sofort Feuer und Flamme gewesen. Keiner wollte als Erster aufgeben, das war völlig ausgeschlossen.

In der Stadt war diese Sturheit nicht so schlimm, aber hier war sie tödlicher Ernst. Dröfn bereute es schon, Tjörvis Kampfgeist ausgenutzt zu haben, um ihn zum Aufstehen zu bewegen. Es war nicht das erste Mal, dass sie zu diesem Mittel griff. Und wahrscheinlich auch nicht das letzte Mal. Aber hier war nicht der richtige Ort und nicht die richtige Zeit für gefährliche Herausforderungen.

»Gibst du mir mal den Pulli?« Tjörvi nickte in Richtung der Kleidungsstücke, die er gestern Abend ins Zelt gelegt hatte.

Dröfn griff nach dem Pullover und hielt ihn Tjörvi hin, zog aber im letzten Moment ihre Hand wieder zurück. »Versprich mir, nicht mit Haukur zu dem Messgerät zu gehen. Wir müssen ihn zur Umkehr bewegen. Sofort.«

Seine Antwort ließ sich auf unterschiedliche Weise interpretieren. Eine *Mal-sehen*-Antwort. Tjörvis Zähne klapperten so stark, dass Dröfn nicht mit ihm diskutieren wollte. Sie wiederholte einfach nur: »Du gehst nicht mit.«

Ohne etwas zu erwidern, zog Tjörvi sich weiter an und wich ihrem Blick aus. Das war kein gutes Zeichen.

Während er seine Socken suchte, sagte Dröfn, sie werde Kaffee kochen, und kroch aus dem Zelt. In Wahrheit gab es noch einen anderen Grund, als nur Wasser auf dem Primus zu erhitzen und Kaffeepulver in Plastikbecher zu löffeln. Sie wollte mit Agnes reden und sie auf ihre Seite ziehen. Gemeinsam konnten sie vielleicht verhindern, dass ihre Männer sie noch einmal alleine ließen. Dröfn war sich sicher, dass Agnes sie auch von dieser Aktion abhalten wollte.

Draußen war es noch dunkel, aber die Dunkelheit war nicht mehr so schwarz wie in der Nacht und barg das Versprechen, dass es bald heller würde und die Sonne zum Vorschein käme. Dröfn legte den Kopf in den Nacken und blickte zum Himmel.

Zwischen den Wolkenbänken funkelten Sterne. An einer Stelle schimmerte Mondlicht, aber die Wolken waren so dicht, dass kaum Hoffnung bestand, dass der Mond sie durchbrechen würde. Wahrscheinlich würde es noch mehr zuziehen und sie bekämen die Sonne gar nicht zu Gesicht. Das wäre mal wieder typisch.

Und ein weiterer Grund, bald aufzubrechen.

In Haukurs Zelt raschelte es, wahrscheinlich zog er sich an. Dröfn ging hinter die Zelte, um zu pinkeln, was sie einige Überwindung kostete. Der Schlaf hatte ihr mulmiges Gefühl nicht vertrieben. Sie drehte den Zelten den Rücken zu, weil sie das Ödland im Blick behalten wollte. Trotzdem war ihr unheimlich, und sie brach ihren persönlichen Rekord im Schnellpinkeln. Sie hatte es so eilig, dass sie ihren Gürtel im Laufen wieder zuschnallte.

Froh, das geschafft zu haben, ging Dröfn zu Agnes' Zelt und fragte, ob sie ihr beim Wasserkochen helfen könne – als ob sie nicht alleine dazu in der Lage wäre, aber das war ihr egal. Agnes zog den Reißverschluss auf und kroch, eingemummelt in ihren orangefarbenen Anorak, aus dem Zelt.

»Kann diese Scheißkälte sich nicht mal verziehen?« Agnes stampfte mit den Füßen auf und schlug die Arme gegen den Oberkörper. »Wie war das noch mal, gab's im Hotel nicht ein Dampfbad? Da lege ich mich rein. Ich hole mir die Bettdecke und das Kissen aus meinem Zimmer und penne da.«

»Es gab kein Dampfbad.« Um Agnes Traumvision nicht gänzlich zu zerstören, fügte Dröfn hastig hinzu: »Aber eine Heizung, eine warme Dusche und ein Bett.« Sie hockte sich neben den Primus. »Apropos Hotel. Ich will sofort zurück. Du doch auch, oder?«

»Diesen Luxus hier verlassen? Was glaubst du denn? Klar, keine Frage.« Agnes schaufelte Schnee in den Topf. »Aber versuch mal, Bjólfur davon zu überzeugen. Der will unbedingt

dieses Messgerät finden, und wenn er dafür den Gletscher um-
runden muss.«

Dröfn überkam eine lähmende Hoffnungslosigkeit. Sie würden Bjólfur nicht zur Vernunft bringen, und wenn er sich weigerte zurückzugehen, würde Tjörvi auf den Zug aufspringen.
Ihre einzige Hoffnung war, Haukur zu überreden, das Messgerät abzuschreiben – das Gerät, für das er den weiten Weg hergekommen war. Es war fraglich, ob ihr das gelänge, und außerdem ungerecht. Aber sie musste es versuchen. Sie nahm Agnes
den Topf aus der Hand, stellte ihn auf den Primus, richtete sich
auf und ging zu Haukurs Zelt. Sie musste die Gelegenheit nutzen, solange Tjörvi und Bjólfur noch damit haderten, hinaus in
die Kälte zu kommen. Natürlich würden sie alles mit anhören,
aber Proteste aus einem Zelt hatten weniger Einfluss als von
Angesicht zu Angesicht.

»Haukur?«

Das Geraschel im Zelt hörte auf, und Dröfn hörte das Ratschen
des Reißverschlusses. Haukur steckte den Kopf durch die Zeltöffnung, wünschte einen guten Morgen und kroch heraus. Er war
vollständig angezogen und streifte sofort seine Handschuhe über.

»Wir haben überlegt, ob es nicht am besten wäre, uns auf den
Rückweg zu machen.« Dröfn erwähnte nicht, dass das nicht die
Meinung der gesamten Gruppe war, sondern nur Agnes' und
ihre. »Es könnte wieder Sturm geben, dann findet ihr das Messgerät sowieso nicht.«

Das bisschen, was sie von Haukurs Gesicht sehen konnte, gab
ihr etwas Hoffnung. Selbst im Dunkeln erkannte sie, dass er
hin- und hergerissen war. Ihr Optimismus wurde jedoch im
Keim erstickt, als Bjólfur aus seinem Zelt rief, das komme überhaupt nicht in Frage. Sie müssten das Gerät finden. Tjörvi
stimmte ihm aus dem anderen Zelt vehement zu.

Haukur wurde verlegen und trat von einem Bein aufs andere. »Ich muss eigentlich weiter danach suchen. Aber geht ruhig. Wartet einfach in der Hütte auf mich. Die könnt ihr heizen, dann habt ihr es gemütlicher.«

Man musste ihm zugutehalten, dass er nicht nachtragend war, obwohl er mehrmals versucht hatte, sie davon abzuhalten, ihn auf diese Tour zu begleiten. Er hatte ihnen erklärt, wie es sein würde, und nichts beschönigt. Sie hatten nicht auf ihn gehört, und jetzt wollten sie ihm den Trip verderben. Niemand hätte es ihm übel genommen, wenn er ausgerastet wäre. Aber das tat er nicht.

»Was ist los?« Bjólfur steckte den Oberkörper aus dem Zelt und mischte sich sofort ein. »Wir finden das Messgerät. Auf jeden Fall. Jetzt sind wir den weiten Weg hergekommen, da machen wir doch keinen Rückzieher.«

Tjörvi erschien ebenfalls, genauso dick eingemummelt wie Agnes. Er hatte die Mütze tief ins Gesicht gezogen, die Kapuze darüber gestülpt und sich einen Schal um die untere Gesichtshälfte gewickelt. Das Einzige, was man sah, waren seine blauen Augen, seine Nase und ein bisschen von seinem Bart. Er nuschelte immer noch, so wie vorhin im Schlafsack, aber man verstand ihn trotzdem. »Sehe ich auch so, Bjólfur. Wir geben nicht auf.« Wieder vermied er es, Dröfn in die Augen zu schauen.

Haukur hatte seine Stirnlampe aufgesetzt, und in dem grellen Gegenlicht konnte man sein Gesicht nicht mehr erkennen. Unmöglich zu sagen, was er von der Unterstützung der Männer hielt. Aber man konnte es sich ja vorstellen. Er war bestimmt froh. Dröfn hatte allerdings den Eindruck, dass er nur richtig zufrieden war, wenn alle anderen es auch waren. Ein Mann des Ausgleichs und der Harmonie. Sie hatte recht. Haukur bemühte sich, zu vermitteln. »Wie wär's, wenn ich losgehe, bis zum Mittag das Messgerät suche und rechtzeitig wieder hier bin, damit wir heute Abend die Hütte erreicht haben?«

Dieser gut gemeinte Vorschlag hatte dieselbe Wirkung wie die meisten Vermittlungsversuche: Beide Parteien waren unzufrieden. Die Frauen wollten sofort gehen, konnten sich aber nicht durchsetzen. Die Männer wollten so lange suchen, bis sie das Gerät fanden, selbst wenn das eine weitere Nacht im Zelt bedeutete.

Hastig antwortete Dröfn: »Gut, einverstanden! Ihr habt bis heute Mittag Zeit. Und wir kommen mit.« Lieber würde sie stundenlang durch Schnee und Kälte wandern, als im Zelt zu warten.

Agnes pflichtete ihr bei. Bevor sie hinters Zelt ging, um zu pinkeln, verkündete sie, sie sei abmarschbereit. Je eher sie aufbrächen, desto früher wären sie zurück in der Zivilisation.

Ihre Freundin war noch nicht lange weg, da stieß sie einen Schrei aus. Sie schrie so, wie Dröfn am liebsten geschrien hätte, als sie die erfrorene Frau gesehen oder mit Agnes auf das Knirschen im Schnee gelauscht hatte. Sie hatte sich nur beherrscht, weil sie befürchtet hatte, dass sie sonst immer weiter geschrien hätte.

Agnes kreischte: »Hier ist was!« Darauf folgte ein weiterer Schrei, hektische Geräusche und noch ein Schrei, der nach Schmerzen klang.

Bjólfur hechtete los, gefolgt von den anderen. Agnes hockte hinter dem Zelt im Schnee. Ihre Hose hing noch herunter, und sie hielt sich das rechte Handgelenk. Sie hatte sich ebenfalls dafür entschieden, den Zelten den Rücken zuzudrehen. Haukur wandte sich ab, als er sie sah, wodurch auch das Licht der Stirnlampe verschwand. Urplötzlich standen sie im Stockdunkeln.

Als Bjólfur sich zu Agnes hinunterbeugte, ließ sie ihr Handgelenk los und zeigte mit der linken Hand in die Finsternis hinter den Zelten. »Da! Da hat sich was bewegt!«

Alle drehten sich in die Richtung, in die Agnes gezeigt hatte. Zuerst sahen sie nichts, doch dann wich Bjólfur zurück. »Vorsicht!«

Dröfn krallte sich an Tjörvis Arm fest. Sie wollte es nicht sehen, musste aber trotzdem hinstarren. Tjörvi zuckte zusammen, und sie nahm eine Bewegung wahr, konnte aber nicht erkennen, was es war. Vielleicht war es zu weit weg, im Dunkeln verschwammen die Entfernungen.

»Was zum Teufel ist das?«, durchbrach Bjólfur die Stille. »Habt ihr es gesehen?«

Bevor jemand antworten konnte, sah man eine deutlichere Bewegung, einen dunklen Schatten, der sich näherte. Dröfn konzentrierte sich aufs Atmen und war vollkommen starr. Ihr Verstand brüllte, sie solle auf die Vorderseite der Zelte rennen, aber ihr Körper weigerte sich, zu gehorchen. Wobei das an diesem Ort genauso wenig gebracht hätte wie anderswo. Falls da jemand oder etwas war, das sie angreifen wollte, waren sie hinter den Zelten genauso in Gefahr wie davor – selbst in den Zelten wären sie nicht geschützt.

Tjörvi begriff es als Erster. Wahrscheinlich konnte er letztendlich besser sehen als Bjólfur. »Mann, das ist ein Rentier!«

Jetzt erkannten die anderen es auch, zumal sich ihre Augen inzwischen an die Dunkelheit gewöhnt hatten. Im Dunkeln sahen sie die Umrisse eines großen Kopfes mit einem Geweih. Das war bestimmt die Rentierkuh, die sie auf dem Hinweg gesehen hatten. Dröfn spürte einen kleinen Stich im Herzen. Tjörvi hatte ihr gesagt, Rentiere seien scheu und mieden Menschen. Das Tier folgte ihnen nur, weil es hungrig war. So ausgehungert, dass es sich ihnen in der Hoffnung auf Futter näherte.

»Da haben wir die Erklärung für euer Knirschen.« Bjólfur machte eine Geste, als hätte er ein geladenes Gewehr auf der Schulter, kniff ein Auge zu und rief: »Peng! Peng!«

Niemand lachte. Am allerwenigsten Agnes. »Hör auf mit dem Scheiß und hilf mir!«

Bjólfur ließ die Arme sinken, zog Agnes hoch und half ihr dabei, die Hose zuzumachen. Sie jammerte, fasste sich wieder ans Handgelenk und erklärte, sie sei nach hinten gefallen und habe sich falsch abgestützt.

Dröfn war froh, dass Agnes sich nicht den Fuß umgeknickt hatte. Dann hätten sie sie auch noch zum Auto tragen müssen, und dieser Trip war schon schlimm genug. Trotzdem war sie beunruhigt, denn Agnes jammerte wieder auf, als sie von Bjólfur gestützt an ihnen vorbeiging.

Sie mussten sich beeilen, hier wegzukommen.

Das Rentier näherte sich vorsichtig, und obwohl es etwas Abstand hielt, meinte Dröfn, seine großen schwarzglänzenden Augen zu erkennen. »Können wir ihm nicht etwas Brotrinde geben?« Sie schaute fragend zu Tjörvi.

»Nein. Es muss nur eine Stelle finden, wo es die Grasnarbe freischarren kann. Die gibt es noch. Der Schnee ist nicht überall so tief wie hier.«

Trotzdem kam Dröfn sich fast wie eine Verräterin vor, als sie Agnes und Bjólfur folgten und die Rentierkuh alleine in der Dunkelheit zurückließen. Sie drehte sich noch einmal um und hatte den Eindruck, dass die Rentierkuh ihnen hinterherstarrte. Der Drang, so weit wie möglich von hier wegzukommen, war plötzlich übermächtig.

Schweigend tranken sie Kaffee und ließen eine Tüte mit Nüssen und Rosinen rumgehen. Dröfn hatte keinen Appetit und reichte sie einfach weiter, was letztendlich auch egal war. Denn als sie sich auf den Weg zu dem Messgerät machen wollten, stellte sich heraus, dass Agnes es sich nicht zutraute. Da sie nicht alleine warten konnte, war es an Dröfn, bei ihr zu bleiben. Sie protestierte noch nicht einmal, weil das arme Rentier ihre Angst vor etwas Unheilvollem, das in der Gegend herumspukte, vertrieben hatte.

Bei den Zelten fanden sich zwar keine Rentierspuren, aber die Geräusche konnten auch weiter entfernt gewesen sein, als sie gedacht hatten. Dröfn verdrängte den Gedanken, dass Rentiere nicht um Einlass bitten würden. Wie ausgehungert sie auch waren.

Entweder die Frauen waren jetzt entspannter oder das Rentier war den Männern gefolgt, denn sie hörten nichts mehr, während sie warteten. Trotzdem fühlte Dröfn sich unwohl. Agnes Handgelenk wurde blau und schwoll an. Dröfn sagte nichts, hielt es aber durchaus für möglich, dass sie ernsthaft verletzt war. Ein Bruch oder ein Bänderriss. Oder beides. Jedenfalls besserte sich ihr Zustand auch nicht, als Dröfn ihr entzündungshemmende Schmerztabletten gab.

Die Tabletten machten schläfrig, und Agnes döste ein. Dröfn brachte es nicht über sich, sie anzustoßen, damit sie ihr Gesellschaft leistete, war aber heilfroh, als sie irgendwann wieder aufwachte, immer noch mit schmerzendem Handgelenk.

Es war längst Mittag. Oder schon darüber hinaus.

Der Plan, dass die Männer gegen Mittag zurück sein sollten, war nicht aufgegangen. Dröfn war genervt, ließ es sich Agnes gegenüber aber nicht anmerken.

Als die Männer am Nachmittag immer noch nicht da waren, schlug ihre Gereiztheit in Wut um, die sie nicht mehr unterdrücken konnte. Genauso wenig wie die Panik, als es Abendessenszeit wurde und die Männer nicht auftauchten.

Die Zeit verging.

Dann begann es zu schneien.

Und es kam Wind auf.

Die Frauen versuchten, sich gegenseitig davon zu überzeugen, dass das Wetter nicht so schlimm sei und schon alles gut gehen würde. Die Männer hätten sich nur verspätet. Doch am Ende mussten sie sich eingestehen, dass draußen ein Sturm tobte. Es sah nicht gut aus.

Als es neun Uhr wurde, dachte Dröfn, sie bekäme einen Herzinfarkt. Sie kriegte kaum noch Luft und brachte kein einziges Wort mehr heraus. Was jetzt? Sollte sie rausgehen und suchen? Hätte sie das nicht längst tun müssen? Aber wohin waren die Männer gegangen, nachdem sie aus ihrem Blickfeld verschwunden waren? Ihre Spuren waren längst zugeschneit, und wenn sie jetzt nach ihnen suchen würde, würde sie sich bestimmt auch verlaufen.

Das Wort *auch* klebte in ihrem Hirn wie ein Haar auf dem Suppenteller. Bisher hatte sie den Gedanken nicht zu Ende gedacht, was Tjörvi, Bjólfur und Haukur zugestoßen sein könnte. Jedes Mal, wenn sie begann, darüber nachzugrübeln, schaltete sie ihr Gehirn einfach aus. Aber dieses kleine harmlose Wort verriet, was sie tief im Inneren wusste: Tjörvi, Bjólfur und Haukur hatten sich verirrt.

Unvermittelt brüllte Dröfn los. Laut und ungehemmt. Agnes blickte sie an, sagte aber nichts, strich nur weiter über ihr Handgelenk und wiegte sich vor und zurück.

Nachdem es aus ihr herausgebrochen war, konnte Dröfn nicht mehr aufhören. Sie brüllte, bis sie heiser war und ihre Stimmbänder wehtaten. Es folgte eine erdrückende Stille, denn der Hall ihrer Schreie hing noch in der Luft. Als hätte der Lärm die Stille gefärbt wie rote Socken ein ehemals weißes Laken.

Warum konnte man nicht zurückspulen? Noch mal von vorne anfangen?

Das Geräusch des Reißverschlusses durchbrach die unheimliche Stille.

Dröfn und Agnes starrten auf die Zelttür. Tjörvis Kopf erschien in der Öffnung, und die Erleichterung traf Dröfn wie ein Schlag in die Magengrube. Er sah fürchterlich aus, feuerrot im Gesicht, mit weißen rissigen Lippen und Eiszapfen im Bart. Aber lebendig.

Dröfns müde Stimmbänder stießen noch einmal einen Schrei aus. Dann stammelte sie zusammenhanglose Wörter, während Tjörvi sich zu ihnen ins Zelt quetschte.

Als es ihr klar wurde, verstummte sie.

Agnes starrte entsetzt auf die offene Zelttür. Dann drehte sie sich zu Tjörvi, und sie schauten sich in die Augen. Tjörvi senkte als Erster den Blick, mühte sich damit ab, den Reißverschluss wieder zuzuziehen. Agnes flossen Tränen über die Wangen.

Bjólfur und Haukur standen nicht draußen. Tjörvi war alleine.

20. KAPITEL

Das Friedhofstor quietschte, als Hjörvar den Riegel zur Seite schob und das Tor aufstieß. Falls er noch einmal wiederkäme, würde er Öl mitbringen und die Scharniere ölen. Aber dazu würde es vermutlich nicht kommen. Er war nicht der Typ, der sich um die Gräber seiner Angehörigen kümmerte, und schämte sich ein bisschen, weil er seit der Beerdigung nicht mehr am Grab seiner Mutter gewesen war. Mit dem Grab seines Vaters war es genauso, aber dafür hatte er bis vor kurzem noch eine Entschuldigung gehabt. Sein Vater war auf dem Friedhof in Höfn beerdigt, und als Hjörvar noch in Reykjavík gewohnt hatte, hätte er sechs Stunden fahren müssen, um das Grab zu besuchen – zwölf Stunden hin und zurück. Das nahm niemand auf sich, nur um Blumen auf einen Erdhaufen zu legen – selbst wenn er dem Verstorbenen nähergestanden hatte als Hjörvar seinem Vater.

Er zog das Tor hinter sich zu und bewunderte die Aussicht auf den Fjord und die Südküste mit dem aufragenden Gletscher, wunderschön in dem milden Winterlicht. Welcher Friedhof lag schon in einer so beeindruckenden Landschaft? Natürlich hatten die dort Ruhenden nichts mehr davon, nur die Lebenden konnten die Schönheit der Natur genießen. Hjörvar hatte am Vormittag wieder frei, diesmal weil der Hubschrauber erwartet wurde, um die Suche in Lónsöræfi fortzusetzen. Erlingur übernahm den Vormittag und Hjörvar den Nachmittag, diese Aufteilung wurde langsam Tradition.

Nachdem er die Aussicht gebührend gewürdigt hatte, wandte er sich den Gräbern zu und versuchte, die Friedhofskarte aus dem Internet mit der Realität übereinzubringen. Das war gar nicht so leicht, denn auf dem Plan waren die Grabstätten in geraden Reihen dicht nebeneinander eingezeichnet, während sie in Wirklichkeit eher verstreut wirkten. Vielleicht lag das daran, dass manche nicht mit Kreuzen oder traditionellen Grabsteinen versehen waren.

Auf der Homepage des Friedhofs gab es neben der Karte auch ein Verzeichnis über die Verstorbenen, darunter seine Schwester Salvör. Sein Vater lag ebenfalls auf diesem Friedhof. Es war erst zwei Jahre her, seit Kolbeinn und er vor seinem Grab gestanden hatten, während der Sarg hinuntergelassen wurde. Außer ihnen war niemand dabei gewesen, die Beerdigung hatte in aller Stille stattgefunden. Das war zwar nicht der ausdrückliche Wunsch ihres Vater gewesen, aber sie hatten es als passend empfunden, weil er so gut wie keine Freunde gehabt hatte.

Bei der Beerdigung hatten sie nicht auf die umliegenden Gräber geachtet, deshalb war Hjörvar davon ausgegangen, dass Salvörs Grab neben dem ihres Vaters lag. Als er sich die Karte im Internet anschaute, war er überrascht, dass die beiden Gräber ein ganzes Stück voneinander entfernt waren. Er kannte sich zwar nicht besonders gut mit Friedhofsordnungen aus, wusste aber immerhin, dass man neben den zuerst Verstorbenen Ruhestätten für nahe Verwandte freihalten konnte. Das war bei Salvörs Tod nicht gemacht worden.

Er hatte zwar keinen Anhaltspunkt dafür, ging aber davon aus, dass seine Eltern nicht so weit in die Zukunft gedacht hatten. Dafür waren sie zu erschüttert gewesen. Niemand sollte sein eigenes Kind beerdigen müssen.

Hjörvar beschloss, zuerst zum Grab seines Vaters zu gehen. Er würde nicht noch einmal herkommen und hatte genug Zeit. Er fand es ohne Schwierigkeiten. Es war auffällig, allerdings nicht im positiven Sinn. Trotz des Schnees, der alles überdeckte, ließ sich nicht verleugnen, dass das Grab wesentlich schlechter gepflegt war als die umliegenden Gräber.

Das Kreuz, das die Brüder spontan ausgesucht hatten, stand schief. Eine gleichmäßige Schneedecke lag auf dem Grab, was erahnen ließ, dass sich darunter nur der nackte Erdboden befand. Auf anderen Gräbern gab es Hügelchen, unter denen sich Blumengebinde, Vasen oder andere von liebenden Angehörigen hinterlassene Gegenstände versteckten. Bei Hjörvars Vater gab es nichts dergleichen. Keine fürsorglichen Familienmitglieder, keine guten Freunde. Sein Vater hatte sich dafür entschieden, sein Leben größtenteils alleine zu fristen, ohne viel Kontakt zu anderen Menschen.

Was für eine erbärmliche Vorstellung, dass das im Grunde auch auf Hjörvar zutraf. Auch ihn erwartete ein solches Grab, um das sich keiner kümmern würde. Während er das triste Grab anstarrte, wurde ihm bewusst, dass er sich genau das wünschte. Das wäre ihm viel lieber, als wenn seine Kinder an seinem Grab stehen und Tränen der Reue vergießen würden. Sie waren nicht schuld an ihrem miserablen Verhältnis, und er hoffte, dass sie das auch nach seinem Tod nicht anzweifeln würden. Angesichts Ágústas Wut und Njörðurs Chaos war davon zumindest nicht auszugehen.

Mit seinen eigenen Gefühlen für seinen Vater war es genauso. Er gab sich nicht selbst die Schuld. Im Gegenteil. Ihm war vollkommen klar, dass sein Vater keinen engen Kontakt zu seinen

Söhnen gewollt hatte. Er hatte als Kapitän immer auf Schiffen gearbeitet, die lange unterwegs waren. Wenn er nach der Scheidung Landurlaub hatte, dachte er sich die absurdesten Vorwände aus, damit seine Söhne ihn nicht in Höfn besuchten. Mit der Zeit gewöhnten sie sich daran, dass sie von ihrem Vater nichts anderes erwarten konnten als Geldgeschenke zu Geburtstagen und zu Weihnachten. Darüber hinaus bekamen sie von ihm und ihrer Familie väterlicherseits nicht viel mit.

Ein gleichgültiger Vater und eine distanzierte Mutter. Hjörvar war seinem Bruder dankbar dafür, dass er ihn angespornt hatte, etwas über den Tod ihrer Schwester herauszufinden. Nach all dieser Zeit bekamen sie endlich eine Erklärung dafür, warum ihre Eltern ihnen so wenig Zuneigung entgegengebracht hatten. Hjörvar dachte an die Worte des alten Nachbarn. Ihre Eltern waren nach dem Verlust ihrer Tochter nie mehr dieselben gewesen.

Hjörvar bückte sich und rückte das Kreuz gerade. Auf dem weißen Schild standen nur der Name, das Geburts- und Todesdatum seines Vaters. Als die Brüder das Kreuz vor zwei Jahren gekauft hatten, waren sie gefragt worden, ob sie nicht noch etwas hinzufügen wollten, »In ewigem Gedenken« oder »Ruhe in Frieden«, aber das hatten sie abgelehnt. Die Beerdigung hatte nicht viel gekostet, was weder an Geldmangel noch an Sparsamkeit lag. Ihr Vater hatte im Lauf seines Lebens nicht viel ausgegeben, weil er die meiste Zeit auf See war, und ihnen ein recht hohes Erbe hinterlassen. Es hätte locker für eine stattliche Beerdigung gereicht, aber das wäre einfach unpassend gewesen.

Die Abwicklung der Erbschaft war genauso unaufgeregt verlaufen wie die Beerdigung. Die Besitztümer und Aktien wurden verkauft und deren Gegenwert zusammen mit dem beträchtlichen Kontoguthaben durch zwei geteilt. Hjörvar zahlte seine

Eigentumswohnung in Reykjavík ab und schenkte seinen Kindern den Rest. Obwohl es sich um höhere Summen handelte, reichte das nicht, um seine Tochter zu besänftigen und seinen Sohn auf den richtigen Weg zu bringen. Geld war ein schlechtes Pflaster für Verletzungen.

Mit dem geraden Kreuz sah das Grab schon besser aus, aber Hjörvar verspürte keine Sehnsucht nach seinem Vater und keine Trauer über seinen Tod. Mit dem schiefen Kreuz hatte das Grab ihn sogar etwas mehr gerührt.

Es gab keinen Grund, noch länger herumzustehen und das Grab anzuglotzen. Hjörvar hatte keinen Bezug zu seinem Vater zu dessen Lebzeiten gehabt – warum dann nach seinem Tod? So war es auch mit seiner Schwester, die er gar nicht gekannt hatte. Trotzdem ging Hjörvar zu Salvörs Grab. Vielleicht würde es ihn ja doch anrühren. Seine Schwester hatte ihn schließlich nie enttäuscht, so wie sein Vater. Vielleicht weil ihr dafür keine Zeit geblieben war.

Das Grab überraschte Hjörvar, aber die Stelle stimmte mit der im Internet überein. Er beugte sich runter, wischte den Schnee von dem Grabstein und las die Inschrift. Auf dem Stein standen der Name seiner Schwester und ihre Geburts- und Todesdaten, die mit dem übereinstimmten, was Kolbeinn herausgefunden hatte. Unter der Inschrift war ein Verweis auf eine Bibelstelle: Lukas 23,34.

Hjörvar stellte sich vor das Grab und musterte es genauer. Er hatte sich nicht getäuscht. Das Grab war in einem bemerkenswerten Zustand. Es war gut gepflegt, neben dem Grabstein ragte eine Vase aus dem Schnee, zwar ohne Blumen, aber sie konnte auf keinen Fall seit der Beerdigung dort stehen. Salvör war vor über einem halben Jahrhundert gestorben, eine Keramikvase wäre in der Zwischenzeit längst zerbrochen oder weggerollt.

Seine Mutter konnte die Vase nicht auf das Grab gestellt haben. Sie war nie mehr in den Osten gefahren, nachdem sie nach der Scheidung mit ihren Söhnen in die Stadt gezogen war. Also musste sich sein Vater bis zu seinem Tod um das Grab gekümmert haben. Die Vase konnte durchaus zwei Jahre alt sein. Das erklärte allerdings nicht die Weihnachtsdekoration: ein Kreuz mit Leuchtdioden, die das Grab in der Adventszeit anstrahlten. Seit dem Tod seines Vaters war zweimal Weihnachten gewesen. So lange konnte das Kreuz nicht dort stehen.

Hjörvar fiel auf, dass das Grab daneben auch mit einem solchen Kreuz geschmückt war. Wurden auf dem Friedhof in Höfn automatisch solche Kreuze auf alle Gräber gestellt? Er hatte sie sonst nirgendwo gesehen, das konnte also nicht die Erklärung sein. Es sei denn, man hatte vergessen, diese beiden zu entfernen.

Hjörvar war in Gedanken vertieft und merkte nicht, dass er nicht mehr allein war. Bis ihm jemand sanft auf die Schulter tippte.

Er erschrak nicht. Wahrscheinlich hatte er in der letzten Zeit so viel erlebt, dass ihn nichts mehr schockte. Er drehte sich langsam um und blickte in das Gesicht eines jungen Mannes in einem Anorak, der sich als der hiesige Pfarrer vorstellte. Hjörvar nannte seinen Namen, und sie gaben sich die Hände.

Der Pfarrer, der das Begräbnis seines Vaters abgehalten hatte, war wesentlich älter gewesen, schon recht gebrechlich und so heiser, dass er kaum noch psalmodieren konnte. Dieser Mann musste sein Nachfolger sein.

»Bitte entschuldigen Sie meine Aufdringlichkeit, aber Sie sind mir aufgefallen, als ich gerade in die Kirche gehen wollte, und da dachte ich, ich begrüße Sie mal. Ich glaube, wir kennen uns noch nicht. Willkommen in der Gemeinde, falls Sie neu hergezogen sind. Möchten Sie nicht mal zur Messe kommen? Ich weiß selbst, wie schwierig es ist, an einen neuen Ort zu ziehen. Ich habe mich nach fast zwei Jahren noch nicht richtig hier eingelebt.«

Um die Einladung zur Messe nicht ablehnen zu müssen, erzählte Hjörvar dem Pfarrer, warum er nach Höfn gezogen war. Er erzählte ihm auch von seiner Verbindung zu dem Ort und dass sein Vater auf diesem Friedhof beerdigt sei. Dabei erwähnte er nicht, dass er auch eine Schwester hatte, die hier ruhte. Der Pfarrer fragte ihn, wann sein Vater gestorben sei, und wie Hjörvar vermutet hatte, war es kurz vor seinem Amtsantritt gewesen.

Das Thema hatte sich schnell erschöpft, und Hjörvar wollte langsam wieder gehen. Bevor er sich verabschieden konnte, kam der Pfarrer jedoch auf etwas anderes zu sprechen: »Darf ich fragen, welche Verbindung Sie zu diesem Grab haben? Es ist lange her, seit es jemand besucht hat.«

Angesichts dessen, dass der Mann erst seit knapp zwei Jahren Pfarrer in Höfn war, fand Hjörvar die Formulierung seltsam. Viele, die hier ruhten, waren vor Jahrzehnten gestorben, und ihre Gräber wurden bestimmt nicht mehr oft besucht. »Da liegt meine Schwester. Sie starb als Kind. Ich kann mich kaum an sie erinnern.« Er wollte nicht die ganze Wahrheit sagen, das ging den Pfarrer nichts an.

Der Mann nickte. »Ich verstehe.« Er zeigte auf ein Grab mit einem ziemlich neuen Grabstein. Zwischen diesem und Salvörs Grab befand sich das zweite Grab mit einem Leuchtdiodenkreuz. »Die Frau, die dort ruht, kümmerte sich jahrelang um das Grab Ihrer Schwester. Seit ihr Mann neben Salvör beerdigt wurde und bis sie selbst starb. Es gibt nur wenige Gräber, die so hingebungsvoll gepflegt werden. Sie kam in all den Jahren jede

Woche her. Schade, dass Sie sie nicht mehr kennenlernen konnten. Sie verstarb letzten Herbst.«

Hjörvar betrachtete die drei Gräber, das von Salvör und die des Ehepaars. Er konnte die Namen aus der Entfernung nicht lesen, aber es war unwahrscheinlich, dass er sie kannte. »Kannte die Frau meinen Vater oder meine Mutter? Ich habe kaum Kontakt zu meiner Familie hier im Osten oder zu den Freunden meiner Eltern von früher, als sie noch beide in Höfn wohnten.«

Der Pfarrer schüttelte den Kopf. »Nein. Nachdem ich sie einmal angesprochen hatte, freundeten wir uns an. Sie sagte, das bereite ihr keine Mühe. Das Grab ihres Mannes war so gut gepflegt, dass der Vergleich sie traurig machte. Deshalb kümmerte sie sich um beide Gräber. Sie meinte, seit sie das mache, fühle sie sich viel besser. Der Geist der Verstorbenen habe sich verändert und sei jetzt friedlicher.«

»Der Geist?« Worauf wollte der Mann hinaus? Hjörvar hoffte, dass er mit seiner Frage keinen religiösen Vortrag provoziert hatte. Er war nicht gläubig und würde dazu nichts sagen können.

»Na ja, sie behauptete, das Grab habe eine unangenehme Atmosphäre ausgestrahlt, bis sie begann, sich darum zu kümmern. Sie habe sich vorher immer unwohl gefühlt, wenn sie das Grab ihres Mannes besuchte.« Der Pfarrer lächelte. »Ich denke, das hing mit dem plötzlichen Tod ihres Mannes zusammen. Die Trauer ist am Anfang sehr schmerzhaft, dann gewöhnt man sich allmählich an die Veränderung und fühlt sich wieder besser. Vielleicht hat das ungepflegte Grab sie daran erinnert, wie schnell man Menschen vergisst. Deshalb ging es ihr besser, als sie begann, es zu pflegen.«

»Mein Vater hat sich also nicht um das Grab gekümmert?« Hjörvar verwunderte das nicht, und er fand es auch nicht schlimm. Überhaupt nicht. Wenn sein Vater das Grab seiner Tochter nicht gepflegt hatte, musste er kein schlechtes Gewissen haben, weil er das Grab seines Vaters nicht pflegte.

»Meines Wissens nicht. Aber Ihre Mutter kümmerte sich darum, als sie noch hier wohnte. Das hat mir die Frau erzählt. Nachdem sie weggezogen war, verwahrloste es. Der Ehemann dieser Frau starb einige Jahre nach der Trennung Ihrer Eltern, da muss das Grab sehr ungepflegt gewesen sein.« Der Pfarrer löste den Blick von Hjörvar und betrachtete die drei Gräber. »Das Gedenken der Menschen an die Verstorbenen kann sehr unterschiedlich sein. Nicht alle gehen dazu auf einen Friedhof.«

»Ja, das stimmt.« Hjörvar hoffte, dass der Pfarrer ihn nicht für einen Menschen hielt, der gern Gräber dekorierte. Dann musste er ihn enttäuschen, denn er würde bestimmt nicht noch mal herkommen. Während ihrer Unterhaltung hatte ihn ein unheimliches Gefühl beschlichen. Er verspürte den starken Drang, von hier wegzukommen, und meinte plötzlich, die Frau zu verstehen.

Der Pfarrer betrachtete weiter die Gräber. »Das Traurige ist, dass jetzt niemand das Grab der Frau pflegt. Und natürlich auch nicht die beiden anderen.« Der Pfarrer bückte sich und rückte die Leuchtdiodenkreuze auf Salvörs Grab und auf dem Grab des Ehemanns wieder gerade. »Das wird wohl die letzte Dekoration auf diesen Gräbern sein. Sie hat die Kreuze im Herbst aufgestellt, kurz bevor sie starb. Sie war krank und wusste, dass sie es nicht mehr bis zur Adventszeit schaffen würde.«

Hjörvar merkte, dass es ihm langsam zu viel wurde. Wenn der Pfarrer so weitermachte, würde er sich doch noch für alle drei Gräber verantwortlich erklären.

Er entschuldigte sich, er habe es eilig, verabschiedete sich hastig und ging Richtung Tor. Auf dem kurzen Wegstück war es

ihm unangenehm, dem Grab seiner Schwester den Rücken zu-
zukehren. Er meinte zu hören, wie sie ihm hinterherschrie. Ein
qualvolles Schreien, ein Echo aus der Vergangenheit, genau wie
gestern, als er mit dem alten Mann im Altenheim telefoniert
hatte.

Die Schreie seiner Schwester wurden so gellend laut, dass sie
das Quietschen des Friedhofstors übertönten. Hjörvar erinnerte
sich daran, dass er sich als Kind die Ohren zugehalten hatte. Ihr
Äußeres sah er nicht vor sich, aber die Schreie hallten in seinem
Kopf, als stünde Salvör mit weit aufgerissenem Mund neben
ihm.

Er ging schneller. Was sollte er tun, wenn er dieses schnei-
dende Geräusch nicht mehr loswürde? Er kannte einen Mann,
der ein chronisches Rauschen im Ohr hatte und in Erwägung
zog, sein Gehör zerstören zu lassen. Hjörvar hatte das nicht
nachvollziehen können und den Mann für verrückt gehalten.
Jetzt verstand er ihn.

Seine Befürchtungen waren unnötig. Die Schreie wurden leiser, je weiter er sich vom Friedhof entfernte, und verklangen
dann ganz. Doch die Frage, auf die er wahrscheinlich nie eine
Antwort bekäme, ging ihm nicht mehr aus dem Kopf: Was war
mit seiner Schwester los gewesen? Kein Kind schrie so ohne
Grund.

21. KAPITEL

Die Schönheit des Tages stand in absolutem Widerspruch zur Tragik der Situation. Kein Lüftchen wehte, und die Sonne strahlte vom blauen Himmel. Das gute Wetter war hilfreich, aber Jóhanna hätte es passender gefunden, wenn es dicht bewölkt und düster gewesen wäre. Doch das Wetter scherte sich nicht um die Pläne der Menschen. Es machte sich einen Spaß daraus, Gartenfeste und Musikfestivals mit Regen und Sturm zu behindern, und boykottierte mit besonderem Vergnügen die Festivitäten zum Nationalfeiertag am 17. Juni. Jóhanna hatte das Gefühl, als würde das friedliche Winterwetter sie verhöhnen. Es verschwendete einen wunderschönen Wintertag an ein Horrorszenario.

Jóhanna rückte die Schneebrille auf der Nase zurecht. Die gnadenlose Helligkeit brannte in den Augen. Sie war froh, dass sie gestern Abend nichts getrunken hatte, sonst hätte sie bestimmt schreckliche Kopfschmerzen. Es reichte schon, dass sie körperlich erschöpft war, unter Schmerzen litt und schlecht geschlafen hatte. Dazu noch die seelische Belastung der Suche. Sie konnte einfach nicht mehr.

Geiri hatte sich gestern Abend geweigert, über die sonderbaren Ereignisse zu reden. Er stritt es einfach ab, unter der Bettdecke eine Berührung wahrgenommen zu haben, und behauptete, er habe geträumt. Jóhanna hatte ihn nicht weiter bedrängt. Er brauchte seinen Schlaf, und sie wollte die Sache am nächsten Morgen noch einmal ansprechen. Doch als sie aufwachte, war sie sich nicht mehr so sicher. Im Dunkeln war sie fest davon überzeugt gewesen, etwas gespürt zu haben, aber als sie aufstand, kamen ihr Zweifel. Die wurden im Lauf des Tages immer größer, und inzwischen war sie sich sicher, dass die eiskalten Finger auf ihrem Rücken nur von falschen Nervenimpulsen herrühren konnten und dass Geiri geträumt haben musste. Reiner Zufall, sonst nichts. Das machte den Tag erträglicher, und sie gingen beide zur Arbeit, als wäre nichts geschehen.

Auf der Arbeit dachte Jóhanna nicht viel über die Suche nach und konzentrierte sich auf ihre Aufgaben. Sie rechnete nicht so schnell damit, zu einem Einsatz gerufen zu werden. Der Standort war bekannt, deshalb brauchte man nicht viele Leute. Einige waren vorausgeschickt worden, um abzuchecken, ob sich der Verdacht bestätigte. Falls es sich um eine neue Leiche handelte, würden weitere Rettungswachtleute einbestellt. Als Jóhanna gegen Mittag den Hubschrauber hörte, wusste sie, dass es so weit war.

Kurz darauf bekam sie eine SMS mit der Ankündigung einer erneuten Suche. Die Gegend um den Fundort der Leiche musste durchkämmt werden. Falls es weitere Tote gab, wollte man sie alle gleichzeitig finden und nicht einzeln wie beim letzten Mal. Eine Suchaktion würde das zwar nicht garantieren, aber immerhin die Wahrscheinlichkeit erhöhen. Alle Rettungswachten dieser Welt würden es nicht schaffen, das gesamte weitläufige Gebiet komplett abzusuchen – selbst wenn sie dafür ein Jahr Zeit hätten und kein Schnee läge. Im Hochland waren schon oft Menschen verschollen und nie gefunden worden.

Allerdings hätte es einfacher sein müssen, das Auto zu finden, mit dem die Wanderer hochgefahren waren. Menschen konnten sich schnell verirren, aber Fahrpisten gab es nicht viele. Außerdem lag nicht genug Schnee, um einen Jeep zu verschlucken. Man hatte aus der Luft weiter gesucht, aber nichts entdeckt, was Ähnlichkeit mit einem Auto hatte. Deshalb ging man davon aus, dass die Wanderer im Hochland abgesetzt worden waren.

Geiri hatte beim Frühstück erzählt, dass eine Suchmeldung nach dem Fahrer rausgegeben werden sollte, und Jóhanna hatte sie in der Kaffeepause im Internet gesehen. Sie las auch einen Artikel über den Fall, zwei längere Absätze über den tragischen Tod der vier Wanderer. Viel Text mit wenig Informationsgehalt. Hätte Jóhanna ihn geschrieben, hätte er gelautet: *Vier Reykjavíker wurden tot in Lónsöræfi gefunden. Über den Zweck der Tour und die Hintergründe ihres Todes ist nichts bekannt.*

Laut Geiri würde die Presse bald mehr Informationen bekommen. Sobald die letzte Obduktion abgeschlossen war und alle Leichen identifiziert wären, sollten die Namen der Toten bekannt gegeben werden. Vielleicht würde sich dann jemand melden, mit dem die Wanderer vorher über die Tour gesprochen hatten.

Jóhanna ging davon aus, dass es auf die Suchmeldung nach dem Fahrer ebenfalls Rückmeldungen geben würde. Schließlich handelte es sich nicht um ein Verbrechen, und der Fahrer hatte nichts zu befürchten. Möglicherweise waren es auch zwei gewesen. Wenn die Wandergruppe aus fünf Personen bestanden hatte, waren sie entweder mit einem großen oder zwei kleinen Autos hochgebracht worden. Was die Chance, dass sich jemand melden würde, verdoppelte.

Jóhanna stapfte weiter und rammte die Sondierstange in den tiefen Schnee. Wieder glitt sie leicht hinein, Jóhanna machte den nächsten Schritt und wiederholte das Spiel. Neben ihr gingen die Kollegen von der Rettungswacht. Die Reaktionen auf den Aufruf waren gut gewesen, und alle, die die Möglichkeit hatten, waren gekommen. Sie wollten ihren Teil dazu beitragen, dass dieser Horror endlich ein Ende nahm. Je eher man alle Leute fand, desto besser.

Das war auch einer der Gründe, warum Jóhanna zugesagt hatte. Einer der Gründe. Da war auch noch dieses mulmige Gefühl. Als sie den Hubschrauber gehört hatte, war ihr klar geworden, dass Geiri spät nach Hause kommen würde. Sie wäre nach der Arbeit alleine gewesen, vielleicht bis spät in die Nacht. Da wollte sie lieber mit der Rettungswacht unterwegs sein und etwas zu tun haben – selbst etwas so Deprimierendes wie die Suche nach Leichen.

Ihr Chef hatte ihr erlaubt zu gehen, wenn auch widerwillig, denn ihre neue Kollegin in der Qualitätskontrolle war immer noch nicht richtig in der Lage, sie zu vertreten, und es wurde eine große Menge Fisch erwartet. Am liebsten hätte er sich quergestellt, aber er wollte auch gesellschaftliche Verantwortung demonstrieren und hatte sie dann doch gehen lassen. Jóhanna vermisste ihre ehemalige Kollegin und deren tatkräftige Unterstützung.

Auf dem Nachhauseweg hatte sie noch schnell versucht, ihre Freundin Dísa anzurufen, um ihr zum Geburtstag zu gratulieren. Eigentlich wollte sie das abends in aller Ruhe machen, aber sie würde erst spät zurück sein und konnte aus dem Suchgebiet nicht telefonieren. Dort gab es nur eine Verbindung über Tetra-Funk. Aber Dísa ging nicht ran, und Jóhanna hinterließ ihr eine Nachricht auf der Mailbox. Dabei versuchte sie, fröhlich zu klingen, was ihr nicht richtig glückte. Sie war bedrückt und hatte überhaupt kein Schauspieltalent. Dísa würde sofort merken, dass etwas nicht stimmte. Aber das ließ sich nun mal nicht ändern, und Jóhanna eilte nach Hause, um sich umzuziehen.

Geiri war nicht begeistert, als sie im Suchgebiet auftauchte. Er hatte ihr am Morgen eingeschärft, sich auf der Arbeit zu schonen, weil sie immer noch humpelte, und sie hatte es ihm versprochen. Er war gar nicht darauf gekommen, dass sie sich freiwillig für die Suche melden könnte, deshalb hatte sie auch kein Versprechen gebrochen. Sie würde ihm das alles später erklären.

Auch dem Verantwortlichen für den Transport der Rettungsleute ins Suchgebiet war aufgefallen, dass Jóhanna leicht humpelte. Als die Autos nicht mehr weiterkamen, ließ er sie hinten auf einem der Motorschlitten mitfahren, ohne ein Wort darüber zu verlieren. In manchen Situationen hätte ihr Stolz ihr das verboten, aber jetzt war es okay. Sie war froh über die Mitfahrgelegenheit, und die Schmerzen in den Beinen besserten sich ein wenig. Sie musste nur ein kurzes Stück bis zum Fundort der Leiche laufen und wurde für die Gruppe eingeteilt, die die nähere Umgebung absuchen sollte.

Während Jóhanna mit der Sondierstange durch den Schnee watete, blickte sie immer wieder rüber zu der Stelle, wo die Leiche ausgegraben wurde. Es hatte sich herumgesprochen, dass es eine Frau war. Demnach waren zwei Männer und drei Frauen gestorben, ein Verlust, der weitreichenden Einfluss haben würde, auch über die Angehörigen hinaus. Wer eine gefährliche Wanderung plante, würde in Zukunft vorsichtiger sein, sich besser vorbereiten und seine Pläne im Voraus bekannt geben. Zumindest für eine gewisse Zeit. Später würde alles wieder so laufen wie vorher, außer bei den Familien und Freunden der Verstorbenen, deren Leben nie mehr dasselbe sein würde.

In diesem Moment rief eine Kollegin, sie sei auf etwas gestoßen. Man unterbrach die Suche und überprüfte, ob es sich um einen Stein oder etwas anderes handelte, aber es war ein Fels, und die Suche ging weiter. Ein Schritt vor, stochern, ein Schritt vor, stochern.

Als der Suchtrupp am Ende des zugeteilten Felds angekommen war, schlug der Gruppenleiter vor, eine Kaffeepause zu machen, bevor sie mit dem nächsten Feld begännen. Niemand protestierte, und alle gingen zu dem großen Zelt, das als Basisquartier diente.

Heißer Kaffee war eine willkommene Abwechslung, außerdem konnte man die kalten Hände aufwärmen. Noch immer hatte die Menschheit keine tauglichen Handschuhe erfunden, die wirklich warm hielten – obwohl sie zum Mars fliegen wollte.

Als Geiri in der Zelttür erschien und Jóhanna zunickte, löste sie sich von der Gruppe, folgte ihm nach draußen und rechnete damit, dass er besorgt wäre, weil sie dem Einsatzruf gefolgt war. Aber er hatte ein anderes Anliegen. »Bist du okay?« Seine Stimme klang weder vorwurfsvoll noch überfürsorglich, was sie auch auf keinen Fall gewollt hätte.

»Ja, alles gut«, antwortete Jóhanna ehrlich. Die körperliche Erschöpfung und die Schmerzen waren nicht schlimm. Beides war nur ein vorübergehender Zustand, anders als der Verlust eines geliebten Menschen.

»Ich habe eine Bitte an dich.« Geiri schaute sie eindringlich an, und ihr fielen die dunklen Augenringe in seinem geröteten Gesicht auf. »Du kannst auch nein sagen, das ist kein Problem.«

»Was soll ich machen?«, fragte Jóhanna nichtsahnend.

»Wir haben die Frau fast ausgegraben. Sie wird gleich auf die Trage gehoben und nach Reykjavík geflogen.« Geiri blickte zum Fundort, wo auch ihre Gäste von gestern Abend standen. »Kannst du dir kurz die Leiche anschauen?«

»Die Leiche anschauen?«

»Ja, nur ganz kurz.«

»Warum?«

»Ich will wissen, ob du die Tote kennst.« Geiri wischte sich mit dem Ärmel seines Anoraks einen Tropfen von der Nasenspitze. »Sag einfach, wenn dir das zu viel ist. Du musst nicht.«

Jóhanna hätte am liebsten nein gesagt. Das Letzte, was sie in diesem Moment gebrauchen konnte, war, das Gesicht einer toten Frau zu sehen. Aber Geiri hätte sie nicht darum gebeten, wenn es nicht wichtig wäre. Nach einer kurzen Pause sagte sie: »Ja, ich bin bereit.«

»Ganz sicher?« Geiri trat zögernd von einem Bein aufs andere, damit rechnend, dass sie doch noch einen Rückzieher machen würde. »Die Leiche sieht schlimm aus.«

Jóhanna holte tief Luft. »Ganz sicher. Aber sag mir eins.« Sie blickte zu den Leuten, die die Leiche ausgruben. »Was glaubst du, wer es ist? Kenne ich sie?« Sie hoffte, dass er verneinen würde. Entgegen aller Vernunft. Schließlich würde er sie nicht bitten, eine Frau zu identifizieren, die sie gar nicht kannte. Falls es sich um eine Prominente handelte, würden genug andere Leute sie erkennen. Durch Jóhannas Kopf wirbelten Freundinnen, Verwandte und Bekannte. Sie wollte von keiner von ihnen mit gebrochenen Augen aus der Schneegrube angestarrt werden. Und wenn, dann wollte sie darauf vorbereitet sein. Wer hatte in den letzten Tagen nichts in den sozialen Medien gepostet? Warum war ihre Freundin Dísa am Morgen nicht ans Telefon gegangen? Ihr Herz schlug schneller. »Wer ist es, Geiri?«

»Das kann ich dir nicht sagen. Es würde deine Reaktion beeinflussen, und vielleicht liege ich auch falsch. Du musst dir die Tote unvoreingenommen ansehen. Man lässt sich leicht verwirren und sieht das, was man glaubt zu sehen. Ihr Gesicht ist entstellt.«

Jóhanna atmete noch einmal tief durch die Nase ein. Nach dieser Beschreibung wollte sie die Tote noch weniger sehen. »Wann?« Sie las die Antwort an Geiris Gesicht ab. »Jetzt?«

Er nickte. »Trink noch in Ruhe deinen Kaffee aus.«

Jóhanna hob mit zitternder Hand den Becher an die Lippen. Das Zittern kam nicht von der Kälte. Sie trank einen Schluck, aber der Kaffee schmeckte nicht mehr so gut wie im Versorgungszelt. Am besten, sie brachte es hinter sich. »Ich bin bereit.«

Geiri warf ihr einen ermutigenden Blick zu. »Es geht ganz schnell.«

Sie stapften zusammen zu dem Schneeloch. Wahrscheinlich wussten die anderen von Geiris Vermutung, dass sie die Tote kannte. Sie blickten ihr entgegen und traten zur Seite, um ihr Platz zu machen. Jóhanna wünschte sich, Geiri hätte es ihnen nicht gesagt, aber das wäre natürlich nicht gegangen. Einer der Reykjavíker hätte garantiert protestiert, wenn er seine Ehefrau angeschleppt hätte, um ihr ohne triftigen Grund die Leiche zu zeigen.

Ihre größte Angst war, dass es sich um jemanden handelte, den sie sehr mochte. Jóhanna biss die Zähne zusammen und trat näher. Geiri stellte sich dicht neben sie. Sie berührten sich nicht, obwohl Jóhanna am liebsten seine Hand gedrückt hätte. Sie atmete bewusst ein und aus und schaute in das Loch.

Ein Schauer kroch über ihren Rücken, und sie bekam eine Gänsehaut. Für einen kurzen Moment schloss sie die Augen, und bereitete sich darauf vor, noch einmal genauer hinzuschauen. Dann atmete sie aus und öffnete die Augen wieder.

In dem Schneeloch lag eine Frau auf dem Rücken. Ihr Arm ruhte auf einem großen Bruchstein und streckte sich zum Himmel. Die Finger waren verkrampft, die Hand erinnerte an eine Spinne. Diese Hand hatte aus dem Schnee geragt.

Die Frau war nicht halbnackt wie die Leichen, die Jóhanna aus der Ferne gesehen hatte. Sie war schlank, wirkte relativ jung und trug ein dünnes langärmeliges Oberteil, Jeans und Turnschuhe, die noch nicht gänzlich vom Schnee befreit waren. Ihre Kleidung passte nicht an diesen Ort, sie trug weder eine Jacke noch eine Mütze, Handschuhe oder einen Schal. Es wirkte fast so, als wäre sie aus einem Flugzeug gefallen.

Jóhanna betrachtete das gefrorene Gesicht und die dunkelblonden Haare, die in vereisten Locken auf den Wangen lagen. Ihr Mund war weit geöffnet, so als hätte sie im Moment ihres Todes um Hilfe gerufen. Jóhanna konnte den Blick nicht von der schwarzen bodenlosen Mundhöhle abwenden. Um den Mund herum war dunkle Schmiere, als hätte sie kurz vor ihrem Tod Schokoladentorte gegessen wie ein kleines Kind. Jóhanna erschauerte. Der Mund war nichts im Vergleich zu den Augen. Auch sie waren weit offen, tiefe Löcher in einem farblosen Gesicht.

Jóhanna hatte das unwirkliche Gefühl, am Rand eines eisigen Grabs zu stehen und in eine entsetzliche Todesfratze zu starren. Sie schloss noch einmal die Augen, zählte im Geiste bis zehn, konzentrierte sich und schaute noch einmal hin. Sie war hier, um die Leiche zu identifizieren. Kannte sie diese entstellte Frau? Sie zwang sich, das Horrorbild genau zu betrachten. Nein, sie wusste nicht, wer diese Frau war. Jóhanna schüttelte den Kopf, doch da erkannte sie plötzlich das entstellte Gesicht, und die Frau stand lebendig vor ihr. Sie drehte sich zu Geiri. »Ich weiß, wer das ist. Das ist Wiktoria. Meine ehemalige Kollegin.«

Jóhanna schlang die Arme um den Oberkörper. »Sie mochte keine Outdoor-Aktivitäten.«

22. KAPITEL

Lónsöræfi – in der letzten Woche

Agnes war endlich eingeschlafen, zermürbt von Sorge und Schmerzen, eingemummelt in Tjörvis Schlafsack und ihren Anorak, die Kapuze über den Kopf gezogen. Sie lag auf dem Rücken, um ihre Hand zu schützen, die fast nicht mehr wiederzuerkennen war. Ihr Gesicht war vom Heulen verquollen und sogar im Schlaf angstverzerrt. Ein schlimmer Anblick, dem Dröfn und Tjörvi nicht ausweichen konnten. Sie waren zu dritt in ihren voluminösen Outdoor-Klamotten in ein Zweipersonenzelt eingepfercht.

Dröfn war froh, als Agnes eingeschlummert war, denn sie war selbst ausgelaugt. Sie hatte sich bemüht, ihre Freundin aufzubauen, fand aber nicht die richtigen Worte und ertappte sich dabei, dass sie dieselben Sätze wiederholte: *Das wird schon wieder. Haukur weiß, was er tut. Er findet einen Unterschlupf. Bjólfur ist zäh.* Sie legte ihre ganze Überzeugung in ihre Stimme. Nicht nur für Agnes, sondern auch für Tjörvi und sich selbst.

Sie konnte ihre Freundin am ehesten trösten, wenn sie irgendeinen Schwachsinn faselte: *Das Wetter ist nur hier bei den Zelten so schlecht. Bei Bjólfur und Haukur ist kein Sturm. Am Gletscher stehen überall Hütten. Sie haben in einer Hütte Schutz gefunden. Sie haben eine Höhle gefunden, eine Eishöhle. Der Gletscher ist voller Höhlen.*

Wenn die Frauen allein gewesen wären, hätte Dröfn immer weitergemacht, nur damit es Agnes besser ging. Diese Litanei hatte sogar einen positiven Einfluss auf sie selbst, obwohl sie wusste, dass es Schwachsinn war. Aber Tjörvi warf ihr jedes Mal, wenn sie übers Ziel hinausschoss, einen Blick zu und schüttelte den Kopf. Falls Agnes seine Skepsis mitbekam, merkte man es ihr jedenfalls nicht an.

Tjörvi betrachtete die schlafende Frau und seufzte: »Sie kommen nicht zurück.«

Dröfn zischte ihn an, er solle leiser sprechen. Sie wollte nicht, dass Agnes aufwachte oder dass Tjörvis Prophezeiung in ihre Träume drang. Der Wind war so laut, dass sie nicht flüstern konnten, aber sie konnten wenigstens leise reden. »Sei doch nicht so pessimistisch. Du bist ja auch zurückgekommen. Bjólfur und Haukur können es auch schaffen. Agnes muss daran glauben. Und ich auch.«

»Sie kommen nicht zurück«, sagte Tjörvi mit der Gewissheit des Resignierten. Er sah noch schlimmer aus als Agnes. Die Eisklümpchen in seinem Bart und seinen Augenbrauen waren geschmolzen, aber seine feuerrote Nase und sein oberes Jochbein wurden dunkler und nahmen eine bläuliche Färbung an. Seine Lippen waren aufgerissen und fast weiß. Das seltsame Licht im Zelt machte alles noch schlimmer. Tjörvi sah fast aus wie ein Zombie.

Dröfn hatte ihren Schlafsack aufgezogen und Tjörvi um die Schultern gelegt. Nachdem er ins Zelt gekommen war, hatte sie ihn zuerst vom Schnee befreit, ihm seine Mütze ausgezogen und ihre aufgesetzt. Er zitterte so stark, dass er unfähig war, etwas zu machen. Dass er es geschafft hatte, den Reißverschluss des Zelts aufzuziehen, grenzte an ein Wunder. Dröfn zerrte die Handschuhe von seinen Händen. Seine Finger waren so stark geschwollen, dass sie ihre Handschuhe nicht drüberbekam, aber zum Glück hatte sie noch ein Paar Fäustlinge dabei und quetschte seine Hände hinein. Entsetzt bemerkte sie, das er dabei keine Schmerzen zeigte. Als sie ihn fragte, antwortete er, er spüre seine Hände nicht mehr.

So war es auch, als sie ihm die Schuhe auszog. Sie waren hart gefroren und gaben kaum nach. Dröfn musste sie erst kräftig kneten und schaffte es dann mit Mühe, sie von seinen Füßen zu zerren. Als sie die Wollsocken abstreifte, spürte sie, wie kalt Tjörvis Füße waren. Der Verkäufer, der die Schuhe in den höchsten Tönen angepriesen hatte, musste stark übertrieben haben. Tjörvis Füße sahen noch schlimmer aus als seine Hände, und es kostete Dröfn einige Überwindung, seine verletzten Zehen anzuschauen.

Sie kramte dünne Wollunterwäsche aus dem Rucksack, wickelte sie um seine Füße und hockte sich dann drauf. Obwohl sie eine dicke Skihose trug, spürte sie die Kälte an ihren Oberschenkeln. Mit dem Schlafsack um die Schultern hörte Tjörvi allmählich auf zu zittern. Dröfn half ihm aus dem Anorak und der Hose. Die Wärme im Zelt hatte die Sachen aufgetaut, und sie waren nass. Nass und kalt. Zum Glück war der dicke Pullover, den Tjörvi unter dem Anorak trug, noch trocken. Er hatte keinen zum Wechseln dabei.

»Erzähl mir noch mal, wie ihr voneinander getrennt wurdet.« Dröfn hatte ihn nicht danach fragen wollen, solange Agnes noch wach war. Am Anfang hatten sie Tjörvi kaum verstanden, weil seine Zähne so stark klapperten. Er stand unter Schock und redete unzusammenhängendes Zeug. Agnes fiel ihm ständig ins Wort, machte unsinnige Bemerkungen und stellte absurde

Fragen. Hatte Bjólfur seinen Anorak bis zum Hals zugezogen? Waren Haukur und Bjólfur zusammen weitergegangen oder jeder für sich? Sie betonte, Bjólfur sei nicht kälteempfindlich, und sagte immer wieder, er habe doch sein Handy dabei. Das hätte ihm anderswo in Island womöglich das Leben gerettet – aber hier bestimmt nicht.

Außerdem wollte Agnes unbedingt rausgehen und die Männer suchen. Das war das Einzige, worauf Tjörvi reagierte, und zwar mit einem klaren Nein. Das komme überhaupt nicht in Frage. Solange das Unwetter tobe, würden sie sich nicht von der Stelle bewegen. Er sagte nicht, dass weder Agnes noch er in der Lage waren, zu laufen. Wenn jemand rausgehen und nach den Männern suchen konnte, dann Dröfn. Sie war ihm unendlich dankbar, dass er das nicht vorschlug.

Jetzt konnte Tjörvi endlich reden, ohne unterbrochen zu werden, und ohne Zähneklappern. Er ließ den Kopf hängen und erzählte mit schleppender Stimme, was passiert war. Dröfn konnte nicht sehen, ob er dabei die Augen geschlossen hatte. Sie starrte auf seine aufgeplatzten Lippen und hoffte, etwas zu hören, das einen Funken Hoffnung gab.

Die Männer hatten das Messgerät nicht gefunden und waren immer weiter gelaufen. Als ihnen klar wurde, dass sie bald zurückmussten, teilten sie sich auf, um einen allerletzten Versuch zu machen, das Gerät zu finden. Dann brach das Unwetter über sie herein. Erst schneite es so dicht, dass die Sicht erheblich erschwert wurde. Dann begann es zu stürmen, und die Katastrophe nahm ihren Lauf. Tjörvi verlor die Orientierung und fand die anderen nicht mehr. Er sah seine eigene Hand nicht mehr vor Augen und wusste nicht, in welche Richtung Haukur und Bjólfur gegangen waren. Er rief nach ihnen, aber der Sturm tobte so laut, dass er sich selbst nicht hören konnte. Irgendwann gab er auf und lief in die Richtung, in der er die Zelte vermutete. Die Sicht war gleich null, er irrte ziellos umher und stieß am Ende rein zufällig auf das Camp.

Nachdem Tjörvi alles erzählt hatte, hockten sie stumm da und lauschten dem tosenden Wind. Die Zeltplane wölbte sich, und Dröfn hatte Angst, dass die heftigen Böen sie in Fetzen reißen würden. Was sollten sie dann machen?

Dröfn erschauerte, bei dieser Vorstellung wurde ihr noch kälter. Sie war die Einzige, die keinen Schlafsack hatte, um sich aufzuwärmen. Als Tjörvi merkte, dass sie zitterte, fixierte er sie und sagte eindringlich: »Du musst eine Sache machen, Dröfn.« Sein Tonfall ließ erahnen, dass sie von seinem Vorschlag nicht begeistert wäre. Sie schwieg beharrlich. Tjörvi legte seine eiskalte Hand in dem engen Fausthandschuh auf ihren Oberschenkel und wollte ihn drücken, aber ihm fehlte die Kraft. »Du musst rüber zu Agnes und Bjólfurs Zelt, ihre Schlafsäcke und die Taschenlampe holen. Hol alles, was wir brauchen können, um uns warm zu halten. Auch aus Haukurs Zelt.«

Dröfn schüttelte kaum merklich den Kopf. »Ich kann das nicht. Ich kann nicht da raus.«

»Du musst, Dröfn. Jetzt. Es ist nur eine Frage der Zeit, wann die anderen Zelte wegfliegen. Und dann ist es zu spät.«

Der Wind verstärkte sich, so als warte er nur darauf, sie mitreißen zu können, sobald sie sich aus dem Zelt wagte. »Und wenn ich weggeweht werde? Wenn ich mich auch verirre?«

»Du wirst nicht weggeweht. Wenn du Angst bekommst, dann kriech. Und du verirrst dich nicht. Die Zelte stehen direkt neben unserem. Ich würde dich nicht darum bitten, wenn ich es für gefährlich halten würde. Du schaffst das.«

»Aber …«

»Jetzt, Dröfn.«

Es gab keine andere Möglichkeit. Sie schluckte und zog ihren Anorak bis zum Hals zu. Dann schlüpfte sie in ihre Handschuhe, und weil sie keine Extramütze hatte, musste sie Tjörvi ihre wieder abnehmen.

»Nimm die Taschenlampe mit.« Tjörvi zeigte mit dem Kinn auf die Taschenlampe. »Agnes und ich können so lange im Dunkeln sitzen. Du brauchst sie eher.«

Dröfn nahm die Lampe und verdrängte die Tatsache, dass die Stärke des Lichtstrahls schon nachgelassen hatte. Sie krabbelte zum Zelteingang und griff nach dem Reißverschluss. Bevor sie ihn aufzog, drehte sie sich noch einmal um. »Ich muss dir noch was sagen. Ich hab nicht nur Angst vorm Wetter.« Sie erzählte ihm von ihrem Erlebnis in der Hütte. »Das war vielleicht doch nicht das Rentier hier bei den Zelten, als Agnes und ich allein waren. Sorry, ist bestimmt Schwachsinn, aber mich macht das alles total fertig.«

»Du brauchst dich nicht zu entschuldigen«, fiel Tjörvi ihr ins Wort. Er starrte auf den schwachen Schein der Taschenlampe. »Da draußen ist was. Ich weiß auch nicht, was. Aber da ist was. Etwas anderes als ein Rentier.«

Mit einer solchen Reaktion hatte Dröfn nicht gerechnet. Sie hatte gehofft, er würde ihre Befürchtungen im Keim ersticken und ihr die Angst nehmen. »Hast du was gesehen?«, fragte sie mit zitternder Stimme, kurz davor, loszuheulen. Sie schluckte die Tränen runter, sonst würden sie auf ihren Wangen gefrieren, sobald sie das Zelt aufmachte.

»Ja. Mich hat etwas verfolgt. Das war nicht Bjólfur oder Haukur.« Tjörvi schaute ihr in die Augen. »Und garantiert kein Rentier.«

»Verfolgt? Wohin? Hierher?«

Tjörvi antwortete nicht auf ihre Frage. »Ich habe Blut im Schnee gesehen. An zwei Stellen. Viel Blut. Keine Fußspuren. Nur große Blutflecken.«

»Blut? Von wem? Bjólfur? Haukur?« Dröfns letzter Hoffnungsfunke schwand, dass die beiden noch am Leben wären. »Wessen Blut?«

Tjörvi wich ihrem Blick aus und zuckte kaum merklich mit den Achseln. »Jetzt beeil dich. Du hast es ganz schnell hinter dir.«

Dröfn konnte eine Antwort nicht erzwingen. Sie zog den Reißverschluss auf, holte tief Luft und kroch aus dem Zelt. Während sie damit kämpfte, das Zelt wieder zuzumachen, konnte sie kaum aufrecht stehen, der Wind schmiss sie fast um. Harte Schneekörner prasselten aus allen Richtungen auf sie ein, krochen unter ihre Kapuze und stachen in ihre Augen. Sie kniff die Augen zusammen und hielt sich schützend den Arm vors Gesicht.

Zu Agnes' und Bjólfurs Zelt waren es nur wenige Meter. Ein paar große Schritte und sie wäre da. Sie musste nur kurz rein, alles Wichtige zusammensuchen und dann schnell zurück zu Tjörvi und Agnes. Das sollte reichen. Weiter zu Haukurs Zelt traute sie sich nicht.

Das würde bestimmt kein Problem sein. Und war trotzdem unüberwindbar. Dröfn schaffte es nicht, den ersten Schritt zu machen, aber der Wind nahm ihr die Entscheidung ab und stieß sie vorwärts. Sie stolperte noch zwei Schritte, fiel dann hin und bewegte sich kriechend weiter. So lief sie wenigstens nicht Gefahr, von einer Sturmbö umgerissen und in das weiße Schneegestöber hinausgeschleudert zu werden.

Auf allen vieren fühlte Dröfn sich etwas sicherer. Sie schwankte weniger, und die Schneekörner, die ihr in die Augen fegten, waren nicht ganz so hart. Sie robbte zu dem Zelt, kam auf die Knie, zog den Reißverschluss auf, was erstaunlich leicht war, und kroch hinein.

Keuchend wartete sie, bis sich ihr Herzschlag beruhigt hatte. Dann suchte sie alles zusammen, was sie tragen konnte. Sie stopfte die Schlafsäcke in die dünnen Schutzbeutel, packte die Taschenlampe dazu und zog die Rucksäcke heran. Ohne sich die Zeit zu nehmen, den Inhalt durchzusehen, stopfte sie alle Sachen aus dem einen Rucksack in den anderen, bis er fast platzte. Die Plastiktüte mit den Lebensmitteln konnte dableiben. Hunger war kein Problem – noch nicht.

Während sie sich den Rucksack über die Schulter schwang, meinte sie, draußen etwas zu hören, das nichts mit dem Wetter zu tun hatte. Sie erstarrte und lauschte konzentriert. Durch das Pfeifen des Windes und das Rascheln der Zeltplane drang ein Geräusch, das ihr das Blut in den Adern gefrieren ließ. Sie hatte diese merkwürdige Stimme schon einmal gehört. Panik überkam sie, ihre Sinne waren übersensibel, sodass sie jedes Detail in ihrer Umgebung wahrnahm. Sie blendete alles andere aus und konzentrierte sich nur noch aufs Hören. Die Kälte und körperliche Erschöpfung waren verschwunden. Das Einzige, was zu ihr durchdrang, war diese grauenhafte, sich wiederholende Bitte um Einlass.

Sie durfte auf keinen Fall nach Tjörvi rufen. Sie musste mucksmäuschenstill sein. Da war sie sich ganz sicher. Während sie sich bemühte, geräuschlos zu atmen, erkannte sie, woher die Stimme kam. Von der Seite, auf der Haukurs Zelt stand. Zu dem Gemurmel gesellte sich ein vertrautes Rascheln, wie wenn jemand ein Zelt durchwühlt.

Dröfn schoss durch den Kopf, dass es Haukur oder Bjólfur war, dass die beiden es geschafft und sich in das erstbeste Zelt geflüchtet hatten. Doch dieselbe Gewissheit, die ihr befahl, leise zu sein, sagte ihr, dass das nicht sein konnte. Sie hatte keinen Reißverschluss gehört, also war niemand in Haukurs Zelt gekrochen. Jedenfalls nicht, seit sie rausgegangen war. Außerdem konnten Haukur oder Bjólfur nicht so klingen. Es war eine Frauenstimme. Oder eine Kinderstimme. Vielleicht auch beides.

Als das scharfe Zurren eines Reißverschlusses von Haukurs Zelt herüberdrang, wäre Dröfn vor Angst fast gestorben. Sie schnappte sich die Schlafsäcke und hechtete zum Zeltausgang. Ohne zu Haukurs Zelt zu blicken, den Reißverschluss wieder zuzumachen oder den Rucksack richtig aufzusetzen, krabbelte sie so schnell sie konnte zurück. Die Taschenlampe fiel in den Schnee, sie hob sie wieder auf, dann rutschte ihr der Rucksack von der Schulter, und sie zerrte ihn neben sich her.

Während sie kroch, brüllte sie ihrem Mann zu: »Mach auf! Mach auf!«

Als sie das Zelt erreichte, war es noch geschlossen. »Mach auf, Tjörvi! Mach auf!«

»Ich versuch's ja!«, rief er von drinnen zurück und zerrte mit seinen gefühllosen Händen in den Fäustlingen am Zelteingang.

Hastig warf Dröfn einen Blick über die Schulter, während sie nach dem Reißverschluss tastete. In dem schwachen Schein der Taschenlampe sah sie im Schneegestöber etwas auf sich zukriechen. Dann erlosch das Licht. Anstatt loszubrüllen oder kopflos in die Dunkelheit zu fliehen, riss sie sich zusammen und konzentrierte sich auf den Reißverschluss.

Endlich bekam sie ihn auf und quetschte sich ins Zelt. »Mach zu! Mach zu!«, schrie sie panisch. Etwas hatte ihren Knöchel berührt.

Tjörvi hatte es geschafft, einen Fäustling auszuziehen, und zog den Reißverschluss zu. Er starrte Dröfn mit offenem Mund an. Agnes war von dem Lärm hochgeschreckt und rieb stöhnend ihr Handgelenk. »Was ist los? Ist was passiert?«

Dröfn drehte sich zum Zelteingang und wollte antworten, brachte aber kein Wort heraus.

Draußen erklang ein abscheuliches und zugleich qualvolles Gemurmel. Es war deutlich zu hören, so als säße jemand direkt vor dem Zelt.

23. KAPITEL

Hjörvar bekam kaum etwas davon mit, was sein Kollege Erlingur sagte. Er bemühte sich, ihm zuzuhören, aber seine Gedanken drifteten immer wieder ab wie Metallspäne, die von einem Magneten angezogen werden. In diesem Fall war der Magnet seine Schwester. Er musste immerzu an sie denken. Was war mit ihr los gewesen? Warum war sein Vater ausgerechnet bei den flachen Felsen mit ihr spazieren gegangen? Er war zwar nicht in Höfn geboren, hatte aber sehr lange dort gewohnt. Er musste wissen, wie gefährlich der Felsschacht war. Außerdem war es völlig unnötig, für einen Spaziergang raus nach Stokksnes zu fahren. In Höfn gab es genug schöne und ungefährlichere Strände.

Ob die Polizeiberichte Licht auf die Sache werfen würden, war fraglich, falls er sie überhaupt ausgehändigt bekam. Oder Salvörs Krankenakte. Hjörvar blieb nichts anderes übrig, als auf die Unterlagen der Behörden zu hoffen. Wenn er mit deren Hilfe keine Klarheit erlangen würde, dann gar nicht. Seine Eltern, die einzigen Menschen, die ihm etwas darüber hätten erzählen können, waren tot. Sie hatten nichts Hilfreiches hinterlassen, sondern sogar alles vernichtet, was an ihre Tochter erinnerte.

»Hast du schon mal gehört, dass ein kleines Mädchen in den Schacht gefallen ist?« Die Frage brannte Hjörvar schon die ganze Zeit auf der Zunge. Jetzt vergaß er sich einen Augenblick und platzte damit heraus.

Erlingur schaute ihn stirnrunzelnd an, legte die To-do-Liste beiseite und lehnte sich auf seinem Stuhl zurück. Er drehte sich zum Fenster und starrte hinaus. »Komische Frage, muss ich sagen.«

»Ja, du hast recht.« Hjörvar konnte nicht so tun, als wäre er bei der Besprechung über den Schichtwechsel darauf gekommen. Er hatte Erlingur noch nie erzählt, dass er als Kind in Höfn gewohnt hatte. Sein Kollege konnte über seine Verbindung zu dem Mädchen nichts wissen. Natürlich wunderte sich Erlingur über die Frage. Hjörvar hatte es nicht wichtig gefunden, ihm zu erzählen, woher er stammte, und wollte ihm auch nicht erklären, warum er seinen Vater so selten besucht hatte. Vielleicht weil er es selbst nicht verstand.

Erlingur zuckte mit den Schultern und drehte sich wieder zu ihm. »Ja, ich habe von dem Unfall gehört. Ich bin ja in Höfn aufgewachsen, das haben damals alle Kinder mitgekriegt. Ich war ungefähr zwölf. Der Unfall machte uns Angst und hielt uns davon ab, mit dem Fahrrad hierherzufahren.«

Hjörvar stellte seine Kaffeetasse ab. Wenn er einmal angefangen hatte, konnte er auch weitermachen. »Warum hast du das nicht erwähnt, als du mir von dem Felsschacht erzählt hast?«

»Wozu?« Erlingur zuckte wieder mit den Schultern. »Ehrlich gesagt wusste ich nicht, dass du dich so dafür interessierst. Aber wenn du schon fragst: Es sind nicht nur Ívan und dieses Mädchen in den Schacht gestürzt. Da gab es noch einen Soldaten, der hier arbeitete, und davor bestimmt noch mehr Leute. Weißt du, warum ich dir nichts von dem Mädchen erzählt hab? Dieses tragische Ereignis wurde zu einer Legende, und so was mag ich nicht. Dummes Gewäsch, die Kleine würde nachts auf den

Felsen und bei ihrem Elternhaus rumspuken. Solche Ammenmärchen wurden nicht sofort erzählt, meine Generation hat diesen Schwachsinn jedenfalls nicht losgetreten.« Er fixierte Hjörvar. »Solche Geschichten werden ja schnell aufgebauscht. Plötzliche Sinnestäuschungen kennt doch jeder. Letztens dachte ich, ich sehe hier draußen vor dem Fenster einen gelben Papagei. Totaler Schwachsinn. Ich hab's dir nicht erzählt, weil ich finde, wir sollten uns an die Realität halten. Du weißt, was ich meine.«

Hjörvar wusste genau, worauf er anspielte, und vertiefte das Thema lieber nicht. Er wollte nicht für paranoid gehalten werden oder seine Schwester auf den Klippen erscheinen sehen. Der Hubschrauber wurde erwartet, und er sollte die Nachmittagsschicht übernehmen. Wenn der Hubschrauber wieder so spät aus dem Hochland zurückkäme wie zuletzt, müsste er bis spätabends im Dunkeln allein in der Station sein.

Erlingur lenkte das Gespräch wieder auf die Arbeit, ohne den Felsschacht noch einmal zu erwähnen oder aus dem Fenster in dessen Richtung zu schauen. Nachdem er die Liste durchgegangen war, trank er den letzten Schluck Kaffee und erhob sich. Er kraulte Kisi ausgiebig hinter den Ohren, und Hjörvar hatte das Gefühl, dass er noch etwas sagen wollte. Auch er war aufgestanden, um Erlingur zur Tür zu begleiten, und trat zögernd von einem Bein aufs andere, unsicher, ob noch etwas von ihm erwartet wurde. Sie waren beide nicht besonders geschickt im Umgang mit anderen Menschen, solche Situationen gab es ständig.

Die peinliche Stille wurde erst durchbrochen, als Erlingur den Kater losließ, »also dann« sagte und aus der Kaffeeküche ging. Hjörvar folgte ihm, denn er hatte Bammel vor dem Alleinsein und wollte ihre schweigsame Zweisamkeit möglichst lange hinauszögern.

Leider hätte er die anstehenden Aufgaben schnell abgearbeitet. Danach wollte er seinen Bruder anrufen. Und anschließend seine Kinder. Er freute sich zwar nicht wirklich darauf, aber alles war besser, als alleine auf den Hubschrauber zu warten und durchs Fenster in die Finsternis zu starren. Das Schlimmste wäre, wenn wieder die Schreie seiner Schwester durch seinen Kopf hallen würden.

»Vergiss nicht, in der Stadt Bescheid zu geben, bevor du fährst«, sagte Erlingur und blieb auf der Türschwelle stehen. Er fischte sein Handy aus der Tasche, als wäre ihm das auch gerade erst eingefallen. »Und ruf mich ruhig an, wenn du von den Hubschrauberleuten was erfährst. Einer von ihnen hat sich vorhin gemeldet, und wenn ich ihn richtig verstanden habe, ist die Tote, die sie gefunden haben, eine Ortsansässige. Das macht einen ein bisschen nervös, könnte ja jemand sein, den man kennt.«

»Mache ich.« Hjörvar ging nicht davon aus, dass er viel erfahren würde. Als er den Hubschrauber das letzte Mal in Empfang genommen hatte, war die Besatzung keineswegs in Smalltalk-Stimmung gewesen. Er konnte sich ihre abweisenden Gesichter vorstellen, wenn er sie über die Verstorbene ausfragen würde.

Erlingur ging durch die Tür und zog sie hinter sich zu. Hjörvar war wieder alleine mit Kisi in der gut gesicherten Station. Hinter einem festen Zaun, von Antennen umgeben und mit aller verfügbaren Kommunikationstechnik ausgestattet. Trotz der isolierten Lage zwischen dem gnadenlosen Ozean und den unüberwindbaren steilen Bergen hatte er nichts zu befürchten. Rein gar nichts. Außer seinen eigenen Gedanken. Das Schlimmste daran war, dass es keinen Ausweg gab. Wohin er auch ging, seine Gedanken verfolgten ihn.

Hjörvar riss sich zusammen und machte sich an die Arbeit. Er erledigte alles betont langsam, war aber trotzdem schnell fertig. Kisi war ihm von Raum zu Raum gefolgt, hatte sich neben ihn gesetzt und ihn angestarrt. Die Gesellschaft tat gut, aber am Ende war Hjörvar das ständige Belauern des Katers, der nie zu blinzeln schien, unangenehm.

Jetzt konnte er nur noch auf den Hubschrauber warten. In der Station hatte man lediglich die Möglichkeit, sich ins Büro oder in die Kaffeeküche zu setzen. Im Mitarbeiterhaus standen ein Sofa und ein Bett, aber dort würde Hjörvar die Ankündigung des Hubschraubers nicht mitbekommen. Er hatte also die Wahl zwischen stehen, auf dem Boden oder auf einem Stuhl am Fenster zu sitzen, das zu den flachen Felsen hinausging, und entschied sich für das Bequemste. Falls er wieder Beklemmungen bekommen würde, konnte er sowieso nichts daran ändern.

Hjörvar ging in die Kaffeeküche und gab Kisi etwas Futter, obwohl Erlingur gesagt hatte, er hätte ihn schon gefüttert. Wenigstens starrte der Kater ihn beim Fressen nicht an. Hjörvar goss sich die letzten Tropfen aus der Kaffeekanne ein, auch wenn sie hauptsächlich aus Kaffeesatz bestanden. Daran war noch niemand gestorben.

Bevor er sein Handy herausholte, zog er die Vorhänge zu. Sie waren seit Jahren nicht mehr bewegt worden, sodass feiner Staub aufwirbelte. Die Vorhänge hatten in Falten vor dem Fenster gehangen und waren unterschiedlich verblichen, fleckig und hässlich, aber sie erfüllten ihren Zweck. Hjörvar fühlte sich direkt besser.

Kolbeinn ging beim dritten Klingeln ran, und die vertraute Stimme seines Bruders gab Hjörvar sofort das Gefühl, nicht mehr alleine an diesem entlegenen Ort zu sein. Er fragte sich, warum er in den letzten Jahren nicht öfter mit ihm telefoniert hatte. Die Beziehung zu seinem Bruder war die einzige in seinem Leben, die man als eng bezeichnen konnte. Die meisten

Menschen hatten einen Kreis von Freunden und Verwandten, aber Hjörvar hatte nur Kolbeinn. Immerhin besser als niemanden. Während Kolbeinn erzählte, er habe endlich den Film zum Entwickeln gebracht und könne die Fotos morgen abholen, nahm Hjörvar sich vor, den Kontakt zu seinem Bruder besser zu pflegen. Vielleicht schaffte er das ja wirklich.

Danach erzählte Hjörvar, was er am Morgen herausgefunden hatte, und versuchte dabei, möglichst relaxed zu klingen. Was ihm offenbar misslang, denn Kolbeinn fragte, ob alles okay sei. Hjörvar schob die Suche in Lónsöræfi vor, die sei ja direkt um die Ecke, und die Nachrichten über das Schicksal der Wanderer nähmen ihn ziemlich mit. Sobald er das ausgesprochen hatte, fiel ihm auf, dass das tatsächlich der Grund für seine seltsame Stimmung sein konnte. Die Meldungen über die Tragödie waren deprimierend – in Kombination mit den irritierenden Neuigkeiten über seine Schwester ein giftiger Cocktail fürs Gehirn.

Damit waren die Gesprächsthemen ausgeschöpft, und Hjörvar wusste nicht, was er noch sagen sollte, obwohl er Kolbeinn gern länger in der Leitung gehalten hätte. Er stammelte herum, verstummte wieder, und dann war es zu spät, und Kolbeinn verabschiedete sich.

Stille setzte wieder ein. Und die Augen des Katers starrten ihn weiter an.

Anstatt das Handy wegzulegen, suchte Hjörvar zögernd die Nummer seiner Tochter Ágústa. Das grüne Telefonhörersymbol erschien auf dem Display, und sein Finger schwebte darüber, während er überlegte, ob das nicht doch eine schlechte Idee war. In diesem Moment fegte ein Windstoß etwas gegen die Fensterscheibe, und ein leiser Knall durchbrach die Stille. Ohne länger nachzudenken, tippte Hjörvar auf das grüne Symbol.

Ágústa ließ es länger klingeln als Kolbeinn. Hjörvar stellte sich vor, wie sie an ihrer Unterlippe knabberte und auf ihr Handy starrte, hin- und hergerissen, ob sie rangehen sollte. Kurz bevor die Mailbox angesprungen wäre, gab sie nach. Jedes Mal, wenn Hjörvar seine Kinder anrief, zählte er die Klingeltöne und wusste genau, wann die Mailbox ansprang.

»Was ist?«, blaffte Ágústa wie üblich genervt. Er vermisste ihre helle fröhliche Kinderstimme und fragte sich, ob sie diesen Ton nur bei ihm anschlug. Hoffentlich sprach sie nicht mit jedem so. Schlecht gelaunte Menschen hatten es viel schwerer im Leben als fröhliche. Das wusste er aus eigener Erfahrung.

»Ich wollte mich nur mal melden. Wir haben ja lange nichts voneinander gehört. Du hast versucht, mich zu erreichen?«

Ágústa schnaubte nur. Immerhin besser, als wieder einmal runterzuleiern, was er alles verbockt hatte. Diesen Sermon konnte er schon auswendig.

Da Ágústa offenbar nicht vorhatte, etwas zu sagen, begann er, ihr von Salvör zu erzählen. Die Geschichte überraschte sie so sehr, dass sie ihre schlechte Laune vergaß. Sie stellte sogar ein paar Fragen, aber leider wusste Hjörvar selbst viel zu wenig. Er wäre auch bereit gewesen, sich etwas auszudenken, wenn ihre Stimme dann wieder so geklungen hätte wie früher, bevor alles den Bach runterging.

Als Hjörvar fertig war, fing seine Tochter an zu reden. Erstaunlicherweise machte sie ihm keine Vorwürfe, sondern erzählte, dass sie nach dem Wochenende eine neue Stelle antreten werde. Sie war aufgeregt, so wie alle, die eine neue Aufgabe vor sich hatten. Selbst ein Gefühlslegastheniker wie Hjörvar kannte das, er war auch nervös gewesen, bevor er in Stokksnes angefangen hatte.

Während Ágústa redete, fiel Hjörvar auf, dass Kisi ihn nicht mehr anstarrte, sondern die Vorhänge und das Fenster fixierte.

Er sprang auf den Tisch und machte einen Buckel. Sein Fell sträubte sich, und sein Schwanz schlug hin und her. Dann schlich er sich an.

Hjörvar runzelte die Stirn und überlegte, ob vorhin ein Vogel gegen die Fensterscheibe geflogen war. Vielleicht lag er verletzt vor der Hauswand, und der Kater witterte ihn. Wieder kam ein klopfendes Geräusch vom Fenster. Es krachte nicht, wie wenn etwas auf Glas schlägt, sondern klang eher so, als würde jemand mit der flachen Hand gegen die Scheibe klopfen.

Kisi stand jetzt direkt vor dem Fenster und schob den Kopf durch den Spalt zwischen den schmutzigen Vorhängen.

Ágústa war mitten im Satz, als ein Zucken durch Hjörvars Brust fuhr wie bei einem Herzinfarkt. Der Kater hatte die Vorhänge ein kleines Stück aufgeschoben, weit genug, dass Hjörvar hinaussehen konnte. Ihm stockte der Atem. Da war eine Hand an der Fensterscheibe gewesen. Jemand stand vor dem Fenster. Ungebeten und unwillkommen. Und unerwartet, denn Hjörvar hätte es mitgekriegt, wenn der Hubschrauber gelandet wäre, selbst wenn er sich nicht vorher angekündigt hätte. Hubschrauber waren schließlich nicht zu überhören.

Wenn er den Vorhang aufzöge, würde er der Person, die vor dem Fenster stand, direkt in die Augen schauen. Er hatte die Hand nur undeutlich gesehen, was sein Unbehagen noch verstärkte.

Am anderen Ende der Leitung war es still geworden. Ágústa hatte gemerkt, dass Hjörvar nicht mehr bei der Sache war. »Bist du noch da?«

»Ja, bin ich.« Hjörvar starrte in die Luft, weil er nicht zum Fenster schauen wollte. Es war schon schlimm genug, die Vorhänge aus dem Augenwinkel wahrzunehmen.

»Dann sag mir mal, worüber ich gerade gesprochen habe.«
Ágústas Stimme schwankte zwischen Wut und Heiterkeit. »Was habe ich erzählt?«

Hjörvar hatte keine Ahnung. Aber in diesem Moment hatte er andere Sorgen als die Enttäuschung seiner Tochter. »Ágústa, ich muss dich später noch mal anrufen. Ich bin auf der Arbeit, und mir ist gerade was dazwischengekommen.«

»Klar. Du bist auf der Arbeit ...«

Hjörvar hörte nicht weiter zu und legte auf. Erneut zerbrach ihre fragile Beziehung in tausend Scherben. Aber er konnte es nicht ändern. Er konnte in diesem Zustand nicht weitertelefonieren. Er musste die Scherben später aufsammeln und wieder zusammenkleben.

Kisi fauchte, wich vom Fenster zurück, sprang vom Tisch und schoss in den Flur, als wäre ihm der Teufel auf den Fersen.

Hjörvar schluckte und erhob sich ganz langsam. Er griff nach der Gardine und zog sie vor den Spalt. Dann ging er ins Büro und schaute auf den Bildschirm der Sicherheitskameras. Er wählte die Kamera auf der Meerseite aus und stellte sie so ein, dass er das betreffende Fenster von außen sehen konnte. Er musste sich mit eigenen Augen davon überzeugen, dass er sich das nur eingebildet hatte. Er musste sich getäuscht haben. Nach Einbruch der Dunkelheit hatte niemand etwas auf dem Gelände zu suchen.

Selbst für einen Einbrecher gäbe es auf der Station nicht viel zu holen. Die teure Ausrüstung konnte man nicht zu Geld machen, es gab keinen Schwarzmarkt für technische Geräte aus einer Radarstation, das war allseits bekannt.

Die Kamera drehte sich langsam, und Hjörvar erwartete ein Gefühl der Erleichterung. Auf dem Bildschirm würde nichts anderes zu sehen sein als die Außenwand und das Fenster. Vielleicht ein toter oder verletzter Vogel auf dem Boden. Oder ein Seestern, von der Brandung gegen die Fensterscheibe geschleudert. Ein Seestern konnte so ähnlich aussehen wie eine Hand.

Die Einstellung auf dem Bildschirm drehte sich immer noch, als das Türtelefon klingelte. Hjörvar hob den Kopf und starrte in den Flur. Das konnte nicht sein.

Es klingelte wieder, diesmal länger und lauter. Hjörvar atmete tief ein und ließ die Luft langsam wieder ausströmen. Dann konzentrierte er sich auf den Bildschirm. Er kam nicht mit zwei Dingen gleichzeitig klar. Sobald er schwarz auf weiß gesehen hätte, dass niemand vor dem Fenster stand und er sich die Hand nur eingebildet hatte, würde er sich mit dem Klingeln auseinandersetzen. Diese Störungen mussten aufhören.

Doch auf dem Bildschirm erschien nicht das, was er sich erhofft hatte. Im Gegenteil. Draußen stand ein Kind. Daran bestand kein Zweifel. Ein kleines Mädchen, das knapp bis ans Fenster reichte. Ihre Arme hingen am Oberkörper herunter, und ihr Gesicht klebte fast an der Fensterscheibe. Sie trug ein gemustertes Kleid und schien klatschnass zu sein.

Und sie hatte nur einen Schuh an.

24. KAPITEL

Vor dem Hauptquartier der Rettungswacht stand ein Streifenwagen, in dem Licht brannte und jemand am Steuer saß. Ansonsten war der Parkplatz menschenleer. Zwar parkten dort jede Menge Autos, aber die Leute waren alle noch im Suchgebiet und würden erst später zurückkommen. Jóhanna war in Begleitung eines Kollegen nach Hause geschickt worden. Nicht weil man ihr nicht zutraute, selbst zurückzufinden, sondern weil die Rettungswacht ihre Mitglieder nie alleine durchs Hochland laufen ließ.

Jóhannas Begleiter war genauso froh gewesen wie sie, vom Fundort der Leiche wegzukommen. Zurück in Höfn, hatte er sich bereit erklärt, die Ausrüstung einzuräumen, und Jóhanna war zu erschöpft gewesen, um zu protestieren. Am liebsten wäre sie einfach auf einen der unbequemen Plastikstühle gesunken und hätte ihm beim Aufräumen zugeschaut. Sie wollte nicht bis spät in die Nacht alleine zu Hause auf Geiri warten.

Sie trat hinaus in die Abenddämmerung. Am Mittag war sie zu Fuß zum Hauptquartier gegangen. Zu dem Zeitpunkt hatte sie noch genug Energie gehabt, um die Schmerzen zu ignorieren, so wie meistens vor einer Herausforderung. Aber seit sie ihrer toten Ex-Kollegin ins Gesicht geschaut hatte, war ihr Enthusiasmus wie weggeblasen. Seitdem war jeder Schritt schmerzhaft, und das letzte kurze Stück nach Hause überstieg ihre Kräfte.

Die Fahrerin des Streifenwagens ließ die Autoscheibe runter, rief ihren Namen und winkte. Jóhanna stöhnte innerlich, ließ sich aber nichts anmerken und winkte zurück. Sie war nicht in der Stimmung, in der Kälte rumzustehen und mit der jungen Polizistin zu quatschen. Zwar sehnte sie sich nach Gesellschaft, aber nur nach Nähe, nicht nach Gesprächen. Sie konnte jetzt nicht reden, wandte sich einfach ab und ging los.

»Jóhanna!« Die Polizistin winkte wieder. »Geiri hat mich gebeten, dich nach Hause zu fahren.«

Jóhanna drehte sich um und zögerte einen Moment zu lange. Dumpf glotzte sie die Polizistin an, die wohl dachte, sie würde ihr nicht glauben. »Er hat sich über Tetra-Funk gemeldet. Komm, ich fahre dich schnell.«

Das Angebot war nett, und es war einfacher, es anzunehmen, als den Mund aufzumachen, um es abzulehnen. Jóhanna nickte nur und ging zu dem Streifenwagen. Sie versuchte vergeblich, sich an den Namen der Frau zu erinnern, irgendwas Kurzes, das mit D anfing. Dísa oder Dóra. Sie zwang sich, nicht zu humpeln, aber dem besorgten Blick der Polizistin nach zu schließen, misslang es ihr.

»Hast du dich verletzt?«, fragte die Polizistin und schaute auf Jóhannas Beine.

Der Beifahrersitz war viel bequemer als die Sitze in dem alten Geländewagen, mit dem sie nach Höfn zurückgefahren waren. Die Schmerzen ließen etwas nach, und Jóhanna konnte endlich etwas sagen. »Eine alte Sportverletzung.«

»Ach so.« Die Polizistin lächelte, fuhr aber nicht los. Stattdessen zeigte sie auf Jóhannas Schulter. »Anschnallen bitte.«

Während Jóhanna den Sicherheitsgurt anlegte, starrte die junge Frau durch die Windschutzscheibe. »Schreckliche Geschichte da oben im Hochland. Da fehlen einem die Worte. Mein herzliches Beileid wegen deiner Kollegin.«

Obwohl Jóhanna sich ein wenig besser fühlte, war sie noch nicht in der Lage, über den Leichenfund zu sprechen. »Danke fürs Abholen.«

»Kein Problem. Heute Abend ist absolut nichts zu tun. Ist also eine willkommene Abwechslung.« Die Polizistin fuhr los, mit einer Hand am Lenkrad. Sie spürte, dass Jóhanna nicht über Wiktoria sprechen wollte. »Hast du Hunger? Ich wollte kurz was essen gehen. Du kannst gerne mitkommen. Dann brauchst du zu Hause nichts zu kochen.«

Jóhanna hatte keinen Appetit. Außerdem trug sie noch ihren Rettungswachtoverall. Aber dann hätte sie wenigstens Gesellschaft. Wahrscheinlich steckte Geiri hinter der Einladung. »Ja, gerne.« Als ihr klar wurde, dass sie nicht mit der Frau zu Abend essen konnte, ohne ihren Namen zu wissen, fragte sie sie danach und ergänzte, sie könne sich furchtbar schlecht Namen merken. Es stellte sich heraus, dass die Polizistin Rannveig hieß. Weder etwas Kurzes noch mit D.

In dem Restaurant saßen nur wenige Gäste, denn die übliche Essenszeit war vorbei. Sie setzten sich an einen Tisch am Fenster, von dem sie den Parkplatz und den Streifenwagen im Blick behalten konnten. Jóhanna fragte sich, ob Rannveig den Platz bewusst so gewählt hatte. Wohl kaum. Wer würde einen Streifenwagen aufbrechen? Sie pellte sich aus dem Oberteil des Overalls, stopfte es hinter den Rücken und ließ die Ärmel auf den Boden hängen. Es war ihr egal.

Die Bedienung notierte ihre Bestellung und verschwand in der Küche. Jóhanna nahm einen Hamburger, obwohl sie keinen Appetit hatte. Sie musste etwas essen, denn sie wollte nicht in der Nacht hungrig aufwachen und alleine runter in die Küche gehen müssen. Ihre Begleiterin bestellte die kleinste Vorspeise auf der Speisekarte. Die Idee, zusammen essen zu gehen, war definitiv Geiris gewesen. Rannveig hatte überhaupt keinen Hunger.

»Darf ich dich was fragen?« Rannveig setzte die Polizeimütze ab und legte sie auf den Tisch. »Du musst nicht antworten.«

Jóhanna nickte. »Schon okay.« Sie wusste, dass sich die Frage um den Leichenfund drehen würde. Aber da sie endlich auf einem bequemen Stuhl saß, in Gesellschaft eines anderen Menschen, würde sie darüber reden können. Nicht viel und nicht ausführlich, aber sie konnte einfache Fragen beantworten. Falls es um Wiktoria ging, bestand keine Gefahr, dass sie losheulen oder zusammenbrechen würde. Ihre Tränendrüsen hatten sich schon auf dem Weg in den Ort geleert. Jetzt fühlte sie sich zu betäubt für Gefühlsausbrüche.

»Geiri hat mich gebeten, über Wiktoria zu recherchieren, aber ich hab noch nicht viel rausgekriegt. Die meisten, mit denen sie Kontakt hatte, wohnen nicht mehr in Höfn. Und diejenigen, die noch hier sind, haben nichts mehr von ihr gehört, seit sie in der Fischereifirma aufgehört hat. Sie ist in die Ostfjorde gezogen, aber niemand weiß, wohin. Ich habe mit ihrem ehemaligen Arbeitgeber gesprochen, der sagt dasselbe. In der Firma wissen sie nur, dass sie einen Mann kennengelernt hat und zu ihm ziehen wollte. Ich hatte das Gefühl, dass sie nicht glücklich über ihre Kündigung waren.« Rannveig schwieg, während die Bedienung ihnen die Getränke brachte, und fuhr dann fort: »Hat sie dir was über ihre Pläne erzählt?«

Gedankenverloren zog Jóhanna mit dem Finger einen Strich durch die feuchte Oberfläche ihres Glases. »Sie hat sich verliebt. In einen Kapitän aus den Ostfjorden. Ich glaube aus Neskaupstaður. Oder Eskifjörður. Ich erinnere mich nicht genau, tut mir leid. Das ging alles so schnell.« Jóhanna korrigierte sich: »Jedenfalls für mich. Sie kam eines Tages zur Arbeit, kündigte, steckte den Kopf in mein Büro und verabschiedete sich von mir. Das war vor ungefähr zwei Monaten.«

»Hat sie dir gesagt, wie er heißt und wie sie sich kennengelernt haben? Das würde uns sehr helfen. In den Ostfjorden wohnen viele Kapitäne. Wenn wir wenigstens seinen Vornamen wüssten, würde uns das viel Telefoniererei ersparen.«

Jóhanna versuchte, sich an den Namen zu erinnern, Wiktoria hatte ihn ihr definitiv gesagt. Aber sie hatte ihn sich nicht gemerkt und wäre nie auf die Idee gekommen, dass sie jemals danach gefragt würde. »Puh, ich bin, wie gesagt, leider ganz schlecht mit Namen. Aber ich glaube, er heißt Einar. Oder Eiður. Vielleicht auch Einir. Irgendwas Kurzes, das mit E anfängt. Er könnte aber auch Játvarður oder ganz anders heißen. Keine Ahnung, wessen Sohn er ist. Ich glaube, das hat sie mir gar nicht gesagt. Wir haben eigentlich immer nur über die Arbeit geredet und manchmal über Polen. Ich fand es interessant, wenn sie von ihrer Heimat erzählte. Über Persönliches haben wir kaum gesprochen, ich weiß nicht, wo die beiden sich kennengelernt haben oder wie lange sie sich kannten.« Plötzlich fiel Jóhanna doch etwas ein. »Eine Zeitlang lebte sie mit jemandem zusammen. Mit einem polnischen Seemann, von dem war sie schon länger getrennt, bevor sie aus Höfn wegzog. Das weiß ich, weil sie ein Zimmer suchte und keine ganze Wohnung mieten wollte. Sie hat gespart. Arbeitete nebenbei im Hotel, um sich was dazuzuverdienen.« Jóhanna seufzte. »Das war wohl überflüssig.« Sie merkte, dass sie den Faden verloren hatte. »Vielleicht weiß ihr Ex-Freund ja was. Ich glaube, sie haben sich freundschaftlich getrennt.«

»Oder auch nicht.« Die Polizistin lächelte, darum bemüht, ihre Enttäuschung zu verbergen. Anscheinend hatte sie gehofft, Jóhanna wüsste den vollen Namen des Kapitäns samt seiner Adresse und ID-Nummer. Außerdem schien sie schon über Wiktorias Ex-Freund informiert zu sein. »Wir versuchen, ihn zu erreichen. Sein ehemaliger Arbeitgeber sagt, er hätte sich schnell einen neuen Job gesucht, nachdem die Beziehung zu Wiktoria in die Brüche ging. Er weiß nicht, wo er jetzt arbeitet, vermutet aber, dass er zur See fährt, möglicherweise im Ausland. Wir werden ihn sicher finden, es ist nur ein bisschen schwieriger, wenn er nicht mehr in Island lebt.«

Sie schwiegen beide, bis das Essen kam, das sie ohne großen Appetit aßen. Rannveig hatte ihre Vorspeise erst halb aufgegessen, als sie den Teller zur Seite schob. »Du hast gesagt, ihr standet euch nicht sehr nah, aber kannst du dir vorstellen, was Wiktoria mit den Wanderern aus Reykjavík zu tun gehabt haben könnte? Kannte sie sie? War sie vielleicht ihre Reiseleiterin?«

Jóhanna schluckte einen trockenen Bissen hinunter. »Das weiß ich nicht. Sie fuhr nur selten nach Reykjavík, ich glaube nicht, dass sie dort viele Bekannte hatte. Sie war meistens mit ihren Landsleuten zusammen, wie das halt so ist. Und sie hat nie erwähnt, dass sie Reiseleiterin ist.«

Weitere Fragen kamen nicht. Anscheinend war auch die Polizei überrascht gewesen, dass es sich bei der Toten um Wiktoria handelte. Eine ehemalige polnische Mitarbeiterin der größten Fischereifirma in Höfn. Von der man genauso wenig wie von den anderen wusste, was sie im Hochland gewollt hatte.

Während Jóhanna sich zwang, noch ein paar Bissen von ihrem Hamburger runterzukriegen, erzählte ihr Rannveig, dass es auf die Suchanzeige nach dem Fahrer bisher keine Rückmeldungen gegeben habe. Die auf Jeeptouren spezialisierten Reiseunternehmen wüssten nichts über die Wandergruppe. Sie hätten noch mit ein paar Leuten gesprochen, die bei Autovermietungen in der Umgebung große Jeeps gemietet hätten, leider auch ohne Ergebnis. Die Polizei in Reykjavík sei noch damit beschäftigt, die Autovermietungen im Hauptstadtgebiet abzuklappern.

Da Wiktoria keinen Jeep besessen hatte, sondern einen PKW, sei es unwahrscheinlich, dass die Wanderer damit ins Hochland gefahren seien, aber vielleicht hätten sie es ja doch irgendwie geschafft. Ein normaler PKW könnte zugeschneit und deshalb noch nicht gefunden worden sein. Oder sich überschlagen haben und in eine Schlucht gestürzt sein. Die Polizei wolle morgen in den Fischerorten im Osten, wo der unbekannte Kapitän angeblich wohnte, Ausschau nach dem Wagen halten. Rannveig verstummte, und Jóhanna aß schweigend zu Ende.

Jóhanna bestand darauf, die Rechnung zu übernehmen. Die Mahlzeit hatte ihr letztendlich doch gut getan. Sie war ruhiger geworden und würde bestimmt schnell einschlafen, selbst wenn sie im Haus alle Lampen eingeschaltet lassen würde. Sie hatte keine Angst mehr davor, nach Hause zu gehen und alleine auf Geiri zu warten.

Als der Streifenwagen vor ihrem dunklen Haus anhielt, fielen ihr fast die Augen zu. Sie wollte sich gerade verabschieden, als Rannveig ihr zuvorkam. »Witzig.« Sie stützte sich aufs Lenkrad und betrachtete das Haus. »Heute Morgen war ein Mann wegen eines alten Falls auf der Wache. Ich hatte keinen Dienst, aber ich hab's im Protokoll gesehen. Der wohnte hier als Kind.«

Jóhannas Blick wanderte automatisch zu ihrem Haus. Es war nicht besonders auffällig und ähnelte den anderen Häusern in der Straße. Ein normales Haus, ursprünglich für eine Familie gebaut zu einer Zeit, als die Leute weniger Ansprüche an die Größe der Kleiderschränke stellten, als es noch keine bodentiefen Fenster gab und Oberschränke in der Küche noch kein absolutes Muss waren. »Wir haben es zwei Brüdern abgekauft.

Ihre Eltern wohnten hier, es muss also einer von ihnen gewesen sein. Was macht er denn in Höfn? Sie wohnen beide in Reykjavík.«

»Das weiß ich leider nicht. Das stand nicht im Protokoll. Nur dass er alte Berichte einsehen wollte.«

»Alte Berichte?« Jóhanna fixierte die Polizistin. »Was denn für Berichte?«

»Über einen Unfall. Einen tödlichen Unfall.«

Jóhanna spürte einen Stich im Kreuz, der nur Einbildung sein konnte. Die Formulierung »tödlicher Unfall« hatte eine besondere Bedeutung für sie. Als sie damals im Krankenhaus aufgewacht war, schwer verletzt und wieder zusammengeflickt, sagte man ihr, sie hätte Glück gehabt, dass sie noch am Leben sei. Es hätte auch ein tödlicher Unfall sein können. Während ihrer Genesung und in der Reha hatte sie das andauernd gehört: Wenn sie auf einen Stein geprallt wäre, wenn sie unter dem Auto gelandet wäre, wenn sie über das Auto geschleudert worden wäre oder die Fahrerin noch schneller gefahren wäre, dann hätte sie keine Chance gehabt. Nie sagte jemand, dass es gut gewesen wäre, wenn das Auto langsamer gefahren wäre, wenn die Bremsen richtig funktioniert hätten, wenn sie auf einen Grünstreifen anstatt auf die Straße geschleudert worden wäre oder noch hätte ausweichen können. Oder wenn sie so spätabends gar nicht mehr joggen gegangen wäre. Oder eine andere Strecke gelaufen wäre.

Natürlich sagte das niemand. Das wäre ein schlechtes Omen gewesen. Sie musste auf das Leben und in die Zukunft schauen. Sie konnte froh sein. Sie hatte keinen tödlichen Unfall gehabt. Hurra.

»Wer ist denn gestorben?«, fragte Jóhanna, obwohl ihr Jahresaufkommen an Toten schon mehr als ausgeschöpft war.

»Ein Mädchen. Ein kleines Kind. Sie hieß Salvör und war seine Schwester.« Rannveig redete darüber, ob der Mann ein Recht auf Akteneinsicht hätte oder nicht.

Jóhanna hörte nicht mehr zu. Sie wollte einfach nicht. Ihre Gedanken kreisten schon die ganze Zeit um die fünf Toten in Lónsöræfi. Ein Kind konnte sie nicht auch noch ertragen.

Sie fiel der Polizistin ins Wort: »Schrecklich. Aber ich muss mich jetzt verabschieden. Ich bin total fertig.« Sie zwang sich zu einem Lächeln. »Ich hoffe, ihr findet den Kapitän. Und danke für alles.«

»Keine Ursache.« Rannveig lächelte zurück, wesentlich überzeugender als Jóhanna. Dann stützte sie sich wieder aufs Lenkrad und musterte das Haus. »Noch eine Sache ... Sieht so aus, als stünde eure Haustür offen. Das sieht man als Polizistin nicht gern. Oder es ist ein gutes Zeichen ... Hier gibt's keine Einbrecher.«

Jóhanna schaute zur Haustür und sah, dass sie recht hatte. Die Tür war nur angelehnt.

Sie hatte sich ihr Bett in rosaroten Farben ausgemalt, aber diese Vision verschwand schlagartig. Überrascht von sich selbst, hörte sie sich ziemlich abgeklärt sagen: »Merkwürdig. Letztens stand sie auch schon mal offen. Wahrscheinlich müssen wir die Türklinke auswechseln.«

»Habt ihr nicht abgeschlossen?«

»Doch.« Jóhanna wollte die Polizistin nicht anlügen. »Ich dachte, ich hätte abgeschlossen. Beim letzten Mal auch.«

Rannveig starrte immer noch mit ernster Miene auf die Tür. »Eine Frage: Habt ihr das Schloss ausgewechselt, als ihr das Haus gekauft habt?«

Jóhanna schüttelte den Kopf. »Nein, ich glaube nicht. Aber wir haben alle Schlüssel bekommen.«

Rannveig drehte sich zu ihr. Sie musste gar nichts sagen, denn es lag auf der Hand, dass man nie sicher sein konnte, ob man wirklich alle Schlüssel ausgehändigt bekommen hatte. »Komischer Zufall. Da taucht der Sohn des früheren Besitzers hier auf, und auf einmal öffnet sich die Haustür von alleine.«

Jóhannas Traumbild von ihrem Bett, von Schlaf und Erholung entglitt ihr wieder. »Äh, falls es für dich okay ist, würde ich gerne auf der Wache auf Geiri warten.«

»Klar, aber ich drehe erst eine Runde durch euer Haus. Nur zur Sicherheit. Du kannst mitkommen oder warten, wie du willst.«

Jóhanna wartete lieber. Rannveig stieg aus und ging durch die offene Tür ins Haus. Kurz darauf kam sie wieder raus, schloss die Haustür und setzte sich in den Wagen. »Da ist niemand im Haus. Keine Hinweise auf einen Einbruch, aber ihr solltet noch mal alles genau durchschauen.«

Als der Streifenwagen langsam durch die Straße rollte, behielt Jóhanna ihr Haus so lange im Blick, bis sie sich fast den Hals ausrenkte. Aber ihr fiel nichts Ungewöhnliches auf. Keine Bewegung, kein Licht, keine unerklärlichen Schatten. Als sie am Haus ihrer Nachbarn vorbeifuhren, sah sie Morri, den schwarzen Labrador. Er stand reglos im Nachbargarten, fixierte ihr Haus und fletschte die Zähne.

Jóhanna musste die Fensterscheibe nicht runterkurbeln, um zu wissen, dass er knurrte.

25. KAPITEL

Lónsöræfi – in der letzten Woche

Der Morgen war völlig anders als das, was Dröfn und Tjörvi normalerweise unter diesem Wort verstanden. Es war kurz vor fünf. Sie standen nie so früh auf, es sei denn, sie mussten zum Flughafen. Warum auch sonst? Sie hatten beide keine Lust, den Tag mit Fitnesstraining zu beginnen oder vor allen anderen im Büro zu sein. Doch das, was sie jetzt daran hinderte, länger zu schlafen, war weniger alltäglich. Ihre Triebkraft bestand aus Verzweiflung und Überlebensinstinkt. Das Wetter hatte sich gebessert, und sie mussten los. Der nächste Sturm war womöglich schon im Anzug.

Dröfn wachte zusammengekrümmt in dem engen Zelt auf. Sie lag in ihrem Schlafsack wie ein Sandwichaufstrich, mit Tjörvi und Agnes als Brothälften. Sie hatten dicht beieinander auf der Seite schlafen müssen, um genug Platz zu haben. Deshalb war ihnen warm geworden, so warm, dass sie ihre dicken Klamotten ausgezogen und nur in Unterwäsche geschlafen hatten. Agnes hatte Hilfe benötigt, um sich aus ihrer Jacke und ihrem Pullover zu pellen. Ihr Handgelenk war nicht von alleine wieder verheilt, genauso wenig wie Tjörvis Gesicht, seine Finger und Zehen.

Meistens brauchte Dröfn etwas länger zum Wachwerden. Sie drehte sich noch einmal um, schlummerte wieder ein, drehte sich wieder um, schlief ein und so weiter, bis der Wecker klingelte. Aber jetzt wachte sie einfach auf, war erst mitten im Tiefschlaf und im nächsten Moment hellwach. Mit nur einem Gedanken im Kopf: schnell weg hier.

Ein säuerlicher Geruch lag in der Luft, der, wie sich herausstellte, von Tjörvis Wunden ausging. Dröfn bekam einen Kloß im Hals und musste sich aufs Atmen konzentrieren, um nicht loszuheulen. Sie musste stark sein. Wenn sie jetzt zusammenklappen würde, wären sie verloren. Mit Mühe bekam sie sich wieder in den Griff.

Das grauenerregende Gemurmel vor dem Zelt hatte irgendwann aufgehört, ganz plötzlich. Sie hatten noch eine Zeitlang wie versteinert dagesessen und auf die Zelttür gestarrt, ohne ein Wort zu sagen. Niemand hatte geschrien, obwohl sie es alle am liebsten getan hätten. Sie verhielten sich instinktiv ganz unauffällig, wie ein kleines Tier gegenüber einem Raubtier.

Sich nicht bewegen und keinen Laut von sich geben.

So saßen sie noch lange nachdem das Gemurmel längst verstummt war. Sicher ist sicher. Als sie sich endlich trauten, sich zu rühren, brach Agnes in Tränen aus, und Tjörvi wühlte in den Sachen herum, die im Zelt verstreut lagen. In brenzligen Situationen reagierte er immer so. Er räumte die Garage auf oder sortierte den Kleiderschrank um. Doch im Zelt gab es nicht viel aufzuräumen. Dröfn verfiel meistens in eine Schockstarre, und so war es auch diesmal. Sie saß einfach nur da und starrte weiter auf die Zelttür, während ihr das Herz bis zum Hals schlug.

Sie unterhielten sich nicht mehr lange, legten sich hin und versuchten, die Ereignisse zu verdrängen. Das ging erstaunlich leicht, und sie sanken in einen unruhigen Schlaf.

»Wir müssen uns beeilen«, sagte Dröfn jetzt und stieß Tjörvi sanft an, der immer noch im Schlafsack lag und an die Decke starrte. Er hatte noch kein Wort gesagt, seit er aufgewacht war. Über ihnen hing die Taschenlampe, die Dröfn aus Bjólfurs und Agnes' Zelt geholt hatte. Sie hatte sie gestern Abend aufgehängt und eingeschaltet, nachdem sie sich endlich aus ihrer Schock-starre gelöst hatte. Seitdem brannte sie. Der Lichtstrahl war in-zwischen so schwach wie bei der Taschenlampe, die ihr gestern in den Schnee gefallen war. Er spiegelte die gelbe Farbe des Zelts wider, wodurch sie noch schlimmer aussahen, als sie sich fühlten.

Dröfn war die Einzige, die fertig angezogen und abmarschbe-reit war. Auch Agnes lag noch in ihrem Schlafsack. Als Dröfn aufgestanden war, hatten die beiden anderen die Gelegenheit genutzt und sich auf den Rücken gedreht. »Bewegt euch, wir müssen los!« Ihr Drang, diese Gegend zu verlassen, war so stark, dass es fast wehtat. Jeder Knochen, jeder Muskel, jeder Nerv verlangte danach, aufzubrechen. Aber Tjörvi und Agnes waren in einer anderen Stimmung. Auch sie waren hellwach, nur nicht so energiegeladen wie Dröfn. Was natürlich an ihrem Zustand lag, die Wunden und Verletzungen zehrten an ihren Kräften. Wenn Dröfn sich ebenfalls verletzt hätte, würden sie alle nur noch vor sich hin dämmern und langsam krepieren. Ein langer, schmerzhafter Tod.

»Na kommt schon, steht auf!«, sagte Dröfn aufmunternd. »Ihr müsst doch bestimmt aufs Klo.«

Das wirkte. Agnes setzte sich stöhnend auf und stieß Tjörvi an. »Los, auf die Beine. Wir müssen uns beeilen«, sagte sie mit brüchiger Stimme. »Wir müssen Bjólfur finden.«

Dröfn seufzte innerlich. Sie wollte zurückgehen. Nicht ins Ungewisse aufbrechen, zu einer sinnlosen Suche. Aber es war noch zu früh, das anzusprechen. Als Erstes musste sie die bei-den aus dem Zelt kriegen. Danach konnten sie Agnes davon überzeugen, dass es klüger wäre, in bewohnte Gegenden zu gehen und die Rettungswacht zu alarmieren. Das war das einzig Vernünftige. Das Einzige! Dröfn hatte das Gefühl, die Worte stumm zu brüllen.

Schließlich schaffte sie es mit viel Geschick und sanfter Überredungskunst, die beiden dazu zu bewegen, aus den Schlafsäcken und in ihre Anoraks zu schlüpfen. Sie ließ sich nichts anmerken, als sie Tjörvi in die Schuhe und Fäustlinge half. Seine Erfrierungen mussten dringend medizinisch behandelt werden. Sie sahen schlimmer aus als gestern Abend, die Zehen und Finger waren noch geschwollener und dunkler. Mit Wollsocken kam er gar nicht in seine Schuhe, sodass Dröfn die Schnürsenkel lockern musste. Das Schlimmste war, dass er nicht klagte. Dröfn musste schlucken, bevor sie den Blick von seinen Füßen lösen und ihm ins Gesicht schauen konnte. Sie zwang sich zu einem schwachen Lächeln, obwohl sie sich am liebsten zusammengekauert und geweint hätte.

Dröfn übernahm es auch, das Zelt aufzumachen. Dazu waren die beiden genauso wenig in der Lage, wie sich anzuziehen. Sie griff nach dem Reißverschluss und schärfte sich ein, dass sie das Zelt verlassen mussten, wenn sie wegwollten. Anders ging es nicht. Sie holte tief Luft, schloss die Augen und zog den Reißverschluss auf. Dann wartete sie einen Moment, und da Tjörvi und Agnes nicht aufschrien, wusste sie, dass sie die Augen wieder aufmachen konnte.

Draußen war es stockfinster, aber völlig windstill. Als die Feuchtigkeit dampfend aus dem Zelt entwich, bekam die Umgebung einen magischen Anstrich. Erst nachdem die warme Luft verdampft war, sah alles wieder realistisch aus. Der schwache Lichtschein aus dem Zelt erleuchtete einen Umkreis von etwa einem Meter, und Dröfn erkannte, dass die Schneemassen beträchtlich zugenommen hatten. Genug, um die Landschaft leicht zu verändern, was schlecht war. Sie kannten sich ohnehin nicht gut aus, und so würde es noch schwieriger sein, den Rückweg zu finden. Ausgeschlossen, dass sie ihren eigenen Spuren folgen konnten. Die lagen tief im Schnee versunken.

Bevor Dröfn es wagte, das Zelt zu verlassen, sprach sie sich Mut zu, obwohl sie selbst nicht daran glaubte. Sie würden den Weg finden. Natürlich würden sie ihn finden.

Sie kroch aus dem Zelt und konzentrierte sich auf ihre Atmung. Am Anfang hätte sie fast hyperventiliert, aber weil keine ungewöhnlichen Geräusche aus der Dunkelheit zu ihr drangen, wurde es besser. Als sie sich sicher war, dass keine Gefahr lauerte, bückte sie sich, um Agnes und Tjörvi aus dem Zelt zu helfen. Danach standen sie eine ganze Weile nur da und starrten in die Schwärze, bis sie sich aufraffen konnten.

Es gab keinen Grund, zum Pinkeln hinters Zelt zu gehen, aber sie machten es trotzdem. Sie hatten das Bedürfnis, so zu tun, als wäre alles normal. Als hätte sich nichts geändert. Als wären sie noch genauso höflich und kultiviert wie vorher. Sie wollten sich nicht in wilde Bestien verwandeln, obwohl sie einem kalten Ende entgegensahen. Mit dieser Taktik konnten sie auch so tun, als wäre ebenjenes Ende nicht so unausweichlich, wie Dröfn ahnte.

Als sie beobachtete, wie Tjörvi die paar Meter hinters Zelt hinkte, schwand ihr letztes bisschen Hoffnung. Er würde es nie zu Fuß bis zum Auto schaffen. Agnes' Zustand war nicht viel besser, auch wenn sie ein anderes Problem hatte. Bei jedem Schritt bewegte sich ihr Handgelenk, obwohl Dröfn versuchte, sie zu stützen. Außerdem fühlte sich ihre Stirn heiß an, genau wie Tjörvis. Dröfn redete sich ein, das käme nur von den Schlafsäcken, aber ihre Stirn war nach dem Aufwachen nicht heiß gewesen. Und sie hatte in der Mitte gelegen.

Agnes' und Bjólfurs Zelt war weggeflogen, kein einziger Hering war mehr da. Im Eifer des Gefechts hatten sie die Heringe wohl nicht tief genug in den Boden gerammt. Nachdem Dröfns Augen sich an die Dunkelheit gewöhnt hatten, konnte sie erkennen, dass Haukurs Zelt noch da war. Es war zusammengekracht und halb eingeschneit. Bei der grotesk aussehenden Wölbung musste es sich um seinen Rucksack und seinen Schlafsack handeln.

»Da liegt Bjólfur in Haukurs Zelt! Er hat es nicht bis zu uns geschafft und ist kollabiert«, rief Agnes aufgeregt. »Er schläft bestimmt.«

»Das sind nur Haukurs Sachen, Agnes. Wenn da ein Mensch liegen würde, wäre die Ausbuchtung größer.« Als Dröfn den Satz gesagt hatte, bekam sie Zweifel. Vielleicht lag tatsächlich Haukur oder Bjólfur unter der Zeltplane. Die Wölbung konnte wegen des Schnees kleiner wirken. Wenn dem so war, schliefen sie jedenfalls nicht, es sei denn den ewigen Schlaf.

Falls es Bjólfur war, wäre Agnes natürlich am Boden zerstört, würde aber von der fixen Idee mit der Suche abkommen. Dann könnte man sie langsam zum Auto dirigieren. Oder zumindest in die Richtung, in der sie das Auto vermuteten. Falls es nicht Bjólfur war, könnte Dröfn wenigstens in Haukurs Rucksack nach Schmerztabletten suchen. Die paar, die sie dabeihatten, waren schon aufgebraucht. Wenn sie Agnes und Tjörvi dazu bringen könnte, genug Tabletten zu schlucken, würden sie eher zu Fuß hier wegkommen, und wenn das alles nicht half, könnte sie ihnen Cognac aus dem Flachmann einflößen.

Außerdem war da noch die Sache mit dem Autoschlüssel. Vielleicht lag der auch in Haukurs Rucksack. Bis jetzt beschränkte sich ihr Rettungsplan darauf, zum Auto zu gelangen. Weiter konnte sie nicht denken. Dabei brauchte sie den Schlüssel natürlich, um den Plan zu Ende zu führen. Dröfn sagte mit einer Stimme, die mutiger klang, als sie war: »Ich checke das trotzdem mal.«

Sie nahm sich zusammen und unterdrückte alle Gedanken an die Ereignisse des gestrigen Abends. Das gespenstische Gemurmel hatte bei Haukurs Zelt angefangen. Was auch immer es gewesen war, das diese Geräusche ausgestoßen hatte, es konnte aus Haukurs Zelt gekrochen sein und sie verfolgt haben. Was, wenn die Wölbung unter der Zeltplane etwas Grauenerregendes war? Aber das konnte nicht sein. Das durfte nicht sein.

Dröfn stapfte zu Haukurs Zelt und schaufelte hastig mit den Händen den Schnee von der Vorderseite, um den Reißverschluss freizulegen. Bevor sie ihn aufzog, drehte sie sich noch einmal um und vergewisserte sich, dass Agnes und Tjörvi noch an derselben Stelle standen. Obwohl sie nicht weit weg waren, sahen sie im Dunkeln aus wie zwei Schattenwesen. Wie Leute, die gestorben sind, es aber noch nicht erfasst haben.

Vermutlich wirkte sie auf die beiden genauso. Da war ja auch etwas Wahres dran. Sie hatten so gut wie keine Überlebenschancen. Und Dröfn schien die Einzige zu sein, die sich dagegen sträubte, es zuzugeben. Agnes und Tjörvi wirkten so, als hätten sie sich im Grunde schon ihrem Schicksal ergeben.

Als sie den Reißverschluss öffnete und die Zeltplane anhob, rutschte der meiste Schnee herunter. Sie holte tief Luft. Jetzt gab es kein Zurück mehr. Was würde sie in dem Zelt vorfinden? Unter der halb eingestürzten Plane war es noch dunkler als draußen, sodass sie nichts sehen würde. Sie musste hineingreifen und tasten.

Dröfn biss die Zähne zusammen. Ihr war klar, dass sie loskreischen würde, wenn sie ein Bein oder einen Kopf berührte. Im Zelt regte sich nichts. Falls sie einen Körperteil ertastete, musste die Person tot sein. Trotz ihrer Handschuhe würde sie das Gefühl in den Fingern den ganzen Weg bis zum Auto verfolgen. Und wenn sie auf etwas Abartiges stieß, das noch lebendig war – und zugleich auch nicht? Sie wusste, was dann passieren würde. Sie würde verrückt werden.

Doch sie berührte nichts Derartiges, sondern einen Gegenstand, der sich wie Haukurs Rucksack anfühlte, und zog ihn heraus. Dadurch wurde die Wölbung im vorderen Bereich des Zelts kleiner. Sie tastete weiter, spürte aber nur etwas Weiches, das entweder der Schlafsack oder Kleidung sein musste. Da sie sich nicht bis ganz nach hinten ins Zelt recken konnte, beließ sie es dabei. Sie würde auf keinen Fall in das eingestürzte Zelt kriechen.

Dröfn hob den Rucksack hoch und stolperte zurück zu Agnes und Tjörvi. »Da ist niemand im Zelt, Agnes.«

Trotz der Dunkelheit war Agnes' schmerzverzerrtes Gesicht zu erkennen. »Dann müssen wir ihn suchen. Wir müssen Bjólfur suchen. Ich kann ihn nicht hier zurücklassen. Er braucht bestimmt Hilfe.« Agnes erwähnte Haukur mit keinem Wort. In den schlimmsten Momenten ist man sich selbst am nächsten.

Dröfn antwortete betont ruhig und sanft, als spräche sie mit einem Kind: »Ich glaube, es ist besser, wenn wir zum Auto gehen und Hilfe holen, Agnes. Ihr könnt beide nicht weit laufen, und wenn wir einen Umweg machen und nach Bjólfur suchen, schafft ihr es nicht zurück. Die Männer sind in die entgegengesetzte Richtung gelaufen, nicht in die, aus der wir gekommen sind, weißt du nicht mehr?«

»Wir suchen niemanden, und wir gehen auch nicht zum Auto, Dröfn«, sagte Tjörvi völlig emotionslos, als hätte er gerade Kaffee aufgesetzt und fände im Kühlschrank keine Milch. Er hatte sich nicht nur fast seinem Schicksal ergeben – er hatte schon resigniert.

»Natürlich gehen wir.« Dröfn umklammerte den Rucksack wie einen Rettungsring. »Wir müssen gehen.«

Obwohl Tjörvi ihr zugehört hatte, entgegnete er: »Es ist unmöglich, Dröfn. Wir werden den Weg nicht finden, und ich schaffe es nicht.« Er machte eine Pause und sagte dann: »Unsere einzige Hoffnung ist, uns hier einzugraben und zu warten, bis uns jemand rettet.«

Dröfn warf Agnes einen flehenden Blick zu. Sie hielten doch sonst immer zusammen. Aber Agnes war nur noch ein Schatten ihrer selbst. Sie starrte auf ihr verletztes Handgelenk und murmelte, sie müssten Bjólfur finden.

Verzweifelt versuchte Dröfn, die beiden zu überzeugen. »Niemand kommt und rettet uns. Niemand weiß, wo wir sind. Und hier in der Gegend sind auch keine anderen Leute unterwegs, es gibt nicht die geringste Chance, dass uns irgendein Suchtrupp zufällig findet, Tjörvi. Unsere einzige Hoffnung ist, selbst von hier wegzukommen.«

»Es ist zu weit, Dröfn. Wir werden erfrieren. Alle drei. Wenn wir warten, haben wir wenigstens eine winzige Chance.«

Schlagartig kam Agnes wieder zu sich. »Ich will nicht hierbleiben. Noch so einen Abend wie gestern überlebe ich nicht. Was war das eigentlich?« Da Dröfn und Tjörvi nicht reagierten, gab sie sich selbst die Antwort: »Etwas, das uns bedroht. Etwas Böses und Schreckliches. Ich will Bjólfur finden und dann hier weg. Vielleicht kriegen wir Handyempfang. Irgendwo ganz in der Nähe.«

Sie wussten alle, dass das Wunschdenken war, aber Dröfn sprang sofort darauf an. »Ja, lasst uns eine Handyverbindung suchen.« Als sie sah, dass Tjörvi etwas sagen wollte, kam sie ihm zuvor: »Ich suche Bjólfur. Und Handyempfang. Ich kann nicht lange suchen, Agnes, weil wir noch einen anstrengenden Marsch zum Auto vor uns haben. Aber ich suche in der Umgebung. Bis ich zurück bin, könnt ihr euch ausruhen, und dann gehen wir los.« Ihr war klar geworden, dass sie Opfer bringen musste. Sie wollte nicht alleine in der Dunkelheit herumlaufen, aber wenn sie Tjörvi und Agnes dadurch überzeugen würde, mit ihr zurückzugehen, war sie dazu bereit. Ihre schlimmste Vorstellung war, tagelang im Zelt zu hocken und darauf zu lauschen, dass das Gemurmel wieder einsetzte. »Einverstanden?«

Agnes nuschelte ein kaum hörbares Ja, während Tjörvi genauso leise verneinte. Dröfn hielt ihren Mann am Anorak fest und bat Agnes, sich ins Zelt zu legen. Als Agnes im Zelt war, flüsterte sie Tjörvi zu, sie würde nur ganz kurz weg sein. Sie würde immer geradeaus gehen bis zu der Stelle, an der die Männer Richtung Osten am Rand des Gletschers entlanggewandert waren, und dort umkehren. Es habe aufgehört zu schneien, sie könne sich nicht verlaufen. Sie würde ihrer eigenen Spur zurück zum Zelt folgen und wäre spätestens in einer Stunde wieder da. Er solle Agnes dazu bringen, einzuschlafen, damit sie so tun könne, als wäre sie länger fortgewesen.

Dröfn verstummte und blickte Tjörvi eindringlich an. »Ich hatte noch nie in meinem Leben solche Angst. Ich verspreche dir, vorsichtig zu sein. Bitte glaub mir.«

»Geh immer geradeaus und kehr an der Stelle um, wo du abbiegen müsstest. Weiche keinen Zentimeter von dieser geraden Linie ab. Und komm schnell zurück, versprich mir das.« Er beugte sich zu ihr runter und küsste sie auf die Stirn. Seine Lippen waren so aufgerissen, dass es sich anfühlte wie ein Strohbesen. »Ich warte hier auf dich. Nimm die Taschenlampe mit. Du brauchst sie dringender als wir.«

Dröfn drückte ihn so fest, wie es ging, ohne ihm wehzutun. Dann warf sie einen Blick ins Zelt auf Agnes, die sich auf dem Boden ausgestreckt hatte, und nahm die Taschenlampe von der Decke. Ihre Freundin lag auf dem Rücken und starrte mit versteinertem Gesichtsausdruck vor sich hin. »Ich muss euch die Lampe wegnehmen, Agnes. Ich werde Bjólfur suchen. Wenn ich ihn nicht finde, hat er sich bestimmt im Schnee eingegraben. Dann ist er sicher. Dann findet ihn die Rettungswacht.«

»Ja, aber versuch es, bitte!«

»Das mache ich, Agnes. Ich gebe mein Bestes.« Nachdem Dröfn die Taschenlampe an sich genommen hatte, gab es nichts mehr, was sie vom Losgehen abhielt. Aber sie musste Agnes noch etwas sagen. »Schlaf ein bisschen, Agnes. Wir sehen uns später. Leg dich hin und ruh dich aus. Für die Wanderung.«

Dröfn wurde bewusst, dass es unvernünftig war, wenn Agnes in ihrem Anorak einschlief. Die dicken Klamotten durften nicht feucht oder verschwitzt sein, wenn sie sich auf den Weg machten. Sie kniete sich hin und half ihrer Freundin vorsichtig aus den Sachen, stieß aber aus Versehen gegen ihr Handgelenk, und Agnes jaulte auf. Dann war es geschafft, und Dröfn half ihr, den Schlafsack zuzuziehen.

Danach kippte sie Haukurs Rucksack aus und suchte nach Schmerztabletten. Als ein Pillengläschen herausrollte, seufzte sie erleichtert – ein entzündungshemmendes Schmerzmittel, und das Gläschen war noch voll. Sie presste das Gläschen mit beiden Händen an ihre Brust, um es zu wärmen, bevor sie es aufschraubte und Agnes drei Tabletten schlucken ließ.

Dann stopfte sie Haukurs Sachen wieder in den Rucksack, damit Agnes und Tjörvi mehr Platz hatten. Darunter befand sich auch ein Taschenmesser, das sie behielt. Den Autoschlüssel fand sie nicht, zerbrach sich aber nicht weiter den Kopf darüber.

Sie würden das Auto einfach kurzschließen, wie im Kino. Das war noch eines der leichteren Dinge, die ihnen bevorstanden.

Bevor Dröfn aus dem Zelt krabbelte, versprach sie Agnes: »Heute Abend gehen wir ins Dampfbad. Wie besprochen. Mir ist wieder eingefallen, dass es im Hotel eins gibt.« Sie warf ihrer Freundin zum Abschied eine Kusshand zu.

Obwohl Dröfn ihrem Mann noch so viel sagen wollte, umarmte sie ihn nur, küsste ihn und sagte ihm, dass sie ihn liebe. Sonst hätte sie keine Kraft mehr gehabt, loszugehen. Sie half ihm ins Zelt, blieb selbst aber halb draußen, zog ihm den Anorak und die Schuhe aus und streifte ihm die Fäustlinge wieder über. Sie wollte nicht, dass er seine erfrorenen Finger vor Augen hatte. Dann klappte sie das Taschenmesser auf und legte es ihm in die Hand. »Für alle Fälle.«

Sie küsste ihn ein letztes Mal und riss sich los, bevor er die Tränen sehen konnte, die ihr über die Wangen liefen.

Dann wanderte sie hinaus in die endlose, dunkle Weite.

26. KAPITEL

»Stimmt was nicht?« Der Hubschrauberpilot schaute Hjörvar besorgt an. Er war kurz in die Station gehuscht, um auf die Toilette zu gehen. Währenddessen war Hjörvar in die Kaffeeküche gehastet und hatte aus dem Fenster geschaut. Es war wie ein Zwang. Doch als er die Vorhänge vorsichtig zur Seite schob, sah er nichts als Dunkelheit. Das kleine Mädchen war nicht zurückgekommen. Nachdem Hjörvar sie kurz auf dem Bildschirm gesehen hatte, war sie sofort wieder verschwunden. Im einen Moment hatte sie noch reglos vor dem Fenster gestanden, kerzengerade wie ein Zinnsoldat, die Nase an die Scheibe gepresst, und im nächsten war sie fort, als hätte die Nacht sie verschluckt.

Bis zur Ankündigung des Hubschraubers hatte Hjörvar immer wieder abwechselnd auf den Bildschirm und durch den Spalt zwischen den Vorhängen nach draußen gespäht. Er konnte sich einfach nicht beherrschen, obwohl er wusste, dass die Sicherheitskameras sein merkwürdiges Verhalten aufzeichneten.

Und jetzt hatte der Pilot es auch mitbekommen. Er hatte sich zwar nicht angeschlichen, aber Hjörvar hatte sich trotzdem erschreckt. Er war so auf das Fenster fixiert gewesen, dass er gar nicht gehört hatte, wie der Mann von der Toilette zurückgekommen war und sich ihm von hinten genähert hatte.

»Doch, doch, alles in Ordnung.« Hjörvar straffte sich, darum bemüht, ganz normal zu wirken. »Ich dachte, es wäre ein Vogel

271

gegen das Fenster geflogen.« Er fühlte sich wie als kleiner Junge, als er von seiner Mutter einmal beim Naschen der Weihnachtsplätzchen erwischt worden war und so getan hatte, als suche er im Vorratsschrank nach der Fernbedienung für den Fernseher.

»Ein Vogel?« Der Pilot machte ein ähnliches Gesicht wie damals seine Mutter. »Ich dachte immer, Vögel fliegen nur gegen Fensterscheiben, die sich spiegeln oder durch die man reingucken kann. Nicht wenn im Stockdunkeln die Gardinen zugezogen sind.«

»Ach, wirklich? Da ist jedenfalls kein Vogel, könnte also stimmen.« Hjörvar hatte das dringende Bedürfnis, noch einmal aus dem Fenster zu spähen. »Wahrscheinlich war es nur ein Windstoß.«

Der Mann nickte skeptisch, sagte aber nichts mehr dazu. »Also, danke noch mal. Dann fliege ich jetzt wieder los.«

»Keine Ursache. Kommt ihr morgen noch mal vorbei?«, fragte Hjörvar in der Hoffnung, dass man ihm nicht anmerken würde, wie sehr er sich eine negative Antwort wünschte. Noch eine Spätschicht würde er nicht überstehen. Eigentlich traute er sich auch keine Frühschicht mehr zu. Zu dieser Jahreszeit war es morgens und vormittags genauso dunkel wie jetzt.

Der Mann zog seine Jacke zu. »Man soll sich ja nicht zu weit aus dem Fenster lehnen, aber ich denke nicht. Da oben können doch verdammt noch mal nicht noch mehr Leichen liegen.«

»Nein, hoffentlich nicht«, sagte Hjörvar aus tiefster Überzeugung.

Als sie zur Tür gingen und er sich gerade nach der toten Frau erkundigen wollte, tauchte Kisi hinter einem der großen Container auf. Das war sehr ungewöhnlich, normalerweise versteckte der Kater sich immer, wenn er den Hubschrauber hörte, und ließ sich erst wieder blicken, sobald er weggeflogen war. Er wirkte zerstreut.

»Eine Katze?«, fragte der Pilot verwundert und musterte das Tier, das stehenblieb und den überraschenden Gast anstarrte.

»Ja«, antwortete Hjörvar beiläufig. »Ein Kater, der durch die Gegend streift und manchmal bei uns vorbeischaut.«

Der Pilot bückte sich und wollte Kisi hinter den Ohren streicheln, aber der Kater entzog sich ihm. Der Mann richtete sich wieder auf und schaute sich um. »Hier gibt's doch eine Menge empfindliche Technik, oder? Ist es nicht gefährlich, wenn eine Katze dazwischen rumläuft?«

Hjörvar war komplett überfordert, sich eine kluge Antwort einfallen zu lassen. Eine Antwort, die garantieren würde, dass sich die Sache mit dem Kater nicht herumsprach. Wenn die Zentrale davon Wind bekäme, wären Kisis Tage auf der Station gezählt – und sei es auch nur, weil das den NATO-Leuten missfallen könnte. Immer wenn sich Besuch aus der Stadt oder von außerhalb ankündigte, sperrten Erlingur und er den Kater in ein Zimmer im Mitarbeiterhaus, und bis jetzt hatte ihn noch niemand bemerkt. »Es ist noch nie was passiert. Der ist ganz brav.«

»Verstehe.« Der Pilot schaute von Kisi zu Hjörvar und lächelte. Hjörvar kannte ihn nicht gut genug, um sein Lächeln deuten zu können. Er hoffte einfach, dass er den Mund halten würde.

Als sie rausgingen, folgte ihnen der Kater. Der Moment, in dem sich Hjörvar nach der toten Frau hätte erkundigen können, war verstrichen. Der Pilot verabschiedete sich und joggte zu dem wartenden Hubschrauber. Es war einer der beiden großen Helikopter der Küstenwache mit Platz für eine fünfköpfige Besatzung und fast zwanzig Passagiere. Unglaublich, dass sich dieses riesige, weißblaue Monstrum in die Lüfte erheben konnte. Hjörvar hatte noch nie richtig verstanden, wie das funktionierte, und ihm wurde immer ein bisschen mulmig, wenn der Helikopter von der Erde abhob.

Kisi setzte sich neben ihn und miaute. Er wirkte nicht ängstlich, sein Mauzen klang eher betrübt. Hjörvar überlegte, ob das Tier witterte, was sich an Bord befand. Katzen hatten einen viel besseren Geruchssinn als Menschen, und es war durchaus denkbar, dass Kisi den Geruch nach Tod erschnupperte.

Hjörvar winkte dem zweiten Piloten zu, der grüßend die Hand hob. Die Leute, die hinten saßen, starrten geradeaus, als der Hubschrauber abhob. Es war bestimmt unangenehm, wie in einer Konservenbüchse eingeklemmt zu sitzen, mit einer Leiche hinter sich. Als wollte der Kater ihm zustimmen, mauzte er laut. Kisi ließ den Hubschrauber nicht aus dem Blick und sah so aus, als würde er ihm gleich hinterherjagen. Aber er machte es nicht, sondern folgte Hjörvar in die Station.

Hjörvar wollte auf keinen Fall länger bleiben. Je eher er wegkam, desto besser. Er würde noch eine Kontrollrunde drehen und alles ausschalten, was ausgeschaltet werden musste. Dann würde er die Schlüssel und den Laptop holen und sich vom Acker machen. Er hatte es so eilig, wegzukommen, dass er aufpassen musste, auf der Schotterpiste zur Hauptstraße nicht zu schnell zu fahren. Wenn er mit dem Auto im Graben landete, hatte er ein noch größeres Problem als in der Station.

Im Gebäude war alles ruhig, bis auf die vertrauten Geräusche der Radarantenne. Und Kisis Mauzen. Hjörvar ließ keine unnötige Zeit verstreichen und machte sich sofort an die Arbeit. Beinahe rannte er durch die Räume und kontrollierte, ob alles in Ordnung war. Die Kaffeeküche und das Büro sparte er sich bis zuletzt auf. Sobald er den Laptop geholt und sich davon überzeugt hätte, dass die Kaffeemaschine ausgeschaltet war, würde er rausstürmen.

In der Kaffeeküche war auch alles so, wie es sein sollte. Die Vorhänge waren noch zugezogen, und Hjörvar widerstand der Versuchung, einen Blick durchs Fenster zu werfen. Wenn er noch einmal die kleine Hand oder das Gesicht des Mädchens sähe, würde alles nur noch schlimmer. Dann würde ihm der kurze Weg zur Haustür und zum Auto wie eine Ewigkeit vorkommen.

Hjörvar nahm den Laptop vom Schreibtisch und schob ihn blitzschnell in seine Tasche. Dabei kehrte er dem Bildschirm mit den Aufnahmen der Sicherheitskameras den Rücken zu. Die eine Kamera war immer noch auf die Wand mit dem Fenster der Kaffeeküche gerichtet. Hjörvar konnte an nichts anderes denken, aber es war besser, nicht zu wissen, was die Kamera aufnahm.

Als er gerade aus dem Büro eilen wollte, musste er doch noch ein letztes Mal hinschauen. Er blieb stehen und drehte den Kopf zum Bildschirm. Darauf war nichts Ungewöhnliches zu sehen. Nur die Wand, das Fenster und darunter der Schnee – unberührt. Hjörvar entfuhr ein Stöhnen. Er hatte gar nicht gemerkt, dass er die Luft angehalten hatte.

Alles würde gut gehen.

Natürlich würde es gut gehen.

Vor dem Fenster war nichts, da war nie etwas gewesen. Pure Einbildung, genau wie das Klingeln der Türsprechanlage. Er hatte zu einer ungünstigen Zeit Dinge über seine längst verstorbene Schwester erfahren und sich an ihre markerschütternden Schreie erinnert. Und an sich selbst, wie er sich als Kind die Ohren zugehalten hatte.

War er gemein zu Salvör gewesen? War etwas passiert, das er nicht mehr wusste oder verdrängt hatte? Ging seine Schwester ihm nicht aus dem Kopf, weil er über sein eigenes Versagen als Kind nachdachte? Natürlich war es absurd zu glauben, dass ein kleiner Junge Einfluss auf das Verhalten seiner Eltern haben könnte. Aber ein Kind wusste das nicht, deshalb hatte er sich damals vielleicht schlecht gefühlt und bekam jetzt wegen der unterdrückten Erinnerung Gewissensbisse. Obwohl er es nicht hätte ändern können, wenn seine Eltern Salvör schlecht behandelt hatten.

Das war die Erklärung. Er spürte es. Trotzdem wusste er immer noch nicht, warum sie so laut geschrien hatte. Oder wie sie zu Tode gekommen war. War es ein Unfall gewesen oder konnte es sein, dass … Nein, er wagte es kaum, den Gedanken zu Ende zu denken. War es etwa möglich, dass sein Vater seine eigene Tochter umgebracht hatte? Warum hätte er das tun sollen?

Ihr Vater war kühl und griesgrämig gewesen. Aber es war ein Unterschied, ob man einen schwierigen Charakter hatte oder sein eigenes Kind ermordete. Hjörvar konnte sich das nicht vorstellen. Oder doch? Er hatte seinen Vater nicht gut gekannt. Vielleicht war das alles kein Zufall. Falls sein Verdacht begründet war, hätte ihre Mutter Kolbeinn und ihn bestimmt vor ihrem Vater schützen wollen. Hätte sie ihm seine Söhne anvertraut, wenn er ihre Schwester getötet hätte? Garantiert nicht.

Aber das passte alles nicht richtig zusammen. Warum hätte ihr Vater Salvör umbringen sollen, selbst wenn sie anstrengend gewesen war? Er war nur selten zu Hause gewesen. Ihre Mutter hatte sich die meiste Zeit um die Kleine gekümmert. Außerdem hatte Hjörvar seinen Vater nie für einen bösen Menschen gehalten. Oder doch? Hatte Salvör so geschrien, weil er ihr etwas angetan hatte? Etwas, von dem er befürchtete, sie könnte es erzählen, wenn sie älter wurde?

Es war zwecklos, sich über die Vergangenheit den Kopf zu zerbrechen. Hjörvar erinnerte sich an nichts aus dieser Zeit und würde es auch nicht herausfinden. Es sei denn, er ginge zu einem Psychologen. Vielleicht könnte ein Therapeut ihm helfen, die Erinnerungen aus seinem Kopf zu befreien. Vermutlich bräuchte man dafür ein Brecheisen, aber wenn Hjörvar einen guten Therapeuten fände, wäre es vielleicht möglich. Er hatte ja nichts zu verlieren. Wenn er die Vergangenheit aufarbeitete, würde er in der Zukunft keine Schuld mehr mit sich herumschleppen und könnte sich darauf fokussieren, ein besserer Mensch zu werden.

Hjörvar fühlte sich etwas besser. Er war nicht mehr ganz so nervös, und sein Herz schlug wieder in einem normalen, gleichmäßigen Tempo. In der Station gab es nichts Mysteriöses, nur das, was seine verletzte Seele ersann. Es gab nichts zu befürchten. Hjörvar entschied sich doch dagegen, das Licht in der Kaffeeküche anzulassen und Erlingur vorzulügen, er hätte es vergessen.

Kisi strich um seine Beine, miaute immer noch und benahm sich unmöglich. Dass Hjörvar sich besser fühlte, beeindruckte ihn gar nicht.

In diesem Moment klingelte das Handy in seiner Tasche, es war Njörður, sein Sohn. Hjörvar war unbeschreiblich erleichtert und ging sofort ran. Sie tauschten ein paar höfliche Floskeln, und Hjörvar verkniff es sich, Njörður zu fragen, ob er einen Job gefunden hätte. Er wollte sich nichts vorflunkern lassen. Wenn sein Sohn einen neuen Job hatte, würde er es ihm schon sagen, ohne dass er ihn bedrängte. Ob er die Wahrheit sagen oder ihn anlügen würde, stand allerdings auf einem anderen Blatt. Doch es stellte sich heraus, dass Njörður aus einem anderen Grund anrief. Es ging um Salvör. Anscheinend hatte seine Schwester ihm von ihr erzählt.

Njörður wollte die Geschichte über Salvör nicht glauben, und Hjörvar wies ihn lieber nicht darauf hin, dass er der Experte für Lügengeschichten war, nicht sein Vater. Er log seine Kinder nie an. Vielleicht war das sein Fehler, dass er ihnen immer die Wahrheit sagte, denn die war selten das, was sie hören wollten. Er wiederholte nur, was er Ágústa auch gesagt hatte, nicht mehr und nicht weniger. Er würde seine Kinder auf keinen Fall in seine Mutmaßungen über Salvörs Schicksal einweihen.

In der düsteren Kaffeeküche war der Bildschirm, der die sich drehende Radarantenne zeigte, besonders auffällig. Hjörvars Blick wurde magisch von ihm angezogen, und er registrierte, dass die Übertragungsstörung wieder nicht mit dem Rundlauf des Senders übereinstimmte. Ihm wurde mulmig.

Das Gespräch kam ins Stocken, und bevor sie sich verabschiedeten, schlug Hjörvar seinem Sohn vor, dass er Ágústa und ihn zum Essen einladen würde, wenn er das nächste Mal in Reykjavík wäre. Es berührte ihn, wie sehr Njörður sich darüber freute.

Nach dem Telefonat stand Hjörvar wie angewurzelt da und starrte auf die massive Radarantenne, die sich im Kreis drehte. Die altvertraute Furcht beschlich ihn wieder. Sie umkrallte sein Herz, als er sah, wie sich eine kleine Hand ins Bild schob.

Hastig bückte er sich, nahm Kisi auf den Arm und stürzte zur Tür, ohne die kleinen nassen Fußspuren anzuschauen, die durch den Flur führten, Fußspuren, die vorhin noch nicht da gewesen waren.

Als er in den großen Raum mit den beiden Containern kam, nahm er aus dem Augenwinkel wahr, dass die Spuren vor der Treppe endeten, die in die Kuppel führte. Er erstarrte und blickte die Wendeltreppe hinauf. Die Stufen waren aus Gitterrost. Auf der obersten Stufe blitzte ein kleiner Fuß in seiner

Socke auf, und im selben Moment rastete Kisi aus. Er wand sich auf Hjörvars Arm, sodass er ihn fester packen musste. Dann rannte Hjörvar mit dem zappelnden Kater und dem Laptop unter dem Arm zur Eingangstür.

Bevor er rausgehen konnte, musste er Kisi absetzen, um die Alarmanlage einzuschalten. Seine Hand zitterte so stark, dass es ihm schwerfiel, die Ziffern einzutippen. Wie schnell konnte jemand die Treppe runterlaufen? Erst als Hjörvar seinen Arm mit der anderen Hand festhielt, schaffte er es und atmete durch.

Er hatte gerade die Tür ins Schloss gezogen, als von innen nach der Türklinke gegriffen wurde. Er wich zurück, verlor fast das Gleichgewicht, konnte sich wieder fangen und raste zum Tor. Nachdem er es geöffnet hatte, schaute er sich hektisch nach Kisi um. Der Kater war nirgends zu sehen. Sein schwarz geflecktes Fell hätte im Schnee gut zu erkennen sein müssen. Er musste sich versteckt haben. Hjörvar rief nach ihm. Er würde auf keinen Fall noch mal zurückgehen und ihn suchen. Früher war Kisi auch alleine draußen klargekommen, dann musste er das jetzt auch tun.

Hjörvar ging durchs Tor und zog es hinter sich zu. Noch einmal schaute er suchend über das Gelände hinter dem Zaun. Keine Spur von dem Kater.

Er warf den Laptop auf den Beifahrersitz, steckte den Schlüssel ins Zündschloss und ließ den Motor an, ohne sich vorher anzuschnallen. Das Piepen des Warntons ignorierte er einfach.

Hastig parkte er rückwärts aus und wendete den Wagen. Vor ihm lag die Schotterpiste zur Nationalstraße. Dort, wo der Lichtkegel der Autoscheinwerfer endete, verschwand sie in der Dunkelheit. Hjörvar schaltete das Fernlicht ein. Ein letztes Mal blickte er zur Seite, konnte Kisi nicht entdecken und fuhr los.

Er klammerte sich an das eiskalte Lenkrad, als wollte er es aus dem Wagen reißen. Am liebsten hätte er Vollgas gegeben, aber er beherrschte sich.

Vor dem Tor, das unbefugten Fahrzeugen die Durchfahrt versperrte, hielt er an und holte tief Luft. Er zählte bis zehn, sprang aus dem Auto und öffnete das Tor. Dann stieg er wieder ein, fuhr durch das Tor und wiederholte das Spiel in umgekehrter Reihenfolge. Solange er sich unter freiem Himmel bewegte, hielt er die Luft an. Beim Viking Café musste er noch eine Sicherheitsschranke öffnen, um auf der schnurgeraden Piste weiterfahren zu können. In dem flachen Holzhaus waren alle Lampen ausgeschaltet, und auch in dem Pferdestall auf der anderen Straßenseite brannte kein Licht. Er durfte jetzt nicht die Nerven verlieren, musste die Autoscheibe runterlassen und seine Zugangskarte an das Lesegerät halten. Aus dem Augenwinkel sah er den PKW, der seit Wochen neben der Straße stand und über den Erlingur sich jedes Mal aufregte. Bisher hatte Hjörvar sich nicht um ihn geschert, aber jetzt meinte er, eine Person am Steuer sitzen zu sehen, die ihn beobachtete. Völliger Schwachsinn, trotzdem wurde er das Gefühl nicht los.

Zum ersten Mal fiel ihm auf, wie langsam die Schranke hochging. Sobald er sich sicher war, dass das Auto durchpasste, gab er Gas, entgegen seiner Gewohnheit, erst zu warten, bis die Schranke wieder unten war.

Als er die Nationalstraße mit dem vertrauenerweckenden Asphalt unter den Rädern erreicht hatte, entspannte er sich ein wenig. Er fuhr an den Rand, nahm das Funkgerät und meldete sich bei der Zentrale. Das entsprach nicht ganz der Vorschrift, er hätte eigentlich vor der Abfahrt Bescheid geben müssen, aber im Moment hatte er andere Sorgen.

Der Kollege, der den Funkruf entgegennahm, schien nichts zu bemerken, obwohl Hjörvars Stimme zitterte. Nachdem er die Meldung hervorgestammelt hatte, verabschiedete er sich sofort. Dann legte er das Funkgerät weg und blickte zum Meer und zur Radarstation.

Die riesige weiße Kuppel, die die Antenne schützte, war in der Dunkelheit nur schwer zu erkennen. Hjörvar richtete die Augen wieder auf die Straße. Er würde ganz schnell in Höfn sein. Bis dahin durfte er nur nicht in den Rückspiegel schauen.

Als er die Ortseinfahrt passierte, ging es ihm schlagartig besser. Vielleicht brauchte er doch keinen Psychologen. Jedenfalls nicht nur. Er musste vor allem herausfinden, was mit seiner Schwester passiert war. Erst dann würde er mit sich selbst ins Reine kommen. Nachdem er sie enttäuscht hatte, nachdem er sich die Ohren zugehalten hatte, als sie ihn am meisten brauchte. Erst dann würde er akzeptieren, dass er selbst noch ein Kind gewesen war.

Vorher würde er keinen Frieden finden, was auch immer der Auslöser für diese Wahnvorstellungen und unerklärlichen Erlebnisse war. Ganz egal, ob Salvör ihn verstehen konnte oder nicht. Ob das alles nur Einbildung oder eine bizarre Wirklichkeit war, wie ein Hubschrauber, der in die Lüfte steigen konnte.

Hjörvar parkte vor dem heruntergekommenen Industriegebäude, in dem er hauste, und ging in seine Wohnung. Er zog nicht wie sonst die Schuhe aus, sondern marschierte geradewegs in die Küche, griff nach einer Flasche Gin und genehmigte sich einen großen Schluck.

27. KAPITEL

Die Warterei auf Geiri in der Polizeiwache war lang und nervig. Jóhanna sehnte sich nach einem heißen Bad, um ihre schmerzenden Muskeln zu lockern, und nach ihrem Bett. In der Wache konnte sie zwar duschen und sich in einer Zelle auf eine Pritsche legen, aber das war kein Ersatz. Immerhin leistete Rannveig ihr Gesellschaft.

Die junge Polizistin bemühte sich sehr. Sie erledigte ihre Aufgaben und schaute zwischendurch in dem Verhörzimmer vorbei, in dem Jóhanna es sich gemütlich gemacht hatte. Es gab ein kleines Sofa, das eine angenehme Atmosphäre schaffen sollte, damit Tatverdächtige den Polizisten bei der Vernehmung nicht an einem Tisch gegenübersitzen mussten. Das Sofa war wesentlich bequemer als die harten Küchenstühle in der Kaffeestube, aber es war ein Zweisitzer mit festen Armlehnen, auf dem man sich nicht richtig ausstrecken konnte. Jóhanna hatte schon verschiedene Liegepositionen ausprobiert. Normalerweise gab es bei allen Sofas und Stühlen wenigstens eine bequeme Position, nur bei diesem nicht.

Rannveig kam ab und zu herein und bot ihr etwas zu trinken oder einen Snack an. Ansonsten spielte Jóhanna die meiste Zeit mit ihrem Handy herum. Es war schon ziemlich alt, und der Akku wurde schnell leer. Irgendwann schaltete es sich ohne Vorwarnung aus, obwohl das Display noch fünfzig Prozent

Akkulaufzeit angezeigt hatte. Danach verging die Zeit noch langsamer. Jedes Mal, wenn Rannveig hereinschaute, verwickelte Jóhanna sie in ein Gespräch, aber ihr gingen bald die Themen aus.

Angesichts der Geschehnisse und der vielen Toten gab es kaum etwas, worüber man sich sonst unterhalten konnte.

»Wie wär's mit einem Kaffee? Oder ist dir das zu spät?« Rannveig stand wieder in der Tür. »Außerdem ist mir eingefallen, dass ich dir eigentlich eine Schmerztablette hätte anbieten sollen. Wir haben Entzündungshemmer, Tabletten oder eine Salbe. Ist in diesem Job überlebenswichtig.«

Jóhanna schluckte ihren Stolz runter und nahm die Tabletten dankend an. Sie stand vom Sofa auf und folgte Rannveig, damit sie ihr nicht wie eine Bedienstete den Kaffee und die Tabletten bringen musste. Es tat ihr gut, sich die Beine zu vertreten und die Umgebung zu wechseln. Trotz des lobenswerten Bestrebens, im Verhörzimmer eine gemütliche Atmosphäre zu schaffen, war es dort nicht gerade aufheiternd.

Jóhanna jammerte leise, als sie sich in der Kaffeestube auf den harten Plastikstuhl setzte. Sie rechnete es Rannveig hoch an, dass sie so tat, als hätte sie es nicht gehört. Stattdessen schüttelte die Polizistin noch eine Tablette aus dem Medikamentendöschen und gab Jóhanna drei anstatt der zwei, um die sie gebeten hatte. Sie schluckte sie sofort.

Danach gab es Kaffee in zwei pastellfarbenen Mumin-Tassen, die unter den gegebenen Umständen viel zu fröhlich wirkten.

»Ich habe den Kollegen angerufen, der heute Morgen die Anfrage auf Akteneinsicht entgegengenommen hat.« Rannveig reichte Jóhanna ein kleines Päckchen H-Milch. Während Jóhanna einen Schuss Milch in ihren Kaffee gab, setzte sich die Polizistin und sprach weiter: »Ich wollte wissen, was er von dem

Mann hält, wegen der Sache mit deiner offenen Haustür. Ob er ihm seltsam oder irgendwie gefährlich vorkam.«

Jóhanna fragte Rannveig lieber nicht danach, was sie mit »irgendwie« meinte. Sie wollte gar nicht wissen, wozu die Polizei den Mann für fähig hielt. »Und? Konnte er sich an ihn erinnern?«

Die Polizistin lächelte. »Ja. Hier schneien nicht viele Leute herein. Zum Glück. Die gute Nachricht ist, dass er kein schlechtes Gefühl hatte. Er meinte, es wäre ein ganz normaler Typ mittleren Alters, eher schüchtern und zurückhaltend. Ich glaube, du brauchst dir keine Sorgen zu machen. Trotzdem seltsam mit der Haustür. Ihr solltet auf jeden Fall bald das Schloss auswechseln.«

»Ich rufe morgen früh direkt den Schlüsseldienst an.« Jóhanna wärmte ihre Handflächen an der Kaffeetasse. Nach dem Einsatz in Lónsöræfi fröstelte sie innerlich noch immer. »Blöd von uns, dass wir das nicht nach der Hausübergabe gemacht haben. Ich bin gar nicht auf die Idee gekommen.«

Rannveig beruhigte ihr schlechtes Gewissen. »Ich hab auch nicht das Schloss ausgetauscht, als ich meine Wohnung gekauft habe. Man hat ja schon genug Stress mit dem Umzug.« Sie trank einen Schluck Kaffee und fügte lächelnd hinzu: »Eure Nachbarn haben sich bestimmt gefreut, als ihr das Haus gekauft habt. Du weißt wahrscheinlich, dass es ziemlich lange leer stand, zwei Jahre, wenn ich mich recht erinnere. Das ist echt lange für den Immobilienmarkt hier in Höfn. Der Vorbesitzer war ziemlich unbeliebt, das hat sich wahrscheinlich auf das Haus übertragen. Der Kerl war fast nie zu Hause, aber wir Kinder hatten richtig Schiss vor ihm. Wir spielten nie in der Nähe seines Gartens. Wir dachten, da würde es spuken.«

»Spuken?« Davon hatte Jóhanna noch nie gehört. Geiri hatte nichts dergleichen erwähnt, als sie den Kaufvertrag abgeschlossen hatten. Kein Wunder – eine kindische Geistergeschichte hatte bei einer so ernsten Angelegenheit wie einem Immobilienkauf nichts zu suchen. Dabei war Geiri selbst in Höfn aufgewachsen und kannte die Geschichte vermutlich. »Wie macht sich dieser Spuk denn bemerkbar?«

Rannveigs Lächeln verschwand. Anscheinend hatte Jóhanna zu ernst geklungen. »Ach, entschuldige. Ich hätte das nicht erwähnen sollen. Das war Unsinn, glaub mir. Wahrscheinlich bin ich wegen dieses Todesfalls darauf gekommen, nach dem der Sohn des ehemaligen Hausbesitzers sich erkundigt hat. Der Unfall geschah lange bevor ich und meine Freunde draußen spielten, trotzdem hielt sich die Geschichte unter den Dorfbewohnern, besonders unter uns Kindern. Vielleicht weil es um ein Kind ging. Es hieß, das tote Mädchen sei eine Wiedergängerin und wolle mit uns spielen. Wer darauf reinfallen würde, hätte nicht mehr lange zu leben. Wie gesagt, totaler Schwachsinn.«

Jóhanna zwang sich zu einem Lächeln. »Ja, natürlich. Totaler Schwachsinn.« Sie dachte an das kleine Mädchen im Nachbarhaus und an die eiskalten Finger, die Geiri und sie auf dem Rücken gespürt hatten. Ihr war unbehaglich zumute.

»Außerdem beruhte die Spukgeschichte gar nicht auf wahren Begebenheiten. In eurem Haus oder Garten ist kein Kind gestorben. Sie starb draußen in Stokksnes.« Die Polizistin schaute Jóhanna zerknirscht an. »Ich hätte das nicht erwähnen sollen. Ich dachte, du hättest schon mal davon gehört.«

»Ach, mach dir keine Gedanken.« Jóhanna stellte ihre Tasse auf den Tisch und winkte gelassen ab. Aber das war sie nicht. Sie hatte ein ungutes Gefühl und ärgerte sich außerdem über Geiri. Natürlich hätte er ihr das erzählen sollen. Doch die Wut verflog schnell wieder. Das hätte nichts an dem Hauskauf geändert. Der Preis war zu gut gewesen, um nicht zuzuschlagen. Sie hatten sich beide ein eigenes Haus gewünscht, und die Auswahl im Ort war nicht üppig gewesen. Sie waren keine Großverdiener, und in Höfn gab es, anders als in anderen ländlichen Gebieten, genug Arbeit und deshalb eine große Nachfrage nach Immobilien. Das Haus war ein Geschenk des Himmels gewesen. Ein Gespenst mehr oder weniger hätte daran nichts geändert.

Rannveig redete sich weiter um Kopf und Kragen: »Unter uns gesagt, glaube ich, dass die Geschichte von unseren Eltern in die Welt gesetzt wurde. Um uns davon abzuhalten, im Garten des Alten rumzutoben. Er war nicht wohlgelitten, ein unangenehmer Typ, dem man alles Mögliche zutraute. Aber weil er so selten zu Hause war, vergaßen wir Kinder das manchmal. Jedenfalls denke ich, dass das der Hintergrund ist.«

In diesem Moment ging die Tür zur Wache auf, und die Geräusche am Eingang unterbrachen die peinliche Stille, die nach dem Gespräch über das tote Mädchen und das Haus eingesetzt hatte. Das Stimmengewirr ließ darauf schließen, dass Geiri nicht alleine war, was Jóhanna bedauerte. Sie wäre am liebsten sofort zusammen mit ihm nach Hause gegangen, aber das konnte sie vergessen.

Trotzdem erschien Geiri alleine in der Türöffnung. Er lächelte Jóhanna müde an und nickte Rannveig zu. Die Polizistin sprang sofort auf, als wäre sie beim Faulenzen erwischt worden, und eilte aus der Kaffeestube. Geiri setzte sich auf ihren angewärmten Stuhl.

Jóhanna dachte, er würde fragen, was sie auf der Polizeiwache zu suchen habe, aber das machte er nicht. Wahrscheinlich war er noch müder als gestern. »Ich kann noch nicht nach Hause. Tut mir leid.«

»Mach dir keine Gedanken.« Genau dasselbe hatte sie zu der Polizistin gesagt – beide Male nicht wirklich überzeugend. »Ich kann ruhig warten.«

Dann erzählte sie ihm, warum sie auf der Wache war und dass sie bei ihrer Haustür das Schloss auswechseln müssten. Geiri hörte zu und nickte, war aber nicht richtig bei der Sache. Die Sache mit der Haustür war genauso belanglos, wie wenn sie im Sommer zur Wache gekommen wäre und ihm gesagt hätte, der Rasen müsse gemäht werden. Was hatte sie denn erwartet? Er war müde und hatte viel zu tun.

»Wir müssen noch ein paar Punkte durchgehen. Es dauert nicht lange. Das ist unser letzter langer Tag. Fürs Erste zumindest. Die anderen reisen morgen ab. Wir brauchen keine Unterstützung mehr, mit dem Rest kommen wir alleine klar. Es wird niemand mehr vermisst, und das Gebiet rund um die Leichenfundorte wurde gründlich abgesucht. Falls da oben noch mehr Leute unterwegs waren, werden wir sie suchen, wenn sie vermisst gemeldet werden. Bis dahin gehen wir davon aus, dass das alle waren.«

Geiri schaute ihr in die Augen und seufzte. »Der Fall ist so gut wie abgeschlossen. Als wir wieder Empfang hatten, konnte ich meine Mails checken. Die Ergebnisse der ersten Obduktionen liegen vor. Es gibt keine Anhaltspunkte für einen gewaltsamen Tod. Laut Gerichtsmedizin ist es deshalb kein Polizeifall mehr. Jetzt müssen andere rausfinden, was da oben tatsächlich passiert ist, falls das überhaupt möglich ist. Dein Freund Þórir hat angeboten, dabei behilflich zu sein. Er kennt ausländische Spezialisten, die er als Gutachter hinzuziehen könnte. Ab morgen muss ich nur noch den üblichen Papierkram erledigen. Tagsüber. Es sei denn, bei Wiktorias Obduktion kommt etwas Unerwartetes heraus.«

Das waren die besten Neuigkeiten, die er ihr überbringen konnte. Von jetzt an würden die langen dunklen Winterabende so sein, wie sie sein sollten. Nur sie beide in trauter Zweisamkeit. Keine kalten Finger, die sich über ihren Rücken tasteten. Alles würde wieder so sein wie vorher, und nach einiger Zeit würden die Ereignisse der letzten Tage nur noch eine schlimme Erinnerung sein. Eine Erinnerung, die sie immer seltener heimsuchen würde.

»Willst du mitkommen und den anderen hallo sagen? Es sind dieselben Leute, die bei uns zum Essen waren. Wenn sie wissen, dass du auf mich wartest, werden wir bestimmt früher fertig.«

Sie standen auf, und Jóhanna steckte den Kopf durch die Tür des Besprechungsraums und grüßte in die Runde. Die anderen sahen genauso fertig aus wie Geiri. Jóhanna sagte, sie sollten sich in Ruhe besprechen, sie werde so lange draußen warten. Ein bisschen Druck konnte nicht schaden. Wenn sie nicht bald ins Bett kam, musste sie sich morgen krankmelden oder im Rollstuhl zur Arbeit fahren.

Jóhanna sank wieder auf das kleine Sofa und suchte nach einer bequemen Sitzposition. Sie hatte immer noch keine gefunden, als Þórir auftauchte und verkündete, das Meeting sei gleich zu Ende. Dann fragte er, wo die Toilette sei, und sie erklärte es ihm. Dennoch verharrte er vor der Türschwelle und wirkte nervös, als läge ihm etwas auf der Zunge. Schließlich rückte er mit der Sprache heraus: »Ich wollte dir mein Beileid aussprechen. Wegen deiner Kollegin. Furchtbare Sache. Ganz furchtbar.«

»Äh, ja, danke. Das kam völlig unerwartet, wirklich seltsam. Ihre Familie in Polen tut mir am meisten leid. Es muss entsetzlich sein, eine Angehörige fern der Heimat zu verlieren. Das ist einfach ungerecht.«

»Sehe ich auch so. Ich bin froh, dass ich sie nicht anrufen

muss.« Þórir verschränkte die Arme vor der Brust und schien es nicht eilig zu haben, zur Toilette zu kommen.

»Ich auch.« Jóhanna fragte sich, wer diese Aufgabe übernehmen musste, wenn die Ermittlungen nicht mehr bei der Polizei in Höfn lagen. Der Gerichtsmediziner? Nein, eher unwahrscheinlich. Vermutlich jemand von der Polizei in Selfoss oder Reykjavík.

Þórir schaute einmal kurz nach rechts und links, steckte dann den Kopf ins Zimmer und flüsterte: »Ich kann dir was sagen, wenn du's erstmal für dich behältst.«

Jóhanna nickte mit großen Augen. Sie war zu müde, um so zu tun, als wäre sie nicht neugierig.

»Ich glaube, deine Kollegin ist früher gestorben als die anderen. Natürlich muss das noch durch die Obduktion bestätigt werden, aber ich bin mir ziemlich sicher. Die Leiche sah so aus, als wäre sie wesentlich länger gefroren gewesen als die anderen. Ich habe in meiner Ausbildung einiges über den Einfluss von großer Kälte auf den menschlichen Körper gelernt.«

»Du meinst, sie ist als Erste aus der Gruppe gestorben?«, fragte Jóhanna viel zu laut. Þórir blickte hektisch in den kurzen Flur, steckte dann wieder den Kopf ins Zimmer und flüsterte weiter.

»Jein. Ich meine, dass sie viel früher gestorben ist. Lange bevor die Wandergruppe im Hochland war. Mehrere Monate vorher.«

Jóhanna zögerte, konnte sich aber nicht beherrschen und wisperte: »Führst du das darauf zurück, wie ihr Gesicht aussah?« Wiktorias schwarze leere Augenhöhlen und ihr weit geöffneter Mund erschienen vor ihrem inneren Auge. Da Þórir nicht direkt antwortete, fragte sie weiter: »Was ist eigentlich passiert? Hat es was mit dem Blut zu tun, das bei der Hütte gefunden wurde?«

Þórir schüttelte den Kopf. »Nein, kann ich mir nicht vorstellen. Das war eher ein Tier. Ein Fuchs oder ein Rabe. Wahrscheinlich ein Rabe. Vögel fressen meistens zuerst die Augen und die Zunge. Weiches Gewebe, das sich leicht lösen lässt. Es ist schwieriger für sie, Haut oder Fell aufzureißen, um an das Fleisch zu kommen. Sie hätten bestimmt mehr gefressen, wenn die Leiche nicht unter dem Schnee gelegen hätte.« Þórir verstummte, als ihm klar wurde, dass Jóhanna nicht um eine detaillierte Beschreibung gebeten hatte.

Auch wenn sie das auf keinen Fall vertiefen wollte, musste sie noch eine Sache wissen, um nicht im Schlaf davon verfolgt zu werden: »Das ist bestimmt passiert, als sie schon tot war, oder?«

»Ja, ganz sicher.«

Jóhanna verfiel in ein dumpfes Schweigen. Sie wollte keine Leichenbeschreibungen mehr hören. Dass ihre ehemalige Kollegin so lange vor den anderen Leuten gestorben war, überraschte sie. Das musste sie erstmal sacken lassen. Wenn Þórir weg war, würden ihr bestimmt noch tausend Fragen einfallen, aber er konnte die Antworten sowieso nicht wissen.

»Bitte behalt das mit dem Todeszeitpunkt für dich. Das sind nur meine Vermutungen. Aber ich fürchte, Wiktorias Obduktion wird sie bestätigen.«

Nach diesen Worten eilte Þórir zur Toilette und ließ Jóhanna nachdenklich zurück. Wenn Wiktoria nichts mit der Gruppe aus Reykjavík zu tun gehabt hatte, was hatte sie dann mitten im Winter im Hochland gemacht? Ganz alleine.

Kurz darauf ging Þórir wieder an der Tür zum Verhörzimmer vorbei, aber Jóhanna tat so, als würde sie ihn nicht bemerken. Sie hatte genug gehört und brauchte Zeit zum Nachdenken.

Als die Besprechung zu Ende war, hatte sie immer noch keine Ahnung, was Wiktoria in Lónsöræfi gemacht haben könnte. Nachdem die auswärtigen Gäste sich auf den Weg zu ihren Hotels und Pensionen gemacht hatten, konnten Geiri und Jóhanna endlich die Wache verlassen. Jóhanna war noch nie so froh gewesen, in ihren Winteroverall schlüpfen und den Reißverschluss hochziehen zu können. Der Overall lag schwer auf ihren Schultern, aber das war ihr egal. Bald würde sie unter die Bettdecke schlüpfen.

Als sie ein Stück von der Wache entfernt waren, legte Geiri ihr den Arm um die Schultern. Auch wenn ihr schmerzender Körper mehr Gewicht kaum aushalten konnte, war es das wert. Jóhanna wollte die Stimmung nicht kaputtmachen, indem sie die offene Haustür oder die Spukgeschichte erwähnte. Und sie wollte auch nicht Þórirs Vertrauen zerstören und nach Wiktoria fragen. Das konnte alles warten.

Als sie über den Fußweg gingen, der unterhalb ihres Hauses entlangführte, fiel ihr Blick auf das hell erleuchtete Wohnzimmerfenster der Nachbarn. Der Rest des Hauses war dunkel, deshalb sah dieses eine Fenster aus wie ein eingeschalteter Bildschirm.

Im Fenster stand die kleine Tochter der Familie. Die Zubettgehzeit kleiner Kinder war längst vorbei, und da ansonsten kein Licht im Haus brannte, schliefen ihre Eltern bestimmt schon. Wenn Jóhanna sich nicht täuschte, trug die Kleine einen Schlafanzug. Sie hatte beide Hände auf die Fensterscheibe gelegt und sagte etwas. Dann winkte sie. Jóhanna und Geiri winkten zurück. Bis ihnen klar wurde, dass sie nicht ihnen zuwinkte, sondern jemandem im Garten. Geiri versteifte sich, hastete zu dem Zaun zwischen dem Fußweg und dem Garten und blickte sich suchend um.

Jóhanna trat neben ihn. Im Garten war niemand zu sehen. Dennoch winkte die Kleine am Fenster weiter.

28. KAPITEL

Lónsöræfi – in der letzten Woche

Der dünne Wolkenschleier löste sich allmählich auf. Ab und zu funkelten Sterne, einer oder zwei gleichzeitig, aber nie genug, um zu erkennen, um welches Sternbild es sich handelte. Dennoch schaute Dröfn immer wieder zum Himmel und klammerte sich an die Hoffnung, etwas Vertrautes zu sehen. Sie brauchte das jetzt, und sei es auch nur für den Bruchteil einer Sekunde, bevor es sich wieder zuzog. Um mehr bat sie nicht, nur um einen kurzen Augenblick, in dem sie etwas sah, das ihr vertraut war. Etwas anderes als endlosen Schnee und karge Landschaft.

Sie wusste nicht, wie lange oder wie weit sie schon gelaufen war. Die Umrisse der Zelte sah sie längst nicht mehr. Trotzdem drehte sie sich immer wieder um, um sich zu vergewissern, dass der Weg zurück noch da war. Dabei folgte sie keinem markierten Wanderweg – das Einzige, was sie sah, waren ihre eigenen Fußspuren, bis sie von der Dunkelheit verschluckt wurden.

Sie glaubte zwar, einer geraden Linie gefolgt zu sein, aber das war schwer einzuschätzen. Es gab keine Orientierungspunkte, und Dröfn hätte genauso gut einen großen Bogen laufen können, ohne es zu merken. Jedenfalls war sie noch nicht an der Stelle, wo es scharf nach rechts ging. Die Stelle, an der sie versprochen hatte umzukehren. Natürlich gab es nichts, was sie davon abhielt, das hier und jetzt zu tun. Nur ihr eigenes Gewissen. Sie würde Agnes nicht in die Augen schauen und ihr etwas vorlügen können.

Doch das war nicht der einzige Grund. Sie traute sich nicht, zu Tjörvi und Agnes zurückzukehren. Noch nicht. Es fühlte sich schrecklich an, mutterseelenallein durch die Wildnis zu marschieren, aber wenigstens musste sie hier nicht den Tatsachen ins Auge schauen: dass die beiden nicht in der Lage waren, zum Auto zurückzugehen. Solange Dröfn alleine unterwegs war, konnte sie den Zustand der beiden verdrängen und sich einreden, dass sie alle drei eine realistische Chance hätten, ans Ziel zu gelangen.

Das half ihr dabei, nicht in Panik zu geraten. Keine Geräusche, Stimmen und unheimliche Schatten in der Dunkelheit wahrzunehmen. Wenn sie so etwas bemerken würde, würde sie zurück zum Zelt flüchten, als wäre es eine schützende Stadtmauer. Selbst die dünne Zeltplane war besser als nichts.

Einmal sah sie aus dem Augenwinkel einen dunklen Fleck im Schnee, dessen Farbe sie im Dunkeln nicht erkennen konnte, aber sie war sich sicher, dass er rot war. Deshalb ging sie gar nicht erst näher ran und beleuchtete ihn. Tjörvi hatte von zwei Blutflecken gesprochen, aber das konnten sie nicht sein, dafür hatte es zu stark geschneit. Dröfn stapfte schnell weiter. Manches sah man besser nicht.

Als sich in der Dunkelheit vor ihr Umrisse abzeichneten, verkürzte sie ihre Schritte wieder. Sie näherte sich der Silhouette, kniff die Augen zusammen und erkannte, dass es eine Böschung war. Sie ragte steil vor ihr auf wie eine Wand, so kam es ihr aus einiger Entfernung und bei der schlechten Sicht zumindest vor. Vermutlich näherte sie sich dem Umkehrpunkt ihrer Wanderung. Bald müsste sie scharf rechts abbiegen, und dort würde sie umdrehen.

Dann käme der Rückmarsch. Sie würde ihren Spuren folgen und mit leeren Händen zum Zelt kommen, ohne etwas über Bjólfurs und Haukurs Schicksal in Erfahrung gebracht zu haben.

Sie hatte nichts gefunden, das darauf hinwies, dass sie hier gewesen waren oder sich noch in der Nähe befanden. Kein Wunder, der Sturm hatte ihre Spuren verwischt, sie weggefegt oder mit Schnee gefüllt. Falls Dröfn die Männer noch finden sollte, müsste sie buchstäblich über sie stolpern. Aber das war unvorstellbar. Angesichts von Tjörvis Zustand nach einer wesentlich kürzeren Zeit in der Kälte, konnten sie kaum überlebt haben.

Dröfns einzige Hoffnung war, dass sie sich schon früh im Schnee eingegraben oder eine andere Rettungsstrategie angewandt hatten, die Haukur kannte. Wenn Bjólfur alleine gelaufen war, hatte er bestimmt nicht rechtzeitig Schutz gefunden. Er wollte nie aufgeben und rackerte immer bis zum Umfallen weiter. Vielleicht war ein solches Verhalten in der Stadt in Ordnung, aber hier ging es um Leben oder Tod.

Dröfn hielt einen Moment inne. Sie wollte sich etwas wünschen und sich voll und ganz darauf konzentrieren. Eigentlich müsste sie drei Wünsche offen haben. So funktionierte das doch mit Wünschen. Man bekam immer drei. Deshalb musste sie es sich gut überlegen. Sie schloss die Augen und wünschte sich, dass Tjörvi wieder zu Kräften käme. Dass er wieder fit wäre, wenn sie zum Zelt kam. Sie wünschte sich, dass Agnes sich erholt hätte und sich zutraute, zum Auto zu laufen. Und sie wünschte sich, dass Bjólfur Haukur gefunden und seine Anweisungen befolgt hätte. Anderenfalls wollte sie Bjólfur nicht finden. Dann wäre er sicherlich nicht mehr am Leben, und sie wollte lieber mit der Nachricht zurückkehren, dass sein Schicksal offen war. Sie wollte ihrer Freundin nicht sagen müssen, dass ihr Mann gestorben war, alleine und verirrt in einem gnadenlosen Unwetter.

Dann öffnete sie die Augen und ging auf die Böschung zu, bis sie nicht mehr weiterkam, ohne zu klettern. Sie brauchte einen Moment, um sich zu orientieren und zu erkennen, wo rechts und links war. Normalerweise verwechselte sie das nicht, aber die endlose weiße Fläche und die Stille verwirrten ihre Sinne. Als sie ihre Gedanken wieder geerdet hatte, blickte sie nach rechts in die Richtung, in die laut Tjörvi die Männer gegangen waren.

Der Weg wurde auf der einen Seite von dem steilen Hang und auf der anderen von großen Felsen eingegrenzt. Das meiste Geröll war von Schnee bedeckt, aber hier und dort ragten Steine heraus. Der Mond brach durch die Wolken, und es wurde etwas heller. Die Taschenlampe war kurz davor, ihren Geist aufzugeben, und erleuchtete schon seit langem nur noch den Bereich unmittelbar vor Dröfns Füßen. Jetzt konnte sie viel weiter sehen und hielt Ausschau nach der Route, von der Tjörvi gesprochen hatte. Bestimmt würde der Mond bald wieder verschwinden.

Dröfn war zu müde, um zusammenzuzucken, als sie in einiger Entfernung eine Bewegung registrierte. Sie starrte nur in die Richtung und ärgerte sich, dass sie vorhin alle Wünsche aufgebraucht hatte. Jetzt hätte sie noch einen gebrauchen können. Sie würde sich wünschen, dass Bjólfur auf sie zukäme. Nicht etwas Böses.

Aber es war nicht Bjólfur, der auf sie zuwankte, und auch nicht Haukur. Es war die Rentierkuh. Sie schwankte, so als könnte jeder Schritt ihr letzter sein, und Dröfn brach es das

Herz, dass sie ihr keine Brotrinde hingeworfen hatte. Das Tier verhungerte buchstäblich vor ihren Augen.

Warum musste immer alles noch schlimmer werden? Dröfn liefen Tränen über die Wangen. Zuerst waren sie warm und angenehm auf der kalten Haut, doch je näher sie dem Kinn kamen, umso kälter wurden sie und brannten im Gesicht. Trotzdem konnte sie nicht aufhören zu weinen. Sie schluchzte nicht, sondern weinte leise um Tjörvi und Agnes und Bjólfur und Haukur und das Rentier und sich selbst.

Als ihre Tränen versiegten, fühlte sie sich nicht besser, sondern schlechter. Es brachte nichts, einfach nur dazustehen und auf ein Wunder zu warten. Ihre Zeit war abgelaufen. Sie musste sich aufraffen und zurück zu den Zelten gehen. Dort würde sie Agnes und Tjörvi Tabletten und Cognac einflößen und sich wieder auf den Weg machen.

Dröfn wollte gerade kehrtmachen, als das Rentier den Kopf senkte und im Schnee herumschnupperte. Zuerst dachte sie, es hätte Gras freigescharrt, und freute sich für das Tier. Doch dann ging sie näher ran und richtete das trübe Licht der Taschenlampe auf das, was aus dem Schnee ragte. Zu ihrem Entsetzen erkannte sie, dass es nichts zu fressen war. Das grelle Orange passte nicht zur Vegetation, zumindest nicht zu einer Pflanze außerhalb eines Ziergartens oder eines Gewächshauses. Wie zur Bestätigung hob das Rentier den Kopf und wich zurück. Es reckte den Hals und fixierte Dröfn, als erwartete es von ihr eine Reaktion.

Dröfn glaubte zu wissen, was sie da sah, und ging darauf zu. Das Rentier wollte offenbar keine Gesellschaft und schleppte sich langsam weiter. Als Dröfn die Stelle erreichte, an der sich die orange Farbe vom Schnee abhob, fiel sie auf die Knie. Nicht um besser sehen zu können, sondern ganz automatisch, als würde ihr Körper ihr sagen, dass es keine Hoffnung mehr gab, nur noch Kapitulation, dass der Schmerz zu groß war, um weiter aufrecht stehen zu können.

Sie begriff, was vor ihr im Schnee lag. Es war Bjólfurs bunter Schuh. Als sie sich alle neue Schuhe gekauft hatten, darunter auch Tjörvis miserables Model, hatte Bjólfur die Farbe passend zu Agnes' und seinem Anorak ausgewählt. Dröfn starrte auf die Ferse, die laut Verkäufer angeblich den Fußknöchel irrsinnig gut stützte. Sie beleuchtete den Schuh mit dem schwachen Licht der Taschenlampe und wischte dann vorsichtig den Schnee weg, nur ein bisschen. Schockierende Anblicke mutete man sich besser nur häppchenweise zu.

Aber es kam kein Fuß zum Vorschein. Als Dröfn beim oberen Teil des Schuhs angelangt war, stellte sie fest, dass er leer war. Sie buddelte weiter, grub den ganzen Schuh aus und zerrte ihn aus dem Schnee.

Die Schnürsenkel waren bis weit nach unten gelockert, sodass man leicht aus dem Schuh schlüpfen konnte. Demnach schien Bjólfur ihn nicht verloren zu haben, weil er ihn nicht fest genug zugeschnürt hatte.

Dröfn drehte den Schuh hin und her, als könnte er ihr erklären, was passiert war. Dann legte sie ihn wieder hin und wühlte weiter im Schnee. Sie fand den zweiten Schuh sofort. Bei dem war es genauso. Bjólfur schien die Schuhe aufgeschnürt und ausgezogen zu haben.

Wenn sie Tjörvis abgefrorene Zehen nicht gesehen hätte, wäre sie überraschter gewesen. Sie konnte sich vorstellen, dass man das Bedürfnis hatte, die Schuhe auszuziehen, weil man absurderweise seine geschwollenen Füße schützen wollte. Aber ohne Schuhe und mit Erfrierungen an den Füßen konnte Bjólfur nicht weit gekommen sein. Dröfn richtete sich auf und ließ die Schuhe im Schnee liegen. Sie nutzten niemandem mehr. Zuerst verharrte sie einen Moment und blickte sich suchend um, dann ging sie vorsichtig weiter. Sie wusste, dass sie bei jedem Schritt auf Bjólfurs Leiche treten konnte. Er musste völlig verzweifelt und nicht mehr bei Verstand gewesen sein, als er seine Schuhe ausgezogen hatte.

Dröfn musste nicht lange suchen. Ein paar Meter von den Schuhen entfernt lugte etwas aus dem Schnee, das aussah wie Haare. Sie wunderte sich, keinen Anorak und keine Skihose zu sehen, und hoffte, dass es sich nur um ein totes Tier handelte. Doch als sie näher kam, zuckte sie zurück. Unter dem Schnee schimmerte nackte Haut. Ihre Hoffnung, dass es ein Tier war, schwand. In dieser Gegend gab es keine Lebewesen ohne Fell.

Nachdem Dröfn sich hingekniet und genug Schnee zur Seite geschoben hatte, erkannte sie, dass der Mann weder einen Anorak noch einen Pullover oder eine Skihose trug. Er hatte sich fast vollständig ausgezogen. Sie wischte den Schnee von seinen Haaren. Sie musste sich davon überzeugen, dass es wirklich Bjólfur und nicht Haukur war. Da beide Männer dunkelhaarig waren, konnte man sie nur an den Haaren nicht auseinanderhalten. Dröfn musste den Toten weiter ausgraben, als sie gedacht hatte.

Der Mann lag auf dem Bauch. Sie versuchte, seinen Kopf zu drehen, aber sein Hals war steifgefroren, sodass sie es auch mit etwas mehr Krafteinsatz nicht schaffte. Was, wenn seine Knochen knacken würden? Dröfn schaute zum Himmel. Dann ließ sie den Kopf hängen und weinte still neben der Leiche. Sie konnte nicht mehr. Es waren Bjólfurs Schuhe. Sie brauchte das Gesicht ihres toten Freundes nicht zu sehen, um sicher zu sein. Sonst würde sie sich einfach neben ihn legen und aufgeben.

Dröfn raffte sich hoch und ließ die Taschenlampe im Schnee liegen. Sie flackerte noch einmal, dann erlosch der schwache

Lichtstrahl. Die Wolken ballten sich zusammen, und der Himmel verdunkelte sich. Als der Mond verschwand, ließ die Sicht wieder nach. Dröfn blickte ein letztes Mal auf die Leiche und begriff etwas, das sie im ersten Moment nicht hatte wahrhaben wollen: Bjólfur lag falsch herum. Er war in dieselbe Richtung gekrochen, aus der er gekommen war. Nicht zu den Zelten, nicht in Sicherheit, nicht zu Agnes. Dröfn fror so stark, dass sie nicht mehr erschauern konnte. Sie hatte zu lange stillgestanden und musste sich bewegen, wenn sie nicht so enden wollte wie Bjólfur.

Sie ahnte, wovor er geflohen war.

Dröfn betete still, dass sie auf dem Rückweg kein Gemurmel hören würde. Das Wünschen hatte sie aufgegeben, es hatte offenkundig nicht viel gebracht. Dann machte sie kehrt und ging in Richtung der Zelte. Als sie an etwas vorbeikam, das aussah wie Haukurs zugeschneiter Anorak, verlangsamte sie nicht ihren Schritt. Bjólfur war tot. Haukur war tot. Sie würde es nicht verkraften, noch mehr Leichen zu sehen.

Genau wie auf dem Hinweg verlor Dröfn jegliches Zeitgefühl. Der Rückweg war leichter, weil sie in ihre alten Fußspuren treten konnte, aber an den Stellen, wo die Löcher im Schnee sehr tief waren, war das Laufen beschwerlich. Trotzdem hielt sie sich an ihre eigene Spur, sonst würde sie bestimmt vom Weg abkommen.

Als sie endlich die Zelte in der Ferne sah, taten ihre Füße weh. Sie waren erst kalt geworden und hatten dann langsam angefangen, zu schmerzen. Dröfn verdrängte das Bild von Tjörvis Füßen und schärfte sich ein, dass sie ihre Schuhe nicht ausziehen würde, bevor sie wieder losging. Falls ihre Zehen so aussahen wie seine, wollte sie es lieber nicht wissen.

Nachdem sie etwas näher gekommen war und das Camp besser erkennen konnte, blieb sie stehen. Sie musste erst Atem schöpfen, bevor sie zu Tjörvi und Agnes ins Zelt kriechen konnte. Und all ihren Mut zusammennehmen, um nicht zu kollabieren.

Dröfn brauchte länger als erwartet. Ihre kalten Füße pochten, und sie atmete langsam aus. Sie wollte nicht länger warten, aber dann fiel ihr etwas auf. Im Zelt war es ganz still. Agnes und Tjörvi hatten keinen einzigen Laut von sich gegeben, seit sie da war. Es war völlig ruhig und windstill. Falls Tjörvi schlief, war es das erste Mal, dass er nicht schnarchte. Dröfn leckte sich über die Lippen und merkte, dass sie trocken und rissig waren.

Dann machte sie zwei Schritte auf das Zelt zu. »Tjörvi? Agnes?« Keine Antwort. Sie trat näher und sah, dass die Zeltplane auf der Rückseite flatterte. Als sie um das Zelt herumging, wurde die Plane von einem Windstoß hochgeweht, und für einen kurzen Augenblick tat sich ein Spalt auf. Ihr Herz zog sich zusammen. Sie hatte niemanden gesehen. Sie rief noch einmal, kaum noch Hoffnung in der Stimme: »Tjörvi? Agnes?« Wieder nichts als Stille. Dröfn biss die Zähne zusammen, griff nach der zerrissenen Plane und spähte ins Zelt. Es war leer.

Verzweifelt richtete sie sich auf. Sie taumelte auf die Vorderseite und zog den Reißverschluss auf. Dort bot sich ihr derselbe Anblick: Schlafsäcke, Rucksäcke, warme Kleidungsstücke und andere Utensilien. Ansonsten war das Zelt leer.

Dröfn hatte keine Kraft, das Zelt wieder zu schließen. Sie blickte auf den Boden und suchte den Schnee vor dem Zelt ab. Da waren ihre Spuren, als sie alle aus dem Zelt gekrochen waren, um zu pinkeln, und Dröfns eigene Fußabdrücke, die vom Zelt weg- und wieder zurückführten. Es gab keine Spuren, die ihr zeigten, in welche Richtung Agnes und Tjörvi gegangen waren. Stattdessen fand sie seltsame Abdrücke im Schnee, die zu dem Riss in der Zeltplane führten. Dort schien jemand durch den aufgerissenen Spalt aus dem Zelt gekrochen zu sein. Wie hypnotisiert folgte Dröfn den Kriechspuren, die vom Zelt wegführten, weiter und weiter, bis sie stehenblieb und erneut auf die Knie fiel. Die Stille wurde von einem Schrei zerrissen, der tief aus ihrer Bauchhöhle kam. Er brach aus ihr heraus, als hätte man ihr einen Knüppel in den Magen gerammt.

Da lagen Agnes und Tjörvi, mit nur wenigen Metern Abstand. Sie hatten weder Jacken noch Schuhe an und lagen auf dem Bauch. So wie Bjólfur waren sie fast nackt. Agnes trug lediglich ein langärmeliges Wollunterhemd und Tjörvi eine lange Unterhose, sein Oberkörper war nackt. Ihre Köpfe waren einander zugewandt. Sie hatten sich im Moment des Todes angeschaut. Dröfn heulte noch einmal auf, in einer Lautstärke, die sie sich nie zugetraut hätte. Es war offensichtlich, dass beide tot waren. Lebendige Menschen sahen anders aus, sie lagen nicht reglos im Schnee, in der eiskalten Umarmung der Erde.

Dröfn rutschte näher heran, sie schrie immer weiter. Ihr Gesicht war tränenüberströmt, und Rotz lief ihr aus der Nase. Die salzigen Tränen brannten auf ihren trockenen, aufgerissenen Lippen. Als sie bei Tjörvi angelangt war, nahm sie sein Gesicht in die Hände und schluchzte so heftig, dass ihr ganzer Körper geschüttelt wurde. Sie weinte um die Zukunft, die es nicht geben würde, weinte um die Liebe, die nur noch eine Sehnsucht wäre, weinte um seinen warmen Körper, der gefroren war, seine Stimme, die verstummt war, und um alles, was sie nie mehr gemeinsam erleben würden.

Nach einer Weile löste sie Tjörvis Gesicht aus ihren nassen Handschuhen. Sie zog einen Handschuh aus und strich ihm über die Wange. Seine Haut fühlte sich kalt und rau an, ganz anders als sonst. Sie vermied es, sein deformierten Hände anzuschauen, und suchte nach einer Stelle, die sie streicheln konnte.

Schließlich legte sie ihm die Hand auf den Kopf. Seine Haare waren noch am ehesten so wie vorher.

Von den Zelten hinter sich hörte sie jetzt das leise Gemurmel, vor dem sie sich die ganze Zeit gefürchtet hatte. Langsam drehte sie sich um und sah, dass die Zeltplane sich bewegte. Sie meinte, etwas aus dem Zelt krabbeln zu sehen. Ihre Trauer schlug in Panik um, und sie sprang auf. Sie musste hier weg.

Doch trotz ihrer Angst konnte sie Agnes und Tjörvi nicht einfach wie Tierkadaver im Schnee liegen lassen. Da sie keine Zeit hatte, sie zu begraben, riss sie sich den Schal vom Hals, legte ihn auf Tjörvis Gesicht und bedeckte Agnes' Wange mit einem Handschuh. Etwas anderes hatte sie nicht.

Im nächsten Moment fiel ihr Blick auf Tjörvis Handy und das Messer zwischen den beiden Leichen im Schnee. Rasch hob sie beides auf und steckte das Handy in die Anoraktasche. Vielleicht würde sie ja doch noch irgendwo Empfang bekommen. Ihr eigenes Handy war so gut wie leer. Das aufgeklappte Messer würde sie in der Hand behalten. Auch wenn sie sich eine größere Klinge gewünscht hätte, es war immerhin eine Waffe. Dröfn umklammerte den Schaft mit ihrer behandschuhten Hand. Das Messer gab ihr etwas Sicherheit, auch wenn es Agnes' und Tjörvis Leben nicht hatte retten können. Dann marschierte sie los in die Richtung, aus der sie ihrer Meinung nach gekommen waren. Sie verschwendete keinen Gedanken daran, was sie machen sollte, wenn sie den Weg nicht wiedererkennen würde. Sie wollte nur so schnell wie möglich weg. Solange sie sich darauf fokussierte, musste sie an nichts anderes denken.

Dröfn kam langsamer voran, weil sie sich ständig umdrehte, aber es machte keinen großen Unterschied, denn jedes Mal, wenn sie eine Silhouette sah, die sie zu verfolgen schien, hastete sie wieder einige Schritte vorwärts. Sie musste nicht genauer hinschauen, sie wusste, wer das war. Die erfrorene Frau ohne Jacke, die vor der Hütte gestanden und auf die Tür gestarrt hatte.

Erst als Dröfn auch vor sich eine Bewegung wahrnahm, blieb sie wie vom Donner gerührt stehen. Es schien eine größere Kreatur zu sein, aber sie merkte schnell, dass es die Rentierkuh war. Sie hatte ihr das Hinterteil zugedreht und stakste langsam durch den verharschten Schnee. Dröfn hatte die Orientierung verloren und beschloss, dem Tier zu folgen. Was blieb ihr anderes übrig? Das Rentier hatte sich fast die ganze Zeit während dieses Horrortrips in ihrer Nähe befunden, und vielleicht lief es auch denselben Weg zurück. Das Tier bewegte sich zwar langsam, machte aber größere Schritte als Dröfn, deshalb musste sie sich anstrengen, mitzuhalten.

Irgendwann war sie völlig ausgelaugt. Die Schuhe platzten ihr fast von den Füßen, und sie spürte ihre Zehen nicht mehr. Ihre Finger waren taub. Sie hatte die bloße Hand zwar in die Anoraktasche gesteckt, aber der ungefütterte, kalt glänzende Stoff spendete keine Wärme.

Dröfn begann unkontrolliert zu zittern. Sie durfte das Messer nicht verlieren. Krampfhaft umklammerte sie den Schaft. Ihre Gedanken entglitten ihr, und sie war sich nicht mehr sicher, ob sie wach war. Vielleicht war das nur ein Albtraum. Sie war konfus und wusste nicht mehr genau, warum sie durch den Schnee lief und wo sie war. Sie wusste nur, dass sie dem Rentier folgen musste.

In diesem Moment sank die Rentierkuh auf die Vorderbeine und versuchte vergeblich, wieder hochzukommen. Dröfn blieb stehen, um sich kurz auszuruhen, und wartete darauf, dass das Tier wieder auf die Beine kam. Sie zitterte immer noch und rang nach Luft.

Da fiel das Rentier auf die Seite. Es bog seinen schweren Kopf nach hinten und brüllte kläglich den dunklen Himmel an. Obwohl Dröfn selbst mehr tot als lebendig war, begriff sie, dass das Tier aufgegeben hatte. Sie stolperte auf das Rentier zu, und als sie ganz dicht bei ihm war, ließ es den Kopf auf den Boden sinken. Es wollte ihn noch einmal heben, war aber zu geschwächt. Dröfn sah das Weiße in den braunen Augen aufblitzen, als das Rentier versuchte, ihrem Blick auszuweichen.

Dröfn fiel auf die Knie, diesmal nicht aus Trauer, sondern weil sie nicht mehr stehen konnte. Sie verharrte einen Moment, von krampfartigem Zittern geschüttelt. Sie sah das Fell des Rentiers vor sich und robbte näher heran. Das Fell war bestimmt warm. Und weich.

Wenn sie sich nur kurz ausruhen könnte, wäre alles gut. Dröfn schlang die Arme um ihren Oberkörper, ganz vorsichtig, damit sie sich nicht mit dem Messer verletzte. Dann kuschelte sie sich an das dicke Fell. Sie spürte, wie sich der Rumpf des Rentiers hob und senkte, und hörte sein Herz durch ihre Kapuze schlagen. Dröfn ging durch den Kopf, dass sie Schicksalsgefährtinnen waren. Hier lagen sie, eine Rentierkuh, die nicht die Geistesgegenwart besessen hatte, sich vor dem Winter aus dem Hochland zu flüchten, und eine Frau, die nicht die Geistesgegenwart besessen hatte, sich im Winter vom Hochland fernzuhalten. Dröfns Lider wurden schwer, und sie war fast eingeschlummert, als der massige Körper des Rentiers ganz ruhig wurde und sein Herzschlag stoppte.

Dröfn schlug die Augen auf. Es war ein wenig heller geworden, und zu ihrer Verwunderung sah sie, dass die Hütte nicht weit entfernt war. Sie schaute auf sie hinunter, also musste sie sich an einem Hang befinden. Ihre Gedanken wurden klarer, und sie begriff, dass sie gerettet war. Das Rentier hatte sie dorthin geführt, wo sie hingewollt hatte. Von hier aus musste sie nur noch zum Auto gelangen. Wenn sie bis zur Hütte gekommen war, würde sie auch noch das letzte Stück schaffen. Das erschien ihr logisch, aber ihr Kopf fühlte sich wattig an.

Dröfn schlang die Arme fester um sich. Sie musste nur aufstehen, zur Hütte gehen und sich aufwärmen. Kräfte sammeln für die letzte Etappe. Sie wollte nicht in die Hütte, aber ihr blieb keine andere Wahl. Sie musste aufhören, zu zittern.

Das war ein guter Plan. Dröfn betrachtete zufrieden die Hütte. Bevor sie den Hang hinuntersteigen würde, würde sie sich nur noch einmal kurz hinlegen.

Für einen Moment die Augen schließen.

Nur für einen Moment.

Einen winzigen Moment.

Ihre Lider sanken, doch bevor ihre Augen vollständig geschlossen waren, sah sie die Tür der Hütte aufgehen. Trotzdem fielen ihre Augen zu, und sie schlief ein. Kurz darauf zuckte sie zusammen, als sie jemand anstieß. Adrenalin schoss durch ihre Adern, und sie konnte plötzlich klar denken. Sie packte das Messer fester, bereit, sich gegen alles zu wehren, was ihr seit der Nacht in der Hütte Angst eingeflößt hatte. Mit letzter Kraft schlug sie die Augen auf und hob den Kopf.

Dröfn lächelte, als sie das vertraute Gesicht sah. Sie lockerte den Griff um das Messer, und es glitt neben ihr in den Schnee. Alles würde wieder gut. Sie war gerettet.

Doch es dauerte nicht lange, bis sie es bereute, dass sie das Messer losgelassen hatte.

29. KAPITEL

Jóhanna sammelte die Auflagen der Gartenmöbel ein, die auf der Terrasse verstreut lagen. Der Wind hatte die Kiste umgeschmissen, in der sie aufbewahrt wurden, und würde sie aufs Meer hinausfegen, wenn sie nicht eingriff. Sie stöhnte jedes Mal, wenn sie sich bückte, tröstete sich aber damit, dass die Schmerzen nicht mehr so schlimm waren wie gestern. Morgen würde es noch besser sein und immer so weiter, bis die Erinnerung verblasst wäre. Bis sie sich das nächste Mal überanstrengen würde.

Sie warf das letzte Kissen in die Kiste, drückte den Deckel nach unten und straffte vorsichtig den Rücken. Es war ein langer, anstrengender Tag gewesen, weil sie viel nacharbeiten musste – neben den normalen Aufgaben eine ganze Liste von Dingen, die ihre Kollegin gestern alleine nicht geschafft hatte. Jóhanna hatte sich angestrengt, trotz der Schmerzen und einer schlaflosen Nacht. Sie war immer wieder aufgewacht mit dem Gefühl, dass jemand die Haustür öffnen und ins Haus eindringen würde. Schließlich war sie leise aufgestanden, um Geiri nicht zu wecken, und hatte die Türklinke mit einem Küchenstuhl festgeklemmt. Danach konnte sie endlich bis zum Morgen durchschlafen.

Die nächste Nacht würde besser werden. Davon war sie überzeugt. In der Mittagspause war sie kurz nach Hause gegangen und hatte sich mit einem Mitarbeiter vom Schlüsseldienst getroffen, der das Schloss ausgewechselt hatte. Jetzt würde niemand mehr reinkommen außer Geiri und ihr.

Jóhanna machte ein paar Dehnübungen, die ihr guttaten, und wollte dann im Garten einen Stein suchen, mit dem sie den Deckel der Kiste beschweren konnte. Der Wind warf die Kiste regelmäßig um, und das nervte langsam.

Sie ging von der Terrasse zum Gartenzaun und scharrte in dem Beet, wo sie die Steine gesehen hatte, mit dem Fuß im Schnee.

Da hörte sie von der anderen Seite des Zauns eine Kinderstimme. Sie hob den Kopf und sah die kleine Nachbarstochter über den Zaun spähen. Da der Zaun höher war als sie, musste sie auf den Querbalken geklettert sein. »Hallo! Pass auf, dass du nicht runterfällst!«

»Ich falle nicht. Ich kann gut klettern«, erwiderte die Kleine, von der Jóhanna nur die Augen und die Nase sah. »Ich klettere oft hier rauf. Und rede mit dem Mädchen.«

»Welches Mädchen?« Jóhannas Stimme war schriller als beabsichtigt. »Hier wohnt kein Mädchen, Schatz.«

»Doch! Aber du bist nicht ihre Mama. Sie wohnt in deinem Garten. Manchmal kommt sie rüber in meinen Garten. Aber nur manchmal.«

Jóhanna schluckte. »Außer mir ist niemand im Garten. Außerdem ist es schon spät. Zeit fürs Abendessen. Du solltest besser reingehen.«

Die blonden Locken wippten hin und her, als die Kleine den Kopf schüttelte. »Ich hab keinen Hunger. Ich will draußen spielen. Mit meiner Freundin. Mama hat gesagt, ich darf das. Meine Freundin ist wohl da!« Sie streckte ihren Arm über den Zaun, und es hätte nicht viel gefehlt, und sie wäre runtergefallen, weil sie sich nur noch mit einer Hand festhielt. Aber sie konnte sich wieder fangen und zeigte mit ihrem rundlichen Finger in den Garten hinter Jóhanna. »Da hinten. Sie hat nur einen Schuh an.«

Jóhanna drehte sich nicht um, sondern spähte zur Terrassentür. Sie wollte sichergehen, dass Geiri nicht hörte, was sie als Nächstes sagen würde. »Es ist verboten, mit dem Mädchen im Garten zu spielen. Streng verboten. Du musst dir eine andere Freundin suchen, im Kindergarten. Versprich mir das!«

Die Nachbarstochter runzelte die Stirn. »Warum?«

»Darum! Es ist verboten, mit dem Mädchen in meinem Garten zu spielen. Streng verboten. Und es ist auch verboten, auf den Zaun zu klettern. Es ist gefährlich und streng verboten!«, sagte Jóhanna zornig und das nicht ohne Grund. Sie kannte sich zwar nicht mit Kindererziehung aus, war aber selbst einmal Kind gewesen. Und sie wusste noch, dass sie wütenden Erwachsenen aus dem Weg gegangen war. Hoffentlich hinterließen ihre Worte den beabsichtigten Eindruck.

»Du bist doof!« Das Köpfchen verschwand, und Jóhanna hörte, wie die Kleine ins Haus rannte. Jóhanna blieb verwirrt zurück und vergaß völlig, einen Stein zu suchen. Sie wollte nur noch zurück ins Haus.

Mit schnellen Schritten eilte sie zur Terrasse. Nachdem sie die Terrassentür hinter sich zugezogen hatte, kam ihr das Gespräch mit der Kleinen unwirklich vor. Hatte sie wirklich mit dem Nachbarskind geschimpft? Wegen einer Geistergeschichte, die die Kleine aufgeschnappt hatte, allerdings in einer harmloseren Variante als die, von der die Polizistin ihr erzählt hatte? Jóhanna bezweifelte zumindest, dass die Kleine noch mit ihrer unsichtbaren Freundin spielen wollte, wenn sie glauben würde, dass sie sie ins Grab locken würde.

Jóhanna konnte der Versuchung nicht widerstehen, den Garten zu beobachten. Sie schaltete die Deckenlampe aus, um besser sehen zu können, aber der Garten war leer. Natürlich. Selbstverständlich war kein kleines Mädchen in ihrem Garten.

»Geiri!«, rief Jóhanna ihren Mann, der gerade kochte. »Weißt du noch, wie wir die Fahnenstange abgebaut und den Schuh gefunden haben?«

»Ja, klar, wieso?«, rief Geiri zurück.

»Weißt du noch, ob die Kleine von nebenan uns dabei zugeschaut hat?« Jóhanna starrte weiter in den Garten, ohne auf seine Frage einzugehen.

»Ich glaube nicht. Könnte aber durchaus sein. Wir hatten ja den Kran gemietet. Kinder sind neugierig auf so was. Sie könnte zugeguckt und den Schuh gesehen haben. Vielleicht ist sie auf den Zaun geklettert und hat rübergeschaut, das macht sie ja öfter. Dabei fällt mir ein, dass wir den Zaun abstützen müssen. Sonst wird er beim nächsten Sturm umgerissen.«

Jóhanna war der Zaun egal, sie würden vor dem Frühling sowieso niemanden finden, der sich darum kümmern konnte. Aber sie fühlte sich sofort besser, nachdem Geiri den Kran erwähnt hatte. So musste es sein. Die Kleine hatte mitbekommen, dass sie den Schuh gefunden hatten, und sich daraufhin eine Freundin ausgedacht. Das war reiner Zufall, sonst nichts. Die Geistergeschichte, die Rannveig ihr erzählt hatte, und die blühende Fantasie der Nachbarstochter hatten nichts miteinander zu tun. Jóhanna atmete auf und schämte sich für ihre albernen Befürchtungen.

Sie verlor kein Wort mehr über die Geschichte. Sie aßen gemeinsam, räumten die Küche auf und setzten sich nach dem Essen ins Wohnzimmer, um die Nachrichten zu schauen. Zum ersten Mal seit Tagen waren die Leichenfunde in Lónsöræfi nicht die erste Meldung. Diese Ehre wurde einem Verkehrsunfall mit zwei Toten zuteil. Wie immer bei solchen Meldungen ging ein Stechen durch Jóhannas Körper, das diesmal länger andauerte als sonst.

Als die Nachrichtensprecherin auf Lónsöræfi zu sprechen kam, stellte Geiri den Fernseher lauter. Obwohl nichts berichtet wurde, das sie nicht schon wussten, lauschten sie gebannt. Als die nächste Meldung folgte, schaltete Geiri wieder leiser und sagte: »Laut SpuSi-Bericht war das Messer sauber. Entweder wurde es sorgfältig abgewischt oder definitiv nur benutzt, um Essen zu schneiden. Und vermutlich die Zeltplane. Wie es am Ende bei dieser Dröfn landete, ist unklar. Aber es hat nichts mit den Todesfällen zu tun. Und die Lache bei der Hütte, das war kein Blut. Jedenfalls kein menschliches.« Geiri streckte die Beine aus und legte sie auf den Couchtisch. Er stützte den Kopf auf die Sofalehne und starrte an die Decke. »Es war Rentierurin. Vermischt mit Blut oder Myoglobin von einer Infektion. Ich weiß nicht, ob der Tierkadaver obduziert wird, aber man nimmt an, dass die Rentierkuh einen Infekt hatte. So etwas kann tödlich für ein Tier sein bei ungünstigen Umständen – und die herrschten da oben ja wirklich.«

Jóhanna legte ihre Beine neben seine auf den Couchtisch und lehnte ihren Kopf an seine Schulter. »Weiß man schon, was Wiktoria im Hochland gemacht hat?«

»Nein, aber sie scheint nichts mit den Wanderern zu tun zu haben. Der Gerichtsmediziner geht davon aus, dass ihre Leiche schon länger da lag. Möglicherweise seit ihrem Umzug aus Höfn. Er konnte feststellen, dass sie eine Zeitlang in frostfreier Umgebung lag, und als die Wanderer sich verirrten, waren die Temperaturen schon unter dem Gefrierpunkt.«

Also hatte Þórir recht gehabt. Jóhanna nickte nur. Sie wollte sein Vertrauen nicht missbrauchen, indem sie Geiri erzählte, was er ihr gesagt hatte. Das würde nichts ändern.

»Dieser Kapitän ist unauffindbar, deshalb überlegt man jetzt, ob Wiktoria ihn erfunden hat. Ob sie vielleicht sogar da oben rumgelaufen ist, weil sie sich umbringen wollte. So was hat es ja schon gegeben. Bleibt die Frage: Wie ist sie hingekommen? Das gilt auch für die Wandergruppe. In dem Gebiet stehen keine Fahrzeuge. Ich glaube, da können wir uns sicher sein.«

Für Jóhanna passte das nicht zusammen. Wiktoria war ihr nie depressiv vorgekommen, im Gegenteil. Kurz vor ihrer Kündigung hatte sie ihren Sommerurlaub geplant, wollte nach Polen fahren und ihren Urlaub mit Jóhanna absprechen. Sie konnte sich überhaupt nicht vorstellen, dass sie danach in der Wildnis Suizid begehen wollte. Natürlich wusste sie, dass Selbstmorde überraschend passieren konnten, sogar für die Betreffenden selbst. »Wurde ihr Auto gefunden?«

»Ja, heute. Es stand draußen in Stokksnes, in der Nähe des Parkplatzes beim Viking Café. Das Auto stand schon länger da, ohne dass sich jemand Gedanken darüber machte. Es war mit ihren Sachen vollgepackt, sie schien es also ernst gemeint zu haben mit dem Umzug. Wie sie von da nach Lónsöræfi kam, wird sich hoffentlich noch klären. Und wer die Wandergruppe hochgefahren hat. Bislang hat sich niemand gemeldet.«

Die Nachrichtensprecherin war inzwischen bei den seichteren Meldungen angelangt. Auf dem Bildschirm erschien ein fetter Seehund, der sich am Badestrand von Reykjavík in der Bucht Nauthólsvík niedergelassen hatte, sehr zur Begeisterung der Badegäste. Der Seehund blinzelte in die Kamera und drehte sich dann weg, genervt von den Menschen.

Jóhanna fühlte sich ähnlich. Sie blickte zu Geiri und fragte: »Hattest du Zeit, dich mit dem Mann zu unterhalten, dem wir das Haus abgekauft haben? Hatte er einen Schlüssel?«

»Ja, ich hab mit ihm geredet. Er hat keinen Schlüssel mehr und hoch und heilig geschworen, dass er nicht in der Nähe des Hauses war, seit er es mit seinem Bruder leergeräumt hat. Ich glaube ihm. Er sagt die Wahrheit. Ich habe als Polizist schon so viele Lügen gehört, dass ich das beurteilen kann. Und selbst wenn er gelogen hätte, brauchen wir uns keine Sorgen mehr darüber zu machen, nachdem wir das Schloss ausgetauscht haben.«

Auf Intuition konnte man sich nicht immer verlassen. Intuition beruhte nicht auf Fakten, deshalb konnte man andere Leute nur schwer davon überzeugen. Entweder sie vertrauten einem oder nicht. Diesmal hatte Jóhanna Zweifel. »Was macht er denn hier? Ist es nicht ein merkwürdiger Zufall, dass das mit Haustür ausgerechnet dann passiert, wenn er in Höfn ist?«

Geiri beugte sich zu ihr und küsste sie auf die Stirn. »Er arbeitet für die Küstenwache. Draußen in Stokksnes. Schon seit ein paar Monaten. Er ist nicht hier, um uns auszurauben. Außerdem ist ja nichts verschwunden. Wir haben einfach nur vergessen, abzuschließen.«

Jóhanna fiel auf, dass er »wir« sagte, obwohl es beide Male sie gewesen war, die als Letzte das Haus verlassen hatte. Sie griff nach seiner Hand und drückte einen Kuss auf den Handrücken. Dann erzählte sie ihm, dass sie von dem Schicksal der verstorbenen Schwester des Mannes erfahren hatte und dass er versucht hätte, Informationen über sie einzuholen. Die Gespenstergeschichte erwähnte sie lieber nicht. Er musste ja nicht wissen, dass sie davon gehört hatte. »Konnte er etwas in Erfahrung bringen?«

»Nein, aber er bekommt die Unterlagen ausgehändigt. Da gibt es noch ein paar bürokratische Hürden, dafür ist Selfoss zuständig. Aber ich habe die Genehmigung, ihm mitzuteilen, was drinsteht. Dieser Fall ist längst abgeschlossen und nicht mehr vertraulich. Unfälle werden immer polizeilich untersucht, es ist also ganz normal, dass der Fall auf unserem Tisch gelandet ist. Das Ergebnis war, dass das Mädchen durch einen Unfall starb. Schrecklich und traurig, aber mehr gibt es dazu nicht zu sagen.«

Jóhanna erschauerte. »Ist sie ertrunken?«

Geiri zuckte die Achseln. »Ertrunken oder gestorben, weil sie immer wieder gegen die Felswände in dem Schacht geprallt ist. Das ließ sich bei der Obduktion nicht mehr genau feststellen. Zersplitterte Knochen, Arme, Beine, Kopf ... alles ziemlich widerwärtig. Ich verstehe nicht, wieso ihr Bruder das ausgehändigt haben möchte.«

Jóhanna grübelte darüber nach. »Vielleicht wollten seine Eltern nicht darüber sprechen. Und jetzt ist es zu spät. Man kann ja verstehen, dass er wissen will, wie das passieren konnte.«

»Es ist völlig eindeutig, wie es passiert ist. Aber manchmal muss man die Dinge schwarz auf weiß sehen, um sich damit abfinden zu können.«

Eigentlich wollte Jóhanna nicht weiter über die Sache reden. Sie musste diese alberne Gespenstergeschichte und den Unfall aus dem Kopf kriegen. Das tat ihr einfach nicht gut. Dieses Haus war ihr Zuhause und würde es auch in Zukunft sein. Hier sollte sie sich wohlfühlen. Es gab genug unabänderliche Dinge, die ihr zusetzten, und sie brauchte einen Rückzugsort, der ihr Schutz bot. Seit einiger Zeit dachten sie übers Kinderkriegen nach, und es wurde mit jedem Gespräch ernster. Wenn es so weit war, konnte sie nicht immer durchdrehen, wenn ihr Kind im Garten spielte.

»Ich hätte Lust auf eine Komödie.« Jóhanna zog die Decke heran, die am Ende des Sofas lag, und breitete sie über Geiri und sich. »Irgendwas Witziges.«

Geiri schaltete um zu einem Streaming-Dienst, und sie wählten gemeinsam einen Film aus, den sie sich normalerweise nicht angeschaut hätten. Er schien für Kinder zu sein, und das bedeutete, dass der Tod darin nicht vorkam.

Als Geiri kurz vorm Einnicken war, stieß Jóhanna ihn an. Sie interessierten sich beide nicht für den Film, aber ihr schwirrten immer noch Fragen durch den Kopf. »Ich hab über diese vier Reykjavíker nachgedacht. Gibt es eine Theorie, warum sie alle halbnackt waren? Und warum ihre Leichen so weit voneinander entfernt lagen? Warum blieb die Gruppe nicht zusammen?«

Geiri schreckte hoch. Wie immer tat er so, als sei er hellwach gewesen. Jóhanna wiederholte ihre Fragen, und seine Antworten klangen so, als hätte er seine Stimme im Land der Träume zurückgelassen. Heiser und tonlos. »Wir wissen, warum die beiden, die nebeneinander lagen, keine warmen Sachen trugen. Die IT-Abteilung in Reykjavík konnte das Handy knacken, das in der Jacke in der Hütte gefunden wurde. Darauf war ein kurzer Film, den der Mann kurz vor seinem Tod aufgenommen hat, für seine Frau. Total verrückt, das zeigt, dass sie völlig durchgedreht sind. Aber in ihrem Blut waren keine Spuren von Drogen. Sie sind einfach durchgedreht, vollkommen nüchtern.«

»Was war denn auf dem Film?« Jóhanna stellte sich vor, wie sie selbst Abschiedsworte für Geiri aufnehmen würde. Wenn sie das unvorbereitet täte, kurz vorm Erfrieren, würde es auch verrückt wirken.

»Man kann ihn kaum verstehen, er ist natürlich in einem schlimmen Zustand. Aber es wird klar, dass er und die Frau, die man neben ihm fand, aus dem Zelt flüchteten, als jemand die

Tür öffnen wollte. Er sagt, sie hätten die Zeltwand aufschneiden müssen. Und dann noch irgendwas Wirres über eine Stimme, die um Einlass gebeten hätte.«

»Eine Stimme? Was für eine Stimme?«

Geiri zuckte die Achseln. »Keine Ahnung. Es klang so, als ginge er davon aus, dass seine Frau wüsste, um welche Stimme es sich handelt. Aber das muss nicht so sein, dafür ist das alles zu wirr. Man muss davon ausgehen, dass er zu diesem Zeitpunkt wegen der Unterkühlung jeglichen Realitätssinn verloren hatte. Seine Körperfunktionen waren schon verlangsamt, seine Gehirntätigkeit auch. Wahrscheinlich hat er halluziniert, dass jemand ins Zelt eindringen und ihnen etwas antun wollte. Deshalb sind sie in Unterwäsche geflohen, vermutlich aus dem Schlaf hochgeschreckt. Und dann kam es, wie es kommen musste.« Geiri schüttelte traurig den Kopf. »Als er den Film aufnahm, hat die Frau, Agnes, auch noch gelebt. Der IT-Mann sagt, man könne sie im Hintergrund undeutlich murmeln hören. Sie ist wohl auch total durchgedreht. Der Kollege muss die Aufnahme noch bearbeiten, aber es klingt anscheinend so, als würde sie diesen Tjörvi bitten, aufzumachen. Was auch immer sie damit meinte. Der Film zeigt eindeutig, dass sie sich unter freiem Himmel befinden.«

Jóhanna fuhr ein Schauer über den Rücken. »Entsetzlich.«

»Ja, allerdings. Aber das Ende des Films ist am schlimmsten. Da verabschiedet er sich von seiner Frau und wirkt plötzlich wieder ganz klar. Total verrückt, das Ganze.«

Jóhanna bekam eine Gänsehaut. »Weiß man, ob sie den Film gesehen hat? Wurde das Handy nicht in ihrer Jackentasche gefunden?«

Geiri schüttelte den Kopf. »Nein, den Film hatte noch niemand angeschaut. Sie hat ihn nicht gesehen.«

Sie schwiegen beide und verfolgten den Klamauk auf dem Fernseher. Geiri gähnte, und Jóhanna stellte schnell noch eine Frage, damit er nicht wieder einschlief: »Was wollten die Wanderer eigentlich im Hochland? Seid ihr da weitergekommen?«

»Nein, nicht wirklich. Nachdem die Leichen identifiziert waren, hat sich ein Bekannter von ihnen bei der Reykjavíker Polizei gemeldet, ein Geologe, der Forschungen auf dem Vatnajökull macht. Vielleicht hat er was damit zu tun.« Geiris letzter Satz ging in ein Nuscheln über.

Als seine Atemzüge tiefer wurden, stieß Jóhanna ihn wieder sanft an. Er schreckte hoch und sprach weiter: »Aber das kriegen wir noch raus. Keine Sorge.«

»Nur noch eine Frage, Geiri. Es geht nicht um Leichen oder so was.«

»Was?« Er tat nicht mehr so, als wäre er wach, und öffnete noch nicht mal die Augen.

»Wiktoria war eine große Tierfreundin. Sie hätte sich niemals das Leben genommen, ohne Vorkehrungen für ihre Haustiere zu treffen. Weißt du, was aus ihrem Papagei geworden ist? Und aus ihrem Kater?«

30. KAPITEL

Der Kater ließ sich nicht blicken. Hjörvar hatte mehrmals den Kopf aus dem Autofenster gesteckt und laut nach ihm gerufen. Er machte sich keine Gedanken darüber, dass ihn jemand hören könnte, denn hier war niemand. Er war alleine im Dunkeln in Stokksnes.

Er ließ die Fensterscheibe wieder hoch und straffte sich. Die harte Rückenlehne des Sitzes, die ihn sonst immer störte, fühlte sich jetzt fast bequem an, vielleicht weil sie vertraut und real war. Er starrte aufs Meer. Der Mond war nur eine dünne Sichel am klaren Himmel, und sein Licht schimmerte auf der aufgewühlten Wasseroberfläche. Die schwarzen Wellenkämme glitzerten kurz auf und verschwanden wieder.

Hjörvar war in der Zwickmühle. Er hatte zwei Möglichkeiten: umkehren und nach Hause fahren oder aussteigen und Kisi suchen. Deshalb war er hier. Als er ins Auto gestiegen war, hatte er die Idee noch gut gefunden, auf der Schotterstraße zur Station aber schon nicht mehr ganz so gut. Als er sich ins Gedächtnis rief, wie er sich zu Hause gefühlt hatte, erschien ihm die Idee wieder besser. In der Nacht sollte es ein Unwetter geben, und er trug die Verantwortung für seinen kleinen Freund – seinen einzigen Freund. Er könnte nicht schlafen, wenn er sich vorstellte, wie der Kater verzweifelt nach einem Unterschlupf suchte, den es nicht gab.

Als Erlingur und Hjörvar heute zur Arbeit gekommen waren, war Kisi unauffindbar gewesen. Hjörvar hatte seinem Kollegen erzählt, dass der Kater gestern Abend rausgerannt und verschwunden war. Was stimmte. Er hatte ihm auch erzählt, dass er ihn vergeblich gesucht hätte, bevor er nach Hause gefahren sei. Was nicht stimmte. Auf keinen Fall würde er ihm sagen, wie es wirklich gewesen war, denn dann müsste er zugeben, dass er panisch geflohen war.

Kisi war den ganzen Tag nicht aufgetaucht. Sie hatten gemeinsam gearbeitet, und Hjörvar war seinem Kollegen kaum von der Seite gewichen und hatte so die Schicht hinter sich gebracht. Immerhin hatte er der Versuchung widerstanden, vor der Klotür zu warten, wenn Erlingur mal musste. Als die Polizei anrief, zog er sich zwar kurz zurück, geriet aber nicht in Panik, weil er sich auf das Telefongespräch konzentrierte.

Zum Glück verging der Tag, ohne dass etwas Mysteriöses passierte. Nur Kisi tauchte leider nicht auf.

Als sie zusammen nach Hause fuhren, drehte Hjörvar sich noch einmal um. Nur zur Sicherheit. Plötzlich meinte er, Kisi um die Ecke der Station huschen zu sehen. Er wollte Erlingur gerade bitten anzuhalten, da fiel ihm sein Kollege ins Wort und sagte, das verlassene Auto sei endlich weg. Als Hjörvar sich das nächste Mal umschaute, sah er den Kater nicht mehr und hielt den Mund.

Er war noch nicht lange zu Hause, als er es bereute. Er musste ständig daran denken, wie es dem Kater wohl erging, alleine und hungrig in der Dunkelheit. Vergeblich versuchte er, seine Besorgnis zu verdrängen, aber in der Wohnung gab es nichts zur Ablenkung. Hjörvar besaß keine Bücher, und im Fernsehen lief nichts, das ihn interessierte. Er surfte im Internet, hatte aber schnell die wichtigsten Nachrichtenseiten durchgescrollt.

Dann fiel ihm die Inschrift auf Salvörs Kreuz wieder ein, und er wollte nachschauen, worauf sie verwies. Schnell landete er bei einer Online-Ausgabe der Bibel und suchte nach Vers 23,24 im Lukas-Evangelium.

Jesus aber sprach: Vater, vergib ihnen, denn sie wissen nicht, was sie tun!

Warum hatte man diesen Vers ausgewählt? Die Antwort würde er nicht im Internet finden, also klappte er den Laptop zu und machte sich etwas zu essen. Während er an dem kleinen Tisch in der offenen Küche saß und seinen Toast kaute, dachte er an Kisi, der hungrig in der Kälte ausharrte. Der Toast schmeckte wie Sand. Ruckartig stand er auf, holte seine Jacke und machte sich auf den Weg, fest entschlossen, den Kater zu holen.

Jetzt atmete er durch die Nase aus und schloss für einen Moment die Augen. Dann stieg er aus dem Auto in die Dunkelheit des Abends. Die Autotür fiel zu, der Knall hallte in der Stille. Hjörvar blieb kurz stehen und hoffte, dass Kisi angelaufen käme. Aber der Kater kam nicht, kein Wunder, er mochte das Auto nicht besonders. Hjörvar musste geschickt sein, wenn er ihn in den Wagen bugsieren wollte, falls er ihn überhaupt fand.

Natürlich würde er ihn finden. Er würde ihn auf jeden Fall mit nach Hause nehmen.

Hjörvar ging zum Zaun, öffnete das Tor und redete sich ein, dass er nichts zu befürchten hätte. Falls es Ungereimtheiten bezüglich des Lebens oder Todes seiner Schwester gab, war das nicht seine Schuld. Die Aussagen des Polizisten räumten jeden Zweifel daran aus. Sie bestätigten, dass Salvör kein Opfer eines Verbrechens gewesen war, und das entsprach dem, was er bisher gehört hatte. Außerdem hatte er einen besseren Einblick in die Geschehnisse bekommen.

Laut des Polizisten war sein Vater mit Salvör in Stokksnes am Strand spazieren gegangen. Die Kleine hatte sich am Strand gelangweilt und wollte auf die Felsen klettern. Zur Sicherheit nahm der Vater sie auf den Arm, es gab Zeugen, die beobachtet hatten, wie er sie hochhob. Zum damaligen Zeitpunkt arbeiteten viele Leute in der Station, die Vater und Tochter durch das Fenster in der Kaffeeküche gut hatten sehen können. Nach Aussage des Vaters musste er seinen Schnürsenkel neu zubinden und Salvör so lange absetzen. Er bückte sich, und das reichte schon. Als durch den Felsschacht ein Schwall Wasser hochspritzte, rannte Salvör auf das Loch zu. Das gewaltige Schauspiel machte sie neugierig, und sie war noch so klein, dass sie kein Bewusstsein für die Gefahr hatte. Als das Wasser wieder in das Loch strömte, riss es sie mit. Es passierte alles blitzschnell.

Aus dem Bericht ging offenbar auch hervor, dass das Mädchen aufgrund einer Entwicklungsstörung einige Schwierigkeiten hatte. Auf Hjörvars Nachfrage hatte der Polizist gesagt, das sei nicht näher beschrieben, es scheine auch keine Diagnose vorzuliegen, in den polizeilichen Unterlagen werde nicht darauf verwiesen. Der Obduktionsbericht gehe mit keinem Wort auf ihre geistige Entwicklung ein.

Der Polizist hatte sehr entspannt geklungen, und Hjörvar hatte den Eindruck gehabt, dass er sich seiner Sache absolut sicher war. Das hatte ihn zunächst beruhigt, aber nach dem Telefonat waren ihm Zweifel gekommen. Er kannte die Aussicht aus der Kaffeeküche haargenau. Die Zeugen hatten gar nicht sehen können, was passiert war, nachdem sein Vater Salvör abgesetzt hatte, um seinen Schuh zuzubinden. Ein kleines Kind konnte man durchs Fenster nicht sehen. Und auch nicht einen Mann, der sich bückte. Die flachen Felsen befanden sich unterhalb der Station und wurden vom Küstenkamm verdeckt.

Doch das allein gab noch nicht den Ausschlag. Unglücke konnten auch ohne Zeugen geschehen. So etwas passierte tagtäglich, da musste man nur an die aktuelle Katastrophe in Lónsöræfi denken. Was Hjörvar am meisten irritierte, war die Antwort des Polizisten auf seine nächste Frage: Was hatte Salvör an, als man ihre Leiche fand? Der Mann wunderte sich über die Frage, tat Hjörvar aber trotzdem den Gefallen und beschrieb die Kleidungsstücke in groben Zügen: ein geblümtes Sommerkleid, eine gelbe Strickjacke, eine weiße Strumpfhose und einen rosafarbenen Lederschuh. Am rechten Fuß.

Und da lag der Hund begraben: ein rosafarbener Lederschuh – am rechten Fuß.

Bei dem Polizisten handelte es sich um den Mann, der ihnen ihr Elternhaus abgekauft hatte. Derselbe Mann, der den Schuh auf dem Grundstück gefunden hatte. Aber er wusste nicht, was Hjörvar wusste: dass dieser braune, verdreckte Schuh ursprünglich rosa gewesen war. Ein rosafarbener linker Schuh.

Wie konnte es sein, dass der eine Schuh mit seiner Schwester in den Felsschacht gefallen und der andere im Garten liegen geblieben war? Sein Vater hätte doch keinen Strandspaziergang mit ihr gemacht, wenn sie nur einen Schuh angehabt hätte. Natürlich war es denkbar, dass Salvör zwei gleiche Schuhpaare besessen hatte. Hjörvar hoffte inständig, dass dem so war. Er nahm sich vor, sich erst eine endgültige Meinung darüber zu bilden, wenn er alle Unterlagen in den Händen hatte. Darin gab es bestimmt Fotos von Salvörs Leiche mit dem Schuh. Falls der genauso aussah wie der Schuh aus dem Garten, war klar, was er daraus schließen musste.

In der Zwischenzeit wollte er sich nicht auf die Vorstellung versteifen, dass sein Vater Salvör – absichtlich oder unabsichtlich – im Garten getötet und ihre Leiche in den Felsschacht geworfen hatte. Wohl wissend, dass das Meer ihren zierlichen Körper immer wieder gegen die Felswände schleudern und derart entstellen würde, dass man die Todesursache nicht mehr feststellen könnte.

Hjörvar begann wieder, nach dem Kater zu rufen: »Kisi! Komm, Kisi, komm!«

Nirgendwo regte sich etwas. Er meinte zu hören, wie sich die Antenne in der riesigen Kuppel drehte, aber das war bestimmt nur ein Echo in seinem Kopf. Er vernahm weder ein Miauen noch ein Tapsen im gefrorenen Schnee.

Da man im Dunkeln nicht viel erkennen konnte, wollte Hjörvar die Außenbeleuchtung einschalten, um wenigstens den Bereich vor der Station zu erhellen. Er ging davon aus, dass Kisi sich nicht weit entfernt hatte, auch wenn er das nicht mit Sicherheit sagen konnte. Vielleicht hatte der Kater ja beschlossen, die Gegend zu erkunden. In dem Fall würde Hjörvar alleine nach Hause fahren. Er würde nicht die ganze Halbinsel absuchen. Aber wer weiß, vielleicht würde er am Ende doch genau das tun.

Hjörvar schloss die Tür auf und ging schnurstracks zum Lichtschalter. Das Sicherheitssystem würde seinen Besuch registrieren, aber er konnte es nicht ändern. Er war sich sowieso nicht sicher, ob er noch länger auf der Station arbeiten wollte. Wahrscheinlich würde er seinen Chef in Reykjavík bitten, sich wieder versetzen zu lassen. Hoffentlich würde man ihn bei der Gelegenheit nicht entlassen.

Die Außenbeleuchtung ging an, und Hjörvar eilte wieder hinaus. Er hatte gedacht, dass er bei besseren Lichtverhältnissen etwas entspannter wäre, aber das Gegenteil war der Fall. Außerhalb des kleinen Bereichs, den die Lampen beleuchteten, wurde die Finsternis noch schwärzer und undurchdringlicher, als wollte sie alle verschlingen, die sich über die Lichtgrenze hinauswagten.

In diesem Moment klingelte Hjörvars Handy. Er schreckte zusammen, als das Klingeln durch die Stille schrillte. Es war, als würde die Dunkelheit durch das Klingeln auf ihn aufmerksam. Hastig ging er ran.

Es war sein Bruder Kolbeinn. Ohne lange Vorrede kündigte er an, ihm gleich die Fotos zu schicken, die er hatte entwickeln lassen. Der Film sei nicht ganz verknipst, sondern schon nach der Hälfte aufgerollt worden. Es seien aber ein paar Bilder drauf, unter anderem von ihrer Schwester Salvör.

Kolbeinn wunderte sich nicht, warum Hjörvar so einsilbig war, und verabschiedete sich abrupt. So endeten ihre Telefonate meistens. Die kurze Periode, in der sie sich intensiver über ihre Schwester und ihre Eltern unterhalten hatten, war vorbei. Kolbeinn hatte Salvörs Existenz abgehakt. Eine erledigte Sache, über die man sich nicht länger den Kopf zerbrechen musste.

Doch Hjörvar sah das anders.

Hinter der Hausecke ertönte ein Miauen, das so klang wie Kisi, wenn er Hunger hatte. Kein Wunder, er hatte ja seit gestern nichts mehr zu fressen bekommen. Aber das war ein gutes Zeichen, denn dann würde er sich leichter einfangen lassen. Hjörvar stapfte in die Richtung, aus der er das Miauen gehört hatte. Jetzt war er froh über das Licht, denn er ging auf die Seite des Gebäudes, die zum Meer und zu den Klippen lag. Das Handy in seiner Tasche piepte ein paar Mal, wahrscheinlich schickte Kolbeinn ihm die Fotos.

Kisi stand vor der Hauswand und starrte aufs Meer. Er hob sich vom Schnee ab, und weil sein Fell schwarz-weiß war, sah es aus wie ein Puzzle von einer schwarzen Katze, bei der noch ein paar Teile fehlen. Kisi fixierte Hjörvar und miaute wieder. Als

Hjörvar näher kam, wich der Kater zurück und wollte sich nicht auf den Arm nehmen lassen. Das machte er öfter, dann war es zwecklos, ihm hinterherzulaufen. Hjörvar blieb stehen und ignorierte ihn, in der Hoffnung, dass er dann auf ihn zulaufen würde.

Hjörvar blickte absichtlich nicht zu den flachen Felsen, während er verharrte und so tat, als würde er den Kater nicht bemerken. Er drehte sich nach Vestrahorn und den Bergen im Osten, die jedoch im Dunkeln kaum zu erkennen waren. Ihre vagen Umrisse sahen aus wie das Gebiss eines Raubtiers. Er hätte sich auch umdrehen und zum Leuchtturm schauen können, aber dann würde er Kisi aus dem Blick verlieren. Also blieb er stehen und holte sein Handy heraus.

Er tippte die Fotos von Kolbeinn an, eins nach dem anderen. Das erste war von ihm selbst als Kind mit seinem kleinen Bruder neben sich. Sie saßen auf dem Sofa, das noch im Wohnzimmer gestanden hatte, als sie ihr Elternhaus leergeräumt hatten. Der Damm, der Hjörvars Erinnerungen zurückhielt, bekam einen kleinen Riss. Das lag an dem weißen Fußballtrikot mit dem bekannten Logo, das er auf dem Foto anhatte: ein Hahn, der auf einem Fußball steht. Plötzlich erinnerte er sich an den Geruch, als er das Trikot aus der Plastikhülle ausgepackt hatte. Das Geschenk hatte sein Vater ihm aus England mitgebracht.

Er wischte weiter zum nächsten Foto, auf dem diesmal sein Vater neben seinem Bruder auf dem Sofa saß, offenbar bei derselben Gelegenheit geknipst, wie man an Kolbeinns Kleidung sehen konnte. Sein Vater sah stolz und glücklich aus, er hatte längere Haare und Koteletten, die Hjörvar gar nicht mehr in Erinnerung gehabt hatte. Der Riss in dem Damm wurde größer.

Er öffnete sich noch weiter, als Hjörvar die nächsten beiden Fotos betrachtete.

Auf dem einen spielte er in seinem Tottenham-Trikot im Garten Fußball. Allerdings war nicht viel Platz wegen eines riesigen Lochs, das in der Mitte des Gartens ausgehoben war. Dort stand später die Fahnenstange.

Das andere Foto zeigte ein kleines Mädchen, das Salvör sein musste. Sie sah wütend aus, runzelte die Stirn und zog einen Flunsch. Ihre dunklen Haare waren glatt und kurz geschnitten. Jemand hatte ihr eine fröhliche Schleife ins Haar gebunden, aber die konnte die Traurigkeit, die von dem Mädchen ausging, nicht überdecken. Es war ein Schwarz-Weiß-Foto, aber Salvör trug eindeutig ein geblümtes Kleid und darüber eine helle Strickjacke, die durchaus gelb sein konnte.

Der Fotograf hatte anscheinend versucht, einen besseren Moment, vielleicht sogar ein Lächeln zu erhaschen, denn das nächste Foto hatte denselben Hintergrund, und Salvör trug dieselbe Kleidung. Aber es war ihm nicht gelungen. Salvör kniff die Augen zusammen und hatte den Mund zum Schrei geöffnet.

Hjörvar brauchte kein Geräusch. Er hörte den Schrei aus der Vergangenheit, so als stünde seine Schwester neben ihm. Derselbe Schrei, den er in Erinnerung hatte – und jetzt sah er dazu den aufgerissenen Mund.

Er wischte zum nächsten Bild. Es war ebenfalls aus dem Garten, wie das Foto von ihm mit dem Ball, und er trug dasselbe Trikot, aber jetzt war Salvör dabei. Sie hatte das geblümte Kleid und die gelbe Strickjacke an. Hjörvar vergrößerte das Bild im Bereich der Schuhe. Sie sahen genauso aus wie der Schuh, der unter der Fahnenstange gefunden worden war. Einer war nicht zugeschnürt, der Schuh an ihrem linken Fuß.

Auf dem Foto sah man, dass Hjörvar von seiner Schwester genervt war. Er hielt sich die Ohren zu und verzog das Gesicht. Und dann passierte es. Der Damm brach. Die Erinnerungen an

Salvör überfluteten ihn, nicht wie eine unkontrollierbare Welle, sondern Stück für Stück, ruckelnd und in grober Auflösung. Wie ein Streaming bei schlechter Internetverbindung. Ausgelöst von einem weiteren Versuch des Fotografen, einen unvergesslichen Moment einzufangen. Einen Moment, der die Eltern erfreuen würde, wenn sie älter und die Kinder aus dem Haus wären. *Weißt du noch, damals?* Das war der Zauber von Fotos. Sie brachten längst vergangene und in Vergessenheit geratene Momente wieder zum Vorschein, sie wurden wieder quicklebendig.

Aber nicht alle Momente, die von Kameras eingefangen wurden, waren erinnernswert. Manche blieben lieber in Vergessenheit.

Auf diesem Foto war ein solcher Moment. Salvör brüllte immer noch mit weit aufgerissenem Mund. Genau wie auf den beiden Fotos davor. Aber da war noch etwas anderes, das Hjörvar das Blut in den Adern gefrieren ließ. Im Gras neben Salvör lagen ein Baseballschläger und ein Baseball, vermutlich der, den der Mann im Altenheim erwähnt hatte. Hjörvar erinnerte sich daran, wie gut der Schläger in der Hand gelegen und wie glatt sich das Holz angefühlt hatte. Doch die Erinnerung an den Schläger war nicht so angenehm wie die Erinnerung an das Fußballtrikot. Sie ließ ihn erschauern.

Und er wusste, warum.

Er war neben Salvör auf dem Foto, zwar etwas verwackelt, sodass man seinen Gesichtsausdruck nicht richtig erkennen konnte, aber er war es eindeutig. Er bückte sich, um den Baseballschläger vom Rasen aufzuheben. Den Schläger, mit dem er im nächsten Moment ausholen und den er mit voller Wucht gegen den Kopf seiner brüllenden, nervigen kleinen Schwester knallen würde. Seiner Schwester, die alles kaputtmachte. Seiner Schwester, die immer alles kaputtmachte.

Hjörvar fiel das Handy aus der Hand, und es versank im Schnee. Eine kurze Weile beleuchtete das Display noch die weiße Fläche, dann ging es in dem Schneeloch aus. Er bückte sich nicht danach.

Der Kater miaute laut, kam aber nicht näher, sondern hatte sich noch weiter von ihm entfernt. Er stand vor dem hohen Zaun, der das Gelände der Radarstation vom Strand abtrennte, kletterte an dem Maschendraht nach oben, hielt kurz inne, blickte zu Hjörvar, mauzte und sprang dann auf der anderen Seite hinunter.

Hjörvar stand wie angewurzelt da und starrte den Kater an. Er fühlte sich wie ein Komapatient, der gerade erwacht ist und feststellt, dass man ihn mit Handschellen ans Krankenbett gefesselt hat, mit einem Polizisten auf dem Stuhl gegenüber. Hatte er das wirklich getan? Seiner Schwester so fest gegen den Kopf geschlagen, dass sie gestorben war? War sie von dem Schlag rücklings in das Loch im Garten gefallen? Erinnerte er sich richtig? Das würde den Schuh erklären.

War das, woran man sich erinnerte, tatsächlich immer genau so passiert? Verschwammen Erinnerungen nicht immer ein wenig, weil man sich etwas herbeisehnte oder ungeschehen machen wollte? Solche Gedanken wurden bestimmt an ähnlichen Orten im Gehirn gespeichert. Das, was passiert war, das, was besser passiert wäre, und das, was nie hätte passieren dürfen.

Doch sein Gefühl sagte ihm, dass ihn sein Gedächtnis in diesem Fall nicht täuschte. Er erinnerte sich jetzt gut daran, wie sein Vater herbeigeeilt war. Erinnerte sich daran, wie er Salvör aus dem Loch gehoben und ins Haus getragen hatte. Erinnerte sich an seine Mutter, an ihr hysterisches Weinen. Erinnerte sich, wie sein Vater mit Salvör verschwunden war. Er hatte sie nie wiedergesehen. Er erinnerte sich auch daran, wie sich danach alles änderte. Seine Eltern nahmen ihn nicht mehr in den Arm, gaben ihm keinen Gute-Nacht-Kuss mehr, vermieden es, ihn zu berühren, und erschauerten, wenn er sie berührte oder etwas sagte.

Jetzt verstand er die Inschrift auf dem Kreuz. Sie war an ihn gerichtet. Ihm sollte Gott vergeben, ihm, der nicht gewusst hatte, was er tat.

Hjörvar meinte, sich nicht mehr in seinem eigenen Körper zu befinden. Ihm war nicht kalt, trotz des Frosts. Er fürchtete sich nicht mehr, trotz der Dunkelheit. Er fühlte nichts mehr.

Er machte auf dem Absatz kehrt, ging langsam zum Tor und verließ das Gelände, ohne vorher das Licht in der Station wieder auszuschalten. Das Licht spielte keine Rolle. Es konnte bis in alle Ewigkeit brennen. Das Handy ließ er auch liegen. Er wollte niemanden anrufen. Die Tragödie seiner Schwester und seine Schuld daran waren nichts, was man mit anderen teilen wollte. Nicht mit Kolbeinn und auf keinen Fall mit seinen Kindern. Obwohl er es ihnen eigentlich anvertrauen sollte. Sie hatten es verdient, eine Erklärung dafür zu bekommen, warum er ein schlechter, teilnahmsloser Vater gewesen war. Das würde ihnen helfen, mit sich selbst ins Reine zu kommen und hoffentlich ein besseres Leben zu führen.

Aber das würde nicht geschehen. Nicht heute Abend.

Er ging am Zaun entlang und hielt Ausschau nach Kisi. Es überraschte ihn nicht, den Kater draußen auf den flachen Felsen zu sehen. Sie blickten sich in die Augen. Hjörvar ging weiter, kletterte über den Küstenkamm und blieb in einiger Entfernung zu dem Felsschacht stehen. Das schwarze Loch wirkte wie eine faulige Mundhöhle. Er rief leise nach Kisi, aber der Kater wandte sich ab und setzte sich. Direkt neben den Schacht.

Hjörvar machte noch zwei Schritte. Er musste den Kater erwischen. Er konnte nicht nach Hause fahren und alleine wach liegen. Er brauchte Kisi in seiner Nähe. Der Kater würde ihn für das, was er getan hatte, nicht verurteilen. Katzen waren es gewohnt, zu töten, und schämten sich nicht dafür. Für sie war das ganz normal.

Hjörvar bückte sich und wollte Kisi auf den Arm nehmen, aber er sprang weg. Hjörvar war sich nicht sicher, ob der Kater vor ihm oder vor dem grässlichen Dröhnen des Wassers floh, das aus der Tiefe der Felsen heraufdrang. Es machte keinen Unterschied. Hjörvar wusste, was gleich passieren würde. Er richtete sich auf und sah auf der anderen Seite des Schachts ein kleines Mädchen in einem geblümten Kleid, einer gelben Strickjacke und mit nur einem Schuh. Sie starrte ihn unter gerunzelten Brauen heraus an, den Mund halb geöffnet, sodass ihre kleinen Milchzähne zu erkennen waren. Sie sah nicht so aus, als wollte sie ihm vergeben.

In der nächsten Sekunde spritzte eine mächtige Wassersäule aus dem Loch in die Luft, und als sie wieder herunterprasselte, riss sie Hjörvar mit in den Schacht. Das kleine Mädchen schaute zu und lächelte.

Kisi schaute auch zu. Während Hjörvar den Tod in dem Felsschacht am eigenen Leib erfuhr, mauzte der Kater einmal kurz und drehte sich dann um.

Sein Leben an diesem Ort ging zu Ende. So wie Hjörvars Leben beendet war.

Doch im Gegensatz zu Hjörvar besaß er noch eine kleine Reserve.

Kisi lief an der Station vorbei auf die Schotterpiste. Vielleicht würde er den Weg nach Höfn einschlagen oder durch den Tunnel Richtung Lónssveit laufen. Das würde sich noch herausstellen.

31. KAPITEL

Neuer Tag, neue Möglichkeiten. Unzählige Möglichkeiten, sich eine neue Identität zuzulegen.

Þórir musste sich nicht direkt entscheiden. Die Gelegenheiten würden von alleine kommen, wie die Erfahrung zeigte. Er musste nur Augen und Ohren offen halten. Er war ein guter Menschenkenner und wusste sofort, welche Leute leichtgläubiger waren als andere, arglos und naiv. Aber natürlich konnte er nicht einfach erzählen, was er wollte. Die Sache war durchaus komplizierter, trotzdem gelang es ihm meistens, sich als jemand anders auszugeben. Normalerweise rechneten die Leute nicht damit, dass ihnen jemand etwas über seinen Job vorlog. Besonders wenn der Gesprächspartner überzeugend war und nicht ins Stocken geriet. Dafür besaß Þórir ein großes Talent. Wenn er eine Rolle innehatte, vergaß er sich selbst. Er wurde zu dem, den er spielte.

Er besaß noch ein anderes Talent, das ihm zugutekam. Er konnte nach einem zehnminütigen Gespräch mit Fremden genau sagen, was sie faszinierte und was sie vermissten. Welche Rolle perfekt in ihre Welt, ihren Lebensstil und ihre Träume passte. Er fand heraus, was ihnen im Leben fehlte, und füllte das Loch. Manchmal hatten die Leute diese Leere noch gar nicht wahrgenommen, manchmal waren sie sich ihrer auch sehr bewusst. Das machte es einfacher für ihn. Je dringlicher dieses unerfüllte Bedürfnis war, desto leichter war seine Rolle. Wer kurz vorm Ertrinken war, ergriff ohne Zögern den Rettungsring, den man ihm zuwarf.

Þórir fuhr an der Küste entlang. Die Aussicht war fantastisch und die Sicht perfekt, bei wolkenlosem Himmel und starkem Frost. Er betrachtete die Gletscherzungen, die sich in der Ferne bis in die Ebene hinunterzogen, und die kleinen Inseln vor dem Ufer. Er genoss die Schönheit der Landschaft, wahrscheinlich würde er nie wieder herkommen. Bald ging sein Flug, und dann würde er Höfn zum letzten Mal sehen. Es war besser, sich nicht zu lange am selben Ort aufzuhalten, zumal er schon länger hier war, als ursprünglich geplant. Er hatte nie vorgehabt, sich unter den Suchtrupp zu mischen, und war damit ein großes Risiko eingegangen.

Es war einfach zu verlockend gewesen, sich den Leuten von der Rettungswacht anzuschließen, als er frisch rasiert am Flughafen gestanden hatte und eigentlich zurück nach Hause fliegen wollte. Nachdem er wieder in der Zivilisation angekommen war, hatte er ein paar Nächte in einem Hotel in der Nähe der Gletscherlagune übernachtet, um sich von den Strapazen zu erholen. Er war ausgeruht und fit, als er am Flughafen zufällig hörte, warum die Rettungswachtleute nach Höfn gekommen waren. Anstatt einzuchecken und die Maschine nach Reykjavík zu nehmen, ging er zum Informationsschalter und ließ sein Ticket ändern. Kein Problem. Dann ging er zu dem kleinen Tresen der Autovermietung und bat darum, den Wagen noch etwas länger behalten zu dürfen. Wieder kein Problem. Danach gesellte er sich einfach zu den Leuten und sagte, er sei auch bei der Rettungswacht, der Landesverband habe ihn aufgefordert, am Flughafen zu ihnen zu stoßen, er sei nämlich nicht geflogen, sondern mit dem Auto nach Höfn gefahren. Niemand zweifelte das an, und sie verließen alle gemeinsam den Flughafen. Er war Teil der Gruppe geworden.

Von da an war es ein Kinderspiel. Die Einheimischen und die Neuankömmlinge von der Polizei in Selfoss und vom Identifizierungsteam glaubten, er gehöre zu der Verstärkung. Und er war der festen Meinung, dass er tatsächlich nützlich gewesen war. Das war meistens seine Absicht, auch wenn es nicht immer glückte. Er wollte immer helfen.

Manchmal vermasselte er es auch. Nicht oft, aber manchmal. Bis zu der Sache im Hochland war das Schlimmste ein Autounfall gewesen, den er verursacht hatte. Das war lange her, als er gerade erst anfing mit seinen Versuchen, sich andere Identitäten zuzulegen. Der Unfall war ein Anfängerfehler. Er war auf einer Facebook-Seite, auf der Handwerker vermittelt wurden, auf einen Post von einer attraktiven Frau gestoßen und wollte sie kennenlernen. Was gar nicht schwierig war. Er rief sie an, gab sich als Automechaniker aus und bot ihr an, zu ihr zu kommen und die Bremsen direkt vor Ort zu reparieren. Sie freute sich, auch über den niedrigen Preis, der natürlich schwarz war.

Nachdem er sich ein paar YouTube-Videos angeschaut hatte, fuhr er zu der Frau. Ausgehend von dem, was er im Internet gelernt hatte, bekam er die Reparatur ziemlich gut hin. Außerdem flirtete er mit der Frau und legte den Grundstein dafür, dass sie sich wiedertreffen würden. Doch daraus wurde leider nichts, denn sie rief ihn noch am selben Abend an und war total durch den Wind. Sie hatte eine junge Joggerin angefahren und gab ihm die Schuld. Er beteuerte, er hätte keine Ahnung, wovon sie rede, er hätte ihr Auto nie angefasst und legte auf. Als die Polizei ihn am nächsten Tag kontaktierte, behauptete er, er hätte mit einer Frau wegen einer Bremsenreparatur telefoniert, aber keine Zeit dafür gehabt. Sie glaubten ihm. Danach besorgte er sich eine neue Telefonnummer und hörte nie wieder etwas von ihr.

An dieses Desaster war er unangenehm erinnert worden, als er zufällig dem Unfallopfer begegnet war. Aber er hatte sich damit getröstet, dass er nicht am Steuer gesessen hatte. Es war nicht seine Schuld. Außerdem schien die Frau den Unfall gut verkraftet zu haben. Sie humpelte leicht, aber nicht immer. Sie hatte kaum Beeinträchtigungen. Da sie über den Unfall hinweggekommen war, machte es keinen Sinn, sich im Nachhinein den Kopf darüber zu zerbrechen.

Dennoch war das eine weitere Botschaft von oben, dass er besser achtgeben musste. Er war zu lange davongekommen und nachlässig geworden. In letzter Zeit hatte ihn das Unglück verfolgt, jetzt musste er sich eine Pause gönnen. Nicht allzu lange. Aber lange genug, um sich zu sammeln. Er war sich ziemlich sicher, dass die Unglücksphase beendet war und gute Zeiten vor ihm lagen. Die Vergangenheit war vorbei und ließ sich nicht mehr ändern. Aber die Zukunft war verheißungsvoll. Er musste nur durchatmen und dann weitermachen.

Und selbstverständlich beim nächsten Mal besser aufpassen. Ein kleines Missgeschick war wie ein Schneeball, der einen Hang hinunterrollt und dabei immer größer und fester wird. Doch nun war dieser Missgeschickball von der Hangkante ins Flachland gerollt.

Die Hangkante war in Höfn im Hornafjörður gewesen. Vor gut einem halben Jahr war er aus persönlichen Gründen in den Ort gefahren, hatte im Hotel übernachtet und dort eine Frau kennengelernt, die in der Bar arbeitete. So wie die meisten Angestellten war sie Ausländerin. Sie hieß Wiktoria, stammte aus Polen und hatte zwei Jobs, weil sie für eine Eigentumswohnung sparte. Þórir mochte sie sofort und bewunderte ihren Fleiß. Er fand heraus, dass sie sich kürzlich von ihrem Freund getrennt hatte. Die Beziehung hatte nicht mehr funktioniert, und er konnte ihr anmerken, dass sie auf der Suche nach einem anständigen Mann war. Und diesen anständigen Mann konnte er mimen. Kein Problem.

Er gab vor, Kapitän eines großen Trawlers in Ostisland zu sein. Sie unterhielten sich, bis die Bar zumachte und ihre Schicht zu Ende war. Am nächsten Tag ließ er sein eigentliches Anliegen in Höfn sausen und verlängerte den Aufenthalt im Hotel. Am Abend saß er wieder bei ihr an der Bar, und das Spiel wiederholte sich. Er lud sie zu einem Ausflug zur Gletscherlagune und einer Sightseeing-Tour in den Südosten ein. Die Tour verlief perfekt, zumal sie noch nicht viel von der Gegend gesehen hatte, seit sie nach Höfn gezogen war.

Als er wieder nach Hause fuhr, blieben sie in Kontakt, und er spielte weiter die Rolle des Traumprinzen, den sie wahrlich verdient hatte. Er lud sie ein paar Mal zu Wochenendtrips an verschiedene Orte in Island ein, wenn sie keine Wochenendschicht im Hotel und er Landgang hatte. Angeblich. Sie wollte unbedingt sehen, wie er in Neskaupstaður wohnte, und er flunkerte ihr vor, sein Haus sei abgebrannt, während er auf See war, er miete zur Zeit ein kleines Apartment, baue aber ein neues Haus. Dann fragte er sie, ob sie ihm bei der Planung helfen wolle, Geld spiele keine Rolle. Sie hatte eine Menge Vorschläge und Ideen, und er sagte zu allem Ja und Amen.

Bevor er es richtig merkte, steckte er in einer Sackgasse. Wiktoria wollte zu ihm ziehen. Sie wollte die Bautätigkeiten verfolgen und versicherte, es mache ihr nichts aus, in einem kleinen Apartment zu wohnen, bis das Haus fertig sei. Ihr reiche ein Zimmer mit Bett, Schrank, Toilette und Dusche, sie brauche nicht viel.

Ursprünglich hatte er ihr erzählt, seine Frau sei vor nicht allzu langer Zeit an Krebs gestorben, deshalb wolle er nicht, dass sich ihre Beziehung herumsprach. Sie dürften beispielsweise auf keinen Fall zusammen in den sozialen Medien auftauchen. Er bat sie, keine Fotos von ihnen zu posten und in Höfn niemandem von ihrer Beziehung zu erzählen, denn das würde sich schnell bis in den Osten herumsprechen. Seit dem Tod seiner Frau sei noch nicht genug Zeit vergangen. Doch eines Tages funktionierte dieser Vorwand nicht mehr, und Wiktoria setzte ihm die Pistole auf die Brust. Ihr Vermieter hatte mitbekommen, dass sie Haustiere in ihrem Zimmer hielt, und wollte ihr kündigen. Sie wollte dem zuvorkommen, und er sollte sich entscheiden.

Da er die Beziehung nicht beenden wollte, blieb ihm nichts anderes übrig, als einzuwilligen, mit ihr zusammenzuziehen.

Als es so weit war, schlug er vor, ihr aus dem Osten entgegenzukommen, weil ihr Auto bei den schlechten Straßenverhältnissen nicht sicher sei. Er flog nach Egilsstaðir und mietete einen großen Jeep. Da er schneller fuhr als sie und früher losgefahren war, trafen sie sich nicht auf halber Strecke, sondern in Lónssveit.

Dort versuchte er, Zeit zu schinden, und bot an, ihr ein bisschen die Gegend zu zeigen. Sie war nicht gerade begeistert, denn ihr Kater und ihr Papagei waren im Auto, zusammen mit ihren paar Habseligkeiten. Schließlich ließ sie sich doch darauf ein, parkte den Wagen auf einer kleinen Schotterstraße, die von der Nationalstraße abging, ließ den beleidigten Kater und den kreischenden Papagei im Auto zurück und stieg zu ihm in den Jeep.

Das Problem war, dass er keine Ahnung hatte, was er ihr zeigen sollte, sodass er am Ende in eine Schotterpiste nach Lónsöræfi abbog. Er fuhr so weit wie möglich und überredete sie zu einem Spaziergang im Naturreservat, obwohl sie für eine Wanderung im Winter nicht die richtigen Schuhe anhatte. Wiktoria ahnte inzwischen, dass etwas nicht stimmte, sagte aber nichts. Sie liefen immer weiter, und er tat so, als genieße er die schöne Landschaft, während er krampfhaft versuchte, sich etwas einfallen zu lassen, um sich aus der Affäre zu ziehen. Leider vergeblich.

Sie stießen auf eine Hütte, die nicht abgeschlossen war, und an alles Weitere erinnerte er sich nur ungern. Kurz gesagt, sie stellte ihn zur Rede, und er erzählte ihr die Wahrheit: dass er kein Kapitän war und nicht in Ostisland wohnte, geschweige denn dort ein Haus baute.

Normalerweise musste er den Leuten, mit denen er spielte, nach dem Ende des Spiels nicht in die Augen schauen. Wenn die Wahrheit ans Licht gekommen war, fand die Abrechnung meistens am Telefon statt. Das geschah nie unvorbereitet, sondern weil ihm die Rolle langweilig geworden war und er seine Spielbälle loswerden wollte.

Spielen beschrieb seiner Ansicht nach sehr gut, was er machte. Er log nicht. Nicht direkt. Er spielte nur, und zwar gut. Er lebte einfach sein bestmögliches Leben, und das war nicht das Leben, das man ihm zugeteilt hatte. Er musste es nur ein bisschen aufpolieren.

Leider bot die Hütte nicht dieselbe Distanz wie das Telefon. Er verlor die Kontrolle über die Situation und schubste Wiktoria vor die Tür, als sie gerade im Flur stand, ihre Jacke anziehen wollte und verlangte, dass er sie zurück zu ihrem Auto fahren sollte. Er sperrte sie aus und schloss die Hütte von innen ab. Sie kreischte und hämmerte stundenlang an die Tür, flehte ihn an, wieder aufzumachen, bis sie irgendwann verstummte, während er im Flur auf dem Boden saß und an die Decke starrte. Veränderungen überforderten ihn. Er war nicht mehr Hafþór, der Kapitän aus dem Osten, und noch nicht die nächste Person. Zwischen den Rollen war er gezwungen, er selbst zu sein. Und das war eine schreckliche Zeit.

Nachdem ihr Weinen verstummt war, ließ er eine ganze Weile verstreichen, bevor er die Tür öffnete. Wiktoria war nicht zu sehen, aber er konnte ihre Spuren von der Hütte in die Wildnis verfolgen. Offenbar hatte sie jegliche Hoffnung aufgegeben und versucht, anderswo Schutz zu finden. Natürlich gelang ihr das nicht, obwohl sie ohne Jacke überraschend weit gekommen war. Immerhin hatte sie ihre Handschuhe schon in der Hand gehabt und ihre Mütze und ihren Schal angezogen, als er sie aus der Hütte stieß. Er fand sie reglos im Schnee liegend. Sie war nicht zum Jeep gelaufen, sondern in die entgegengesetzte Richtung.

Er bat sie um Verzeihung und beteuerte ihr, es hätte anders laufen sollen, er hätte ihr nur helfen wollen. Wiktoria antwortete nicht. Da beschloss er, ihr weitere Kleidungsstücke auszuziehen, um die Sache zu beschleunigen. Es war ohnehin zu spät – warum sollte er sie länger leiden lassen als nötig? Er wickelte ihr den Schal vom Hals und nahm ihr die Handschuhe und die Mütze ab.

Er hatte keine Angst, mit Wiktorias Tod in Verbindung gebracht zu werden. Vielleicht würde man sie nie finden. Sie lag nicht an einem Wanderweg und würde bestimmt nur bei einer systematischen Suchaktion oder durch großes Pech zufällig gefunden, auch wenn sie nicht weit von der Hütte entfernt war. Außerdem würde man sie kaum miteinander in Verbindung bringen. Sie hatten keine Mails oder SMS ausgetauscht, weil er das grundsätzlich vermied und auch nicht mehr in den sozialen

Medien aktiv war. Die waren für Menschen wie ihn Gift. Komischerweise erstaunte das kaum jemanden. Die meisten Leute bewunderten ihn sogar für diese bewusste Entscheidung. Falls die Polizei Wiktorias Handy überprüfen würde, sähe sie natürlich, dass sie ziemlich oft miteinander telefoniert hatten. Aber es wäre kein Problem, sich da rauszureden. Er würde einfach sagen, er hätte ihr den Hof gemacht, nachdem sie sich im Hotel kennengelernt hatten, was ja auch stimmte. Leider hätte sie sich für irgendeinen Kapitän entschieden. Die Reise nach Egilsstaðir könnte er damit erklären, dass er in Ostisland einen Job suchen würde. Die Polizei würde bestimmt nicht weiterbohren, schließlich hatte er sich nicht strafbar gemacht.

Während er sich abmühte, Wiktoria den Pullover auszuziehen, zuckte sie plötzlich. Er wich zurück und grübelte eine Weile, bevor er sich traute, weiterzumachen. Er zog das Handy aus ihrer Jeanstasche, dann bewegte sie sich ein letztes Mal und hörte auf zu atmen. Es dauerte alles viel länger, als er gedacht hatte, aber er ließ sie nicht allein. Er stand bei ihr, während sie mit dem Tod rang, er wollte sie nicht alleine sterben lassen. Er war kein schlechter Mensch.

Auf dem Weg zurück zum Jeep schleuderte er Wiktorias Handy von einer Felsklippe und ließ ihre Kleidungsstücke vom Wind fortreißen, eins nach dem anderen. Der Pullover, die Handschuhe, der Schal und die Mütze wirbelten über den verharschten Schnee. Er befürchtete nicht, dass sie jemals gefunden würden. Das Gebiet war riesig, mit zahlreichen Flussläufen. Früher oder später würden die Sachen in einem davon landen und im Meer enden. Mit ein paar Zwischenstopps hier und dort, wie sich später zeigte.

Er hatte den Autoschlüssel aus Wiktorias Jacke mitgenommen, um ihren Wagen umzustellen, damit niemand auf die Idee käme, dass sie nach Lónsöræfi gefahren sein könnte. Den gemieteten Jeep ließ er stehen und setzte sich ans Steuer ihres Autos. Dann fuhr er durch den Tunnel nach Westen, mit der maunzenden Katze auf der Rückbank und dem Käfig mit dem kreischenden Papagei auf dem Beifahrersitz. Er parkte außer Sichtweite der Nationalstraße draußen in Stokksnes. Bevor er den Wagen stehen ließ und sich auf den weiten Weg zurück zu seinem Jeep machte, ließ er die Katze raus und befreite den Papagei aus dem Käfig. Zuerst nervte es ihn, dass die Tiere sich nicht über ihre Freiheit freuten, aber irgendwann verschwanden sie doch. Der Papagei flog Richtung Meer, und die Katze sah er zuletzt über die Schotterstraße auf die Radarstation zulaufen. Sie würden schon zurechtkommen.

Eigentlich wollte er nicht noch einmal nach Lónsöræfi. Wirklich nicht. Doch auf dem Rückmarsch zum Jeep wurde eine neue Rolle geboren, die ihn schließlich wieder dorthin führte, zu einem neuen Spiel. Er war der Doktorand der Geologie und Gletscherforscher Haukur. Die Idee kam ihm in dieser Landschaft automatisch. Das Naturschutzgebiet und der Nationalpark gingen ihm auf seiner einsamen Wanderschaft nicht mehr aus dem Kopf.

Mit dieser Rolle beging er den größten Fehler seines Lebens. Er konnte nicht vorhersehen, in was für eine Katastrophe sie münden würde.

Am Anfang hatte er die Idee noch gut gefunden, mit den vier Leuten eine Expedition zu unternehmen. Er wollte noch einmal in die Hütte, um zu kontrollieren, ob er dort etwas vergessen hatte, das man mit ihm in Verbindung bringen konnte. In den letzten Monaten hatte er schlecht geschlafen und war ständig nachts aufgewacht, Wiktorias Weinen und Flehen im Ohr. Leider war ihre Jacke bei der Hektik in der Hütte liegen geblieben, und diesen Fehler wollte er wiedergutmachen. Nach den vielen schlaflosen Nächten, in denen er immer wieder erschrocken hochgefahren war, traute er sich nicht, die Jacke alleine zu holen. Mit mehreren Leuten wäre das ein Klacks.

Es sollte nur ein kurzer Trip werden: eine Nacht in der Hütte, die zweite Nacht im Zelt und dann zurück nach Hause. Doch das grausame Schicksal nahm die Zügel in die Hand.

Er hatte nicht damit gerechnet, dass die Männer unbedingt mit zu dem Messgerät wollten. Das es natürlich nicht gab. Eigentlich wollte er nur alleine ein Stück am Gletscher entlangwandern und dann mit den imaginären Messergebnissen zu den anderen zurückkehren. Stattdessen musste er so tun, als würde er das Messgerät nicht wiederfinden. Leider misslang auch das, denn er hatte nicht mit Bjólfurs Sturheit gerechnet. Es lag nur an der Uneinsichtigkeit der anderen, dass es so gekommen war. Nicht an ihm. Er wurde ebenso zum Spielball des Schicksals wie sie, und es war reiner Zufall, dass er überlebte.

Als sie zu dritt das Messgerät suchten und von dem Unwetter überrascht wurden, hätte nicht viel gefehlt. Genau wie auf dem Rückweg. Seine Rettung war, dass er die warmen Klamotten der anderen an sich nehmen konnte, als er an ihnen vorbeikam. Erst Bjólfurs Kleidung, den er auf dem Rückweg zu den Zelten völlig entkräftet im Schnee fand. Durch sein barmherziges Verhalten verkürzte er nur Bjólfurs Todeskampf.

Da Bjólfurs Anorak wesentlich besser war als seiner, übergab er seinen dem Sturm, so wie Wiktorias Kleidungsstücke zwei Monate zuvor. Zum Glück war er noch so geistesgegenwärtig, vorher seinen Autoschlüssel und seine Geldbörse aus der Tasche zu nehmen. Er leerte die Anoraktaschen und ließ Bjólfurs Handy neben ihn in den Schnee fallen. Die restlichen Klamotten wickelte er sich um den Hals und um die Hüften. So konnte er sich vor der Kälte schützen und schaffte es zurück zum Camp.

Dort traute er sich nicht in das Zelt der wartenden Frauen. Wie sollte er ihnen klarmachen, dass ihre Ehemänner aufgegeben hatten und nicht zurückkämen? Das hatte Zeit bis zum nächsten Morgen, also kroch er in sein Zelt, rollte sich ganz hinten wie ein Embryo zusammen, um sich warm zu halten, und schlief ein. Er war zwar auf dem Rückweg nicht auf Tjörvi gestoßen, ging aber davon aus, dass ihn dasselbe Schicksal ereilt hatte wie Bjólfur.

Obwohl er vollkommen erschöpft war, schlief er nicht gut. Immer wieder hatte er denselben Albtraum wie in der Stadt. Er hörte Wiktoria vor dem Zelt um Hilfe flehen, und eine Zeitlang dachte er, sie wäre sogar im Zelt. Nach dem Vorfall mit Dröfn in der Hütte war der Albtraum noch intensiver als in der Stadt. Er hatte ihr zwar eine erfundene Geschichte über eine Frau eingetrichtert, die vor langer Zeit von ihrem Liebhaber in der Hütte ermordet worden war, aber ihm war selbst nicht ganz wohl bei der Sache. Wie konnte Dröfn dasselbe erleben wie er? Sie war ja noch nie in der Hütte gewesen und wurde nicht von schlechten Erinnerungen verfolgt. Darauf bekam er nie eine Antwort. Kein Wunder, dass er sich im Zelt hundeelend fühlte, zumal es auch noch im Sturm über ihm zusammenbrach. Er packte es nicht, rauszukriechen und es wieder aufzubauen.

Ganz früh am nächsten Morgen hörte er von draußen Geräusche und Stimmen und stellte fest, dass Tjörvi es doch zurück ins Camp geschafft hatte. Als er hörte, dass Dröfn losgehen wollte, um Bjólfur zu suchen, verhielt er sich ganz still und kauerte in seinem eingestürzten Zelt. Er hatte ein Riesenglück, denn bevor sich Dröfn auf den Weg machte, tastete sie mit der Hand in sein Zelt und zog seinen Rucksack heraus. Er blieb noch lange liegen und dachte darüber nach, wann und wie er sich zu erkennen geben sollte. Dann hörte er Wiktoria wieder. Der Albtraum begann aufs Neue.

Nur dass er jetzt wach war.

Das Bemerkenswerte war, dass Agnes und Tjörvi sie auch zu bemerken schienen. Er hörte Schreie und Rascheln, so als würden sie aus dem Zelt fliehen, und wartete, bis der Lärm und Tjörvis wirres Gerede verstummten. Er schien mit Dröfn zu sprechen, obwohl sie gar nicht in der Nähe war. Später fand er die beiden ein Stück vom Zelt entfernt, nur in Unterwäsche. Sie waren in einem ähnlichen Zustand wie Bjólfur, allerdings sahen Tjörvis Finger und sein Gesicht noch viel schlimmer aus. Tjörvi war zu schwach, um nach dem Messer zu greifen, nachdem er begriffen hatte, was passieren würde.

Er zog ihnen alles aus, was ihm nützlich sein konnte. Tjörvis Wollunterhemd und Agnes' lange Unterhose, die er als Schal benutzen würde. Er warf einen Blick in ihr Zelt, holte seinen Rucksack, stopfte seinen Schlafsack hinein, zog alle Klamotten übereinander und machte sich dann auf den Weg zur Hütte. Es gab keinen Grund mehr, ein Teil der Gruppe zu sein. Die Gruppe existierte nicht mehr.

Irgendwann erreichte er sein Ziel und ging hinein, um sich auszuruhen. Nur so lange, bis er den Rest des Wegs zurücklegen konnte. Je kürzer er dort blieb, umso besser. Er fühlte sich sehr unwohl in der Hütte.

Als er wieder einigermaßen bei Kräften war und nach draußen trat, sah er zu seinem Erstaunen Dröfn oben am Hang, halb auf einem Rentier liegend und schon fast tot. Anstatt das letzte Wegstück in Angriff zu nehmen, ging er zu ihr und strich ihr über den Kopf. Er konnte sie von allen am besten leiden. Sie stöhnte schwach, wie ein Jungvogel, der aus dem Nest gefallen und im Maul einer Katze gelandet war. Seltsamerweise hatte sie sein Messer dabei, war aber auch zu schwach, um es zu benutzen.

Er erbarmte sich ihrer, so wie damals bei Wiktoria. Da sich Wiktorias Todeskampf unnötig lange hingezogen hatte, entkleidete er Dröfn bis auf die Unterwäsche und legte sie wieder neben das Rentier. Dann blieb er neben ihr stehen, bis es zu Ende war. Es dauerte nicht lange.

Dann wandte er den Blick von Dröfn ab und fixierte das Messer im Schnee. Es war sein Messer – sollte er es mitnehmen oder liegen lassen? Er beschloss, es liegen zu lassen. Sonst würde es ihn immer an die Toten erinnern, und die wollte er möglichst schnell vergessen.

Er warf Dröfns Klamotten in die Hütte, nahm Wiktorias Jacke und zog die Tür zu. Sollten die Sachen doch ruhig gefunden werden, er brauchte keine Angst zu haben, mit den beiden Paaren in Verbindung gebracht zu werden. Er hatte nicht in derselben Unterkunft übernachtet, weil sie sich für das Hotel entschieden hatten, in dem Wiktoria gearbeitet hatte. Das Risiko, dort erkannt zu werden, konnte er nicht eingehen, auch wenn er inzwischen einen Vollbart trug, wie es sich für einen Gletscherforscher ziemte. Auf dem Weg ins Hochland hatte er sein Handy ausgeschaltet, war also ziemlich sicher nicht mit denselben Mobilfunkmasten verbunden wie die anderen. Auf den Fotos in ihren Handys würde er auch nicht auftauchen. Sie waren alle so narzisstisch, dass sie sowieso nur sich selbst fotografierten.

So schaffte er es. Die Polizei rief ihn zwar an und wollte wissen, warum er in Höfn gewesen war, aber zu diesem Zeitpunkt war er bereits der Rettungswachtmann Þórir und befand sich im innersten Zirkel der Suchmannschaft. Deshalb wusste er, dass alle Reisenden, die in der Region übernachtet oder ein Auto gemietet hatten, kontaktiert wurden. Er war gut vorbereitet und konnte alle Fragen beantworten, ohne Verdacht zu erregen.

Jetzt zeigte ihm die Uhr am Armaturenbrett, dass er sich auf den Weg zum Flughafen machen musste. Die Aussichtstour war zu Ende. Er blickte über das Hafengebiet und verabschiedete sich im Stillen von dem Ort. Als er auf der Nationalstraße zum Flughafen fuhr, sah er eine kleine Maschine zur Landung ansetzen und gab Gas. Er musste noch den Mietwagen zurückgeben und wollte auf keinen Fall den Flug verpassen. Eine zusätzliche Nacht hatte er noch in Höfn verbracht, aber jetzt war es höchste Zeit. Je länger er sich hier aufhielt, desto größer war die Gefahr, dass er aufflog.

Falls das passierte, wäre es anders als bisher. Die Folgen wären schlimmer. Es waren Menschen gestorben, auch wenn er das nicht beabsichtigt hatte. Meistens hinterließ er nur wutentbrannte Leute, die sich zu sehr schämten, zur Polizei zu gehen, weil sie in seine Falle getappt waren. Er stellte sich vor, dass sie trotz ihrer Wut tief im Inneren wussten, dass er nur hehre Absichten verfolgte. Leider stieß er damit immer wieder an Grenzen und scheiterte am Ende, trotz allen guten Willens. Dann war es an der Zeit, in eine neue Rolle zu schlüpfen.

Þórir parkte den Wagen am Flughafen, nahm seine Tasche aus dem Kofferraum, ging in das Gebäude und warf den Schlüssel in die Rückgabebox der Autovermietung. Er schlenderte an den Passagieren aus Reykjavík vorbei, die in der Nähe des Check-in-Schalters standen und auf ihr Gepäck warteten. Er blieb stehen und tat so, als würde er etwas auf seinem Handy checken, während er das Gespräch zweier Männer belauschte, die in offiziellen Angelegenheiten unterwegs zu sein schienen.

Er wollte auf keinen Fall seinen Flieger verpassen, deshalb war ihm das Gespräch eigentlich egal. Aber es war schwer, sich diese alte Marotte abzugewöhnen.

Trotzdem war sein Interesse geweckt, das ließ sich nicht verleugnen. Die Männer waren von der Arbeitsaufsicht und mussten einen tödlichen Unfall untersuchen. Es ging um das Meer, jedenfalls sollte der Strand abgesucht werden. Dann wechselten sie das Thema und sprachen über einen anderen tödlichen Unfall, der gerade erst passiert war, mit dem sie aber nichts zu tun hatten. Wenn Þórir richtig hörte, handelte es sich um ein kleines Mädchen. Es hatte am Morgen im Garten gespielt und war von einem schweren Zaun erschlagen worden, der eingestürzt war.

Þórir musste sich zusammenreißen, um die Männer nicht anzusprechen. Er hätte sich als Vertreter des Verbands der Fischereifirmen vorstellen können, den man wegen des Unfalls hergeschickt hatte. Aber das würde nicht funktionieren. Er war schon zu lange in Höfn. Deshalb trat er zur Seite. Þórirs Zeit war beendet. Er musste wieder er selbst sein, bis sich eine neue Gelegenheit auftat.

Vor ihm stand noch eine Frau in der Schlange zum Check-in. Geduldig wartete er, bis er an der Reihe war, und dachte sich in der Zwischenzeit einen neuen Namen aus. Adam war cool. Styrmir auch. Einer von beiden. Oder vielleicht einfach Adam Styrmisson. Oder Styrmir Adamsson.

Vielleicht würde er als Nächstes Arzt sein. Chirurg. Das hatte er sich schon immer gewünscht. Aber der neue Name und die neue Rolle mussten warten, bis er neue Spielpartner gefunden hatte. Bis dahin musste sein alter Name reichen.

Die Frau vor ihm bekam ihre Bordkarte ausgehändigt, und er trat an den Schalter. Die Mitarbeiterin der Fluggesellschaft lächelte ihn an. Name?

Er lächelte zurück. Er hätte den neuen Namen gern ausprobiert, aber wenn er einen Flug buchte oder ein Auto mietete, musste er den Namen verwenden, auf den er getauft war und der auf seinem Personalausweis stand.

»Ich heiße Njörður. Njörður Hjörvarsson.«

Blitzschnell fuhr er herum, als sich kleine eiskalte Finger unter seine Jacke schoben und seinen Rücken berührten. Doch hinter ihm war niemand.

Njörður zuckte die Achseln und ging zum Flugzeug. Das hatte er sich nur eingebildet.

So wie Wiktorias Weinen, das er kurz vor dem Boarding zu hören glaubte.

Einbildung. Sonst nichts.

Die isländische Originalausgabe erschien 2020
unter dem Titel »Bráðin« im Verlag Veröld, Reykjavík.

Penguin Random House Verlagsgruppe FSC® N001967

1. Auflage
Deutsche Erstausgabe September 2022
Copyright der Originalausgabe © 2020 Yrsa Sigurdardóttir
Published by Agreement with Salomonsson Agency
Copyright © der deutschsprachigen Ausgabe 2022
by btb Verlag in der Penguin Random House Verlagsgruppe GmbH,
Neumarkter Straße 28, 81673 München
Covergestaltung: semper smile, München
Satz: GGP Media GmbH, Pößneck
Druck und Einband: GGP Media GmbH, Pößneck
Printed in Germany
ISBN 978-3-442-75952-1

www.btb-verlag.de
www.facebook.com/btbverlag